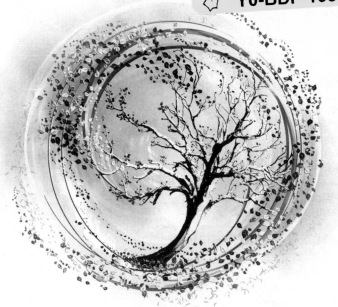

反叛者
INSURGENT

[美] 维罗尼卡·罗斯 /著　　王明达 /译　　王思宁 /校译

四川文艺出版社
华夏出版社　联合出版

图书在版编目（CIP）数据

分歧者.2，反叛者／（美）罗斯著；王明达译.—成都：四川文艺出版社，2014.6
ISBN 978-7-5411-3849-2

Ⅰ.①分… Ⅱ.①罗… ②王… Ⅲ.①长篇小说－美国－现代 Ⅳ.① I712.45

中国版本图书馆 CIP 数据核字（2014）第 071077 号

INSURGENT
by Veronica Roth
Copyright © 2012 by Veronica Roth
Simplified Chinese translation copyright © 2014
by Sichuan Literature & Art Publishing House Co., Ltd.
Published by arrangement with HarperCollins Children's Books
through Bardon-Chinese Media Agency
ALL RIGHTS RESERVED

著作权登记号 图字：21－2014－13－15

反叛者
FAN PAN ZHE

作　　者	[美] 维罗尼卡·罗斯 Veronica Roth
译　　者	王明达
校　　译	王思宁
责任编辑	李晓娟 李淑云
版权编辑	郭　森
装帧设计	蒋宏工作室

出版发行	四川文艺出版社　华夏出版社
社　　址	成都市槐树街 2 号
网　　址	www.scwys.com
电　　话	028-86259285（发行部）028-8259303（编辑部）
传　　真	028-86259306

读者服务	010-67693312
总 经 销	新华文轩出版传媒股份有限公司

印　　刷	三河市华业印装厂
开　　本	880 mm × 1230 mm 1/32
印　　张	12
字　　数	320 千字
版　　次	2014 年 6 月第 1 版
印　　次	2014 年 6 月第 1 次印刷
书　　号	ISBN 978-7-5411-3849-2
定　　价	32.00 元

CH
F
ROTH
VERONICA

本版图书凡印刷、装订错误，可及时向我社发行部调换

DIVERGENT FANS—
Thank you for
your support and
enthusiasm! Happy
Reading and
BE BRAVE.

♡.

Veronica Roth

献给尼尔森：
为你冒任何险都值得。

目 录
CONTENT

GENT

真相如同野兽，它因能量巨大而无法被关在牢笼里。

——诚实派宣言

第一章
逃出围栏

醒来时，我低唤着他的名字。

威尔。

眼睛睁开前，我再次看见他扑倒在人行道上，死掉了。

是我杀了他。

托比亚斯正蹲伏在我身前，一只手搭在我的肩上。火车哐当哐当地碰撞着铁轨，马库斯、皮特和迦勒都站在车门边。我深吸一口气，然后屏住，想要释放掉胸口积聚的压力。

一小时前，所发生的事没一件让人觉得真实，可现在我觉得真实无比。

我长长地吁了口气，胸口的压力依旧堆积在那里。

"来吧，翠丝，咱们该跳了。"托比亚斯和我四目相对。

天太黑了，根本看不清这是哪里，但既然该跳车了，那我们应该是在围栏附近。托比亚斯扶我站起来，领我走向车门。

他们一个接一个跳了下去：先是皮特，马库斯紧随其后，接着是迦勒。我抓过托比亚斯的手。

我们站在敞开的车门边上，风很大，就像一只手把我往后推，推向安全之处。

但我们纵身跃进黑暗之中，重重地着地。那股冲击力使我肩上的枪伤痛起来。我咬紧嘴唇，不让自己叫出声，急切地寻找哥哥的身影。

看见他坐在几米外的草地上揉着膝盖，我问了句："没事吧？"

他点点头。听见他抽鼻子，像是强忍着眼泪，我只好转过脸。

我们跳落在围栏旁边的一块草地上，离友好派的货车向市里运送食物的那条破旧的小路只有几米远。给他们放行的那道门，此刻紧闭着，把我们锁在这里。

围栏远远高出我们，太高了，铁网又容易弯曲变形，根本无法翻越，而且非常坚固，弄不倒。

"这里应该有无畏派卫兵把守的，他们人呢？"马库斯说。

"他们很可能也被情境模拟控制了，现在嘛……"托比亚斯顿了一下，"谁知道他们在哪里，又干些什么。"

后兜里硬盘的分量时刻提醒着我，我们已经解除了情境模拟。之后我们却没片刻停留去关注后面发生的事。我们的朋友、我们的同伴、我们的上级，还有我们的派别，他们究竟遭遇了什么，都无从知晓。

托比亚斯摆弄着大门右边的一个小金属盒，打开了它，里面露出了按键。

"但愿博学派没想到换密码。"说着他输入了一串数字。输到第八个数，他停下来，门咔嗒一下开了。

"你是怎么知道密码的？"迦勒的声音听起来充斥着激动的情绪，我很惊讶他激动成这样竟然还能说出话来。

"我之前在无畏派控制室工作，负责监控安全系统。我们一年只换两次密码。"托比亚斯说。

"运气真好啊。"迦勒说着防备地瞅了托比亚斯一眼。

"跟运气没关系。"托比亚斯说，"我在那里工作的唯一原因，就是要确保自己能逃掉。"

我禁不住打了个寒战。他谈到逃掉时的那种口气就像我们一直被困于此。之前我从未这样想过，现在看来自己真是太傻。

我们这一小拨人继续前进。皮特把那只被我开枪打伤的血淋淋的胳膊抱在胸前，马库斯手放在他肩上扶着他。每隔几秒，迦勒就擦一下脸，我知道他在哭，却不知怎么安慰他，也不知自己为何没有落泪。

不但没哭，我还带头走在前面。托比亚斯沉默地走在我身旁，虽然他并没伸手搀扶，却让我觉得安稳。

闪动的光点是我们正在接近友好派总部的最初迹象。接着，光晕变成一扇扇明亮的窗子，一排排木质和玻璃的建筑。

走到那里前，我们得先穿过一个果园。我的脚陷进泥土里。头顶的树枝交错生长，缠绕成了绿色的隧道。深色的果实悬挂在树叶间，成熟得即将掉落。腐烂的苹果发出刺鼻、甜腻的气味，混杂着湿土的气息，扑鼻而来。

等我们走近了，马库斯从皮特身边离开，走到最前面："我知道该往哪儿走。"

他领着我们经过第一栋楼，直奔左边第二栋。这里的房子除温室外，清一色用深色木料建成，没上漆，非常粗糙。我听见笑声从一扇开着的窗子里传出。这笑声与我巨石般沉重的心情形成反差，是那么不和谐。

马库斯推开一扇门。若不是身处友好派总部，我肯定会对这里安保措施的欠缺深感震惊。他们这些人总是拿捏不准信任跟愚蠢间的那条界限。

在这栋楼里，唯一的动静就是我们鞋子的嘎吱声。我再没听见迦勒哭，不过，在这之前他就安静下来了。

马库斯在一扇开启的门前停下。友好派的代表约翰娜·瑞斯在里面坐着，正凝视窗外。我能认出她，是因为不管你只见过一次还是见了一千次，约翰娜的脸都会让你难以忘记。一道重重的疤痕从她右眉上方一直延伸到唇边，她的一只眼因此瞎了，说话时也有些口齿不清。我只听过一次她讲话，却记忆犹新。如果不是因为这道疤，她会是一个美丽的女子。

"哦，谢天谢地。"她看到马库斯，边说着边张开双臂朝他走过去，但没有拥抱他，只是碰了碰他的双肩，像是突然记起无私派不喜欢随意的肢体接触。

"贵派其他成员几小时前已经抵达这里，但他们不确定你们能否也到这里来。"她指的是之前跟我父亲和马库斯一起躲在藏身处的那群无私者。我甚至都没想过要为他们担心。

她的目光越过马库斯的肩膀，先是落在托比亚斯和迦勒身上，接着又移向我和皮特。

"天哪。"她的目光停留在皮特被鲜血浸透的上衣上，"我派人去叫医生。我可以保证你们今晚留在这里过夜，不过明天我们派的成员要共同做决定。而且，"她注视着我跟托比亚斯，"他们估计不太欢迎无畏派出现在我们的辖区。当然，我得要求你们把身上带的所有武器都交出来。"

突然间，我很好奇她怎么看出我是无畏派的，我身上穿的可还是灰色上衣，我父亲的衣服。

就在那一刻，他的气味，那种肥皂混杂着汗液的味道，飘了上来，充溢我的鼻腔，令我满头满脑全是他。我把手紧紧攥成拳，以致指甲都掐进了皮肤。不能发作，不是时候。

托比亚斯交出他的枪，但当我伸手去背后取我的枪，他却一把抓住我的手，将它从我背后拉开，接着与我十指相扣，借以掩盖他刚刚的真正意图。

我知道留有一把枪是明智之举，但交出它却是一种解脱。

"我是约翰娜·瑞斯。"她朝我伸出手，接着又把手伸给托比亚斯握了握。这是无畏派的礼节。她对其他派别习俗的周到考虑令我印象深刻。过去我总是忘记友好派的人有多善解人意，直到此刻亲眼见证。

"这是托……"马库斯刚一开口，托比亚斯就打断了他。

"我叫老四。这几位是翠丝，迦勒，还有皮特。"

几天前，在无畏派之中，"托比亚斯"这个名字只有我知道。那是他把一部分自己留给了我。走出无畏派基地，我仍然记得他为什么把这名字隐藏起来不让世人知道。因为它把他跟马库斯连在一起。

"欢迎来到友好派辖区，"约翰娜注视着我的脸，狡黠地笑了笑，"我们会照顾好各位的。"

我们就任由他们来照顾。一个友好派护士给了我一种药膏，是博学派发明的加速愈合药，让我敷在肩上，接着她又带皮特去医护区治他的胳膊。

约翰娜带我们来到餐厅，有些先前跟我父亲和迦勒一起藏身的人在这里。苏珊在，还有我们的一些老邻居也在。里面摆的一排排木桌几乎跟房间一样长。他们眼含热泪，勉强微笑着，来迎接我们——尤其是马库斯。

我紧抱着托比亚斯的胳膊，在父母亲的派别成员，他们的生命和眼泪的重压下，整个人颓丧不已。

一位无私者把一杯热腾腾的汤药端在我面前："把这个喝下去，它能帮你入睡。其他人已经有喝了的，放心，一觉无梦到天亮。"

这药水是粉红色的，像草莓的颜色。我接过杯子，几口喝了下去。

有那么几秒钟的时间，这液体的温度让我觉得自己不再那样空虚。喝干了杯子里的最后一滴，我整个人放松下来。有人领着我穿过走廊，来到一个有张床的房间里。之后的事我便全然不知了。

第二章
避难友好派

我惊恐地睁开眼，两手紧紧抓着被单。但我不是跑着穿过城市的街道或者无畏派基地的通道，而是躺在友好派总部的一张床上，空气中还飘着锯末的味道。

我动了动，背给什么东西硌着了，惊了一下，伸手往后一摸，抓到的是那把枪。

有那么一瞬间，我好像看见威尔站在我面前，我们都举着枪——他的手，我可以瞄准他的手啊，为什么我没有？为什么？——我几乎尖叫出他的名字。

接着他一下子消失了。

我从床上下来，一手抬起床垫，用膝盖顶住它，一手将手枪塞进床垫底下。一旦它在视线中消失，不再贴着我的肌肤，我的头脑就清晰起来。

由于昨天激增的肾上腺素已经退去，让我睡觉的药力也渐渐消退，内心的伤痛和肩膀上枪伤的剧痛都开始折磨我，身上穿的还是昨晚那身衣服。硬盘的一角从枕头底下露了出来，是我睡着之前把它塞进去的。里面是控制无畏派的情境模拟数据，记录着博学派的罪行。它太过重要，重要到我甚至不敢去触碰，可又不能放在这儿。我只好抓起硬盘，把它塞进梳妆台和墙壁之间的缝隙中。我有些觉得销毁它未尝不是个好办法，可又深知里面包含父母死亡的仅存记录，所以还是把它藏起来为好。

有人敲门。我坐在床上，赶紧理了理头发。

"进来。"

门开了，托比亚斯侧身进来，门遮住了他另外半边身子，好像将他一斩为二。他还穿着昨天那条牛仔裤，不过上身的黑色T恤换成了深红色T恤，应该是从某个友好派人士那里借来的吧。红色穿在他身上感觉很怪异，那颜色太过鲜亮。可是当他头往后仰，倚靠在门框上时，我发现那颜色将他眼睛里的那抹蓝衬得更加明亮。

"友好派会议半小时后开始。"他皱了皱眉头，又夸张地补了句，"要决定我们的命运。"

我无奈地摇摇头："从没想过我们的命运会握在一群友好派手上。"

"我也是。对了，给你带了点东西。"他拧开一个小瓶子的瓶盖，拿出一个装有透明液体的滴管，"这是止痛剂，每六小时喝一管。"

"谢啦。"我接过滴管，把药水挤进喉咙。这药酸酸的，像是放久了的柠檬。

他把拇指抠进皮带的一个环扣："碧翠丝，你还好吗？"

"你叫我碧翠丝？"

"我是想试试。"他笑了笑，"还不坏吧？"

"也许在特殊一点的场合是吧，比如新生训练，选派大典……"我顿了下。本想一口气说出更多的节日，可那些日子只有无私派才会庆祝。我想无畏派也有他们自己的节日，只是我一无所知。而且这时候还搞什么庆祝活动，想想都觉得荒谬，我也就没再说下去。

"那就说定了。"他脸上的笑意渐渐消失，"翠丝，说真的，你还好吗？"

经历了这么多事，这样问是很自然的。只是当他真的问起，我还是觉得不自在，总怕他会看透我的心。我还没跟他说威尔的事情。我想告诉他，却不知道怎么开口。单是想一下要把那些话大声说出口，我就感觉满心沉重，好像重到能把地板砸个洞。

"我……"我摇了又摇头，"老四，我不知道。我很清醒。我……"头还在不停地摇着。他的手轻轻滑过我的脸颊，一根手指勾在我耳后。然后他低下头来吻我，一阵暖暖的刺痛感传遍全身。我伸出双手抱住他的胳膊，久久地抱着他不放。当他触碰着我，我胸口和腹部那空荡荡的感觉便不再那么明显。

我不是非要告诉他的。我可以试着遗忘——他能帮我忘掉。

"我明白。"他说，"抱歉，我多嘴了。"

有一瞬间，我能想到的只有：你怎么可能明白呢？可他表情里的某些东西提醒我，他的确明白失去的感受。他年幼时就失去了母亲。我不记得她是怎么死的，只是参加过她的葬礼。

忽然间，我记起他一双小手握紧客厅窗帘的样子，当时他大概九岁，穿着一身灰衣裳，眼睛紧闭着。这画面一闪而过，或许只是我的想象罢了，并不是记忆。

"准备一下吧。"说着他放开了我。

女浴室与我的房间只有两门之隔。地板是深褐色的瓷砖，淋浴间以木板隔开，每个隔间门口挂着塑料浴帘。后墙上写着一行大字："注意：为节约用水，洗澡时间不能超过五分钟。"

水流很冷，所以就算能多洗几分钟我也不想，只是用左手快速地冲洗了下，右手垂在一边。托比亚斯给我的止痛药还真是管用——肩上的痛感消退了不少，只剩些许隐痛。

走出浴室回到房间，看到我的床上摆着一摞衣服，有友好派红色、黄色的衣服，也有无私派的灰色衣服。这几种颜色放在一起还真是稀罕事。如果我没猜错，衣服应该是无私者放在这里的。也只有他们才会这么做。

我穿上一条深红色牛仔裤，裤腿太长，挽了三次才算合适——又套上一件大好几号的灰色上衣，衣袖很长，连我的指尖都遮住了，只好把袖子也挽了起来。右手每动一下都会痛，我尽量让动作小心、缓慢。

随着一阵敲门声，苏珊那柔柔的声音响起："碧翠丝，你在吗？"

我为她开门。她端着一盘食物，进来放在床上。我在她脸上搜寻悲痛的迹象——她的父亲，无私派领导之一，已在攻击中遇害。可我只看到我的旧派别那特有的平静果决。

"抱歉，衣服不合身。"她说，"如果友好派允许我们留下来的话，一定可以帮你找到合适的衣服。"

"这样就很好了。谢谢。"

"我听说你受了枪伤。要我帮你梳头发吗？还是系鞋带？"

本想谢绝她的好意，可我现在这样子的确需要人帮忙。

"好的，谢谢你。"

我在镜子前的凳子上坐下，苏珊站在我身后，她的眼睛训练有素地专注于手头的事，没去看镜子里的自己。她拿梳子替我梳着头发，眼睛始终没有抬起来过，一下也没有。她也没问我肩伤的事，没问我是怎么中枪的，也没问我去无畏派基地终止情境模拟这一路上遇到了什么。要是我能把她一层层剥开来，从肉体到灵魂，她肯定都是一个彻彻底底的无私者。

"你见到罗伯特了吗？"我问。当初我选择无畏派的时候，她的哥哥罗伯特选择了友好派，所以他就在辖区某处。不知道他们两人见面是否像我和迦勒重逢时那般。

"昨晚见了一下。"她道，"我想给他留点空间。我为无私派默哀，他为友好派祈祷。不管怎样，能再见到他真好。"

我听出她语气里的决绝，明白她在告诉我这个话题到此为止了。

"这时候发生这种事真是不幸，我们无私派的领导正准备要做些伟大的事呢。"她说。

"真的吗？什么事？"

"不清楚。"苏珊说着脸红起来，"我只知道有大的变化在酝酿之中。我也不是有意那么好奇，只是无意中发现的。"

"就算你真有好奇心，我也不会怪你啊。"

她点点头，继续帮我梳头发。我却不由得想无私派领导——包括我父亲在内——到底在着手什么大事？然而，不管他们在做什么，苏珊假定他们所做的事是"伟大的"，我对这点惊讶不已。真希望自己还能再相信别人。

我甚至不知道我到底有没有过那样的信任。

"无畏者喜欢披着头发，对吗？"她说。

"有时候是。你会编辫子吗？"

于是她用灵巧的手指把我的头发分成几股，娴熟地编成一个辫子，辫尾擦及腰间。我目不转睛地看着镜子里的自己，等她编完。辫子编好，我道了声谢，她带着一抹微笑离开，随手带上了身后的门。

我依旧盯着镜子看，可看不见自己。我仍能感受到她的手轻拂过我的脖子，那感觉就像母亲的手指——在我跟她一起度过的最后一个早晨，她就是这样轻柔地帮我梳起发髻。我的眼里溢满了泪水，我坐在凳子上身体前后摇晃，想把这段记忆从脑海中赶走。我很怕一开始哭，就会停不下来，直到哭干泪水。

梳妆台上摆着一个针线包，里面装着红黄两色的线，还有一把剪刀。

心情平静下来，我解开辫子，又重新梳了一遍头发。我把头发从中间分开，尽量分得又直又顺，拿起剪刀沿着下巴边缘剪下去。

她已不在人世，一切都不一样了，我又怎能忍受一如从前的模样？我做不到。

我比着自己下巴颏的轮廓，尽量剪得整齐些。最棘手的是后面的头发，我看不到，只好凭感觉来剪，尽力而为吧。一缕缕的金发落在地上，在我身边围成一个半圆。

转身离去前，我没再看镜子里的自己。

之后，托比亚斯和迦勒来找我的时候，两人都盯着我看，好像我不是他们昨天所认识的那个人。

"你把头发剪了。"迦勒眉毛挑得老高。在震惊之余还能理清事实，他真不愧是个博学派啊。他头顶一侧的头发翘着，肯定是睡觉时压的，眼睛里布满红血丝。

"是啊，长头发……太热了。"我应道。

"有道理。"

我们三人一起沿着走廊走，脚下的木地板咯吱作响。我想念自己的脚步声在无畏派基地中回荡，想念地下沁凉的空气。最让我想念的，还是过去几周所经历的大大小小的恐惧，比起此刻的恐惧，它们都显得那么渺小。

我们走出大楼，热气迎面扑来，像一只捂在脸上的枕头，令人窒息。空气中有绿叶的味道，是那种一片叶子被撕成两半时散发出的味道。

"大家都知道你是马库斯的儿子吗？我是说，无私派的人。"迦勒问。

"据我所知并非如此。"托比亚斯看了迦勒一眼，"你不跟其他人提的话，我会很感激。"

"我也没必要提这茬。有眼的人自己都能看得出。"迦勒冲他皱了皱眉，"对了，你到底多大？"

"十八。"

"你不觉得跟我妹妹在一起，你有点太大了？"

托比亚斯很短促地笑了一声："她已经不是你妹妹了。"

"行了，你们俩。"我说。前面是一群身着黄衣的人，他们正朝着一栋低矮宽敞的全玻璃式房子走去。玻璃上反射出的强光刺痛了我的眼睛，我慌忙抬手挡住脸，继续往前走。

这房子的门全敞开着。在这间圆形的温室周遭的水槽或小型水池里，种植着各种树以及其他植物；绕着温室四周摆着好几十台风扇，可它们不过是把热气吹来吹去，所以没多久我就满身大汗。前方的人群逐渐稀疏，我能看清屋里其他地方了，这些便全部抛诸脑后。

一棵大树赫然立在屋子正中央，枝干蜿蜒伸开，几乎盖住了整个温室，树根盘旋凸起，交织成错综复杂的树皮网。在这些树根之间，我看见的不是泥土，而是水，还有金属棒固定着树根。我也不该大惊小怪——友好派毕生都投身于这样的农业创新，当然，也有博学派的科技协助。

约翰娜·瑞斯站在交错的树根上，头发垂下，遮住了带疤的那半边脸。我在"派别历史课"中学过，友好派没有正式的官方首领——所有的事他们都投票决定，投票结果往往趋近一致。他们几乎就像是同一心智的不同部分。而约翰娜只不过是他们的发言人。

友好派的人席地而坐，大多盘着腿，一群一群地围坐在一起，恍如盘结的树根。无私者紧密地坐成几排，就在距我左边几米远的地方。我的目光在这些人中间搜寻了几秒，才醒悟过来：我是在寻找我的父母。

我艰难地咽了下口水，设法忘记此事。托比亚斯扶着我的腰，带我走向会议场边缘，来到无私者身后。还没坐下，他就把嘴凑在我耳边说："我喜欢你这新发型。"

我挤出一丝笑容，靠着他坐下来，手臂贴着他的手臂。

约翰娜举起手，低下头。还没等我换口气，屋里所有的交谈声瞬间停止。周围所有的友好者都静坐着，有人闭上眼睛，有人嘴里念念有词，但我听不清，有人眼睛盯着远处某点。

每一秒都是煎熬。等约翰娜抬起头时，我已筋疲力尽。

"今天，有个紧急问题亟须我们解决：在这种冲突的时刻，作为一个追求和睦的派别，友好派应怎么做？"

屋里所有的友好者都转向旁边的人，讨论起来。

"他们这样能解决什么问题呢？"我说。周遭喋喋不休的讨论声就这样继续着。

"他们不注重效率，"托比亚斯说，"他们在乎的是达成一致。仔细瞧着。"

不远处两个穿黄色衣服的女人站起来，加入了一个男子三人组的讨论；一个小伙子挪了挪位置，让他那一组并入了旁边的小组，变成一个圆圈。就这样，慢慢地，整个房间里的小组都在扩张增大，但讨论的声音越来越小，后来只剩下三四种不同的声音。我只零星听到几个词儿："和平……无畏派……博学派……避险屋……参与……"

"太诡异了。"我说。

"我倒觉得很好啊。"托比亚斯和我唱反调。

我瞪了他一眼。

"怎么了？"他微微笑了下，"每个人在政府中都扮演平等的角色，承担相等的责任，这让他们同样用心，也让他们更友好宽容。我觉得这很好啊。"

"我认为这种模式难以成立。"我反驳道，"当然，友好派这样做完全行得通。万一不是人人都喜欢弹弹班卓琴，种种庄稼呢，那会怎么样？万一有人做了坏事，单单讨论也解决不了问题，那会怎么样？"

他耸了耸肩："到时候就知道了。"

终于，每个大组站出来一个人，小心翼翼地跨过杂乱的树根，朝约翰娜走去。我本以为他们要对我们这些人说点什么，但他们又跟约翰娜及其他发言人围在一起小声讨论起来。我心里生出一种感觉：永远不可能知道他们在说些什么了。

"他们不会让我们为自己辩护的，对不对？"我问托比亚斯。

"估计是。"他说。

我们完了。

围着约翰娜的人轮流发表意见后都坐回原位，留她一人在屋子中央。她双手交握在身前，侧身对着我们的方向。她如果撵我们走，我们又有什么去路呢？难道要回危机四伏的市里？

"自有记忆以来，我们与博学派都建有亲密的伙伴关系，我们相互依附才能共生，我们向来互助合作。"约翰娜开口说话了，"但在过去，我们与无私派关系也非常紧密，而在此时收回伸出已久的友谊之手，我们友好者认为这样也不正确。"

她的声音如蜂蜜般甜美，说话的方式也如蜂蜜般，缓缓地，轻轻地。我抬起手背擦了擦发际线上的汗珠。

"我们认为，唯一能不与任何一派绝交的方法就是保持中立，不参与任何冲突。尽管我们欢迎你们的到来，但这的确把事态搞复杂了。"

终于要宣判了，我心想。

"因此，我们达成了决议。我们要将友好派总部设为所有派别的避险屋。当然，这是有先决条件的。首先，辖区内不允许出现任何形式的武器；其次，只要发生严重冲突，不论是言语上的还是肢体上的，我们会请相关人士离开此地；再次，任何人不准以任何形式讨论刚过去的冲突，私下讨论也不允许；最后，所有人必须参与劳动，为我们的环境做贡献。我们会将这个结论尽快告知博学派、诚实派，以及无畏派。"

她的目光飘向我和托比亚斯，停留在我们身上。

"当且仅当遵守我们定下的条件时，欢迎你们也留下。"

我想起了藏在床垫下的枪，想起我和皮特，以及托比亚斯跟马库斯之间紧张的关系，顿觉口干舌燥。我真不怎么擅长避免冲突。

"看来我们在这里待不了太久了。"我低声对托比亚斯说。

片刻之前，他还带着一丝微笑，此刻微笑已从嘴角消失，眉头皱起："没错，不会太久。"

第三章
无私派的秘密

那天晚上，回到自己房间，我伸手到床垫下面摸了摸，看枪还在没在。手指碰到扳机，喉咙突然如过敏般发紧难受。我慌忙缩回手，跪在床边，大口大口地喘气，直到那种感觉逐渐退去。

你这是怎么了？我摇摇头。振作起来。

那种整理心绪的感受，就像用一根鞋带把全身散落的各部分穿起来，拉紧。虽然我还是觉得呼吸困难，但至少不再虚弱。

有什么动静从我视线边缘一闪而过，我急忙从正对着苹果园的窗子望出去。只见约翰娜·瑞斯和马库斯·伊顿并排走着，在香草园停下来，从薄荷上往下摘叶子。我还没来得及弄明白为什么要跟踪他们，就已经跑出房间了。

我飞快地跑过大楼，以免跟丢了他们。一过大楼，我就更得小心了，蹑手蹑脚地走着。我绕着温室的远端走，一看见马库斯和约翰娜的身影消失在一排树后，我便悄悄地溜到旁边那一排树后，希望枝叶能挡住我，以防他们中的任何一个转过头。

"……让我困惑的是她为什么会选择在这个时机发动进攻？"约翰娜说，"是珍宁完成计划水到渠成了？还是有什么煽动事件？"

透过分叉的树干，我看到马库斯的脸，他使劲抿着嘴，"嗯"了一声。

"我想咱们可能永远蒙在鼓里了。"约翰娜挑了挑那条完好无损的眉毛,"对不对?"

"是,很有可能。"

约翰娜把手搭在马库斯胳膊上,转身面向他。我吓得僵在了那里,怕她一眼就看到我,可谢天谢地,她目光只盯在马库斯身上。我蹲了下来,朝着一棵比较粗的树爬过去,希望树干可以掩护我。树皮蹭得我的脊背痒痒的,但是我动也不敢动。

"可你肯定知道。你知道她为什么发动攻击。虽然我不再是诚实派,但有人向我隐瞒真相,我仍然可以看得出。"

"约翰娜,打探别人的隐私是一种自私的行为。"

如果我是约翰娜,一定会厉声呵斥他这种言论。可约翰娜只是好声好气地说:"我们友好派仰赖我给他们提供建言,如果你知道什么至关重要的信息,那我必须也要知道,如此一来,我才能和他们分享。马库斯,我相信你了解这一点。"

"我所知道的那些事,而你不知道,这是有原因的。很久以前,无私派受托保护一些敏感资料,珍宁攻击我们就是为了盗取这些资料。如果我稍有不慎,珍妮就会毁了它。抱歉,我只能告诉你这些。"

"可是——"

"不。"马库斯打断她的话,"这资料的重要程度超乎你的想象。这个城市的多数领导人为保护它免遭珍宁毒手,牺牲了自己的性命。我绝不会为了满足你自私的好奇心而危及它。"

约翰娜沉默了片刻。周围一片黑暗,我几乎看不见自己的手。空气中弥漫着泥土和苹果的气息,我大气不敢喘,生怕一不小心,就被他们发现。

"抱歉。是不是我做了什么事,让你觉得我不可信赖?"

"上次我就是太信任某个派别领导,透露了这些信息,结果我那些朋友全部遭到屠戮。我现在已经不相信任何人了。"马库斯回道。

我忍不住探头张望，想看清树干周遭的情况。马库斯和约翰娜太专注于他们的谈话，没注意到我这边的动静。他们站得很近，却没有任何肢体接触，我从没见过马库斯这样疲惫，也从没见过约翰娜如此愤怒。但她的面色渐渐缓和下来，再一次摸了摸马库斯的胳膊，这次有些爱抚的意味。

"为了和平，我们首先要有信任。"约翰娜开口了，"所以我希望你能改变心意。马库斯，要记住，我一直是你的朋友，在你身边没几个朋友的时候便是如此。"

她靠过去在他脸颊上轻轻吻了一下，随后走向果园的尽头。马库斯在原地站了片刻，显然有些震惊，接着朝辖区走去。

过去这半小时听到的真相在我的脑海里翻腾，挥之不去。我原以为珍宁袭击无私派是为了夺权，但她这么做实际是为了盗取资料——只有无私派才知道的机密。

一想起马库斯的话，我心中的烦扰就平息下来：这个城市的多数领导人冒着生命危险保护它。这其中，是否也包括我的父亲？

我必须要搞清。到底是什么资料如此重要，值得无私者为它舍命，又引得博学派为它大开杀戒，我必须要查明。

举手正要敲托比亚斯的房门，我停了下来，听了听屋里的声音。

"不是，不是这样的。"托比亚斯笑着说。

"什么叫'不是这样的'？我明明就是照你那样做的啊。"这是迦勒的声音。

"没觉得。"

"好吧，那你再来一次。"

我推开门，托比亚斯坐在地上，一条腿伸平，正拿着黄油刀向对面的墙甩过去。刀插进他们摆在梳妆台上的一大块干奶酪，刀把儿朝外。站在一旁的迦勒，难以置信地看着，先是看看干奶酪，接着又转头看着我。

"快跟我说他是无畏派的奇才。"迦勒说，"翠丝，你也能办到吗？"

他气色比之前看起来好多了，眼睛里的红血丝消退了，又有了原来那种好奇的光芒，好像他对这个世界又重新燃起了兴趣。他棕色的头发乱蓬蓬的，衬衫的纽扣也扣错了。他就是这样，总有种漫不经心的帅气，大多数时候，他并不知道自己在别人眼中是什么样子。

"用右手投的话应该可以。"我说，"但没错，老四的确是无畏派的奇才。那我能问问你们为什么往奶酪上扔刀子吗？"

听到我喊"老四"，托比亚斯和我的眼神瞬间对上，可迦勒并不知道，一直以来，托比亚斯的绰号都是代表他惊人的才华。

"迦勒来找我讨论些事情。"托比亚斯头倚在墙上，看着我说，"不知道怎么就说到扔飞刀上来了。"

"常有的事。"说着，我脸上缓缓漾开了笑意。

托比亚斯看起来一身轻松，头微微后仰，胳膊搭在膝盖上随意垂着。我们两个凝望着对方，久到有些过分。迦勒清了清嗓子。

"好吧，我该回自己房间了。"他说着，眼光在托比亚斯和我之间扫来扫去，"我最近在读一本有关滤水系统的书，送我书的那个小孩用那种眼神看我，觉得我是疯了才会想看这种书。我觉得这书很可能是维修手册，不过内容还是挺有意思的。"他顿了一下，"抱歉，你们八成也觉得我是疯了。"

"绝对不会。"托比亚斯假装真诚地说，"你也该读读那本维修手册，翠丝，听起来像你喜欢的类型。"

"我可以借给你。"迦勒说。

"以后再说吧。"我说。迦勒一把门带上，我就瞪了托比亚斯一眼。

"多谢你啊。我做好耳朵生老茧的准备吧，他肯定会没完没了地给我讲滤水系统原理还有运作方式了。算了，比起他真正想跟我谈的事，我还是更喜欢这个。"

"哦？关于什么？"托比亚斯皱起眉头，"复合养殖吗？"

"复合什么？"

"他们这里种植粮食的方式之一，你肯定没兴趣。"

"说对了，我确实没兴趣。他来找你谈什么？"

"你。无非是以大哥身份说的那种话。'别乱搞我妹妹'，诸如此类的吧。"

他站起身。

"那你怎么跟他说的？"

他朝我走过来。

"我告诉他我们是怎么在一起的，就这么说起了飞刀。我还跟他说我不是在闹着玩儿。"

听到这话，我觉得全身暖暖的。他双手环抱住我的臀部，轻轻地把我推在门上，嘴唇贴上我的唇。

我不记得来这里的初衷。

而且我也不在乎。

我用没受伤的那条手臂抱着他，拉着他紧紧贴到我身上。我的手指慢慢摸索到他T恤的边角，手慢慢滑了进去，在他的腰上游走。他的身体是如此强壮。

他双手紧紧搂着我的腰，再次亲吻我，这次更激烈。这一刻，他的气息，我的气息，他的身体，我的身体，我们如此贴近，已然合为一体再没分别。

他往后退了下，也只离开了几厘米，可我连这几厘米的距离都觉得太远。

“你来这里不是为了这个吧。”他说。

“嗯。”

“那你来是为了什么？”

“管他呢。”

我的手指穿过他的发丝，拉着他，让嘴唇再次向我的贴近。他并没有抗拒，过了几秒钟，他贴着我的脸含混地说：“翠丝，告诉我。”

“好吧，好吧。”我闭上眼睛。他说得没错，我是来告诉他一件重要的事——我今天偷听到的对话。

我们并肩坐在他床上，我便从头说起。我告诉他自己如何跟踪马库斯和约翰娜到果园去，讲起约翰娜对进攻时机的质疑，马库斯的回答以及他们之后的争执。一边说着，我还有意观察他的表情，却没读到一丝惊愕或好奇。只是每当我提及“马库斯”，他的嘴都痛苦地噘着。

“说完了，你怎么看？”我问。

“我觉得，马库斯只不过是想让自己显得更重要而已。”他小心地说道。

这完全不是我期待的答案。

“所以呢……什么意思？你认为他在胡说？”

“或许珍宁确实想得到无私派独有的机密，可我觉得他夸大了这机密的重要性。他就是想让约翰娜以为他手上有她想要但他又不给的东西。”

“我不……”我紧缩眉头，“我觉得不是你想的那样，他不像很能说谎的人。”

“你没有我了解他，他很善于说谎。”

他说得在理，我确实不了解马库斯的为人，更不用说跟他比。但直觉告诉我马库斯这次没有撒谎，而我一向很相信自己的直觉。

“也许你说得对。可我们是不是也要搞清到底是怎么回事？为了保险起见？"

"我倒觉得应付眼下的状况更重要。"托比亚斯说，"先回市里，探出那边的情况，想办法制服博学派，把这一切都解决了，再去查清楚马库斯所说的事。这样好吗？"

我点点头。这计划听起来还不错——也算是比较巧妙的计划。只是我不相信他说的，我不认为向前推进比查明真相更重要。当我发现自己是分歧者……当我发现博学派计划攻打无私派……这些真相改变了一切。真相总能改变人的计划。

要让托比亚斯去做他不想做的事恐怕很难，而在只有直觉没任何证据的情况下，要证明我的感觉是对的，更是难上加难。

因此，我点头表示同意，但我的心意并没有改变。

第四章
三重特性

　　"生物技术存在已经有很长一段时间了，可效果一直不理想。"迦勒边说边啃起烤面包皮来，先把中间的部分啃掉，就像我们小时候那样。

　　在餐厅靠窗的一张桌子旁，我们面对面坐了下来。木桌子边上刻着两个字母"D"和"T"，中间用一颗心连着，刻得很小，小到我几乎没看见它们。边听迦勒说话，我边用手指沿着细小的刻痕抚摸。

　　"好在不久前博学派科学家发明了一种高效矿物溶液。比土壤更好，可以代替土壤进行植物种植。"他说，"它能促进细胞再生，还记得敷在你肩上的药膏吗？那算是它的改进版吧。"

　　他眼神中闪过一抹对新知的狂热，我越发觉得，并非所有博学者都如珍宁·马修斯一般渴求权力又缺乏良知，也有迦勒这种人，单纯以追求知识为乐，对世间的一切都很着迷，不搞清其中原理便不满足。

　　我把下巴搁在手上，冲他微微一笑。他整个早上都神采奕奕的。我很高兴他能找到一些事让心思从悲痛中转移出来。

　　"也就是接下来博学派和友好派要密切合作喽？"我问。

　　"友好派算是与博学派合作最为密切的派别。不知你还记得不，'派别历史课'称他们为'不可或缺的派别'，没有这两个派别，人们将无法生存。有的博学派文章还把它们称作'致富派别'。而博学派的使命之一便是要两者兼具，既做到不可或缺，又可以致富。"

没有博学派我们这个社会就不能维持，这种说法我不太能接受。但他们的确不可或缺：没有他们，就没有高效的种植技术，没有足够的医疗资源，更谈不上科技进步。

想到这，我使劲啃了一口苹果。

"你的烤面包不吃了？"他问。

"味道怪怪的，你想吃就拿去吧。"我应道。

"友好派的生活方式真让我眼界大开，"他拿过我盘子里的面包，"这里完全是自给自足。他们有自己的电源、水泵、水源过滤系统，以及食物来源……完全独立自主。"

"自力更生，与世无争。多好啊。"

我发自内心地说，好极了。至少从我所见来看，确实如此：桌旁的大窗子让阳光洒进屋里，我恍然有种坐在室外的错觉。餐厅里，友好者成群结伴地聚在其他餐桌旁，有说有笑，红黄色的衣服衬着晒成古铜色的健康肌肤。可黄色穿在我身上就毫无生气了。

"所以我猜你的个性测试里没有友好派倾向。"迦勒咧嘴笑着说。

"没有。"这时，坐在我们不远处的一群友好者爆发出一阵大笑。从我们坐下吃饭之后他们就再没往这边看一眼，"小声点好吗？我可不想大肆宣扬这事儿。"

"抱歉。"他隔着桌子把脑袋凑过来，压低声音问，"那到底有哪些派别？"

我立马警觉起来，坐直了身子："你问这干什么？"

"翠丝，我是你哥，你什么都可以告诉我的。"

他那绿眼睛一点都没有动摇。为了搭配无私派的灰色上衣，他已经不戴只象征博学派身份实际没用的眼镜了，头发也理成了无私派特有的小平头。他现在和几个月前一样，当时我们住的房间在彼此对面，两个人心里都备受煎熬，想着转派的事，却没勇气告诉对方。不够信任他，没告诉他我的想法是个错误，这个错误我不想再犯了。

"无私派、无畏派，还有博学派。"我说。

"什么？三个派别？"他挑起了眉毛。

"是啊，怎么了？"

"这种情况还真不多见。在博学派接受新生训练时，每个人都要选一个研究方向，我恰好选了个性测试的情境模拟，所以很了解它的设计原理。一个人有两种结果就已经很少见了，实际上系统不允许这样的结果出现。可三种结果……我都觉得不太可能。"

"执行测试的人切换了情境，"我解释说，"她强行把我切换到公车情境，如此一来她就可以排除博学派，不过，博学派显然没被排除。"

迦勒用拳头撑住下巴，若有所思地嘀咕道："系统覆盖，真厉害。可你的测试员怎么知道这一招？他们训练时可没学这个。"

我皱了皱眉，也有些纳闷。托莉只是个文身师，测试员工作也只不过是志愿工作，她怎么会知道如何切换个性测试的情境？如果她碰巧是电脑高手，那电脑技术只不过是她的业余爱好；可一想又觉得不对劲，若单纯对电脑有兴趣怎么可能更改博学派设定的情境模拟？

就在这时，脑子里忽然浮现出我们有次谈话时她提到的事：我跟我弟弟都是博学派出身。

"她是来自博学派的转派者，那或许就是原因所在了。"

"可能吧。"他的手指从左到右在自己脸上轻敲着。我们似乎话说得太认真，完全忘记了摆在面前的早餐，"难道你大脑中的化学物质或骨骼结构跟常人有什么不同？"他问。

我轻笑一声："这个我不清楚。我只知道在情境模拟中我可以保持清醒，有时候还对模拟免疫，比如攻击情境。"

"你怎么把自己从情境模拟中唤醒的？是怎么做到的？"

"我……"我努力搜寻关于情境模拟的记忆,上一次接受情境模拟测试不过是几周前的事,却总感觉是很遥远的事,"不好说,只要平静下来,无畏派的模拟就算过关了。可有一次……我靠意识做了一件不可思议的事情,我只把手放在水箱上面就打碎了玻璃……托比亚斯也就是那时发现我是分歧者的。"

迦勒的神色忽然变得恍惚,眼光怔怔地投向远处。我知道我刚刚所描述的事他在情境模拟中都没有经历过。所以他有可能在想那该是怎样的感觉,也可能是在思考这其中的原理。他在分析我的大脑,就像分析一台电脑或机器一样。想到这,我的脸变得温热起来。

"喂,别发呆。"我说。

"抱歉。"他的眼光终于又落在我身上,"我只是觉得这实在……"

"太神奇了,对不对?你老这样,每次碰到自己感兴趣的事都像被勾了魂一样。"

他大笑了几声。

"能换个话题吗?虽说这里没有博学派和无私派的叛徒,可公然这样讨论,还是觉得很怪异。"

"好吧。"

他还没来得及继续说下去,餐厅的门开了,一群无私派的人走了进来,他们跟我一样都穿着友好派的衣服,也跟我一样,一眼就让人看出他们究竟属于哪个派别。他们都很沉默,但并不沮丧,走过友好者身边时他们笑着点头示意,有几个人还停下寒暄了几句。

苏珊一如既往地梳着发髻,面带浅浅的笑意,走到迦勒身旁坐下,金色的头发如金子般闪着光芒。她和迦勒之间的距离比普通朋友要近一些,却没触碰对方。她向我微微点头,打个招呼。

"抱歉,没打扰到你们吧?"她柔声问道。

"当然没有。你好吗?"迦勒说。

"我很好。你呢？"

我正想着逃离这种彬彬有礼又小心翼翼的无私派式对话，托比亚斯一脸疲惫地拖着脚步走了进来。他今早一定是在厨房干活了，这是我们跟友好派谈定的条件，我也不例外，明天我要去洗衣房劳动。

"怎么了？"他在我身旁坐下时，我关切地问。

"友好派那么热心于避免冲突，可他们显然忘了——胡乱干涉别人的事只能引起更多冲突。"托比亚斯说，"如果再在这儿待下去，我一定会出手揍人，到时候场面就不好看了。"

苏珊和迦勒都挑眉看着他，坐在旁边的几个友好派的人也停止交谈，都盯着他看。

"你们都听到我说什么了吧！"托比亚斯对着他们说。他们也就把目光移开了。

"我说，"我慌忙抬手掩住笑意，"到底怎么了？"

"待会儿再说。"

我猜一定跟马库斯有关。托比亚斯不喜欢无私者听他提及马库斯的冷漠残暴时，脸上露出怀疑的表情，而苏珊就坐在他对面。我把双手夹在膝间。

无私派的人和我们坐同一张桌子，但中间还隔着两个座位，这是一种比较礼貌的距离，不过大部分人都朝我们点头示意。他们或是我父母的朋友和同事，或是我们的邻居。从前，有他们在场，我更要安静、低调，可如今我偏想大声讲话或大笑，想要离那个我曾经归属过，而现在却给我带来无限痛苦的无私派标准越远越好。

托比亚斯僵在旁边；同时有一只手搭在我右肩上，一阵剧痛传遍右臂。我咬紧牙关，忍着没出声。

"她右肩中枪了。"托比亚斯冷淡地说，都没看一眼我身后那个人。

"我道歉。"马库斯抬起手，坐在我左边，"早。"

"你想干什么？"我说。

"碧翠丝，"苏珊轻声说道，"没必要……"

迦勒悄悄打断了她："苏珊，拜托别说了。"

她把嘴抿成一条线，目光也转向别处。

我皱眉看着马库斯："我问你话呢。"

"我来是找你商量件事。"马库斯表情很平静，但他生气了——是语气的生硬出卖了他，"其他无私者跟我商议过，决定不留在这里。市里可能还会有继发冲突，其余同胞在市里受难，我们却在逃避，这是一种自私行径。因此希望你们能护送我们出去。"

这倒有些出乎我的意料。马库斯为什么急于回去？这真是无私派的集体决议，还是他想展开什么行动？难道这和他口中的"机密"有关？

我盯着他看了一会儿，接着看向托比亚斯。他放松了一点，可眼睛还是一直盯着桌子。我不明白，托比亚斯在自己父亲面前怎么会这样。无论什么人，就算是珍宁，也无法让他退缩。

"你觉得呢？"我问托比亚斯。

"我认为应该在后天动身。"他答道。

"好。谢谢。"马库斯起身走到桌子的另一头，跟其他无私者坐在了一起。

我往托比亚斯那边挪了一点，不知如何安慰他又不至于让事情变得更糟。我左手拿起苹果，右手伸到桌子下面，紧紧握住他的手。

我忍不住紧盯马库斯的一举一动，想了解他跟约翰娜还说了些什么。有时候，想要知道真相，你就得开口去问。

第五章
摊　牌

　　早餐过后，我告诉托比亚斯我要去散步，实际上我是去跟踪马库斯。我本以为他会去客房，他却穿过餐厅后的田野，走进滤水房。上楼梯前我迟疑了下，我是发自内心要这么做吗？

　　我踏上台阶，缓缓推开他刚刚带上的门。

　　滤水房面积不大，里面只有一个房间，还有几台庞大的机器。按照我的理解，整个总部的废水污水流入前几台机器，经过净化和检测设备后，再由最后一套设备将干净的水输送出去。大部分输送管道埋在地下，只有一条管道顺着地面延伸出去，净化水便沿着这条管道流到围栏旁的发电厂。发电厂负责整个城市的电力供给，使用的是风能、水能和太阳能。

　　马库斯走到滤水净化装置旁停了下来。这台机器的管子是透明的。我看到褐色的污水经由一根管子，流进机器里面，那里面完全看不见，再流出来时，水变得清亮了。他似乎也饶有兴趣地看着这净化过滤的过程，却不知心里是否和我想的一样：若是人生也能如此就好了，滤去所有污秽，然后纯净地回到这个世界。可有些污秽是永远也除不掉的。

　　看着马库斯的后脑勺，我心想，该行动了。

　　就现在。

"那天你们的谈话我都听到了。"我脱口而出。

马库斯猛地回过头："碧翠丝，你在干什么？"

"我跟踪你来这里啊。"我手臂交叉，抱于胸前，"那天你和约翰娜说的话我全听到了，关于珍宁攻击无私派的动机。"

"你怎么能随便侵犯别人的隐私？是无畏派教你的还是你自己学会的？"

"我天生好奇心就重。别转移话题。"

马库斯眉头紧锁，整个额头上都是皱纹，嘴角边是深深的法令纹。他似乎是个经常皱眉的人。他年轻时应该很帅，或许对他这个年纪的女人，比如约翰娜，他现在仍然极有魅力。可每次见他，我却只想到在托比亚斯的"恐惧空间"中看到的那一双无底黑洞般的眼睛。

"既然你听到了我和约翰娜交谈，那就肯定知道我连她都没告诉，你又凭什么以为我会跟你分享？"

我一时语塞，但紧接着答案忽然浮现。

"我父亲，"我说，"我父亲已经死了。"那天在逃往友好派的火车上，我告诉托比亚斯父母为救我而死，自那以后，这还是我第一次提起此事。那个时候，对我而言，"死亡"只不过是一个事实，不带任何情绪，可此刻，在这嘈杂的搅拌声和冒泡声中，"已经死了"这样的字眼如同一把巨锤，捶击着我的胸膛，悲伤的怪兽醒来，无情地抓扯我的双眼，我的喉咙。

我强迫自己说下去。

"也许他并不是直接为你所说的机密而死，可我想知道，他是不是会不惜性命保护那资料？"

马库斯的嘴唇抽动着。

"是，你说得没错。"他说。

泪水盈满眼眶，我眨了眨眼，怕它们落下来。

"那好，"我哽咽着说，"那它到底是什么？你到底是要保护那东西，还是想盗取它，又或者有别的打算？"

"这……"马库斯摇了摇头，"我不能告诉你。"

"它已经在珍宁手上了，而你想把它搞回来，对不对？"我边说边一步步走向他。

马库斯果真是一流的骗子，或者，至少得说他非常善于隐藏秘密。他没做出任何反应。我希望自己有约翰娜那双会"读心"的眼睛，能读懂他的表情。他已经快要向我吐露真相了，如果我再施加足够的压力，也许他就会吐露了。

"我可以帮你。"我说。

马库斯上唇噘起："你知道这话听起来有多荒唐吗？"他恶狠狠地说，"姑娘，也许你是能终止情境模拟，但那不过是靠运气，与能力无关。有朝一日，你若真能再做出任何有用之举，我搞不好会惊讶死的。"

这才是托比亚斯所认识的那个马库斯，一个知道如何戳中别人的痛处，造成最大伤害的人。

我气得浑身发颤："托比亚斯真没说错。"我吼道，"你就是一个刚愎自用、满口谎话的烂人。"

"是吗，他是这么说的？"马库斯挑起眉毛。

"怎么可能？"我咬牙切齿地说，"他才不屑提你呢，更不可能说这么多，这都是我自己看出来的。你应该明白，你在他眼中简直毫无地位。而且随着时间推移，你只会变得越来越渺小，越来越惹人生厌。"

马库斯默不作答，只是转过身，面朝着净水器。伴着哗哗的流水声和怦怦的心跳声，我在那里站了一会儿，回味着我的胜利。可等我离开滤水房，穿过田地时，才意识到我并没赢，马库斯才是真正的胜利者。

不管真相到底是什么，我都得想别的办法来获知了，因为我绝不会再去问他。

那夜，我梦到自己在一片田野中走啊走，碰到一群黑压压的乌鸦聚在地上，我撵走了几只，才发现它们是站在一个人身上，啄着那人灰色的无私派衣服。毫无征兆之下，乌鸦突然呼呼地飞走，我看清地上的人是威尔。

然后我就吓醒了。

我翻身把脸埋进枕头，发泄了出来，可我嘴里吐出的却不是他的名字，而是一阵震颤全身的啜泣。悲伤的怪兽再次袭来，翻滚在我内心的空洞之处。

我大口喘着气，双手捂住胸口。那头怪兽伸出了爪子，使劲扼住我的喉咙，压迫着我的气管。我挣扎着扭动身子，把头埋在双膝间，艰难地喘着气，直到那窒息般的感觉终于慢慢地消退。

空气热浪般包围着我，我却瑟瑟发抖。我从床上爬起来，蹑手蹑脚地朝托比亚斯的房间走去。光溜溜的双腿在黑暗中几乎泛着光。

我推开他的门，"吱呀"一声响，他猛地惊醒，盯着我看了一会儿。

"过来。"他好像还没睡醒的样子，随即挪了一下身子，给我腾出个位置。

我来之前应该事先想到的。我只穿着一件从友好派借来的宽大T恤，衣服刚刚遮住臀部。我也没想起要穿条短裤。托比亚斯的目光扫着我赤裸的双腿，我的脸瞬间觉得火辣辣的。我面对着他躺了下去。

"做噩梦了？"他说。

我点点头。

"怎么回事？"

我摇摇头。我不能告诉他威尔的身影常常出现在我的噩梦里，不然我就得跟他解释原因。他要是知道了我做的事，会怎么想，会怎么看待我？

他抬手轻轻摸着我的脸，慵懒地用拇指抚着我的颧骨。

"好在我们还好。"他说，"你和我，我们两个之间还好，对不对？"

我胸口隐隐作痛，点了点头。

"一切都乱套了，但我们会好好的。"他的气息轻触着我的脸，痒痒的。

"托比亚斯。"我喊着他，打算要说的话却全都忘记了，脑子一片空白。我靠上前去吻他。因为我知道只有亲吻他能让我忘记一切。

他也回吻着我，一只手缓缓伸向我的脸颊，慢慢掠过我的身侧，停留在我腰部的弯曲处，手掌覆着我的胯，滑向我裸露的腿，引得我浑身一阵震颤。

我更紧地抱着他，抬起一条腿缠在他身上。我的脑袋因为紧张嗡嗡作响，可我的身体似乎很明白该怎么做，因为我全身都在以一个节奏跳动，散发着同样的渴望——想逃离自己的躯壳，成为他的一部分。

他的唇贴着我的唇，手伸向我的T恤下面，尽管我知道应该让他停下，可我没有。我没忍住那一声轻轻的叹息，双颊也飞上一阵潮热，羞愧难当。不知他是没听到还是根本不在意，依然用手掌按在我的后腰，将我搂得更紧。那修长的手指沿着我的脊椎，摩挲着我的背。我的衣服往上轻轻拉起，可即使我觉得裸露的腹部有些凉意，也并没把衣服往下拽。

他亲吻着我的脖子，我紧紧抓着他的双肩，稳住自己的身体，把他的T恤攥在手心里。他的手抚摸着我的上背部，轻轻扣着我的脖子。我的T恤裹着他的手臂，我们吻得更加急切。我的双手因为身体里那股紧张的能量颤抖着，于是更紧地抓住他的肩头，以免他发现这点。

可接着，他的手指触到我肩上的绷带，一阵疼痛瞬间传遍周身。其实并没有那么痛，但我却一下子回到现实。

假如想要他是因为我想从悲伤中抽离，那么我不能就这么跟他在一起。

想到这，我向后微微退开，小心地拉下衣服遮住身体。有那么一刻，我们俩就这样躺在那里，沉重的呼吸声交错着。我没想哭，这不是哭泣的好时机，我不能哭，绝不能！但不管我怎么眨眼，这泪水还是驱散不去。

"抱歉。"

"不准道歉。"他的语气几近严厉，随即轻轻擦去我脸上的泪水。

我知道我身材纤瘦小巧，没有曲线，如同鸟类，是为了飞翔而生。可当他这样触摸着我，好像不忍将手拿开，我又不希望自己跟现在有任何不同。

"我不是故意这样，我只是觉得……"我声音颤抖着，不住地摇头。

"不该这样。不管你父母是否到了一个更好的地方，他们不能陪在你身边了，事情不该是这样，翠丝，更不该发生在你身上。那些说什么'没事'的人都是骗子！"他说。

我再次忍不住啜泣起来，任凭他把我抱得紧到快要窒息，我都不在乎。小声的呜咽慢慢变成失态的号啕大哭，我张大嘴，满脸扭曲，哭声如同垂死野兽的哀号。再这样哭下去，我很快就要崩溃了，也许那样比较好，与其假装坚强，还不如彻底发泄来得痛快。

他好长时间都没开口，直到我再次安静下来。

"睡吧。"他说，"要是再做噩梦，我来把它赶跑。"

"你用什么赶？"

"当然是用拳头了。"

我用手臂环着他的腰，把脸埋在他肩膀上，深深地呼吸了一下他的气息。这是汗水、新鲜空气，还有薄荷混合的味道，那是他用来缓解肌肉酸痛的药膏味儿。当然，在他的怀里，我还闻到了安全的味道，仿佛漫步在阳光普照的果园，又好似在餐厅里安静地享受早餐。一阵困意袭来，我迷迷糊糊地快要进入梦乡，这一刻，我几乎忘掉了那伤痕累累的城市，还有不久后就要找上我们的所有冲突。

就在快要沉沉睡去时，我听到他低声说着："我爱你，翠丝。"

也许我想说我也爱你，可我实在太困了。

第六章
如此惩戒

那天早上，我在电动剃须刀的"嗡嗡"声中睁开双眼。托比亚斯站在镜子前，他歪着头，想要看清下巴的边角。

我双臂抱膝，披着一层被单，目光追随着他的一举一动。

"早，睡得怎么样？"他问道。

"还好。"我从床上下来，走到他身后，他头往后仰，把下巴凑在剃刀上，我伸开双臂抱住他，前额抵在他背上，无畏派的文身正从那里露出领口。

他放下剃刀，双手交叠着覆在我手上。我们都没说话，我静静地听着他的呼吸，他则漫不经心地轻抚我的手指，本来要做的事全都抛诸脑后。

"我得回去洗漱了。"过了一会儿，我打破了沉默。当然，我不舍得离开，可今天我要去洗衣房工作了，我不想让友好派的人觉得我没尽到协议里的义务。

"等下，我给你找几件衣服。"他说。

几分钟后，我穿着昨天那件宽大的T恤和托比亚斯从友好派借来的一条短裤，赤脚走在走廊上。回到卧室一推开门，却看到皮特站在我床边。

直觉让我警惕地直起了腰，想在房间里找件钝器防身。

"出去。"我尽量坚定地说，声音还是免不了发抖。眼前似乎浮现出他掐着我脖子把我悬在峡谷上方，以及毫不留情地把我推撞在无畏派基地墙上时的眼神。

他转过身看着我。最近他看我时眼神里没有了往日的怨恨，只是看起来疲惫不堪，整个人无精打采的，受伤的胳膊挂在胸前。但我没那么好骗。

"你在我房间干什么？"

他向我走近了点儿："那你跟踪马库斯又是干什么？昨天早餐后我可是看到你去哪儿了。"

我也毫不示弱地瞪着他："不关你的事。出去。"

"我来这儿只是想知道你为什么保管那个硬盘，你最近情绪可是很不稳定。"他说。

"我情绪不稳定？"我大笑着，"这话从你嘴里说出来，还真是好笑。"

皮特抿着嘴，不说话了。

我眯起眼睛："话又说回来，你为什么对这硬盘这么感兴趣？"

"别把我当傻子。这硬盘里装的可远远不止情境模拟的数据。"

"把你当傻子？你当然不傻，你是想着把硬盘送给博学派去邀功吧？然后他们就会原谅你泄漏机密，重新青睐你，对不对？"

"我不想重新得到他们的青睐！"他说着停下脚步，没再往前走，"你也不想想，如果我要那么做，干吗还在无畏派基地费劲地帮你？"

我用食指戳着他的胸膛，恨不得把指甲都戳进去："你帮我只是因为你不想再挨我一枪。"

"是，我是不像你一样向着无私派，为了他们宁愿背叛无畏派。可是我告诉你，任何人都别想控制我，尤其是博学派。"他用力捏着我的食指。

我把手抽回来，扭动着不让他抓住，满手都是冷汗。

"我不指望你这种人会明白。"我在衣角上擦掉手心的汗，慢慢向梳妆台挪动，"我敢说，如果这次遭受攻击的不是无私派，而是你们诚实派，你肯定一样坐视不理，看着他们眉心吃枪子。可我不是你这种人。"

"僵尸人，你嘴放干净点，别这么说我家人。"他跟着我的脚步，缓缓移向梳妆台，但我小心地调整位置，挡在了他和梳妆台之间。只要他在这里，我就不能当着他拿出硬盘，暴露我藏硬盘的位置，但又绝不能让他通向硬盘的路毫无阻碍。

他看着梳妆台，目光飘到梳妆台左侧，我藏硬盘的地方。我的心顿时揪成一团，紧皱眉头，可就在这时，我注意到先前忽略的一点，他口袋里像是装着什么有棱角的东西，是硬盘！

"马上交出来。"我冷冷地说。

"不给。"

"快交出来，不然我发誓会在你睡着时弄死你。"

他嘻嘻一笑："你该看看自己威胁人的样子有多可笑。活像个小女孩说要拿自己的跳绳勒死我一样。"

我抬脚逼近他，他顺势退到走廊里。

"别叫我'小女孩'。"

"我爱怎么叫就怎么叫，你管得着吗？"

我迅速举起左拳对准最疼的地方——他手臂上的枪伤。他躲开了我的拳，我不再盲目挥拳，而是牢牢地钳住他的胳膊，使劲扭向他身后。皮特扯着嗓子尖叫，趁着他因为疼痛分神，我用力踢向他的膝盖，他扑通摔倒在地。

人们都拥进了走廊，红色、黄色、灰色、黑色的身影攒动着。皮特半蹲着身子，全力朝我冲来，一拳打在我的腹部。我疼得弯下了腰，但剧痛不能阻止我，随着一声介于尖叫与呻吟之间的叫唤，我整个人向他扑过去，抬起左肘准备攻击他的脸。

可我还没碰到他，一个友好派的人便抓住我的胳膊，半拖半扯地把我从皮特身边拉开。

我肩头的伤口一阵一阵疼起来，但在肾上腺激的作用下，我几乎感觉不到这痛楚。我朝皮特的方向挣扎着、扭动着，完全无视围在我身边的友好者、无私者，还有托比亚斯他们那惊愕的脸。一个女人跪在皮特身边，温柔地低语着安慰他。我尽力忽略他蜷缩在地上发出的痛苦呻吟，还有我内心那沉重的愧疚感。我恨他，我什么也不介意，我恨死他了。

"翠丝，冷静点！"托比亚斯说。

"他偷了我的硬盘，他口袋里装着我的硬盘，快让他还给我！"我大喊着。

托比亚斯走到皮特身边，无视他旁边蹲着的女人，抬脚就踩在皮特的胸膛上，让他动弹不得。托比亚斯将手伸进皮特的口袋，一把掏出了硬盘。

托比亚斯把声音压得极低，对皮特说："我们不会一辈子都待在避险屋，你这么做真不明智。"说完，他又转向我，"你也一样不明智，你是想连累我们大家被赶出去吗？"

我脸一沉。抓着我胳膊的友好者拖着我沿走廊走下去，我使劲扭动着身体，想挣脱他的手。

"你这是干吗？放开我！"

"你已经违反了我们的和平协定，"他温和地说，"我们只好按条例办事。"

"去吧。"托比亚斯说，"你需要静一静。"

我扫视人群，他们都默不作声，没人和托比亚斯争辩，大家的眼睛都躲着我。

我只好任由两位友好者领着，沿着走廊走下去。

"注意脚下，这里的地板不是很平。"其中一个友好者说。

我的头隐隐作痛，这说明我冷静下来了。我们就这样走着，那位头发灰白的友好者突然停下脚步，打开左手边的一扇门。门上有个牌子：冲突处理室。

"你们这是要关我禁闭吗，还是怎么样？"我沉着脸。这正是友好派的招数，先休息放松，再教我深呼吸，往正面思考。

打开门，一阵刺眼的光线直射我的双眼，我不得不半眯着眼睛看。对面墙上有几扇大窗子，透过窗子能看到果园。尽管如此，可整个屋子却感觉空间狭小，或许是由于天花板和地板及四面墙一样，都铺着木板吧。

"请坐。"年长的人指着屋子中央的一个凳子说。这凳子跟友好派总部的其他家具一样，也是用粗木打造的，看起来很结实，仿佛仍然长在泥土之中。我没有坐下。

"架打完了，我不会再动手了。至少在这里不会了。"我说。

"别着急，我们按照规则一步步来。"那位年轻些的友好者说，"来，请坐，我们跟你讨论一下原委，讨论完你就可以走了。"

他们语调平缓，声音柔和，这和无私派的小心翼翼，时刻怕惊扰他人的低语不同。它温和、镇定、轻柔，然后我不禁想知道，在友好派的训练过程中，他们会不会教给新生这些事呢，如何才能柔声细语、步态轻盈、笑容得当，以达到内心的宁静，激发友好特质？

尽管我百般不想坐下，可还是坐在了椅子边沿，好在必要时能快速起身。那位年轻的友好者则站在我身前。

我听到身后铰链吱吱作响，慌忙转过头，看到年长的那个人在我背后摆弄着桌子上的什么东西。

"你这是在做什么？"

"沏茶。"他应道。

"我不认为沏茶能解决这个问题。"

"那你给我们讲讲，"站在窗前的年轻人笑着说，我的注意力又回到窗户那儿，"你认为怎么才能解决问题？"

"把皮特赶走。"

"可我怎么觉得是你袭击他的呢？事实上，之前你还开枪打伤了他的肩膀。"他缓缓地说。

"那都是因为他罪有应得，你根本不知道他干了多少坏事。"我的脸随着心跳加速变得火辣辣的，"他以前差点杀了我，还有别人，对了，他曾经拿一把黄油刀……就这么一戳，插进爱德华的眼睛里，他根本就是个魔鬼。我有权利——"

脖子突然一阵刺痛，眼前一片跳动的黑点，那个友好者的脸也变得模糊了。

"抱歉，亲爱的。我们只是按规行事。"

年长者手中拿着一个注射器，管子里还残存着几滴他给我注射的液体。液体是草绿色的。

我不停地眨巴眼睛，黑点慢慢从眼前消失了，可整个世界依然摇摆不定，仿佛我坐在一把不断摇晃的摇椅上。

"你感觉如何？"那个年轻的友好者问我。

"我感觉……"我本想说"生气"，我生皮特的气，更气友好派对他这种恶人的姑息，可我不该恨他们，对吧？我脸上浮起一抹笑意，笑盈盈地说，"我感觉非常好，轻飘飘的就像……像在漂浮。或者说，摇摆。你呢？"

"晕眩很正常，是血清的副作用，今天下午你可能想休息。至于你的问题，我也感觉不错，谢谢关心。"他说，"你想走的话就可以走了。"

"请问您知道托比亚斯在哪儿吗？"一想起他的脸，我就涌出满心的爱慕，想立刻冲上去吻他，"我说老四，他很帅，是吧？真不知道他为什么这么喜欢我，我这人也不是那么好，对吧？"

"大部分时候都不算好。"那人说，"不过你要努力的话，我认为你可以做个好人。"

"谢谢你这么说，你人真好。"

"我想你可以去果园找找他。打架事件后，我看到他出去了。"

"打架？真是愚蠢至极……"我轻声一笑应和着。

我现在真真打心眼儿里觉得，把拳头甩到别人身上，不过是用力过猛的"爱抚"。我当时为什么那么傻？我应该轻轻抚摸皮特的胳膊才对啊，那样对我俩都好，我的指关节也就不会这么痛了。

我站起来，扶着墙，朝门走去。我得扶着墙才能保持身体平衡，不过这墙真是坚固，我肯定倒不了，所以没关系。

就这样，我一路摇晃地沿着这走廊走下去，想到自己摇摇摆摆的样子就咴咴地笑。现在的我，就像一个学走路的小孩，又变得笨手笨脚，站都站不稳当。"碧翠丝，落脚时要小心，当心摔着。"母亲曾经微笑着这样对我说。

走到外面，我感觉树上的叶子似乎更绿了，真是鲜嫩欲滴，我简直可以尝到那种滋味。也许我真的可以尝一尝，就像小时候把青草放在嘴里，只是想尝尝那是什么味道。摇摇晃晃地走在台阶上，差点踩空摔下去，地上可爱的小草挠着我光着的脚，痒痒的，我便大笑起来。就这样我朝果园方向慢慢走去。

"老四！"我大声喊着，心里忽然生出一丝疑惑：我为什么在数字前加一个"老"字？过了一会儿，我想起来了，那是他的名字，于是又喊了起来，"老四，你在哪儿？"

"翠丝？"一个声音从右手边的树林中传了过来，感觉像有棵树在和我说话，我被这个想法给逗乐了，咯咯地笑起来，那当然是托比亚斯，他弯腰站在树枝下面。

我冲他飞奔过去，但地面向一边倾斜，搞得我差点跌倒，幸亏他用手扶住了我的腰。他的手指好像有魔力一般，我顿时感觉浑身有如通了电流一般；又好像他的手指点着了火，身体里面所有的细胞好像被点燃了。我紧紧搂住他，恨不得整个身子都贴上去，接着踮起脚、抬起头去吻她。

"他们把你——"没等他把话说完，我便用嘴唇封住了他的嘴，他也快快地吻了我一下，便转开头，看他这样，我不由得深深叹了口气。

"真扫兴，好吧，我不是那个意思，可……"我有些语无伦次了。

我踮起脚尖，又去吻他，他却把手指压在我唇上阻止我。

"翠丝，他们到底把你怎么了？你现在这个样子跟疯了一样。"

"你这样说多不好啊，"我应道，"他们让我心情舒畅，就这些啊。现在我真的只想吻你，所以，如果你能放轻松——"

"我不会吻你。我要搞清楚这到底是怎么回事。"他打断了我。

我嘟着下嘴唇，但随即好像什么都想明白似的，傻笑起来。

"就是因为这样你才喜欢我，因为你也不是好人，这下我终于懂了。"我惊呼道。

"走，跟我去找约翰娜。"他并没正面回应我。

"我也很喜欢你。"

"承蒙厚爱。"他语气平淡地说，"走吧。老天……算了，我抱你。"

他把我抱起来，一只手托在膝下，另一只手托起我的背。我紧紧抱住他的脖子，在他脸上吻了一下。我发现踢腿的时候脚上能感觉到风，很好玩儿，于是他朝约翰娜工作的大楼一路奔去时，我就上上下下踢个不停。

我们走进约翰娜的办公室，她坐在桌子后面，桌上摆着一摞文件；她正咬着铅笔上的橡皮。见我们闯进来，她抬起头，嘴巴微张，一缕头发垂下来，遮住有疤的那半边脸。

"你真不用遮住那伤疤，头发不遮脸时你更漂亮。"我说。

托比亚斯重重地把我放下来，用的劲儿大了些，震得我肩上的伤口微微作痛。可我好喜欢双脚落地时的声音，不由得大笑起来。不过约翰娜和托比亚斯都没笑，真是奇怪。

"你们把她怎么了？"托比亚斯开门见山，没半点寒暄，"你到底对她做过什么？"

"我……"约翰娜蹙眉看着我，"他们一定是给她注射多了。她体形娇小，他们可能没考虑到她的身高、体重。"

"他们给她注射多了什么？"他问。

"你声音真好听。"我插嘴道。

"翠丝，安静点好不好？"他说。

"镇定血清。"约翰娜说，"小剂量注射有助于改善情绪，缓解焦躁，恢复镇静，作用相对温和，只有一个副作用，轻微的眩晕。对于社区里无法保持安宁的成员，我们会帮助注射这种血清。"

托比亚斯不屑地哼了一声："别把我当白痴。你们社区里的每个人都有可能心绪不宁，因为他们都是人。这么说来，你们八成把血清掺进饮用水了吧？"

约翰娜并不急于正面回答这个问题，而是双手交叉，抱于胸前。

"相信你很清楚，事实并非这样，否则这次冲突也就不会发生了。"她说，"但无论我们做什么，那都是集体行动，是整个派别的决策。如果可以给整个城市的人都提供这种血清，我会这么做的。如果我真这么做了，那你们现在也不至于处于这种境地了。"

"哦，当然。麻醉所有人的神经的确是解决问题的好办法。真是绝佳的计划啊。"

"老四，讽刺挖苦别人不是好习惯。"她柔声道，"我很抱歉他们误给翠丝这么多血清，真的很抱歉。可她的确违反了我们的协议，所以，我恐怕没办法留你们待下去了。她和叫皮特的那男孩之间的冲突，我们无法谅解。"

"别担心，我们打算能多快就多快地离开。"托比亚斯答道。

"那好。"她带着浅浅的笑说，"友好派和无畏派若要和平相处，最好还是保持一定距离。"

"这样很多事就说得通了。"

"请问，你在暗示什么？"她问。

托比亚斯咬牙切齿："这足以说明，友好派的中立是个幌子——说得好像中立真可能存在一样！——却眼睁睁看我们死在博学派手上。"

约翰娜没有吭声，只是轻轻地叹了口气，目光投向窗子外面。窗子外头有一个小庭院，长满了葡萄藤，这些藤蔓争先恐后地爬到窗台的边角，似乎想爬进窗子里来，也想加入屋内的谈话。

"友好派不可能做那样的事情，"我说，"那样太恶劣了。"

"全都是为了和平着想，我们才坚持不卷入……"约翰娜开始解释。

"和平。"托比亚斯几乎是从牙缝里吐出这个字，"是啊，等我们这些人都死光了，要不就迫于意识操控的威胁屈服顺从，或者永远困在情境模拟之中，世界就'和平'了。"

约翰娜的脸瞬间扭曲，我也模仿她这表情，想知道脸变成那样是什么感觉。终究还是觉得不舒服。不知道她为什么要摆出这样一副表情。

她缓缓地说，"这不能由我来决定。要是我说了算，恐怕我们此刻谈的就不是这些问题了。"

"你是说，你不同意他们的观点？"

"我是说，我无权公然反对友好派做出的决定，但有可能，我在心里不是那么想的。"

"我和翠丝两天内离开，"托比亚斯说，"希望友好派不要因此改变把辖区设为'避险屋'的决议。"

"我们的决议一旦定下，不轻易撤回。那皮特呢？"

"至于皮特，你们必须单独处置他，因为他不会跟我们一起走。"

托比亚斯牵过我的手，他的手虽然不柔软，也不光滑，但触感很好。我满是歉意地对约翰娜笑笑，可她的表情依然没变。

"老四，如果你和你的朋友不想……受'镇定血清'影响，最好不要吃这里的面包。"约翰娜说。

托比亚斯回头道了声谢，我们并肩沿着走廊离开，我蹦蹦跳跳地往前走着。

第七章
绝命追杀

镇定血清的作用在五小时后慢慢消退，此时太阳刚要落山。自打从约翰娜的办公室回来，托比亚斯便把我关在房间里，每小时来看我一次。这次，他进来的时候，我正坐在床上，眼睛死死盯着墙面。

"谢天谢地，"他把额头抵在门上，"我都以为药效永远退不下去了，那我可就得把你留在这儿……闻闻花香，干些你在那玩意儿控制下想做的古怪事。"

"我要杀了他们，"我说，"我要杀了他们。"

"不用费那个劲了，反正我们马上就要走了。"说着，他带上身后的门，从口袋里掏出硬盘，"我觉得我们可以把它藏在梳妆台后面。"

"我之前就把藏在它那儿了。"

"我知道，正因如此皮特才不会再来这里找。"托比亚斯一手使劲挪动梳妆台，另一手把硬盘塞进它和墙壁之间的缝隙。

"奇怪，我怎么没法儿对抗'镇定血清'呢？"我疑惑地说，"若是我的大脑结构奇怪到能抵抗情境模拟的血清，为什么不能让镇定血清失效呢？"

"还真不知道。"他说着一屁股坐在我身边，床垫回弹了一下，"也许只有发自内心想排斥，才能让血清失效。"

"很显然，我的确想排斥它啊。"我有些焦灼地说，但口气不那么肯定。我真想过排斥镇定血清吗？会不会远离痛苦、忘却愤怒、让一切短暂失忆，也很好呢？

"有时候，人们会单纯地想追求快乐，哪怕这快乐并不真实。"他边说边用胳膊揽住我的肩膀。

他说得对。即便此刻，我们之间的和睦也是建立在逃避之上的——我不想谈论威尔，不想提起父母，不想谈起马库斯，更不想说我差点开枪打中他的头。我不敢用真相打破这来之不易的平静，因为我只能仰赖它支撑下去。

"或许，你是对的。"我轻声说道。

"你这是在妥协吗？"他假装震惊地张大嘴，"看来这血清对你来说还是有好处……"

我使劲儿推了他一把："收回你的话，马上收回去！"

"好，好！"他举双手投降，"怎么说呢……我也不是什么好人，所以才会那么喜欢你——"

"出去！"我指着门大吼。

托比亚斯自顾自地大笑着，亲了亲我的脸，然后走了出去。

那晚，我没去食堂吃饭，因为发生了这些事让我觉得尴尬，便跑到果园最远的一颗苹果树上待着，采摘熟透了的苹果。我爬到再也不敢往上爬的树枝上，浑身肌肉酸痛。我发现只要坐定不动，悲伤就会找到缝隙钻进来，于是我一刻也不停地找事做。

站在树枝上，我撩起衣摆擦了擦额头，却在这时听到远处隐约传来声响。开始时声音很小，还跟蝉鸣混杂在一起。我站着不动，仔细分辨这声音，过了好一阵儿，才听出那是什么声音：汽车。

友好派倒是有十来部运送货物的卡车，但只在周末时才会派上用场。我的脖子后面一阵刺痛，若这车不是友好派的，那就可能是博学派的。我得弄清楚才行。

我用双手抓住头顶的树枝，却只能靠左臂用力，把身体撑起来，我很惊讶自己竟然做到了。我弯腰站着，任凭细枝树叶跟头发缠在一起，移动重心的时候，几个苹果掉在地上。苹果树不高，我看不了多远。

我踩着临近的树枝，用手抓牢稳住身子，不断变换姿势，在这密密麻麻如迷宫般的树枝中迂回前进。我仍然记得爬码头的摩天轮时的情景，记得那酸痛的肌肉和抖动的双手。此时不同往日，我虽有伤，却仍比那时健壮多了，攀爬显得容易多了。

树枝渐渐稀疏，也没刚才那般粗壮了。我舔了舔嘴唇，看着下一根树枝。爬得越高越好，可我现在需要爬的那根树枝看起来短而柔软，让我心里没了底。我先把一只脚踩上去，试了试它的韧性，它弯了一下，不过还能撑住我。我撑起自己，把另一只脚也踩了上去，只听见"啪"的一声，树枝断了。

我向后跌落时，倒抽了一口冷气，赶在最后一秒紧紧抓住了树干。这里最好足够高。我踮起脚，朝着声音传来的方向远眺。

起初我只看见一大片农田，一长条空地，还有城市围栏，接着是围栏外的田地以及更远处的建筑的边缘。可就在这时，我看到远处有几个移动的黑点朝着大门前进，在阳光的照射下闪着银色的光。汽车嵌着黑色的车顶，是太阳能电池板。答案很明了，博学派正在驶来。

嘶嘶的呼吸声从牙缝里发出来。必须马上通知大家，我不允许自己多想，先放下一只脚，再放下另一只，因为动作太快，树皮剥落下来，掉在地上。双脚一着地，我便飞奔起来。

我边跑边数着路过了几排树，心里好有个数。七，八。树枝低垂着，挡住了去路，我只好弯下腰，从这密密层层的树枝下穿过去。九，十。我把右臂紧紧抱在胸前，拼命跑，每跑一步，臂上的枪伤就刺痛一下。十一，十二。

数到"十三"，我猛地向右转弯，沿着一条小路继续跑。第十三排的树枝交错相连，几乎连成了片，叶子、枝丫、果子，一起造就了一个迷宫。

我已经快喘不上气，肺部有些刺痛，不过离果园尽头不远了。汗水打湿了双眉，我跑进食堂，推开大门，横冲直撞地穿过一群友好派男子，他就在那里——托比亚斯就在餐厅一角，跟皮特、迦勒和苏珊坐在一起。我眼前直冒金星，几乎看不清他们了，还好托比亚斯拍了拍我的肩膀。

"博学派……"我只说得出这三个字。

"他们来了？"他问。

我猛地点点头。

"我们还有时间逃吗？"

这我说不好。

这时，坐在桌子另一头的无私者也注意到了我们的对话，不一会儿，他们便都围过来。

"为什么要逃？"苏珊疑惑地说，"友好派已经把这里设为避险屋了，不允许任何冲突发生啊。"

"友好派恐怕很难执行那个决议了。"马库斯应道，"平息冲突本身就少不了冲突。"

苏珊点点头。

"我们不能离开，没时间逃了，现在逃会被他们逮个正着。"皮特说。

"翠丝有枪，我们可以突围出去。"托比亚斯说。

说完他便朝客房走去。

"等等，我有个主意。"我环视这群无私者，"伪装。博学派还不确定我们的踪迹，我们可以假装成友好派。"

"好，那衣着不像友好者的现在马上回客房换装，"马库斯对无私者说道，"衣着没问题的，马上散下头发。记住，尽量模仿好友友者的行为举止。"

听罢，穿灰色制服的无私者便离开餐厅，穿过中庭一起往客房走去。我跟着他们一起过去，慌忙跑进自己的房间，手脚着地跪在床边，把手伸到床垫底下，去摸手枪。

摸索了一会儿才找到。可一找到枪，我就感觉喉咙干涩发紧，连口水都咽不下去了。我不想再碰这把枪，一辈子都不想再碰它了！

翠丝，别想东想西了。内心的声音催促道。我拿起手枪，塞在红裤子的腰带下。好在这裤子又大又宽松，手枪的轮廓看不清楚。我突然瞟到床头柜上摆着伤口愈合膏和止痛药，便匆匆抓起来塞到口袋里，万一我们要逃，或许还能派上用场。

随后，我疾步走向梳妆台，抽出硬盘。

博学派要是抓住了我们——这种可能性不小——他们肯定会搜身，我绝不能把这硬盘交出去，更不能让他们重启攻击情境。可硬盘里还装着攻击情境模拟期间的监控录像，是我们所失去的一切的见证，记录着我父母的死。要知道，无私者从不照相，这就成了我父母在世上唯一留存的影像。

多年之后，当时间冲淡了记忆，他们的样子会在我印象中渐渐模糊，我要怎样才能想起他们的样子？他们的面容会随着记忆改变，我就再也见不到他们的真容。

别犯傻了，这都不重要。

我紧紧地攥着硬盘，紧到手都有些疼了。

可为什么我觉得它意义非凡？

"别犯傻了。"我喊出声来，咬咬牙，一把抓起床头柜上的台灯，把它从插座上扯下来，把灯罩往床上一扔，蹲在硬盘旁。我强忍住泪水，拾起灯座砸了下去，砸出一个凹痕。

我握住灯座，砸了一遍又一遍，硬盘渐渐裂开，在地板上散成碎片。我把碎片踢到梳妆台底下，重新摆好台灯，不停用手背擦着眼睛，冲进走廊里。

不一会儿，一小群身着灰衣的男男女女站在走廊中，把几摞衣服分门别类，皮特也在其中。

"翠丝，你怎么还穿着灰衣服？"迦勒问。

我揪了揪父亲的衣服，犹豫不决。

"这是爸的衣服。"我说。是啊，如果我现在一脱一扔，恐怕就再难寻到它了。我紧咬嘴唇，想借着这疼痛让自己镇定下来。我必须扔掉它，这只不过是一件衣服，没什么大不了的。

"我把它套在衣服下面吧，没人会发现的。"迦勒说。

我点头应允，抓起一件足够宽大，能遮住枪支隆起的红衬衫，躲进旁边的房间里换下来。出来后我把灰衬衫递给迦勒。托比亚斯房间的门开着，透过门缝，我看到他正把几件灰衣服扔进垃圾桶中。

"你觉得友好派会帮我们糊弄过去吗？"我倚在门口问他。

"为了避免冲突吗？"托比亚斯点头，"当然。"

他穿着一件红领衬衫，一条膝盖处有些许磨损的牛仔裤。这样的组合穿在他身上看起来有些滑稽可笑。

"衬衫还不错。"我只能这么说。

他冲我皱皱鼻子，轻声说："也只有这件衣服才能遮住脖子上的文身了，好不好？"

我紧张地笑笑，差点忘了身上还有文身，不过我身上的衬衫已经把它们遮住了。

五辆黑顶棚的银色轿车开进了辖区，在高低不平的路上颠簸前进，引擎不时发出一阵阵颤动声。我一把拉开门溜进楼里，进楼之后没关门，托比亚斯则忙活着修理垃圾箱上的插销。

轿车停了下来，车门打开，出来至少五个穿着博学派蓝衣的男女。

还有十五名身穿黑衣的无畏者。

无畏派的人走近时，我这才看到每人的胳膊上还绑着一条蓝布，这只能是他们效忠于博学派——奴役他们心智的那个派别——的标志了。

托比亚斯牵起我的手，带我走进客房。

"真没想到我们无畏派竟然如此愚蠢。"他无奈地说，"对了，你把枪带在身上了吧？"

"嗯。可我左手开枪，不能保证有准头。"

"那就抓紧时间练习。"他那语气带着一丝训斥，果然还没改掉导师的样子。

"我会的，"我又颤抖着补充了一句，"如果能活得成的话。"

他双手轻抚我赤裸的胳膊："走起路来，要轻快些，"说着吻了下我的额头，"一定要假装见到枪就害怕。"然后又在眉间给我一吻，"还有，要装成你永远不会变成的那种胆小鬼，"最后又亲了下我的脸，"这样你就没事了。"

"好。"我抓着他的衣领，手抖得厉害。把他往下拉，让他的唇压在我的唇上。

铃声飘过来，一声，两声，三声。是友好派召唤大家去用餐大厅。如果聚会目的不像上次参加的那么正式，友好派应该会在这里召开会议。我们加入扮成友好者这一群无私者当中。

苏珊的发型和友好派轻快的风格不搭调，我拿掉了她头上的发夹。长发落在肩上，将她方方的下巴衬托得柔和了几分，比以前多了几分妩媚和俏皮，我还是第一次见她这个样子。她感激地冲我微微一笑。

按理我应比无私者更勇敢才是，但他们似乎不像我这么忧虑，反倒我心里像揣着个兔子一般。他们只是沉默不语，行走间互相微笑着。可友好者不会如此安静，他们再这样下去，早晚会露出马脚。我挤过人群，戳了戳一个年长女人的肩膀。

"叫孩子们玩捉人游戏。"我说。

"捉人？"她有些惊愕。

"他们这样太有规矩，太像……僵尸人了。"说到"僵尸人"三个字时，我心里打了个激灵，在无畏派时，那是我的绰号，"友好派的小孩一般都很吵闹。快，照做就是了。"

她拍了拍一个无私派小孩的肩，在他耳边嘀咕了几句，没多久，几个孩子就追逐蹦跳着避开友好派的人，喊着："我捉到你了，轮到你捉我们了。""不行，你碰到的是我的袖子。"

迦勒追了上去，挠了下苏珊的肋骨，搞得苏珊尖声大笑。我试着放松，照托比亚斯说的让脚步轻快起来，转弯时胳膊也摆动起来。我大感惊讶，假扮成另一个派别，一切居然都改变了，甚至连我走路的样子也不一样了。难怪我被测出拥有无畏派、无私派和博学派三个派别的特征是件稀罕事。

穿过中庭前往用餐大厅时，我们赶上走在前面的友好派，便四散开来，混在他们之中。他们没说什么，任由我们分散在他们中间。至于托比亚斯，我肯定不会让他离开我的视线，我不想离他太远。

两个无畏派叛徒双手持枪，分立在用餐大厅门口两侧。看到这情形，我浑身僵硬起来。突然，这一切感觉如此真实，我正赤手空拳被赶进博学派和无畏派包围的危险之地。如果他们发现了我，就是想跑也没处可跑。他们肯定会将我当场击毙。

我考虑着逃跑，可能跑到哪儿去呢？到哪里他们都能逮到我。算了，硬着头皮进去吧。我试着调整呼吸节奏，已经快要从他们身边过去了，心里不停默念：不要看，不要看。再有几步就过去了。往别处看，往别处看。

这时，苏珊一把挽住我的胳膊。

"假装我在给你讲笑话，假装觉得好笑。"

我顺势捂住嘴，假装应着这笑话，咯咯笑着，这尖声细气的笑声从我嘴里出来很奇怪。不过从她给我的微笑来看，大概我这演技还算过关。我们学着友好派的姑娘，手牵着手走，不时回头瞄一下这蒙在鼓里的无畏者，接着又咯咯地笑起来。我很惊讶自己心里这样沉重，竟然还能装得出来。

"谢谢。"一进到里面，我就压低声音对她说。

"别客气。"她应道。

我们走到一条长长的桌子旁坐了下来，托比亚斯坐在我对面，苏珊坐我旁边，其他无私者分别在餐厅各处就坐，而迦勒和皮特则跟我隔了几个位置。

我用手指敲着膝盖，静静等着接下来的一切。有好长一段时间，我们就在那里坐着，我假装听左边那个友好派姑娘讲故事，时不时抬头看看托比亚斯，他也看看我，感觉我们就像把彼此的恐惧来回传递。

终于，约翰娜走了进来，旁边还跟着个博学派女人，她深棕色的皮肤衬得衣服的蓝色过于鲜艳了。她边扫视全场，边和约翰娜交谈着，眼光扫到我身上，我吓得一下子屏住呼吸，看到她的目光没有停留，这才松了口气。她没有认出我。

至少，现在还没认出来。

有人重重地捶了下桌子，满屋的嘈杂声立刻停了下来。这个时刻还是来了，我们的命运全在约翰娜一句话，不知她会帮我们蒙混过去，还是乖乖把我们交出去。

"我们博学派和无畏派的朋友正在搜寻一些人，"约翰娜开口了，"包括几个无私者，三个无畏者和一个退出博学派考验的新生。"约翰娜微笑着继续说道，"为更好地配合搜寻工作，我已把真相悉数告知，这些人的确来过，不过已离开了。他们希望对我们的辖区进行搜查，这需要各位投票表决。请问有人反对此次搜查吗？"

她的声音里的紧张是在暗示，假如真有人反对，最好也不要吭声。我不知道友好者是否领悟此事，不过他们都没吱声。约翰娜冲那个博学派女人点头示意。

那女人随后对守在门口的无畏者吩咐道："你们三人守在这里，其余人给我搜所有房间，一有情况，马上汇报。行动吧。"

糟糕，他们一旦着手，肯定会搜到很多线索，硬盘的碎片，我忘记扔掉的衣服，没有摆小饰品的客房，等等。留在餐厅的那三个无畏派士兵开始来回走动，穿行在我背后的一排排的桌子之间。我的脉搏剧烈地跳动着。

其中一个士兵走过我身后，他的脚步又沉重又响亮，我只觉得脖子后面隐隐有些刺痛。我再一次庆幸，我这娇小的身材和平平的相貌不那么引人注意。

可托比亚斯就太不一样了，他的神态里有一种掩饰不住的自信，连站姿也透出一股友好派没有的傲气，这些都只能是无畏者的特征。

一个无畏派女子走过来，目光立刻落在了他身上，她眯起眼睛，神色中满是狐疑，走到他身后停下脚步。

如果他领口再高一点该多好；如果他身上没这么多文身该多好；如果……

"友好派还理你这么短的头发吗？"她语气里充满怀疑。

……他不理无私派式的小平头就好了。

"天热。"他答道。

假如他知道用什么口气说话，这个借口还说得过去，可他用了顶撞的口吻，生生毁了一个原本还说得过去的理由。

她伸出手，用食指拉开他的领口，文身跃然而出。

托比亚斯使劲一挣。

他一把抓住那女人的手腕，猛地往前一拉，她的头重重地撞在桌边上，跌倒在地。餐厅那头有人开了一枪，有人尖叫起来，人群乱成一团，大家慌忙躲进桌子底下或蜷缩在凳子旁边。

只有我紧紧抓住桌沿，呆呆坐在椅子上，毫无反应。我很清楚自己身处何处，却看不到眼前的餐厅，只看到那条黑黑的小巷。母亲被害后，我就是顺着那条小巷逃走的，也就在那儿，我杀掉了好友，手上沾满了鲜血，我仿佛又看到自己双手握枪，指着威尔的眉心。

我听到自己的喉咙里发出一声呜咽，若不是紧咬着牙，这肯定会是一声歇斯底里的尖叫。威尔的脸在眼前慢慢消散，我又回到现实，却还是动弹不得。

还没等那无畏派女子回过神来，托比亚斯在身后狠狠地抓住她的脖子，用力一拎，把她从地上拽起来，他夺过她的枪，将她的身体挡在自己身前，绕过她的右肩，朝餐厅另一头的无畏派士兵开了火。

"翠丝，快帮我！"他喊道。

我撩起衬衫衣摆，手伸过去，可手指碰到枪柄的一瞬间，顿觉这金属冷得刺骨，刺得我指尖生疼，可周围甚是闷热，怎么单单这手枪这么冰冷？就在这时，走道尽头闯出一个无畏者，举起左轮手枪对准了我。我一阵惊慌，眼前仿佛看到那黑色的枪口越来越大，耳边也只能听到自己的心跳。

千钧一发之际，迦勒飞扑过来，抓起我的枪，双手握紧枪柄，朝着几米开外的无畏者的膝盖开火。

伴着一声哀号，那无畏者身子一软，摔倒在地，双手抱腿，一副痛苦的样子。托比亚斯立马扣下扳机，子弹正中他的头部，结束了他的痛苦。

我浑身战栗着。托比亚斯的手仍然扼着无畏派女子的喉咙，可这次他举起枪，对准的却是那管事的博学派女人。

"你敢再说一句，我就崩了你。"托比亚斯狠狠地甩出一句话。

蓝衣女人微微张开嘴，却没敢出声。

"该走的人马上走。"托比亚斯的声音回响在整个餐厅里。

无私者们立即从桌子下或凳子旁钻了出来，向大门走去，迦勒拽着惊魂未定的我，也朝大门方向迈进。

我眼睛的余光突然捕捉到一闪而过的动作，那个博学派女子举起了一把小号手枪，瞄准我身前的一个黄衣男子。直觉而非理性的判断促使我猛然一跳，把他扑倒在地，子弹打在墙壁上，没伤到他，也没伤到我。

"把枪放下。"托比亚斯手握左轮手枪，瞄准蓝衣女人，厉声喊道，"你最好想清楚，我的枪法可是出了名的准，我敢说你比不过我。"

我不停地眨巴着眼睛，眼前的模糊渐渐散开，只见皮特一脸惊恐地盯着我，我救的黄衣男子竟是他！他没向我道谢，我也没理会他。

蓝衣女人把枪一甩，扔在地上。我和皮特一起向门口走去，托比亚斯举枪对着她，倒着撤退。他一步步退到门口，跨过门槛，随即重重地把门带上。

我们全都撒腿就跑。

我们跑到果园的中心通道，耳边全是呼哧呼哧的喘气声。夜幕下的空气阴沉、潮湿，如同一条湿重的毯子，闻起来全是雨的味道。身后，一片嘈杂的喊声，接着是车门甩上的声音。我握着托比亚斯的手，全力跑着，这速度早已超出我的极限，仿佛我呼吸的不是空气，而是肾上腺素。引擎轰隆的声音在树丛里追赶着我。

我们跑进一大片玉米地，拉开一条长长的队伍。车眼看就要追上我们了，车灯全部开着，光打在这高高的秸秆上，东一处西一处地照亮了地里的叶子和玉米。

"分头撤退！"人群中一个声音指挥道，听起来像是马库斯。

人群立刻分散开来，原本聚集在一起的人，瞬间像决堤的江水一样涌向四面八方。我抓住迦勒的手臂，听到苏珊在他身后气喘吁吁。

我们在玉米地里横冲直撞，尖锐的玉米叶割破了我的双颊和胳膊，我忍着痛，盯着托比亚斯肩胛之间的位置，脚步一刻都未停歇。我听见砰砰的重击声，还有一阵尖叫。顿时，尖叫声此起彼伏，四面八方地围着我。枪声没有间歇。无私者再一次面临死劫，就像我假装被情境模拟控制的那天一样，再次惨遭屠杀。而我却什么也做不了，只有全力奔跑。

终于，我们跑到了城市围栏。托比亚斯沿着围栏跑，不断用手推压这看似坚不可摧并交织在一起的围栏，终于发现了一个缺口。托比亚斯紧紧往后拉着缺口处的链环，让我、迦勒和苏珊钻了过去。再次开始逃跑之前，我停下来回望我们刚刚离开的玉米地，车灯远远地闪着，周围却悄无声息。

"其他人呢？"苏珊低声问道。

"不在了。"我答道。

苏珊伤心地啜泣起来，可我没时间安慰她。托比亚斯粗暴地把我拽到身边，继续前进。我的双颊仍因为刚刚在玉米地里的划伤一阵阵地灼痛，可我眼里并没有泪水。今晚倒下的这些无私者又在我原本沉重的心里添了一个永远放不下的包袱。

我们远离了那条通往友好派的土路，博学派和无畏派就是从那条路闯入友好派辖区的。我们一行四人沿着火车轨道一路往城市走去。这里无处藏身，没有树木的庇护，也没有楼房的遮挡，但是无所谓。不管怎样，围栏挡住了汽车的去路，驶到入口还需要一段时间，他们一时半会儿也追不过来。

"抱歉，我得……停一下……"身后漆黑的夜色中，传来了苏珊孱弱的声音。

我们停下脚步，却听"扑通"一声，苏珊瘫在地上，大哭起来，迦勒在她身边蹲了下来。我和托比亚斯看着远方的城市，灯火还闪烁着，这么说来，午夜还没到。我希望自己有些知觉，恐惧、愤怒、悲伤都可以，可我什么感觉都没有，只有一心想走下去的急迫。

托比亚斯转过来面对我。

"翠丝，你是怎么回事？"

"什么？"我无力地吐出四个字，听到自己虚弱的声音，顿觉羞愧。他在说什么？是皮特的事？还是那之前发生的事？或是其他什么事？

"你愣住了！有人拿枪指着你，你却傻愣愣地坐在那里一动不动，你差点死了，知不知道？"他越说声音越大，已经在喊了，"我还以为你至少能保住自己的小命！"

"喂喂喂，"迦勒对他说道，"别这样逼她，让她喘口气行不行？"

"不行！"托比亚斯直直地盯着我，"她不需要喘口气。"他语调稍稍柔和了几分，"告诉我，到底怎么回事？"

这个我爱着的男孩至今都觉得我很坚强，完全不需要他的怜惜与同情，我曾经以为他这样想没错，可这一刻，我不由得怀疑起自己来。我清了清干涩的嗓子。

"我慌了，"我轻声说，"这种事不会再发生了。"

他挑了挑眉毛。

"不会了。"我又说了一遍，这次声音大了些。

"那就好。"看起来他还是有疑虑，"我们必须找个安全的地方，他们肯定还会追来的。"

"是吗？他们就那么重视我们吗？"我问。

"我们吗？当然。他们真正的目标恐怕就是我们几个，马库斯除外，不过他现在很可能已经死了。"

我不知道自己期望他怎么表达这件事，也许是带着一丝解脱吧。因为马库斯——他的父亲，同时也是他一生最大的恐惧——终于不在了。又或者他应该有些悲伤，因为可能被害的人毕竟是他的父亲，有时候，悲伤是毫无道理的。可他说这句话时，好像这只是个事实，就如说出我们前进的方向或此刻的时间一样，毫无感情。

"托比亚……"我喊了声他的名字，可接下来却不知说什么好了。

"该上路了。"托比亚斯转头说。

迦勒哄着苏珊站起来，伸出一只胳膊轻轻地搂住她的后背，一步一步推着她向前走。

直到这一刻我才明白，无畏派的新生训练给我上了多么重要的一课：如何继续前进。

第八章
惊 遇

　　我们四个人方向感都不好，返回城市的唯一办法恐怕就是沿着火车轨道一路走下去了。我无精打采地踩着枕木前行，托比亚斯像走平衡木一样走在铁轨上，偶尔摇晃下，迦勒则挽着苏珊在身后拖着脚走。此刻我异常警觉，一点点声响都能让我心头一惊，直到发现那只不过是风声或是托比亚斯的鞋子摩擦轨道的吱吱声才放下心来。我希望我们仍然能继续奔跑，可我的双腿又酸又麻，现在还能动都已经算是奇迹了。

　　突然间，轨道发出轻微的嘎吱声，仿佛是从远处传来的。

　　我先是一愣，然后屈膝弯腰，双手按在钢轨上，闭上双眼，集中精力感受手底下铁轨的动静。这颤动如同一声叹息，传遍我全身。我的视线从苏珊的双膝间穿过，顺着轨道看向远方，却没搜到一丝光影，可这并不意味着火车没有开来。说不定这火车没有鸣笛，也没有打信号灯。

　　远远望去，一列小火车发出微微的亮光，离我们很远，但正以极快的速度驶来。

　　"火车来了。"我费力地把自己从地上拖起来，因为我一心只想坐下，但还是站了起来，在裤子上擦了擦掌心的汗，"我觉得咱们应该上车。"

　　"可这火车要是博学派操控的呢？"迦勒问。

"要是博学派操控的，火车就会驶向友好派总部，搜寻我们的下落。"托比亚斯应道，"要我看这个险值得冒，与其在这里坐以待毙，还不如去城市藏起来好。"

我们都走下轨道。迦勒给苏珊一步一步讲解怎样"跳上飞奔的火车"，这种事也只有曾经的博学者才做得出来。我看着第一节车厢向我们驶来，聆听着车与枕木碰撞的节奏，捕捉着金属车轮与轨道摩擦的轻响。

第一节车厢呼啸而至，我忍着双腿灼烧般的痛，奋力奔跑起来。迦勒先帮苏珊跳上中间的车厢，自己紧跟着跳了上去。我稍稍吸了一口气后，向右腾空一跃，身子重重摔在车厢里，双腿仍悬在车外。迦勒慌忙赶过来抓住我的左臂，把我拖了上去。身后的托比亚斯抓住车厢把手，用力一摆，也跳入车厢。

可就在抬头的一瞬间，我忘记了呼吸。

黑暗中一双双闪闪发亮的眼睛瞪着我们。一个个人影坐在这黑暗的车厢内，人数远远超过我们。

是无派别的人。

风呼啸着吹过车厢。除了没有武器的我和苏珊，车厢里所有人都举着武器，站了起来。一个戴眼罩的无派别男子拿枪对准托比亚斯，真不知道他们从哪儿搞到的枪。

他身边站着一个年长的女人，手里举着一把刀。刀是切面包用的那种。他身后还有人拿着一大块木板，上面还插着钉子。

"友好派的人怎么还带武器？"持刀女人说。

话说这持枪的男子看起来很面熟。他身上的衣服混杂着各派的颜色：破旧的灰外套下套着一件黑T恤，蓝色的牛仔裤上用红针线缝补着，脚上穿的是一双棕色靴子。我眼前的无派别者身上都杂糅了五大派的衣服：诚实派的黑裤子搭配无畏派的黑上衣，友好派的黄裙子外面套着博学派的蓝毛衣。大部分衣服都已穿旧或磨损，也有崭新的，那可能是他们刚偷到手的吧。

"他们不是友好派的人，"持枪男子答道，"是无畏派的。"

我终于认出来了，他就是皮特拿黄油刀戳瞎眼，退出考验的无畏派新生——爱德华，正因为如此，他才会戴眼罩。

我记得当时还是我出头，扶着躺在地上惨叫的他，后来又清洗他留下的血迹。

"爱德华，好久不见。"我说。

他微微斜过头看着我，却没有放下枪的意思："翠丝。"

"不管你们是谁，要想活命，就乖乖下车。"持刀女人对我们说。

"请行行好。"苏珊哀求着，下唇不住地发抖，眼里满是泪水，"我们在逃命……其他人都死了，我不知……"说着又伤心地啜泣起来，"我真不知自己还有没有力气再跑下去，我……"

我有种想用脑袋撞墙的冲动。别人的哭声总是让我很不自在。这样很自私，或许我真是一个自私的人。

"博学派正在追捕我们几个。"迦勒接着解释，"如果现在跳下去，他们肯定会抓到我们。如果你们能顺道载我们回市中心，我们将感激不尽。"

"凭什么？"爱德华斜过头问，"我们凭什么要帮你们？你们为我们做过什么吗？"

"无畏派考验时，我是唯一帮过你的人。"我说，"你不记得了吗？"

"好，饶过你了。可其他三个人呢？"爱德华还是不肯让步。

托比亚斯走上前去，现在爱德华的手枪已经抵住他的喉咙了。

"我是托比亚斯·伊顿，"托比亚斯说，"我想你应该不会把我推下车吧。"

这个名字对这些人立即产生了令人困惑的效应：他们放下武器，会意地交换着眼神。

"伊顿？是真的吗？"爱德华挑着眉说，"得承认，这我还真是没想到。"他清了清嗓子，"好吧，你们可以待在车上，可一旦进城，必须得跟我们走。"

他脸上浮起一抹笑意："托比亚斯·伊顿，有个人找了你很久了。"

我和托比亚斯坐在门口，双腿悬在车厢外。

"你知道那人是谁吗？"

他默默点点头。

"是谁？"

"一言难尽。"他答道，"我有太多事要讲给你听。"

我靠在他身上。

"是啊，我也是。"

时间不知过了多久，只记得他们叫我们下车时，我们已经到了无派别的城市街区，离我长大的无私派居所不足一千米。这里的一切如此熟悉，时间仿佛一下子倒了回去。那时，我没赶上校车的话，步行回家便会路过眼前这栋楼，然后是墙面砖都碎了的那栋，还有摇摇欲坠的路灯倚着的那一栋。

我们四人排成一排，站在火车门口，苏珊轻声啜泣着。

"万一受伤怎么办？"她抽噎着问。

"我带着你一起跳，放心，我跳过好几十次，从没受过伤。"我边说边拉过她的手。

她微微点点头，使劲握着我的手，捏得我都有些痛了。

"我数到三就跳。预备，一——二——三。"

我往下跳，拉着她一起跳了下来。我双脚着地，又向前跟趄了几步，苏珊却跌倒在地，侧身翻滚了几圈才停下来，除了膝盖擦掉一层皮，人没有什么大碍。其他人都毫不费力地跳了下来——就连据我所知只跳过一次的迦勒也安全落地了。

我到现在都没猜到无派别当中有谁会认识托比亚斯。难道是同样退出无畏派考验的德鲁或莫莉？但他们根本不知道托比亚斯的真名实姓。更何况，看爱德华这凶巴巴的架势，八成早把他们给宰了。那就只能是无私派的人，或是他曾经的同学。

苏珊似乎平静了下来，不需要别人搀扶了。她走在迦勒身边，双颊的泪痕已经干了，也没再哭。

托比亚斯走在我旁边，轻轻碰着我的肩膀。

"已经有好一段时间没查看你的肩膀了，现在怎么样了？"他说。

"还好，幸好我随身带了止痛药。"我很高兴我们能谈点儿这种轻松的话题——这么多天来，所有的话题都太过沉重，肩伤已经算是轻松的了，"伤口愈合得不是很好，这些天来没少用力，要不然就是肩膀着地。"

"等这一切结束，你有大把的时间养伤。"

"是啊。"养不养伤也无所谓，我心里默默想着，也许到时候我就死了。

"拿着这个，以防万一。"他从后兜里掏出一把小刀递给我。

我接过刀子放进口袋，心里却更加不安了。

无派别的人领着我们走过一条街，左转进入一条肮脏的小巷，垃圾的腥臭味迎面扑来，老鼠四处乱窜，惊恐地吱吱叫着，我看到它们的尾巴消失在垃圾堆、空垃圾桶，还有湿乎乎的纸箱子下面。空气里飘着的恶臭直捣肠胃，我只能屏住鼻息，张着嘴喘气。

走到一栋快要塌下的砖瓦房前，爱德华突然停下，伸手拉开一道金属门。看到这情景，我脸上的肌肉抽搐了下，心里有点期待他用力过头，楼一下子就倒了。这屋子的窗户上布满了煤尘污垢，阳光几乎无法穿透。爱德华领着我们走进一个阴湿的房间，借着昏暗的街灯，我惊奇地看见……里面全是人。

人们坐在成排的床铺旁，有人撬开罐头食品，有人啜饮瓶里的水。孩子们穿梭在成群的大人中间，身上的衣服也不是特定派别的颜色——这些都是无派别的孩子。

这里应该是无派别的居所，他们不是居无定所、孤立无援，没有任何归属吗？可眼前的这些人明明聚在一起，像一个派别那样聚居生活在这里。

我不知道在自己想象中的这些人该是什么模样，可看到他们如此正常，我还是很惊讶。他们没有互相排挤或是争斗。有些人有说有笑，有些人则安安静静的。当然，他们都渐渐意识到我们几个人是不速之客。

"来吧，她在后面。"爱德华勾勾手指示意我们过去。

我们跟在爱德华身后，走在这栋本应废弃了的房子里，沿途遇见的人都沉默地盯着我们，一语不发，我终于忍不住想要弄清的冲动了。

"这是怎么回事？你们怎么都聚在一起？"

"你是不是以为他们——不，我们——就像一盘散沙？"爱德华转头答道，"以前的确如此，衣不遮体，食不果腹，人都只顾着找吃的，没有力气干别的。后来僵尸人开始给他们发放食物，捐赠衣服、工具，什么都给。就这样他们的实力越来越强，并且静静等待合适的时机。我找到他们时，就已经是这样子了，他们像家人一样欢迎了我。"

穿过一条暗黑的走廊，我感觉到家一般的归属感，这地方和无畏派的通道有几分相像：又暗又静。托比亚斯一副不自然的样子，用手指缠绕衬衫上抽丝的线头，一遍又一遍。他知道我们要见的人是谁。可我一无所知。我怎么对这个说爱我的男孩了解得这么少？为什么他的真名具有如此大的震慑力？让我们在满载一车敌人的火车上逃过一劫？

爱德华停在一扇铁门前，提起拳头狠狠敲门。

"等等，你刚才说他们在等待时机，"迦勒不解地问，"究竟等待什么时机？"

"天下大乱。"爱德华镇定地答道，"很显然，就像现在。"

门打开了，一个表情严肃一只眼睛弱视的女人站在门口，她用沉稳的目光打量着我们四个人。

"街头流浪者？"她缓缓地问。

"不算是。"他用拇指朝身后的托比亚斯指了指，"特蕾莎，这是托比亚斯·伊顿。"

特蕾莎盯着托比亚斯看了一小会儿，点了点头："没错，是他。等一等。"

她又把门关上了，托比亚斯却更加神色慌张，咽了一口唾沫，喉结上上下下地动着。

"你知道她是去叫谁，对吧？"迦勒问托比亚斯。

"迦勒，拜托你闭嘴。"托比亚斯有些不耐烦了。

出乎我的意料，被他这么一说，哥哥竟真放下了他那博学派的好奇心，闭上了嘴。

门又开了，特蕾莎颇有礼貌地退后几步，让我们先进。这里是个老锅炉房，周围伸手不见五指，屋里摆的机器也看不到，我摸黑前行时膝盖和胳膊肘都撞到了上面，吓了我一跳。特蕾莎带着我们穿过弯弯曲曲、错综复杂的装置，走到屋子尽头，只见几个灯泡从天花板上悬吊下来，灯下是一张桌子。

桌子后面，站着一个黑卷发、橄榄色肌肤的中年女人，她五官严峻，脸部棱角过于分明，几乎抹杀了她的魅力，又没完全让她失去魅力。

托比亚斯紧抓着我的手。这一刻我才觉得他和眼前这女人鼻型相似：鹰钩鼻放在她脸上过大，却刚好适合他。他们有着同样的方下巴，下巴颏线条清晰，薄薄的上唇，突出的双耳。只不过她的眼睛深到近乎全黑，而托比亚斯的眼睛则是迷人的蓝色。

"伊芙琳。"他的声音中透着颤抖。

伊芙琳？那不是马库斯的妻子，也就是托比亚斯母亲的名字吗？我松了下紧握着托比亚斯的手。怎么会这样？几天前，我还记起自己小时候参加过她的葬礼。是她的葬礼啊，她怎么活生生站在我面前？那冷若冰霜的眼神比我见过的任何一个无私派女子都要犀利。

"你好。"她绕过身前的桌子，上下打量了他一番，"你看起来成熟了。"

"是，时间流逝会在每个人身上留下印记。"托比亚斯说。

听他这语气，好像早就知道她尚在人世。可他什么时候知道的呢？

她微微一笑，"你总算是来了——"

"不是你想的那样。"他打断她的话，冷冷地说，"我们是为了逃避博学派的追杀，为了争取唯一的逃脱机会，我只有告诉你那些拿棍棒当武器的小喽啰我是谁。"

她定是惹火了自己的儿子。倘若是我在丧母多年后发现自己的母亲尚在人世，无论她做过什么，我都不会用托比亚斯这种生硬愤恨的语气跟她讲话。

这想法之真实，令我感到心痛。我强迫自己把精神集中在眼前的事上。伊芙琳身后的桌上，铺着一大张做满标记的地图，很明显是城市的地图，可上面的标记代表什么我却不懂。桌后的黑板上也画着图表，图表里的字是用速记法记下的，我无法读懂其中的含义。

"原来如此。"伊芙琳脸上仍然挂着微笑，语气里却没了刚才愉悦的感觉，"介绍一下你的落难伙伴吧。"

　　她凌厉的目光飘落到我们那牵在一起的手上。托比亚斯放开了我的手。他先指指我："这是翠斯·普勒尔，这是她哥迦勒，这位是他们的朋友苏珊·布莱克。"

　　"普勒尔？我认识几个姓普勒尔的人，不过没人叫翠丝，倒是有个叫碧翠丝的。"

　　"这个嘛，我也认识几个健在的姓伊顿的人，但是没有人叫伊芙琳。"我说。

　　"我更喜欢伊芙琳·约翰逊这个名字，尤其是在一群无私派当中。"

　　"我更喜欢翠丝这个名字。"我模仿她的口吻说，"而且我们也不是无私者，至少不全是。"

　　伊芙琳看了看托比亚斯："你交的朋友很有意思。"

　　"这是人数统计吗？"我身后的迦勒突然问。他走上前去，张大嘴诧异地问，"还有这个……是什么？无派别者的避险屋分布图吗？"他指了指图表的第一行，上面写着"7……Grn Hse"。"我是说地图上这些标记，是不是和这儿一样，也是避险屋？"

　　"问题还真不少。"伊芙琳挑挑眉。果然"有其母，必有其子"，她跟托比亚斯连这神情都一模一样，都讨厌别人问东问西，"安全起见，你的问题我一个也不回答。好了，晚饭时间到了。"

　　她指了指门，迦勒和苏珊便走了出去，我跟在后面，托比亚斯和伊芙琳走在最后。我们又一次穿过这蜿蜒曲折的机器迷宫。

　　"我又不傻，"她小声说道，"知道你不想和我扯上关系，尽管我还是不太明白为什么……"

　　托比亚斯哼了一下。

　　"不过，我还是再次发出邀请，我们需要你在这里帮忙，你对派别制度的看法和我相同……"

　　"伊芙琳，我已经选了无畏派。"托比亚斯说。

"你可以重新作出选择。"

"是什么原因让你以为我有兴趣在你身边待着？"他问。我听到他停下不走了，想知道她会怎么接这话，于是悄悄地放慢了脚步。

"因为我是你母亲，"她的声音有些哽咽，显得如此脆弱，"而你是我儿子。"

"你真不明白啊？关于你对我所做的一切，你连最模糊的概念都没有。"他气喘吁吁地说，"我不会加入你这无派别组成的小团体，我想尽快离开！"

"我的小团体人数是无畏派的整整两倍，"伊芙琳说，"如果你能好好考虑一下，这个选择也许会决定城市的将来。"

说完，她走过我和托比亚斯，径自离去。她的话却久久回荡在我的脑海中：人数是无畏派的整整两倍。他们什么时候变得如此庞大？

托比亚斯低眉看着我。

"你知道多久了？"我问。

"大概一年。"他沉重地斜靠在墙壁上，闭上眼，"那时，她传了一条加密信息到无畏派给我，说让我去火车车场见她。因为好奇，我就去了，结果看到她好好地活着。后面的事儿，你可能已经猜到了，总之闹得很僵。"

"她为什么离开无私派？"

"她有了外遇。"他摇摇头，"也不足为奇，你也知道我父亲……"还没说完，他便又摇了摇头，"这么说吧，马库斯对她比对我也好不到哪儿去。"

"就因为她不忠，所以你才一直耿耿于怀？"

"不是。"他眼睛瞪得很大，语气异常严厉，"不，我不是为这个生气。"

他就像一头野兽，我小心地一步步靠过去："那是什么原因？"

"她不得不离开我父亲，这我理解，可她想过带我一起走吗？"他痛苦地说。

我抿起嘴，似乎全都明白了："哦，她留下你一人独自面对他。"

她把他留下单独面对他最大的恐惧，难怪他会恨她。

"是。"他抬起脚踢着地面，"她就是这么干的。"

我笨拙地摸索到他的手，他张开十指与我的手指紧扣在一起。就这样，我们两人陷入沉默，我知道我问得已经够多了，于是将这静默留给他来打破。

"在我看来，"他开口说话了，"我们最好和无派别者结盟，而不是做敌人。"

"也许吧，可是跟他们结盟要付出什么代价？"我担忧地说。

他摇了摇头："不知道，但我们可能没别的选择了。"

第九章
"第六派"

　　一个无派别者生起了火，让大家热一热食物。想吃饭的人围着生火的金属盆坐成一圈，先加热罐头，再分发汤勺和叉子，之后轮流品尝罐中食物，每个人都能尝到所有的食物。我舀起一勺汤，送入嘴中，努力不去想这种吃法能交叉传播多少疫病。

　　爱德华走到我身边，一屁股坐在地上，接过我手中的汤罐。

　　"你们以前都是无私派的吧？"他舀了些面条和一片萝卜塞进嘴里，又把罐头递给右边的女子。

　　"以前是。"我答道，"你也知道啊，我和托比亚斯都转派了……"我正想说迦勒也转派了，突然又觉得不该告诉任何人他转到博学派的事，"苏珊和迦勒还是无私派。"

　　"迦勒是你哥吧？这么说来，你抛弃了家人，独自转入无畏派？"

　　"你简直就像个诚实派。"我暴躁地说，"有些批评还是留给你自己听吧。"

　　"他原先其实是个博学派，不是诚实派。"特蕾莎探过身子，接过我的话头。

　　"这个我自然知道，我……"我还没说完，便被她打断了。

　　"我也是，不过被迫离开了。"

074

"为什么？"

"我智商不够高。"她耸耸肩，接过爱德华递给她的豆子罐头，把勺子插了进去，无奈地说，"博学派考验时有智商测试，我分数不够高，他们就说，'要么一辈子清扫实验室垃圾，要么卷铺盖走人。'所以我就离开了。"

她垂下眼帘，舔了舔勺子，把罐头递给我，我又给了托比亚斯，他正盯着火苗看。

"这里是不是博学派出身的占多数？"我问。

特蕾莎摇着头说道："实际上，这里大多数人是来自你们无畏派。"正说着，她把脸转向一脸愁容的爱德华，"其次是博学派，之后是诚实派，还有为数不多的友好派。无私派考验基本全盘皆收，所以这边无私派出身的人很少，只有最近来的几个逃难的无私者。"

"无畏派出身的人最多，这我一点也不觉得奇怪。"我应道。

"怎么说呢？你们的考验实在太可怕了，还有'年龄限制令'之类的。"

"什么'年龄限制令'？"我有些不解地看了一眼托比亚斯，他也在听我们讲话。他现在看起来基本恢复了正常，在这火光的映衬下，他的眼睛重新流露出深邃的眼神。

"到了一定的年龄段，无畏者体力便会下降，也就胜任不了工作，"他解释道，"他们总得以某种方式离开。如果不自动离开，就只剩下另一条路。"

"另一条路是什么？"我心跳骤然加速，仿佛已经知道一个不敢面对的答案，可又抱有一丝幻想。

"这么说吧，对有的无畏者而言，脱离派别比死亡更可怕。"托比亚斯说。

"那些人真蠢。"爱德华插了句嘴，"我宁愿没有派别也不要待在无畏派。"

"是吗，那你落到今天这步田地还真是幸运啊。"托比亚斯冷冷地应了句。

"幸运？"爱德华不屑地说，"可不是吗，看看我瞎了一只眼，还有这一切，真是幸运啊。"

"我可是听说那次事端是你挑起来的。"托比亚斯说。

"你在说什么啊？"我说，"怎么可能是他挑起来的呢？当时他领先，皮特因妒生恨，所以就……"

爱德华脸上露出一丝假笑，我一下子把话咽了回去，也许训练期间发生的事我并不都了解。

"那是煽动导致的意外，在那场意外中，皮特最后并没有胜出——但不包括拿黄油刀戳瞎我的眼。"

"不要在这里争论这些。"托比亚斯说，"皮特也算得到报应了，在攻击情境模拟中，他胳膊被人近距离打伤，如果这么说能让你好过一点的话。"

这话可算说到爱德华心坎里去了，因为他假笑时脸上的纹路更深了。

"谁干的？"他问，"你吗？"

托比亚斯摇摇头说："是翠丝。"

"干得好！"爱德华说。

我点点头，心里却觉得因为这样的事被夸有点恶心。

不过，也没那么恶心，中枪的人毕竟是皮特，是我最恨的人。

橙黄色的火焰包裹着那一块块燃烧的木柴，火光飞舞跳动，宛如我的思绪。我想起最初，我注意到无畏派没有一个年长的人，想起看到父亲步履艰难地爬着通往玻璃楼的小路，现在我对这件事了解太多，已经感觉不舒服了。

"你对最近的情形了解多吗？"托比亚斯问爱德华，"醒过来的无畏者还是和博学派狼狈为奸吗？诚实派有没有什么行动？"

"无畏派分成两拨，"爱德华边吃边说，"一拨留在博学派总部，另一拨去了诚实派总部。躲过这一劫的无私者都投奔了我们，大体就这样吧，还没发生什么大事。当然，除了你们遇上的麻烦。"

托比亚斯点点头。听了这话，我稍微松了一口气，最起码无畏派还有一半人没当叛徒。

就这样，我一勺一勺地舀着食物，直到肚子完全饱了。托比亚斯找了些床板和毯子，我找到一块空着的角落。他弯腰解鞋带时，腰上的友好派文身露了出来，树枝的图案在他脊柱上弯弯曲曲。他直起了腰，我跨过放在地上的毯子，伸出双臂搂住他，手指轻轻抚着那个文身。

托比亚斯闭上眼睛。火渐渐暗了，我想应该没人能看到我们，便抬起一只手滑过他的脊背，依次抚摸这五个文身图案，用手指去感受他们的样子：博学派智慧的眼睛，诚实派失衡的天平，无私派握紧的双手，无畏派燃烧的火焰。另一只手则掠过他胸前肌肤上火焰的轮廓。他紧紧贴着我的脸，每口气都显得如此沉重。

"多希望这里只有我们两个人。"他轻声说。

"我走到哪儿都这么想。"我应道。

伴随着远处传来的低语声，我渐渐进入梦乡。这些天来，耳边有声音时我反而更容易入睡，这样我就能把注意力放在这些声音上，而不去注意一安静下来就不断钻入脑袋的各种思绪。

火焰只剩微光，烧焦的木柴上偶尔闪过点点火星，大部分人都睡了，只有几个无派别的人还醒着。我忽然醒来，正满心疑惑是被什么吵醒的，却听到伊芙琳和托比亚斯的对话从几米外传来。我一动也不动，心里暗暗祈祷，希望他们不要发现我已经醒了。

"假如你让我帮忙，那必须得先告诉我现在的情况，"托比亚斯说，"更何况我不确定你为什么需要我帮忙。"

伊芙琳的影子被摇晃的微弱火光映在墙壁上，微微晃动着。这身影纤瘦高挑，却异常健壮，托比亚斯大概就是从她这里遗传到了这一点。她一边讲话，一边用手指缠绕着头发。

"那你想知道什么？"

"那图表和地图代表什么？"

"你朋友猜对了，地图和图表上标出的的确是所有的避险屋，"她说，"但他说的人数统计不正确，这些数字并非指全部无派别的人，而是某些特定的人群，你八成能猜到是怎样的人。"

"我没心情跟你在这打哑谜。"

她叹了一口气："分歧者，我们在追踪记录分歧者的信息。"

"你怎么知道哪些人是分歧者？"

"攻击情境模拟发生前，无私派给予我们的援助就包括检测无派别人群是否有某种基因异常。有时候需要重新进行个性测试，有时则更为复杂。总之，按照他们的解释，他们怀疑无派别人群中分歧者的比例最高。"她说。

"我不明白，为什么——"

"为什么无派别人群中分歧者的人数最多？"她打断他的话，声音中带着一丝苦笑，"理由很明了，那些无法控制、总是用与众不同的方式思考的人，往往会退出派别或者通不过考验。"

"我关心的不是这个问题，"他说，"我只想知道，为什么你这么关心这里有多少分歧者？"

"博学派需要帮手，他们目前是控制了无畏派，可下一步还得寻找更多的人手，最明显的目标就是我们了。当然，如果他们知道我们这里不简单，隐藏着众多不受控制的分歧者，就另当别论了。万一他们不知道，我也想统计出有多少人能抵住情境模拟血清，之后从长计议。"

"有些道理。"他应道，"可无私派又为何对分歧者这件事这么上心？不会是为了帮珍宁吧？"

"当然不会。对此，我也不知道背后的隐情。无私派绝不会为满足个人的好奇心随意泄露信息，他们只告诉我们他们认为必要的信息。"

"真是太诡异了。"他小声嘟囔了一句。

"若有机会，你可以去问你父亲。有关你的情况，就是他告诉我的。"

"有关我的什么情况？"托比亚斯问道。

"他怀疑你是分歧者，"她说，"他一直在暗地里观察你，对你的一举一动很是关心。所以我当时才……才觉得，你还是留在他身边安全一些，比跟着我安全得多。"

托比亚斯一声都没吭。

"现在，我知道我错了。"

他还是沉默不语。

"我多想——"她刚一开口，就被托比亚斯打断了。

"别道歉。"他的声音有些发抖，"这种事不是用一两句好话或者拥抱一下就能解决的。"

"好吧，好吧，我不道歉。"

"无派别者为何要连成一气？你们准备干什么？"他问。

"我们要夺取博学派的权力。一旦除掉他们，就没有什么能阻挡我们掌控政府了。"

"你就想让我帮你这个？推翻一个腐败政府，再建立某种无派别的暴政？"他轻蔑地哼了声，"没门儿。"

"我们不想当暴君，"她解释道，"我们只想建立一个新社会，一个无派别划分的社会。"

我的嘴巴变得干燥起来。她说什么，不分派别？一个没人知道自己真正的性格、没人知晓自己归属的世界？我根本想象不出那会是怎样，脑海中浮现的只有混乱和隔阂。

托比亚斯冷笑起来："那好，你凭什么能跟博学派对抗？"

"有时候剧烈的改变需要极端的方式。"伊芙琳的影子似乎耸了耸肩，"我想这需要一些大规模的毁灭性行动。"

听到"毁灭"两个字，我打了个寒战。我掩藏在内心深处的罪恶一面是如此期望"毁灭"的来临，只要被毁灭的是博学派就好。可经历过生生死死之后，我懂得了这几个字的更深含义，我仿佛看到那血腥的场面——人行道、马路边，歪歪斜斜倒了一地的灰衣尸体；被子弹打中的无私派领导血染屋前草坪，躺倒在信箱旁边。我把脸埋进床垫，使劲压着额头，直到觉得疼痛，只为了把这可怕的记忆从脑海中驱逐出去。

"至于我们为何需要你，是因为我们需要无畏派的协助，你们有一流的兵器和完美的作战经验。我需要你做我和他们的中间人。"伊芙琳说。

"你以为我在无畏派还算个大人物吗？你想错了，我不算什么，只不过比别人少几种恐惧而已。"

"你没懂我的话。我的想法是，我要让你变成一个'大人物'。"她说着站了起来，影子从地面延伸到天花板，"我相信，只要你想的话，就做得到。仔细考虑一下我刚才的话。"

她拢起披着的卷发，扎成一个发髻："这里的大门永远为你而开。"

又过了几分钟，他再次躺在我身边。我心里很不是滋味，既不想坦言偷听了他们的对话，又不想让他上当受骗。我想告诉他，我不相信伊芙琳，不相信无派别者，或是任何可以随口说要毁灭一个派别的人。

我内心挣扎着，还没能鼓起勇气开口，他的鼻息就变得平缓起来，然后沉沉睡去。

第十章
揭　底

次日清晨醒来后，我伸手撩开粘在脖子后面的头发，感觉浑身疼痛，尤其是双腿，就算不动，也像灌满了乳酸，酸痛难忍。身上的味道闻起来也不怎么样，是该洗个澡了。

我溜达过走廊，走进浴室。里面的人还真不少，一半的人光溜溜地站在水槽边，一半的人对此习以为常。我在角落里找到一个没人用的洗手台，把头伸在水龙头下，拧开水龙头，凉水哗哗地顺着双耳流下。

"你好啊。"苏珊说，我侧过头去看，水顺着脸颊流进鼻子里。苏珊捧着两条边缘有些破损的浴巾，一条白的，一条灰的。

"嗨。"我说。

"我有办法。"她说着转过身，背对着我拉起一条浴巾，把我挡在里面。我松了口气，不管怎样，这已经是我在这个浴室里最大化的私人空间了。

我迅速脱掉衣服，抓过水槽旁的肥皂。

"你最近好吗？"她问。

"还好啦。"我心里很清楚，她这么问只不过是遵照派别规定例行公事而已。真希望她能不受约束地跟我聊聊天，"那你呢，苏珊？"

"比之前好多了。特蕾莎说，很多无私派幸存者聚在其中一个避险屋。"我一边听一边揉着头上的肥皂沫。

"是吗？"我把头伸到水龙头下面，抬起左手揉搓头发，把肥皂沫冲掉，"你要去找他们吗？"

"是啊。"苏珊答道，"你若需要我，我可以留下。"

"谢谢，你去吧，他们更需要你。"我关上水龙头，真希望可以不用穿衣服，天气如此闷热，我那条红牛仔裤太热了。我抓起地上的另一条浴巾，随便擦了擦身子。

我又穿回那件脏兮兮的红衬衫，尽管百般不情愿，可手头只有这么一件。

"无派别的姑娘可能有闲着的衣服。"苏珊安慰我，她似乎看出了我的焦躁。

"可能吧。我好了，该你洗了。"

苏珊洗澡时，我也举着浴巾替她遮挡外面的视线。不一会儿，双臂就酸了，她为了我撑了下来，我也得为她忍着。她洗头时，冷水溅到了我的脚踝上。

"真没料到，我们竟身处这样的境地，"沉默了半晌，我开口说道，"躲避着博学派的追捕，还在废弃的大楼里洗澡。"

"我原本以为，我们会永远做邻居，"苏珊说，"结伴去参加社交活动，我们的小孩也会一起等校车。"

我咬咬嘴唇，心里泛起一阵愧疚，这都是我的错，因为我选了无畏派，她说的这些永远无法实现了。

"抱歉，我不该提这些。假如当时我多注意些，就会理解你内心的苦楚。是我太自私了。"她说。

我轻声笑道："苏珊，你什么错也没有，别自责。"

"我洗好了，能不能请你帮我把浴巾递过来？"

我闭上眼睛，转身把浴巾递给她。特蕾莎走进来梳头发编辫子时，苏珊去向她借多余的衣服。

走出浴室的时候，我们俩穿着极不合身的衣服：我穿着一条牛仔裤，一件领口大到会从肩上滑下来的黑衬衫。苏珊穿一条松松垮垮的牛仔裤，一件诚实派的带领白衬衫，她把衬衫的扣子扣到领口。无私派的保守简直到了让人不舒服的程度。

我再次走进那间宽敞的屋子时，看到有些无派别者正提着颜料桶和刷子往外走。我一直看着他们，直到大门在他们身后关上。

"他们要到其他避险屋传信儿。"伊芙琳走到我身后，静静地说，"在公告栏上写一些代码。代码是用私人信息编成的，比如甲某人最喜欢的颜色，乙某人童年时的宠物，等等。"

她为什么要告诉我这个？我转过头，看到她眼里闪烁着熟悉的眼神，记得珍宁告诉托比亚斯她已经有了能控制他的新血清时，眼里也曾流露出同样的傲慢和自豪。

"真厉害，你想的主意？"

"真要说的话，的确是。"她耸耸肩，假装并不在意的样子，她才不像表面看上去那样对一切漠不关心，"在转到无私派之前我是博学派。"

"这样看来，一辈子做学术这个事情，你适应不来。"

我本想套她的话，她却没有上钩："可以这么说。"她停顿了一下，又缓缓地说，"你父亲转派可能也是因为这个。"

我正想扭头结束我们的对话，被她这么一说，心里陡然一沉，就好像脑袋被她的手狠狠地拧了一下，我直直地盯着她。

"你不知道？"她眉头一皱，"抱歉，一旦成为派别成员，一般会对旧派别三缄其口的，我一时忘了。"

"你刚刚说什么？"我声音沙哑地说。

"你父亲出生在博学派，你祖父祖母和珍宁·马修斯的父母是世交，你父亲和珍宁小时候常在一起玩儿，以前在学校我常看到他们俩把书本传来传去。"

我想象人到中年的父亲和成年的珍宁，坐在我们以前的餐厅里，餐桌中间还摆着一本书。这场景太荒谬了，我半哼半笑了下。这怎么可能呢？

可是……

可是，他从未提及他的家庭和童年生活。

可是，他不是寡言少语的性子，而无私派家庭长大的人一般都喜欢沉默。

可是，他对博学派那强烈的痛恨超越派别仇恨，只能是个人恩怨。

"抱歉，碧翠丝，我不是有意揭开已经愈合的伤疤。"伊芙琳说。

我皱了皱眉："你明明是有意的。"

"你这是什么意思？"

"听好了。"我压低了声音，不想让托比亚斯听到，随即扫视着她的身后，没见到托比亚斯的影子，只看到角落里的迦勒和苏珊拿着一瓶花生酱传来传去。

"我又不傻。"我说，"我知道你想利用他，他要是自己还没看出来，我会告诉他。"

"亲爱的孩子，你忘了吗？我是他母亲，血浓于水，你只不过是他生命中暂时的存在而已。"

"是啊，你是他母亲，是抛弃他的母亲，是任凭父亲虐待他却坐视不管的母亲。这样的家庭，这样的至亲，还真是值得他一辈子忠心啊。"

我甩手离开，双手有些颤抖，跑到迦勒身旁，坐在地上。苏珊在屋子另一头帮无派别者拾掇打扫。他把那罐花生酱递给了我。看着手中的花生酱，我的思绪又飘到友好派的温室，那里种着好多花生，这东西产量高、营养高，也算是无派别者的主食。我用手指挖出一点花生酱送进嘴里。

我心里很是烦乱，不知该不该把伊芙琳的话告诉迦勒。我不想让他觉得自己有博学派的遗传。我不想给他任何理由回到博学派。

最后我还是决定把这话憋在肚子里。

"我有事儿想告诉你。"迦勒用试探性的语气说。

我点点头，舔着粘在上颚的花生酱。

"苏珊想去看看无私派幸存者，我也想去看看，顺道保护她，可又不想离开你。"

"没关系，你尽管去。"我说。

"你何不跟我们一起去？"他提议道，"无私派肯定会欢迎你回归的。"

他说得一点不错，无私派从来都不计较，可我在哀伤和痛苦的边缘挣扎已久，若这次回到父母的派别，悲伤指定会将我吞噬。

我摇了摇头："我还得去诚实派探探情况，这样不清不楚的，我都快疯了。"说到这，我强挤出一丝微笑，"你去吧，苏珊看起来好点了，可她还是需要你。"

"嗯，好吧。"迦勒点了点头，"我会尽快去找你们。万事小心。"

"我不是一直很小心的吗？"

"没觉得，你做事的风格最准确的形容应该是不顾后果。"

迦勒轻轻捏了捏我没受伤的左肩，我又用指尖了蘸一点花生酱舔进嘴里。

过了几分钟，洗完澡的托比亚斯走了进来，他脱掉了友好派的红上衣，换了一件黑T恤，短发上还挂着水珠。我们两个隔着屋子对视片刻，我便知道我们也该走了。

在我眼中，诚实派总部大到能装下整个世界。

在诚实派这宽敞的水泥大楼旁边，曾有一条波光粼粼的河。门上的字迹有些模糊，看起来像是什么市场——有人说这几个字是"购物市场"，可大家都把它戏称为"够狠市场"。"够狠"，顾名思义便是残酷、无情的意思，诚实者都缺乏悲悯心，诚实到残忍。叫的人多了，这外号连他们自己也接受了。

我从没进去过，自然不知道里面有些什么。托比亚斯和我走到入口处停下脚步，面面相觑。

"进去吧。"他说。

玻璃门上除了我的倒影外什么也看不见，镜中的我显得那么狼狈，那么疲倦。脑海中第一次冒出这样的想法：我可以和他一起藏在无派别者筑起的安全港湾，什么也不必做，默默无闻却安然无恙，把这拯救世界的担子交给别人。

他到底还是没有把昨晚与伊芙琳的谈话说给我听，我怀疑他是不打算告诉我了。他铁了心要来诚实派总部打探虚实，让我感觉他是不是背着我在制定什么计划。

我不知道自己为什么要进门，或许只是因为已经走这么远赶到这里了，不如就进去看看怎么回事。但我猜更重要的是，因为我明白什么是真的，什么不是。我是分歧者，我注定不是默默无闻的小人物，也没有所谓的"安全港湾"。除了和托比亚斯谈情说爱，我有比那重要得多的使命，很显然，托比亚斯也是如此。

大厅宽敞明亮，黑色的大理石地面一路铺到电梯间，屋子的中央用白色大理石拼成诚实派的象征——失衡的天平，象征"谎言永远大不过真相"。大厅里，无数持枪的无畏者来回走动。

一个一只手臂打着石膏的无畏者朝我们走来，举着枪，对准了托比亚斯。

"报上名来！"她喝道，这姑娘很年轻，不过还没年轻到能认识托比亚斯。

其他人闻声聚过来，站在她身后，有人满眼狐疑地看着我们，有人则流露出好奇的神色，可更让人费解的是竟然有人眼神一亮，似乎是认出我们来了。他们认识托比亚斯倒不足为奇，怎么可能认识我呢？

"老四。"他说完便转过头，冲我微微点了点头，"这位是翠丝，我们都是无畏派。"

听到这话，她惊愕地睁大了眼睛，可并没有放下手中的枪。

"来人帮忙！"她喊道。听到她的话，站在她身后的无畏者都走上前来，可他们的动作都小心谨慎，好像我们很危险似的。

"怎么了？有问题吗？"托比亚斯问。

"你身上有没有武器？"

"我是无畏者，当然有武器了。"

"双手抱头，站好。"她蛮横地说，好像觉得我们会不听似的。我不解地瞥了托比亚斯一眼，心里很纳闷，为什么他们都摆出一副提防我们的样子？像是以为我们随时可能攻击他们。

"我们从正门走进来的，"我缓缓地说，"如果想攻击你们，我们还会走正门吗？"

托比亚斯并没有看我，而是抬手抱起头，我也照做了。几个无畏派士兵围了上来，一个人拍着托比亚斯的腿，另一个人从他的腰带里取走他的枪。一个双颊红扑扑的圆脸男孩满脸歉意地看着我。

"我后兜里有一把匕首，"我说，"你敢碰我一下，我保证让你后悔一辈子。"

他嘀咕了几句，像是在道歉，接着用手指小心地捏起刀柄，以免碰到我。

"究竟是怎么回事？"托比亚斯吼道。

第一个士兵和其他人交换了下眼神。

"很抱歉。"她说，"我们是奉命行事，见到你们就要立即逮捕。"

第十一章
诚实派的指控

说话间，他们便团团围上来，带我们走向电梯间，但并没给我们戴手铐。不管我问多少次逮捕的原由，他们全都一声不吭，眼睛漠然地盯着前方。最后我不得不放弃，跟托比亚斯一样，保持沉默。

电梯在三层停下，他们带我们走到一个铺着白色大理石的小房间。房间里空空荡荡，只有后墙边上摆着一个长凳。每个派别都有几间这样的"禁室"，专门关押那些惹是生非的人，不过我从来没进去过。

身后的门被人带上，空荡荡的房间里只剩下我们两个人。

托比亚斯皱着眉头，走到长凳前坐了下来。我在他面前来回走动，先往前五步，再往后退五步，再往前走五步，再后退五步，我以同样的节奏走着，希望这样能帮我厘清很多事。托比亚斯大概也是一头雾水，假如他知道我们在这里的原因，他肯定会告诉我。

如果诚实派没被博学派接管，爱德华也是这么说的，那他们为什么要逮捕我们？我们做了伤害他们的事？

既然博学派没有接管诚实派，那我们被逮捕的罪名就只有与博学派同流合污了。那我是否做了什么事，让他们以为我是博学派的同伙？我使劲咬了下下唇，疼得自己缩了一下。是，我的确做了，我杀了威尔，还有一名无畏派成员。诚实派可能并不知道他们被攻击情境模拟所控制，或觉得这理由不成立。

"你能不能静一静？这样晃来晃去的，搞得我都紧张了。"托比亚斯说。

"我正在静下来啊。"

他身子微微前倾，双肘放在膝头，眼睛直勾勾地盯着双脚间的地面："你嘴唇的伤口可不是这个意思。"

我走到他身旁坐下，左手臂紧紧搂着蜷起的双腿。他许久都没再开口，而我将腿抱得越来越紧，好像蜷得越紧，人变得越小，就越安全。

"有时候，我担心你并不信任我。"他说。

"信任你，我当然信任你，你怎么会这样想呢？"我说。

"我看得出，你有事瞒着我。我告诉你的那些事……"他摇了摇头，"我根本不可能告诉别的人。可你心里似乎藏着什么事没告诉我。"

"你也知道，最近发生的事实在太多了。"我应着，"你说我有事没告诉你，那你呢？你不是也有事瞒着我吗？"

他摸了摸我的脸，手指抚着我的发丝，却像没听到我说的话一样。他忽视我的问题，就像我忽视他的一样。

"如果都是你父母的事，告诉我，我会相信你。"他柔声说道。

他双眸如此深沉，平静如水，带我走进熟悉之处，安全的所在。在那里，我不必担心他发现我做过什么后怎么看待我。

我把手放在他的手上，有些怯懦地说："就只有这件事而已。"

"好吧。"他轻轻地吻了下我的嘴唇，罪恶感却紧紧缠绕着我的五脏六腑。

门被推开，一行人陆续走了进来——两个持枪的诚实者，一个皮肤黝黑的年长的诚实者，一个陌生的无畏派女子，最后是诚实派代表杰克·康。

说起杰克·康，三十九岁的他算得上是一位年轻的领导，可按无畏派的标准，他却完全算不上年轻。艾瑞克十七岁就当上无畏派的首领。当然，很可能也就是因为我们派的领导都太过年轻，其他派别的人才不拿我们的意见当回事。

杰克也很帅，黑头发，和托莉一样，他也有双充满热忱的丹凤眼，高颧骨。尽管长相英俊，可他和"魅力"两字沾不上边，可能是因为诚实者视"魅力"为"虚伪"吧。诚实派一向都是开门见山，不喜欢浪费时间说客套话，直接告诉我们发生了什么事，这点我倒是能指望他们。

"听说你们二位还不知为何被捕。"他开口了，这声音浑厚低沉，但单调无变化，似乎在空荡荡的洞穴底部也不会有任何回音，"看你们两人的样子，我觉得有两种可能。一是你们确实受到不实指控，二是你们演戏的技术太高超。唯一的……"

"我们受到什么指控？"我打断了他的话。

"他被指控犯下反人道主义罪行，而你是他的共犯。"

"反人道？"托比亚斯怒斥道，眼神中满是厌恶，"开什么玩笑！"

"我们看了攻击时的录像，你操控了整个攻击情境模拟。"杰克说。

"录像？你是怎么看到的？数据被我们取走了。"托比亚斯说。

"你们拿的只不过是一份拷贝，攻击期间在无畏派拍摄的录像同时发至城市中的所有电脑。"杰克说，"我们看到你在操作攻击情境模拟，还差点把她打死。你却突然停手，来了个大和解，两人联手偷着硬盘一起逃了。有一种可能是，情境模拟已经结束，而你不想让我们插手此事。"

听了这话，我差点笑出声来。我这一辈子就这么一件英勇事迹，到他口中我却成了博学派的帮凶。

我忙开始辩解："攻击情境模拟没停止，是我们两个关闭的，你……"

杰克抬手示意我停下："我对你的辩解没兴趣，等你们注射了'吐真血清'，接受我们的讯问后，自然会真相大白。"

关于"吐真血清"，我略知一二。克里斯蒂娜曾说，诚实派考验中最难的部分，就是在吐真血清的作用下，在大庭广众之下回答一堆私密问题。我不需探究自己最深、最黑暗的秘密是什么，就知道吐真血清是我最不想接受的东西。

"吐真血清？"我摇着头，"不行，绝对不行。"

"这么说，你有见不得光的秘密？"杰克双眉上扬。

我一心想告诉他，任何一个还有点尊严的人都有不想让别人知道的秘密，可那样一来，只能引起他的怀疑。于是我还是摇了摇头。

"那就好。"他看了看表，随即说道，"现在是中午，讯问在晚七点正式开始。对了，别费心思做什么准备，没人能在吐真血清的作用下藏住秘密。"

说完，他便转身离开禁室。

"真是个讨人喜欢的家伙。"托比亚斯讽刺道。

午后，我们就这样被一群携着枪支的无畏者带进浴室。我尽量慢慢来，拧开热水龙头，把手冲到泛红，盯着镜子里的自己看。在无私派是不允许照镜子的，我一直觉得三个月足以改变一个人的面貌，可这次，仅仅几天时间，我的面貌就改变了不少。

也许是因为这短发，也许是最近发生的事都凝成一副面具，戴在了脸上，我看起来成熟了许多。很久以前，我一直期盼着这张脸能变得不那么孩子气，可真的如此了，喉咙里却觉得堵得慌。再也回不到从前了，我再也不是父母所认识的那个碧翠丝，我现在的样子，他们一定认不出来了。

我转过身，用掌根推开通往走廊的门。

他们带我回到禁室后，我在门口踟蹰了一会儿。托比亚斯穿着黑T恤，短头发，一副凝重的神情，我初次见他，他正是这般模样。以前看到他，我会又紧张又兴奋。我想起曾在训练室外短暂地抓起他的手，在大峡谷底部的岩石上和他并肩而坐。对过往时光的怀念在我心里引起一阵强烈的痛楚。

"饿了吗？"他从旁边的盘子里拿起一个三明治给我。

我接过三明治，坐在他身旁，轻轻地把头靠在他肩上。命运交给我们的，只有这无声的等待，其他一切都是徒劳。我们只有顺势而为。我们就一直坐着，吃完盘子里的东西，坐到不舒服了，便肩并肩躺在地上，盯着同一块天花板看。

"你害怕说出什么事？"他打破这死寂。

"所有的所有，我不想再重新经历任何一刻了。"

他点点头。我闭上眼睛，假装沉沉睡去。这屋子没有时钟，所以我也不知道讯问什么时候才开始。时间在这个屋子里似乎并不存在，只不过，七点钟不可避免地慢慢逼近，这种感觉压迫着我，身体好像被一点一点压进地上的大理石里。

若不是我心里有愧，将真相深深埋在内心深处，连托比亚斯也不敢告知，我也许不会如此心慌。也许我不该那么害怕把真相说出来，因为只有坦诚才能减轻我心里的负担。

一定是不小心睡着了，因为迷迷糊糊听到推门的声音，我猛地惊醒过来。一群无畏者径直走过来，我们随即站起身，其中一人喊了我的名字。正在我惊诧不已时，克里斯蒂娜兴冲冲地拨开人群，紧紧抱住了我，她的手指戳到了我的伤口，我痛苦地大叫了一声。

"肩膀……中枪了，哎哟。"我说。

"老天。对不起啊，翠丝。"她慌忙放开了我。

她似乎变了模样，留着像男孩一样的短发，肤色也变得有些苍白，不再是以前的褐色。她对我微笑，可眼神里没有笑意，只有疲惫。我想冲她笑笑，可又实在太紧张了。讯问时，她也会在场，她会听到我对威尔所做的一切，她一辈子都不可能原谅我。

除非我可以对吐真血清免疫。

那样我就可以让这事儿永远烂在心里，可那真是我想要的结果吗？

"你没事儿吧？听说你在这里，我是自愿来陪你的。"我们走出禁室时，她说，"我相信你，你绝不是无畏派的叛徒。"

"我还不错。谢谢关心。你呢？"

"嗯，我……"她咬了咬嘴唇，声音也小了下去，"不知你知不知道……也许现在说不合适……但是……"

"怎么了？到底怎么了？"

"威尔他……他在攻击事件中死了。"她说。

她带着歉意地看着我，眼神里又带着期待。可她在期待什么呢？

啊。我应该不知道威尔的死讯才对。我应该假装出激动的样子，但是我的表现可能没什么说服力。还是承认我已经知道了比较好，可我又不知道如何解释才能不讲出所有的事。

我突然开始讨厌自己。事情为什么到了这种地步？我是要绞尽脑汁地欺骗朋友吗？

"我知道。在无畏派控制室时，我全都看到了。克里斯蒂娜，我觉得很遗憾。"我说。

"哦，这样。"她点点头，"你知道就最好了，我真不忍心在走廊里告诉你这个噩耗。"

一阵短促的笑声，一抹一闪而过的笑意。一切都变了。

我们走进一部电梯，我能隐隐感到托比亚斯的眼光落在我身上——他知道我在说谎，他知道我并没在录像里看到威尔，而且他也不知威尔已经死了。我假装若无其事地盯着前方，假装感觉不到他灼烧般的眼神。

"别担心吐真血清，也没什么大不了的。在血清的作用下，你说话都不经大脑，也不知自己在说什么。等清醒以后，你才知道自己说过什么。我小时候测过，所有诚实者都测过。在这里司空见惯。"克里斯蒂娜安慰着我。

电梯里其他无畏者互相交换着眼神。这要是放在平时，她这样公然地谈论自己的出身派别，定会遭到大家谴责，可现在是非常时期，克里斯蒂娜一辈子就这么一次陪着她的好友去接受公开讯问，这个朋友现在被怀疑是战犯。

"其他人都还好吗？尤莱亚，琳恩，马琳怎样？"我关切地询问。

"他们都在这儿。"她说，"除了尤莱亚的哥哥齐克，他跟其他无畏派留在了博学派。"

"什么？"真不敢相信，齐克，那个滑索道时帮我系安全带的人竟然是叛徒？

电梯在顶层停了下来，大家陆续走出电梯。

"我懂你的心情。大家都没料到。"

她挽着我的胳膊，用力把我拉出电梯门。我们沿着黑色大理石铺就的走廊往前走，诚实派总部一定很容易迷路，因为所有地方看起来都是一个样。我们走过另一个走廊，穿过一道双层门。

从外面看去，"够狠市场"是一座又矮又大的房间，中央部分有一小块凸起，在里面看，这凸起的部分则是一个三层楼高的空间，房间里并没有窗户，只有在墙上开的洞。头顶，一片黑漆漆的天幕，群星隐匿。

地板由白色大理石铺成，中央是黑色大理石拼成的诚实派象征，四壁被一排排幽暗昏黄的灯光照亮，整个屋子光影婆娑。每说一句话，周围便传来隆隆的回音。

房间一角是几排阶梯长椅，大多数诚实者和前来避难的无畏者都已聚在这里，可椅子显然不够坐，有不少人围在地上的诚实派象征周围。

在失衡天平的两部分之间，摆着两把空椅子。

托比亚斯向我伸过手来，我们紧紧地十指交握。

无畏派的士兵带我们走向房间的中央，迎接我们的是各种声音，好听点的是小声议论，难听点的便是公开嘲弄。我看到杰克·康坐在阶梯式长椅的第一排。

一个黑皮肤的长者手持一个黑盒子，走上前来。

"我叫奈尔斯，是你们的讯问者，你——"他指了下托比亚斯，"第一个来，请你向前走……"

托比亚斯紧紧握了下我的手，然后放开，走了过去。我和克里斯蒂娜站在诚实派象征的边缘。正值盛夏，太阳快要下山，空气极其闷热、潮湿，可我觉得好冷。

奈尔斯打开手里的黑盒子，里面有两个针管，我们一人一个。他从口袋里掏出消毒剂，递给了托比亚斯。我们无畏派就从不注意这种细节。

"从脖子处注射。"奈尔斯说。

托比亚斯拿起消毒剂擦了擦，我耳畔只有轻轻的风声。奈尔斯向前走了几步，把一管浑浊又带点蓝色的血清注射到他的脖子上，让这液体随着血液传至他全身。我最后一次看到有人拿针戳进托比亚斯的脖子，是珍宁让他接受一种新的血清，把他带到新的情境模拟中，那玩意儿甚至对分歧者都能起作用，尽管后来事实证明她并未得逞，可当时我心灰意冷，总觉得永远失去了他。

想到这，我不禁浑身颤抖。

"我先问你几个简单的问题，等血清完全起效后你也好适应。"奈尔斯说，"第一个问题，你叫什么名字？"

托比亚斯垂着头，垮着肩，仿佛身体对他来说太过沉重。他满脸愁容，身体在椅子上不安地扭动，紧咬着牙齿挤出两个字："老四。"

在吐真血清的作用下，说谎话是不可能的，但可以有选择的答复，比如老四的确是他的名字，却不是他的真名。

"这是绰号，你真名叫什么？"奈尔斯问。

"托比亚斯。"他答道。

克里斯蒂娜用胳膊肘推了我一下，小声问："你知道吗？"

我点点头。

"托比亚斯，你父母叫什么？"

托比亚斯张开嘴，接着又咬紧牙关，似乎在努力阻挡快要蹦出嘴的话。

"有关联吗？"托比亚斯问。

周围的诚实者顿时议论纷纷，有些人还皱起了眉，我冲克里斯蒂娜扬了扬眉毛。

"能这样控制住回答，真不容易。"她说道，"他肯定有超强的意志力，还有事实想掩藏。"

"托比亚斯，这个问题本不相关，但因为你拒绝回答，就变成相关问题了。请说出你父母的名字。"奈尔斯平静地说。

"伊芙琳和马库斯·伊顿。"

姓氏只不过是额外证明，为了在文档记录时不至于搞混。结婚时，夫妻双方往往有一方随另一方的姓，或夫妇两人一起换一个不同的姓氏。虽然转派的时候也会将姓氏带入新的派别，但一般没人会提及自己的姓氏。

人群中响起一阵嘈杂的私语声，所有人都认得"伊顿"这个姓氏，也知道马库斯是最重要的政府要员，可能还有人读过珍宁发表的有关马库斯对儿子施家暴的文章。这算是珍宁说过的唯一的实话。而现在，所有人都知道托比亚斯就是马库斯的儿子。

托比亚斯·伊顿是一个力量强大的名字。

奈尔斯等着人群安静下来才接着问："你是转派者吗？"

"是。"

"你从无私派转到无畏派？"

"没错，这还看不出来吗？"托比亚斯发火了。

我咬着嘴唇，心里着实替他捏了一把冷汗。他应该冷静下来，否则只能暴露更多秘密。托比亚斯越是不配合，奈尔斯就越能得到他想要的答案。

"本次讯问的目的之一是检验你对各派的忠诚度，"奈尔斯说，"因此，我不得不问一句，你为什么转派？"

托比亚斯闭嘴不言，只是一腔怒火地瞪着奈尔斯。时间在窒息的静默中一分一秒地过去，托比亚斯的脸已经憋得通红，呼吸也变得急促、粗重起来。他反抗血清的作用越久，体力消耗就越大。看着他这样子，真为他心疼。他若不想说，童年的记忆就应该封存在他自己的心里。而现在诚实派却残忍地逼他把尘封已久的秘密说出来，等于把他的自由剥夺了。

"太可怕了，他们怎么这样做，完全错了。"我怒不可遏，压低声音对克里斯蒂娜说。

"为什么？很简单的问题嘛。"她毫不在意地说。

"你不明白。"我摇摇头。

她的脸上浮起一抹微笑，亦小声说道："你还真是很关心他嘛。"

我全部精力都放在托比亚斯的回答上。

奈尔斯接着问："我再重复一遍，这件事很重要，我们必须了解你对自己所选的派别有多忠诚。托比亚斯，请回答，你为什么转派。"

"为了保护自己。"托比亚斯答道，"我转派是为了保护自己不受伤害。"

"为什么？谁伤害你？"

"我父亲。"

房间里所有的谈话戛然而止，这静比之前的私语还要可怕。出乎意料的是，奈尔斯没有继续追问下去。

"谢谢你诚实以对。"奈尔斯说着，下面的诚实者全都低声重复着这句话。一时间，不同音量、不同音高的声音在我周围说着"谢谢你诚实以对"。我内心的怒气似乎也消散了许多。这些耳语般的重复似乎昭示着大家对托比亚斯的欢迎，拥抱着他抛开内心最黑暗的秘密。

或许他们这样做并非出于残忍，而是出于他们那寻得真相的渴望。可即便如此，我对吐真血清的恐惧一点都没减轻。

"托比亚斯，你是否效忠于目前的无畏派？"奈尔斯问。

"我效忠于一切反对讨伐无私派行动的人。"他说。

"说起这事，咱们还是讲讲那天发生的事。你还记得在情境模拟控制下的那些事吗？"奈尔斯继续问道。

"我没有被攻击情境模拟控制，"托比亚斯镇静地说，"一开始，它对我不起作用。"

奈尔斯怀疑地笑了几声，随即问道："什么叫'不起作用'？解释清楚。"

"分歧者的特征之一便是大脑不受情境模拟的控制。我是分歧者，它也就对我不起作用。"托比亚斯答道。

人群里再次传出一阵阵窃窃私语。克里斯蒂娜也用胳膊肘推了我一下。

"你也是吗？"她凑到我耳边，小声说，"所以你才没被控制，对不对？"

我看着她。过去几个月来，我一直恐惧"分歧者"三个字，害怕有人会发现我的身份。而现在恐怕是瞒不住了，于是我点了点头。

她听了眼睛睁得老大，简直就要填满眼眶，真的，我真觉得有那么大。她此刻的神情我从未见过，也不知怎么解读。是震惊吗？还是害怕？

抑或是敬畏？

"你知道什么是分歧者吗？"我问。

"小时候听过传闻。"她略带恭敬地低声说道。

这下我懂得她的神情了，是敬畏没错。

"就像某种传说。"她继续小心翼翼地说，"'我们之中某些人有超能力！'——那种感觉。"

"这不是传说，而且也没什么大不了的。"我应着，"比如在'恐惧空间'，我们可以完全保持清醒，甚至可以操控整个情境。在我身上，几乎所有情境模拟的血清都不起作用。"

她抬起手，挽住我的胳膊肘，将信将疑地说："可是，翠丝，那是不可能的啊。"

奈尔斯举起手，示意人群保持安静，可人们依旧低语不断——有人满面恶意，有人恐惧害怕，有人则像克里斯蒂娜这样，脸上挂着敬畏。奈尔斯无奈起身，喊道，"如果不安静下来就请你们离开。"

终于，这窃窃私语声平息了下来。奈尔斯也坐下来，继续提问。

"好，继续。'分歧者的特征之一便是大脑不受情境模拟的控制'，这话是什么意思？"

"通常，在情境模拟时我们的意识都是清醒的。"托比亚斯略显轻松地说。当他回答事实而非情绪性问题时更轻松自如一些，他的语气好像根本没受这吐真血清的控制，可从他低垂的头和涣散的眼神，还是能看出血清的效用，"攻击情境模拟和普通情境模拟不同，它用的是另一种血清，运用了长效信号传输器。事实证明，长效传输器对分歧者根本不起作用，因为那天早上我醒来时意识并没有被控制。"

"'一开始我没有被情境模拟控制住'，请解释一下这句话。"

"被发现后，我被人带到珍宁的办公室，她发明了一种专门针对分歧者的血清，把这血清注射到我体内。其实那场情境模拟时，我意识是清醒的，却无能为力。"

"无畏派基地的录像显示，你操控着整个情境模拟。"奈尔斯的声音有一丝阴郁，"那你到底怎么解释？"

"被这种情境模拟操控住，人仍可以看到这个世界，可大脑却丧失分析各种信号的能力。怎么说呢？我仍然能感知到所看到的东西，也知道身在何处。这种新型情境模拟可以记录下我对外界刺激的情绪反应，"托比亚斯稍稍闭了下眼睛，继续说道，"并可以对外界刺激进行修改。这个模拟变敌为友，变友为敌。我本以为自己是在关掉程序，实际上却是在按照指示操控模拟。"

克里斯蒂娜意味深长地点点头，看到周围大多数人也是这般点头认同，我渐渐冷静下来。吐真血清的好处便是，托比亚斯说的每一句话都不可辩驳。

"我们看到了录像中你最后的表现，但很不明白到底发生了什么，请解释。"奈尔斯说。

"有人闯入了控制室，我以为是无畏派士兵前来阻止我终止情境模拟，就和她打起来，可……"托比亚斯双眉紧锁，"……接着她停了下来，我就犯迷糊了。即使当时我是清醒的，遇着这种情况，也会糊涂。我在想，她为什么就这样投降？为什么不直接杀了我？"

他的眼光往人群中搜寻，在我的脸上停住了，我的心跳到了嗓子眼儿里，双颊滚烫。

"我现在仍然有些搞不懂，她为何那么坚定地认为她那样就能唤醒我。"他柔声说道。

我的心跳已经在指尖了。

"大概是我矛盾的心理扰乱了情境模拟，"他说，"不知怎的，我就听到她的喊声，不知为什么，这给了我摆脱情境模拟控制的力量。"

滚烫的泪积聚在眼眶里，我克制着自己不去想那一刻，我以为他认不出我，觉得自己命不久矣。那时的我，一心只希望能听到他的心跳。我努力不去回想那一刻，用力眨了眨眼，把泪水忍了回去。

"我最后还是认出了她，"他说，"我们一起返回控制室，终止了情境模拟。"

"你说的这个人叫什么名字？"

"翠丝。"他改口说，"不，是碧翠斯·普勒尔。"

"在这件事发生前你认识她吗？"

"认识。"

"你怎么认识她的？"

"训练时我曾是她的导师，现在我们正在交往。"

"最后一个问题。"奈尔斯说。"在诚实派，一个人只有完全袒露自己的心迹，才能加入派别，为大家所接纳。考虑到如今是非常时期，我们要求你也能吐露自己的心迹。来，托比亚斯·伊顿先生，你最后悔的事是什么？"

我的目光扫过他全身，从破旧的运动鞋到他那修长的手指，再看着他笔直的眉毛。

"我后悔……"托比亚斯歪着头，深深叹了一口气，"我后悔我的选择。"

"什么选择？"

"加入无畏派。"他说，"我出生于无私派家庭。我本打算离开无畏派，做个无派别者。可后来……我遇到了她……就又觉得也许我可以考虑一下自己的决定。"

她。

有一瞬间，仿佛眼前这个人是一个全然不同的人，他有着托比亚斯的皮囊，拥有的人生却不像我想的那么简单。他想离开无畏派，却因为我而留下来，而他又从未跟我说过这件事。

"因逃避父亲而选择无畏派是懦弱的表现，"他继续说道，"我后悔当时的懦弱，觉得自己不配做一名无畏者。我永远永远都过不了这道坎。"

要知道，无畏派的人可是什么都干得出，我本以为，听了这席话他们指定会鄙夷地哄笑，冲动的人则会冲上去狠狠揍他一顿。但他们如雕像般站在原地，脸上挂着雕像般冰冷的表情，看着眼前这个从未背叛过他们，却也从未感觉自己属于他们的年轻人。

有那么一刻，所有人都沉默着。我不知道是谁先开的口，似乎声音来自于无形之中，不是任何一个人发出的。接着那原本压抑的沉默变成了一屋子的低语："谢谢你诚实以对。"不一会儿，整个房间里的声音此起彼伏，都在重复着同样的话。

"谢谢你诚实以对。"他们小声地念叨着。

我却紧闭双唇。

真没想到，我是他留在无畏派的唯一原因，把他留在想要离开的派别。我不值得他这么做。

也许，他应该知道事情的真相。

奈尔斯立在房间中央，手里拿着针管，灯光打在上面，照得它亮闪闪的。周围的无畏者和诚实者都在等着，等着听我积攒一生的秘密。

脑海中又一次闪过这样的想法：或许，我可以对抗这血清。可我拿不准自己是否要放手一试，也许把一切都说出来，才是给我爱的人更好的交代。

我很僵硬地走向房间中央，托比亚斯和我擦肩而过时伸出手握了握我的手，轻轻捏了下我的手指，然后走开。这里，只剩下我、奈尔斯和他手中的针管。我拿过消毒剂往脖子上擦了擦，奈尔斯的针管就伸了过来，我下意识地往后退了退。

"我还是自己来吧。"说着我伸出手来。自艾瑞克把那一管攻击模拟血清注入我的脖子，我不想再让任何人给我注射任何东西。当然，即便我自己来，针管里的血清也不会改变，可至少，写下死亡判决书的，是我自己，不是别人。

"知道要怎么做吗？"他对我挑了挑浓密的眉毛。

"当然。"

奈尔斯也就不说什么了，直接把针管递给我。我找准脖子的血管上方，把针头插进去，推下活塞，液体就这样进入我的体内。此刻我的身体飙满肾上腺激素，几乎没感到一丝痛。

有人拿过垃圾筒，我把用过的针管扔进去。我立刻就感觉到了血清的作用，浑身软绵绵的，仿佛血管中流淌的不是鲜血，而是铅水。我走向椅子时差点倒下来，亏了奈尔斯及时抓住我的胳膊，把我领到椅子边。

过了一小会儿，我的大脑冷静下来。我刚才是在想什么呢？想不起来也没关系了，除了身下的椅子和我面前这个男人，其他都不重要了。

"你叫什么名字？"他开口说话了。

他的问题一出口，我便不假思索地答道："碧翠丝·普勒尔。"

"喊你翠丝也可以？"

"没错。"

"翠丝，你爸妈叫什么名字？"

"安德鲁和娜塔莉·普勒尔。"

"你也是一个转派者，对不对？"

"是的。"我嘴上虽是这么说着，内心却响起了另一种声音，"也是"？就是说还有其他人，这里显然是指托比亚斯。可任我怎么想，也想不出他的样子，这么简单的事，我怎么也做不到？但也不至于完全做不到。恍惚间，我似乎看到了一个闪过的暗影，定睛一看，托比亚斯就坐在我屁股底下的椅子上。

"你来自无私派，后又转向无畏派？"

"是。"我回答得很简洁，竟只说了一个字。我不知道这是怎么回事。

"你为什么转派？"

这个问题更复杂一些，可我还知道该怎样回答："我不是一个合格的无私者。"只是这句话还没蹦出嘴巴，另一个理由就出现了：我想要自由。其实，这两个理由都是真的，我内心挣扎着，要不要两个理由都说出来？我双手紧紧抓住椅子扶手，努力让自己保持清醒，记起我到底是谁，到底在做什么。眼前，好多好多人围着我，我却不知道他们为什么会在这里。

我浑身紧绷起来，就像考试，明明记得答案，却一时想不起来。这样的时候，我往往会闭上双眼，努力回想课本上相关的那一页。可这次，任凭我怎么挣扎，还是想不起来。

"我不是一个合格的无私者，而且我想要自由。"我张开嘴，还是说出了两个理由。

"那你为什么不是一个合格的无私者？"

"因为那时我很自私。"我镇定地吐了四个字。

"那时很自私？那你现在不自私了吗？"

"当然，我现在也还自私。我母亲说，每个人都是自私的。可在无畏派的这些日子，我慢慢变得不那么自私了。因为我遇到一些人，我可以为他们而战，甚至可以为他们而死。"

这个答案让我大吃一惊，但为什么？我为什么这么说？我抿着双唇，沉默了好一会儿。我所说的一切都是真的。假如我在这种时候这样说，那就肯定是真的。

这样想着想着，我记起刚刚努力要记的是什么，我这是在接受测谎，我所说的一切都是真的。我感觉到汗珠从脖子上滑落。

对，这是在讯问。而且我注射了吐真血清。我必须时刻提醒自己，实话很容易说过头。

"翠丝，可否告诉我们，无私派被袭击那天发生了什么事。"

"那天，我醒来后发现有些异样，所有人都被情境模拟控制住了，我就装作也被控制了，直到找到托比亚斯。"

"那你和托比亚斯分开后，你做过什么？"

"珍宁想要杀了我，好在我母亲及时赶过来救了我。她来自无畏派家庭，所以知道怎么用枪。"说到这，我的身体感觉更沉重了，只是不再冰冷。可我的心很不是滋味，也说不上什么感觉，只知道它比痛楚要痛，比悔恨要恨。

我知道下面我会说什么，接下来便是母亲遇害和威尔死亡，是我开枪杀了他。

"她引开无畏派士兵，掩护我逃跑，结果被他们杀了。"我说。

那些人在追我，我开枪杀了他们。我心头泛起这样一句话，可绝不能这么说，周围有无畏者，我杀了无畏者，他们定会仇视我，我不能在这里提这些。

"我一直跑，然后……"然后威尔追上我，我就把他杀了，内心的声音这样说着。不行！我绝不能这么说。焦急间，发际线上隐约渗出一层汗珠。

"然后我找到了父亲和哥哥。"我的声音有些发紧，"我们一起商讨出一个终止情境模拟的办法。"

我用力抓着椅子扶手，狠到它都陷进我的掌心。我还是克制住了差点脱口而出的话，隐藏了一部分事实，这当然算欺骗。

我排斥了这血清的作用，那一刻，我的的确确赢了。

我本应欣喜万分，可我做过的事却再次击垮了我。

"我们杀进无畏派基地，我跟父亲前往控制室，他击退了无畏派士兵，却牺牲了自己的性命。我闯入控制室，看到托比亚斯坐在里面。"

"托比亚斯说你和他打了起来，后来你却停手了。为什么？"

"因为我明白我们两人中必须有一个人死，我不想让他死。"我说。

"你投降了？"

"没有！"我喊道，接着摇了摇头，"没，不是那样的。我只是突然想到无畏派考验中的'恐惧空间'……一个女人要我杀掉我最亲爱的家人，最后我选择被她杀掉。那时候这种方法管用了，我就想……"我抬手捏捏鼻梁，头胀得厉害，在这极度的慌乱中，我已经失控了，脑中所有奔腾的想法都直接变成了语言，"当时我悲痛不已，只想到那样做，我想这个办法里蕴含着一种力量。而我下不了手杀他，我不能杀他，所以也只能豁出去一试。"

我眨了眨眼，把泪水忍了回去。

"这么说来，你从未被情境模拟操控？"

"是的。"我用手掌根压住眼睛，这样眼泪就不会流到脸上，就不会被所有人看到。

"是的，我没有。因为我也是分歧者。"我又重复了一遍。

"这么说来，你险些被博学派所害……之后一路杀进无畏派基地……然后又终止了情境模拟？”

“是的。”

“我想我可以代表大家说，你无愧于‘无畏’之名。”他说。

屋子左边传来一阵阵喝彩声，我看到模糊的拳头在黑暗中挥舞，那是我的派别在为我喝彩。

可他们错了，全错了，我不勇敢，我杀掉了威尔，却胆小到不敢承认，胆小到说不出口……

“碧翠丝·普勒尔，”奈尔斯问，“你最后悔什么？”

我最后悔什么？我不后悔离开无私派，不后悔选择无畏派，甚至不后悔开枪打死了控制室外面站岗的士兵，因为我没的选。

“我后悔……”

我的目光渐渐离开奈尔斯的脸，扫过整个屋子，落在托比亚斯身上，他如雕塑一般面无表情，嘴巴紧紧抿成一条线，眼神空洞。他双手交叉，抱在胸前，紧紧抓着自己的胳膊。克里斯蒂娜站在他身旁，也紧紧盯着我。看着他们，我一时紧张得无法呼吸。

我必须告诉他们。必须说出真相。

“威尔。”我说。我的声音更像是一种喘息，像是直接从我的内脏里拽出来的。现在想反悔已经不可能了。

“我杀了威尔，我开枪打死了他。”我说，“他被情境模拟控制着，于是我开枪杀了他。当时，他正想冲我开枪，可我先开枪杀了他，杀了我的朋友。”

威尔。那个眉宇间有着皱纹的威尔，那个有着如芹菜般绿眼睛的威尔，那个有超凡记忆力、能随口引用无畏派格言的威尔……我感到胃里翻江倒海地疼，差点叫了出来。回忆起他让我痛苦难忍，我全身每一部分都痛苦难忍。

而且，不只如此，还有一些我从未想过的问题。那天，当命运让我从自己和托比亚斯中选一人活下来，我毫不犹豫地选择了他的生、我的死，可对着举枪逼我的威尔，我却眼睛都没眨一下，就选择了让他死。

我仿佛衣不蔽体，一切都暴露于众目之下。原来，这所谓内心深处最黑暗的秘密，是我保护自己的护甲，在这护甲下，藏着一个真真正正的我。

"谢谢你诚实以对。"人们又重复着这句话。

克里斯蒂娜和托比亚斯什么也没说。

第十三章
信任危机

我从椅子上站起来，血清的作用已经开始消退，头也没先前那么痛了。人群看起来都朝一边偏斜，我急切地搜寻着门，想逃离这里的一切。这不太符合我做事的风格，我一般不会逃避。可这一次，我想逃。

人群慢慢散去，克里斯蒂娜却怔怔地站在原地，握成拳头的手正渐渐松开。她的眼神与我相遇，却又像没有聚焦在我身上。泪水在她的眼里打转，可她又没哭。

"克里斯蒂娜。"我本想说些什么，可能想到的却只有两个字：抱歉。可"抱歉"两个字听起来像是侮辱，而非表达歉意。抱歉是胳膊肘不小心碰到人时说的，抱歉是打扰了别人时说的。但我的感觉，不只是抱歉而已。

"他手上有枪，正准备冲我开火，他被那万恶的情境模拟完全控制了。"我说。

"你杀了他。"这话从她嘴里说出来，分量好像比平时要重，像是在她嘴里无限放大了。她看我的眼神，写满了陌生和不解，接着便移开了目光。

一个和她一样肤色、一样身高的小姑娘挽着她的手，那是她妹妹，"探亲日"那天我曾经见过她，间隔的时间并不长，可于我，却已经像是一千年前的事了。可能是这吐真血清的缘故，也可能是眼眶里积聚着泪花，她们在我眼中晃来晃去。

"你还好吧？"尤莱亚从人群中冒出来拍了拍我的肩。攻击情境模拟以来，这还是我第一次见到他，却实在没有力气跟他打招呼。

"还好。"

"喂，别那么难过。"他紧握我的肩膀，"你只是做了你该做的事。你救了我们大家，不然我们还受着博学派的奴役呢。当悲痛慢慢消失，她以后会想明白的。"

我甚至连点头的力气也没有了。尤莱亚笑了笑，然后就走开了。我还是站在原地，任凭有些无畏者拍拍或碰碰，任他们送上感激、赞美或安慰，任那带着怀疑眼神的人时刻刻意和我保持安全距离……我一动不动。

穿黑衣的身影在我眼前模糊成了一团。我感到无尽的空虚，所有的事都说出来了。

托比亚斯站在我身边，我害怕看到他的反应。

"这个给你，我拿回来了。"他说着把那把匕首递给我。

我刻意地回避着他的眼神，接过刀，插进了后裤兜。

"明天再说吧。"他说。他的声音很静。对托比亚斯而言，静是一种危险的信号。

"好吧。"

他抬起胳膊，搭在我肩上，我也伸出胳膊，使劲搂住他的胯。

就这样，我们紧紧贴着对方，一起朝着电梯走去。

他在走廊尽头找到两个床位，我们默默躺下，头离得很近，却没有说话。

等确定他已经进入梦乡，我便从被单下溜出来，穿过走廊，路过十几个睡着的无畏者，走到楼梯的入口。一级一级地往上爬。

我的肌肉开始酸痛难忍，呼吸也有些急促，可这么多天来，我第一次觉得如释重负。

在平地上跑步，我还算不错，可爬楼就是另一回事了。我挣扎着爬到第十二层，腿抽筋抽得厉害，只好停下来揉一揉，也好有时间喘口气。双腿和胸腔撕裂般疼痛，我却开心地笑着，这样也好，就像"以毒攻毒"一样，我要用肢体的痛苦攻克内心的苦楚。

等我爬到第十八层，双腿已经变得软绵绵的了。我拖着自己，蹒跚地走向刚才被盘问的房间。此刻这里寂静无声、空无一人，圆弧形阶梯长椅和那把椅子都还在。漆黑的天幕上，月亮在若隐若现的稀薄云层后散发出幽幽的光。

我双手撑住椅背，这椅子再普通不过了，是木头的，晃一晃还会吱吱作响。可就是这么一把普通的椅子，却毁掉了我人生中最重要的友谊，还毁坏着我的爱情。

我没能想出更好的解决办法，杀掉了威尔，就已经够痛苦的了。而现在，我不单要承受内心的愧疚，还要接受其他人的指责。一切的一切，都会变得不一样——包括我自己。

诚实派崇尚真相，却从不计算这么做的代价。

不知不觉间，我的双手有些发痛，原来我抓得太紧了。我垂下头，看着这把毁掉我的椅子，抓住椅子腿把它抬了起来，扛在肩上。环视四周，却没找到梯子或台阶之类可以爬的东西，空荡荡的房间里，只有一阶一阶升高的阶梯长椅。

我走过去，站在最高的长椅上，高高地举起手中的椅子，却只能勉强碰到窗户底下的窗台。我用力一跳，把椅子往前一推，它稳稳当当地挂在了窗台上。我的右肩又隐约在疼了，真不该再用力，可我忙着想别的事，顾不得它了。

纵身一跃，我双手抓住窗台，颤抖的双臂使劲用力，一只腿迈了上去，似乎费了好大劲，我终于把自己拖了上去，却已气喘吁吁。我躺下来休息了一会儿，大口大口地喘着气。

我站在窗台上，就在曾是窗子的拱形顶下，凝望着脚下的城市。干涸的河流蜿蜒绕过大楼，在拐角处从视线中消失；红漆斑驳的桥下，堆满了垃圾；桥的对岸，是一排排楼房，大部分都空着。真不敢相信，曾经的曾经，这里还是繁华市井、车水马龙，有那么多的人居住。

记忆的闸门打开，我让自己去回忆讯问时的情形：托比亚斯毫无表情的脸和之后压抑住的盛怒；克里斯蒂娜那空洞的眼神；那些重复着"谢谢你诚实以对"的低语。事不关己，他们当然也不会有任何感觉。

我抓起椅子，一把将它扔下窗台，喉咙里冲出一声微弱的喊叫，接着，这喊叫变成了嘶吼，这嘶吼又变成了惨烈的嚎叫。最后，我站在"够狠市场"的窗台上，看着坠落的椅子尖叫着，叫到嗓子发裂，叫到口干舌燥。随着"砰"的一声响，椅子摔落在地上，如同易碎的骨架，瞬间成了碎片。我呆呆地坐在窗台上，微微把身子向前探，闭上了双眼。

艾尔出现在我的脑海里。

我不知当时他站在大峡谷边上，思忖了有多久，挣扎了有多久。

他一定在那里站了好久好久，脑子里列出了这一生中做过的所有错事，险些杀了我大概也在其中。他大概还列出了所有未完成的心愿，所有想做的英雄伟绩。也许，当时他的心很沉很累很麻木；也许，他不想再这样活着，想永远沉睡下去；又或者，他不想再做自己，急于挣脱肉体的枷锁。

我睁开眼睛，远远注视依稀可见的椅子碎片。我第一次觉得自己能够体会艾尔的心情。我厌倦做翠丝。我做过很多错事，无法收回所作所为，它们已经成为我的一部分。很多时候，这些错事好像就代表着我的存在。

我一只手抓住窗边，身子微微前倾。一不小心，我就会从这里追随那把椅子掉下去，我将无力阻止那样的坠落。

但是我不能这么做，绝不能。父母因为爱我付出了自己的生命，我若无端放弃，不论出于什么原因，对他们的牺牲、他们的爱都是一种辜负和亵渎。

"愧疚会让你做得更好。"父亲会这样说。

"不管怎样，妈妈永远爱你。"这是母亲的话。

我想把他们的音容笑貌彻底忘掉，这样就不会因为思念而受尽折磨；可若真如此，我又害怕会找不到自己，找不到方向。

泪水模糊了我的视线，我爬了下去，回到讯问室。

那天清晨，我回到托比亚斯身旁时，他已经醒了，二话没说转身走向电梯，我心领神会，就跟了过去。我们并肩站在电梯里，我的耳朵里嗡嗡直响。

电梯停到二楼，不知为什么，我浑身哆嗦起来。先是手一抖，后来胳膊和胸腔也战栗起来，这颤动如电流一般很快传遍全身，我怎么也控制不住自己。我们站在电梯中，脚底下是一个诚实派的象征——失衡的天平，托比亚斯身上也文有相同的图案，这图案正好在他脊柱的中心。

有好长时间，他就那么双手抱胸，脑袋垂着，连看都不看我一眼。终于，我憋不住了，想要尖叫。我应该说点什么，可又苦于不知从何说起。我不能开口道歉，因为我只是说了实话而已，我不能把实话再变成谎言，更不能找理由给自己开脱。

"你以前没告诉我这事，为什么？"他问道。

"因为我不……"我摇摇头，"我不知道怎么说。"

他板着脸："翠丝，你想说很容易的——"

“是。”我点着头，“这还真的很容易。我只要走过去跟你说，‘对了，我枪杀了威尔，愧疚已经把我撕成碎片，不过咱们今早吃什么？’对不对？是这样吗？”霎时间，我觉得自己再也承受不起这一切，泪水盈满眼眶，我接着吼道，“你怎么不试试啊？你倒是去杀一个最好的朋友，然后再试着面对随之而来的一切啊！”

我双手捂住脸，不想让他看见我啜泣。他轻轻抚摸着我的肩膀。

“很抱歉，翠丝。”他口气温和了些，“我不该假装自己什么都懂，我其实只是希望……”他顿了下，神情似乎泄露了他内心的挣扎，“我希望你能信任我，能把这样的事情告诉我。”

我本想说我信你，可这是赤裸裸的谎言，我不信他知道我做了这么多坏事后还依旧爱我，我不相信任何人会平静地接受我的罪行，但那不是他的问题，是我的问题。

“我的意思是，我得通过迦勒才知道你差点淹死在水箱里，你不觉得有点奇怪吗？”他说。

我正要开口道歉，听到这话，顿时没了心情。

我用指尖抹掉脸上的泪，生气地看着他。

“奇怪？更奇怪的事情有的是呢。”我努力平复着自己的心情，尽量轻声地说，“比如突然发现自己男友死去多年的母亲又活了过来，更可笑的是，还是亲眼所见才知道。再比如，偷听到男友想和无派别者结盟的计划，可他只字未提，这才叫奇怪。”

他的手从我的肩头缩了回去。

“别弄得好像只有我出了问题。”我说，“如果你说我不信你，你也不信我。”

“我以为我们会有机会说到那些事，”他镇静地说，“难道你要求任何事我都马上告诉你吗？”

我太沮丧，竟好一阵子说不出话来，双颊也变得火辣辣的。

“天哪，老四！”我怒斥道，“你不想把每件事立刻告诉我，却想让我任何事都立刻跟你说，你不觉得这听起来很愚蠢吗？"

"第一，别把那个名字当作伤人的筹码；"他用手指指着我说，"第二，我没有制定和无派别者联盟的计划，只不过是考虑一下而已。如果我真做了什么重要决定，肯定会告诉你；第三，如果你曾经试着告诉我威尔这件事，意义就不一样了，很显然你没有，你选择了隐瞒。"

"我的确把威尔的事告诉你了。"我说道，"那不是吐真血清的作用，是我说的，因为我决定说出来。

"你胡说些什么啊？"

"我能对抗那血清，我的意识是清醒的。我本可以说谎的，让秘密永远是个秘密，可我没有那样做，因为我觉得应该让你知道真相。"

"这是哪门子的方式啊！"他一脸不悦，反讽道，"在几百个人面前告诉我，你跟我还真是亲密啊！"

"哦，我对你坦诚还不够，还要挑什么场合？"我眉头一扬，"好啊，以后跟你说事情，是不是要给你沏些茶，再看看光线对不对啊？"

托比亚斯发出一声绝望的低吼，转身离开我，往前走了几步。再回过头时，气得脸色都变了，这还是我头一次见到托比亚斯变脸色。

"有时候，翠丝，和你相处真的很不容易。"他轻声说着，眼光移向别处。

我想告诉他，和我这种性格的人相处的确不容易，我还想告诉他，没有他，我这一周根本没办法熬过来。可我什么也没说，只是注视着他，任心跳声在耳边轰响。

我不能告诉他我很需要他，绝对不能。我不能需要他，真的不能。或者这么说，我们不能离开对方，因为在这动荡的日子里，谁又能知道我们还能活多久？

"很抱歉。"突然间，我的怒气全都没了，"我应该对你坦诚。"

"就这些？你要说的就这些？"他再次皱起了眉。

"那你还想让我说什么？"

他摇了摇头："不用了，翠丝，什么都不用再说。"

我站在原地看着他走开，心里好像裂开一个口子，这口子不断快速扩大，就快要把我撕裂了。

第十四章
诚实派遭袭

"我说，你搞什么鬼，在这里做什么？"一个声音传来。

我坐在走廊的一张床垫上，我过来本来是有事情要做，思绪却不知从哪儿断了，所以就坐了下来。我抬头看，琳恩挑着眉毛，站在我面前，我第一次见这姑娘时，是在汉考克大楼的电梯里，那时她是光头，还踩了我的脚趾头。再看现在的她，头发长出来了，虽然还是很短，不过已经盖住头皮了。

"我在坐着啊，怎么了？"我说。

"怎么了？你真的很夸张。"她叹了一口气说，"快收拾收拾走人，别忘了你可是无畏派的，行事也要有无畏派的风格，你再这样下去，无畏派的脸全被你丢尽了。"

"我怎么丢无畏派的脸了？"

"你装成一副不认识我们的样子。"

"我不想让克里斯蒂娜难受。"

"克里斯蒂娜？"琳恩冷哼了一声，"她只不过是一个爱情至上的小女生。人都会死。战争嘛，死伤一些人是很正常的事，她总有一天会想明白的。"

"是啊，人都会死，但不见得是死在自己好友手中。"

"爱怎样怎样。"琳恩不耐烦地叹着气,"走吧。"

我一时也找不到拒绝的理由,就站起来跟她穿过许多走廊。她步伐轻快,跟上她还是要费些力气的。

"你那位胆小鬼男友呢?"她问道。

我不由噘了噘嘴,就像尝到了什么发馊的食物:"他不是胆小鬼。"

"最好不是。"她嘻嘻笑着。

"不知道他在哪儿。"

她耸了耸肩:"你可以顺便给他也找个铺位,我们都不想理会那些恶心的无畏派—博学派杂种小鬼,要重整旗鼓。"

闻言,我笑了:"无畏派和博学派的杂种小鬼?"

她推开一扇门,走进一个宽敞的屋子,这地方倒和大楼里的大厅有几分相似,黑色大理石地面中央,嵌着一个白色诚实派象征图案,不过图案大部分都被临时床铺遮住了。无畏派的男男女女外加小孩到处都是,我望过去,却没看到一个诚实者。

琳恩带我走到屋子左侧,在两排床铺间停下。顺着她的目光看过去,我看见一个比我们小几岁的男孩坐在下铺解鞋带。

"赫克,另外再去找张床。"

"为什么?我才不要。"他眼皮子连抬都没抬一下,"我才不会因为你和你的蠢朋友搞什么深夜卧谈再挪地儿。"

"她才不是我朋友。"琳恩不高兴地说。看她那个正经样,我差点笑出来。这话还真让她说中了——她给我的"见面礼"就是踩了我一脚,"赫克,这是翠丝。翠丝,这是我弟弟,赫克特。"

听了我的名字,他猛地抬起头来,用惊恐的眼光瞪着我,嘴巴张得那叫一个大。

"很高兴认识你。"我打了声招呼。

"你是分歧者,"他说,"我妈让我离你远一点,说你们可能很危险。"

"对啊，她是这世上最可怕的分歧者，她只用意识能量就能把你的头炸掉。"琳恩说着用食指戳戳他的眉心，"别告诉我，你还相信那些编来骗小孩的分歧者传言啊。"

听了这话，他的脸一下子红到脖子根，带着几分羞赧，一把抓过自己的衣服，扔到离这儿不远处的床铺上。我还有点难为情，直到意识到他其实也不用搬太远才好些。

"其实你也不必这样，我可以睡那儿的。"我说。

"我知道。"琳恩咧开嘴笑了笑，"他自找的。他当着尤莱亚的面说齐克是个叛徒，当然他说的也不是不对，只是没必要拿这种事来说。这群诚实者可是害了他，他现在说话想说什么就说什么。喂，小马！"

马琳从一个床铺上探过头来，冲我们露齿而笑。

"喂，翠丝，"马琳说，"热烈欢迎。琳恩，喊我什么事儿？"

"能不能让那些小女生每人拿出几件衣服啊？"琳恩说，"比如什么牛仔裤、内衣、鞋子，不要全是上衣。"

"没问题，包在我身上。"马琳说。

我把后裤兜的匕首丢到了床铺上。

"你说的'编来骗小孩的分歧者传言'是指什么？"我好奇地问。

"分歧者是一群有超能力的人？别逗了。"她耸耸肩说，"我知道你信这些，我反正不信。"

"可在情境模拟下，我能保持清醒，甚至可以完全不受血清的影响，这你怎么解释？"我反问道。

"只不过是无畏派的领导随机给一些人切换了情境而已。"

"他们为什么要这么做？"

她在我眼前摆摆手："为了分散人们的注意力。像我妈这样的人就太关注分歧者了，而没时间关注领导都在干啥。说白了，这其实是另一种意识操控。"

她抬起脚不停地踢着地面，避开我的眼神。不知道她是不是想起了意识操控时的事，被攻击情境模拟控制的感觉。

我猛然发现，这些日子，我全部的精力都放在无私派身上，差点忘了无畏派发生的惨剧。试想一下，几百个无畏者清醒过后，发现自己手上沾满了鲜血，杀人又非自己所愿，而这根本不是他们能选择的。

我决定不和她争论这个问题，就由着她这样想吧。她相信政府阴谋论，我再怎么说，她估计也还是听不进去，最好的办法就是让她自己体会。

"衣服来了。"马琳朝我们走过来，把怀里抱着的一大摞和她身体差不多宽的黑衣服递给我，脸上挂着自豪的神情，"琳恩，我用激将法逼你姐姐交出了一条裙子。她带了三条来呢。"

"你有姐姐？"我问琳恩。

"是啊，她今年十八，和你男友是同一届新生。"

"她叫什么名字？"

"桑娜。"她说着眼光却飘向马琳，"我早就告诉过她，我们这段时间不需要穿什么裙子，可她还是不听。每次都这样。"

我认得桑娜，记得那天在汉考克大楼楼底，她也在托住我的人群之中。

"我倒觉得穿裙子格斗轻便容易多了，"马琳敲着自己的下巴，带着点玩笑的口吻说道，"这样腿就不受束缚了。谁又在乎走不走光啊，只要你把对手揍得晕头转向就是了。"

琳恩没吭声，似乎心里赞许马琳的观点，只是不愿开口承认。

"什么走光啊？"尤莱亚横跨一步避开床铺，"不管那是什么意思，也算我一份啊。"

马琳没好气地冲着他的胳膊捶了一下。

"有人今晚要去汉考克大楼，"尤莱亚说，"十点钟出发，你们都应该一起来。"

"还是滑索道吗？"琳恩问。

"不是，那里有人看管，这次是秘密窥探。据说博学派彻夜灯火通明，正好方便我们看看他们到底在搞什么。"

"算我一个。"我说。

"我也去。"琳恩说。

"你们都去？我也去。"马琳冲尤莱亚微笑，"我去拿点吃的，和我一起去吗？"

"当然。"他说。

马琳摆了摆手，他们俩转身离开。马琳这个姑娘以前走路总是一蹦一跳的，很是快活的样子，现在的步伐平稳了些，多了分优雅，却好似没有了那种孩童般的快乐。真不知道，在攻击情境模拟下，她做了些什么。

琳恩噘了噘嘴，一副不开心的样子。

"怎么了？"我问。

"没什么。"她暴躁地摇摇头，"他们两个最近老是黏在一起。"

"他现在需要尽可能多的朋友陪伴啊，"我说，"齐克变叛徒还有别的那些事，他也不好受。"

"是啊，简直是一场噩梦。前一天他还在这里，隔天就……"她轻叹一口气，"现实才是检验训练的最佳场所，一个人不管他接受多少训练来变勇敢，真要现实来了，才能看出他是不是真的勇敢。"

她突然凝视着我，我以前从没留意她金棕色的眼珠有多怪异。现在她的头发长出来了，我不再老去注意她的光头，开始注意她那精致的鼻子，饱满的双唇，不禁暗自感叹她天生就美得那么震慑人，甚至暗自羡慕了一会儿。

不过，我又想，她一定是很讨厌自己的美貌，所以才把头发全部剃掉。

"你很勇敢。"她说，"当然，不用我说，你自己也知道。我只是想告诉你，我也知道你很勇敢。"

这本是赞美的话在我却像当头棒喝，感觉不是滋味。

然后她又补了句："别把事情搞砸。"

几小时之后，我吃过午饭，睡过午觉，坐在床边换肩上的绷带，脱掉T恤，只穿一件背心。周围的无畏者三五成群地聚在一起讲笑话，还时不时捧腹大笑。

我刚在伤口抹好药膏，一阵刺耳的大笑传来，我望过去，只见尤莱亚把马琳扛在肩上，沿着走廊冲了过来。路过我身边，马琳红着脸，冲我招了招手。

坐在旁边床铺的琳恩冷哼了一句："他这个人真是，都什么时候了，还在调情。"

"那你的意思是，他现在应该不分白天黑夜地板着脸？"我小心地把绷带包扎好，"你也许应该跟尤莱亚学学。"

"你有什么资格说这种话，快看看你自己吧，"她说，"总是闷闷不乐，大家都该叫你'悲情女王'碧翠丝·普勒尔了。"

我站起来，朝着她的胳膊捶了一下，这一拳比开玩笑要重些，又比真生气要轻些："闭嘴啊。"

她没看我，只是伸出手在我肩上推了一把："我才不会听僵尸人使唤。"

我看到她嘴角抿着一丝笑意，也忍着没笑出声来。

"要走了吗？"琳恩说。

"你们这是要去哪里？"不知什么时候，托比亚斯竟站在我们面前。听到他的声音，我顿觉有些口干舌燥。我一整天没和他说话了，也不知该抱怎样的期待。会很尴尬吗？还是说一切恢复正常？

"去汉考克大楼楼顶窥探博学派动态。"琳恩说，"一起去？"

托比亚斯意味深长地看了我一眼："不去了，我还有些事要忙，不过千万小心。"

我点了点头，心里很清楚他拒绝的原因，很显然他是想尽量避开高处，如果可能的话。

就在我路过他继续往前时，他伸出手碰了碰我的胳膊，稍微拉了我一下。我整个人紧绷起来。要知道，自吵架后，我们俩的肢体接触，这还是头一次，接着他又放开了我。

"回头见，别做蠢事。"他低声说。

"多谢你对我这么有信心。"我双眉一蹙。

"你理解错了，我是说，千万别让跟你一起去的人做蠢事，他们都听你的。"

他身子微微前倾，似乎想吻我，可思量了半晌又直起了身子，微微咬了下嘴唇。这个细小的动作，诉说着他对我的拒绝。我避免与他目光接触，迈开脚步，跟在琳恩身后小跑起来。

我跟着琳恩穿过走廊，走向电梯。这诚实派总部对无畏者而言，简直就像迷宫，他们有人在墙上用彩笔做了不同的记号，才不至于走丢。我也只知道为数不多的必须要去的地方怎么走，比如睡觉的地方、餐厅、大厅和讯问室。

"你们为什么撤出无畏派基地，那些叛徒应该没在那里吧？"我带着一丝疑虑问。

"是没有，他们都在博学派总部，我们离开基地原因只有一个，那里的摄像头覆盖率太高了。"琳恩解释道，"博学派八成能看到所有录像。损坏这摄像头，恐怕要用好久，所以就只好撤了。"

"明智之举。"

"我们也有明智的时候。"

走进电梯，琳恩按下"一楼"的按钮。电梯门映出我们俩的影子，她比我稍高几厘米。穿着宽松的T恤和长裤，在衣服的遮掩下依然能看出，她的身材凹凸有致。

"怎么了？"她瞪着我问。

"你为什么剃光头？"

"为了新生考验。我很爱无畏派，可很多无畏派的小子总觉得女子不如男，我实在是受够了，我想看着不像女生可能会好些，于是剃了光头，也许这样他们就不会把我当成女孩子看了。"

"你可以把被人低估这事当作优势来利用。"

"是，然后呢？遇到点什么事就退缩吗？"琳恩翻了个白眼，"你觉得我就那么没自尊吗？"

"无畏派总是拒绝使用计策，"我说，"其实你们不需要时时刻刻向别人展示自己是多么坚不可摧。"

"我总觉得你行事风格有点博学派的味道，还是改改吧，不然奉劝你还是穿蓝衣服。对了，你不是和我一样吗？只不过你没剃光头而已。"

趁着还没说出让自己后悔的话，我赶快从电梯里走了出来。和大多数无畏者一样，琳恩很容易被激怒，但脾气来得快、去得快。我也差不多，但是不包括"去得快"。

和往常一样，几个持大型枪械的无畏者在门前走来走去，时刻提防着敌军侵入。他们面前聚集着一小群年轻的无畏者，有尤莱亚、马琳、琳恩的姐姐桑娜，还有劳伦。劳伦是本派新生的导师，她满耳穿的全是孔，头每动一下，耳朵上的银环都会闪闪发光。

琳恩突然停了下来，我来不及刹车，一脚踩上她的脚跟，她骂了一声。

"瞧你多有魅力。"桑娜冲琳恩笑着说。这对姐妹长得不太像，唯一相同的地方是头发都是可可棕色的，可桑娜是齐下巴的短发，和我的差不多。

"可不是嘛，我就想魅力四射呢。"琳恩应着。

说起琳恩还有个姐姐，我一直感觉很奇怪，在我眼中，琳恩跟任何人有关系都很奇怪。桑娜伸长手揽住琳恩的肩膀，看了我一眼，脸上的笑瞬间消失，一脸警惕。

"你好。"我好像没别的可说，只能这样打招呼。

"你好。"她说。

"老天，你不会也信了老妈的话吧？"琳恩一手捂住脸惊呼道，"桑娜——"

"琳恩，你就不能闭嘴一次吗？"桑娜又用警觉的眼光盯着我，那神色就像怕我的特异功能会突然爆发，来攻击她似的。

"喂，翠丝，你认识劳伦吗？"尤莱亚赶来"救场"。

"认识。"还没等我开口，劳伦抢先一步接过话头，她的声音听起来有点过于尖锐清晰，好像在责怪尤莱亚问了个不该问的问题，其实只不过她的声音天生就是这样，"她曾进入我的'恐惧空间'进行练习，所以她对我的了解比她应该知道的还要多。"

"真的假的？我还以为转派者要进老四的'恐惧空间'呢。"尤莱亚惊讶地问道。

"说得轻巧，他死活不让呢。"她嗤之以鼻。

我心里忽然有股暖乎乎的温柔感受，因为托比亚斯只让我一人进入他的"恐惧空间"。

劳伦肩膀上方闪过一道蓝光，我探头想看个仔细。

接着，枪声大作。

玻璃门被震得粉碎，胳膊上系着蓝袖章的无畏者站在门外的人行道上，手里拿着一种我从未见过的枪，枪管上方射出一束蓝光。

"叛徒！"有人大喊，惊醒了还没反应过来的我们。

几乎同时，所有无畏者都掏出了枪，我没带枪，只能躲在忠诚的无畏派身后，脚底踩着碎玻璃，手已从后裤兜掏出刀子。

周围的人一个接一个地倒下。随着这一声声的枪响，我的派别同胞、我挚爱的好友全都倒在地上。他们或死或伤纷纷倒地不起。

我呆住了，一束蓝光打在我胸前，我连忙向旁边飞扑过去，可我的动作不够快。

枪声响了，我倒在了地上。

第十五章
揪出分歧者

　　剧痛感慢慢消退，似乎只剩下隐隐的痛，我把手伸进外套里，寻找伤口。

　　我并没有流血，只是这一枪的冲击力把我击倒了，所以一定有什么东西打中了我。我手指轻轻滑过肩膀，摸到一个原本没有的肿块。

　　耳畔突然传来声响，我转头一看，一个和我手差不多大的圆筒滚到我头边。我正想把它移开，一阵白色烟雾从它两端喷出来，我一边咳，一边把它扔到大厅的另一头。我周围全是这种圆筒，屋子里很快就白烟弥漫，可这烟甚是奇怪，它既没有燃烧，也没有刺鼻的味道，只是模糊了我的视线，而且很快便完全消散了。

　　这究竟是怎么一回事？

　　四周的无畏者躺在地上，眼睛全都闭着。我打量着尤莱亚，不由锁起眉头，他没流血，也没致命伤，理应没有死。到底是什么把他打晕了？我往左边看过去，琳恩也倒在地上，身子半弯着，姿势很古怪，也不省人事。

　　无畏派叛徒手举枪支走进大厅，来不及多想，我慌忙闭上眼睛，垂着头，装作和周围的人一样已经昏迷过去，以前我搞不清楚状况时，就会这样。他们的脚步声慢慢逼近，我听到鞋子在大理石地板上滑动的声音。心跳得更快了。突然，有人脚踩着我的手踏过去，我紧咬舌头，差点没疼得喊出声来。

"为什么不直接一枪打中他们的头？"一个人的声音响起，"假如没有军队来的话，我们就赢了。"

"鲍勃，我们可不能灭掉所有人。"一个声音冷冷答道。

我后脖颈的汗毛瞬间竖起，这是艾瑞克的声音，无论在什么地方我都能认出来。

"人都死光，何谈重建，何谈兴旺繁盛。"艾瑞克继续说，"总之，你的工作不是提出疑问。"他抬高了嗓音，命令道，"一半人去电梯口守着，一半人去楼梯守着，分成左右两组，马上行动！"

我左手边不远处有一把枪，或许我可以睁开眼以迅雷不及掩耳之势抓起枪柄，直接朝艾瑞克开枪，让他死个猝不及防，但是有风险，我不确定自己会不会一碰到枪便又慌了神。

思来想去，我还是静静躺着，等最后的脚步声消失。我睁开眼睛，整个大厅里，歪歪斜斜躺着的全是昏厥的人。我不知道这气体是什么玩意儿，但我猜它肯定是某种情境模拟血清，不然我也不会是唯一不受影响的人。但和我平时进入情境模拟的途径大不相同，我没多少时间去思量这气体的成分和用途。

我抓起匕首，忍着肩上的疼痛，咬牙站起来，走到一具躺在入口处的无畏派叛徒的尸体旁。这女人大约四十岁上下，头上有几缕白发。我逼着自己不去看她头上的枪伤，可是昏暗的灯光照亮了那个地方，我隐隐约约看到白骨似的东西，忍不住作呕。

专心思考，至于这女人是谁，叫什么名字，岁数多大，都不是我该关注的焦点。我努力让自己的视线只集中在她的蓝袖章上，压制着这作呕的感觉，用手指勾了一下这块布，但是根本扯不下来，袖章是缝在她的黑外套上的，我没有选择，只能把这外套从她身上脱下来。

我脱下自己的外套，用力一扔，让它盖住她的脸。我慢慢拉开她衣服的拉链，先从左胳膊开始脱，再脱右胳膊，咬着牙把外套从她的尸体上脱了下来。

"翠丝！"一个声音喊我的名字。我慌忙回过头，手中还拿着这刚刚脱下来的衣服，匕首也被我放在一边。进攻的无畏者都没拿匕首做武器，我不想引人注意。

身后站着的人是尤莱亚。

"你也是分歧者？"现在的形势已经没时间让我惊讶了。

"对。"他说。

"快搞一件外套。"我说。

他蹲在另一具叛徒的尸体旁边，这是个年轻的男孩，他年轻到都不够当正式的无畏者。看着他那死去后苍白的脸，我的心不由一紧：这么年轻的孩子本不该死，甚至不该出现在这里。

我非常恼怒，以至于脸都涨红了。没办法，只得套上那女人的衣服，尤莱亚紧闭着嘴，把这男孩的衣服穿在自己身上。

"只有这些人死了。"他轻声说，"你不觉得这有些奇怪吗？"

"他们明知道我们会开枪的，还是过来了。"我说，"有什么问题以后说吧，现在得抓紧时间行动。走，去楼上。"

"为什么要去楼上？"他不解地问，"我们不是应该离开这鬼地方吗？"

"你连什么情况都没搞清楚，就要逃啊？"我有些恼怒地瞪着他，"你就不想知道我们的同伴是被什么东西袭击了吗？"

"万一有人认出我们怎么办？"

我耸了耸肩："只能祈祷没人认出来。"

我朝楼梯疾步而行，他也跟了上来。迈上第一级台阶，我就想自己究竟要做什么。这座楼里应该不仅有我们两个分歧者，其他人可知道自己特殊的身份？他们隐藏得可好？我这样潜藏在一群叛徒中，到底想到什么？

内心深处我知道这个问题的答案：不顾后果，这性格再一次支配了我。我这样做，很可能一无所获，很可能就此丧命。

更让人不安的是，我一点都不在乎。

"他们会一路往上走。"我气喘吁吁地说，"你……去三楼，让他们……撤离，别搞出动静。"

"那你又要去干吗？"

"去二楼。"我用肩膀顶开通往二楼的门。有一个艰巨的任务在等着我：找出分歧者。

我小心翼翼地迈过脚下躺着的人，沿着走廊一路走了下去，看着这些穿黑白衣服的人，我想到诚实派小孩私底下唱的一首歌谣：

无畏派最残忍，互相残杀不手软……

此刻，这些无畏派叛徒引发了一场睡眠情境模拟，这和差不多一个月前对无私派的大屠杀没有多大区别。这歌谣的真实性没有比此刻更让我信服的了。

要说起五大派别中唯一一个会如此分裂的，那非无畏派莫属。友好派绝不允许有分裂端倪存在；无私派绝不会自私自利；诚实派则通过讨论寻求同一方案；即使是博学派，他们也绝不会做如此不合逻辑的事情。无畏派果真是残忍至极。

我跨过一条伸出的胳膊，又从一个嘴巴微张的女人身上迈过，压低声音，哼起这首歌谣的下一段。

博学派最冷漠，知识的代价多昂贵……

不知道珍宁和无畏派联手时，是否想到了这点。的确，残忍外加冷漠真是致命组合，坏事做绝，现在就放倒了所有的诚实者和一半的无畏者。

我边走边扫视这些倒在地上的人，若能找到不均匀的呼吸或颤动的眼睑，就有一线希望了，这些人肯定是醒过来后假装晕厥的分歧者。可任我怎么搜寻，所有的呼吸都是均匀的，所有的眼睛也没有任何异象，难不成诚实派里并没有分歧者？

"艾瑞克！"走廊尽头传来一个声音，很显然艾瑞克正在向我逼近，我一下子屏住呼吸，稳住自己不动弹，不能被他认出来。我垂下眼帘，浑身紧绷起来，还带着些颤抖。我心中不禁默默念叨：别看我，别看我，别看我，别看我，别看我……

艾瑞克大步走过我身旁，朝左边走廊尽头神色慌张地走去，我本应集中精力，接着寻找分歧者，可这鼓动的好奇心又一次把我推向前，我想看看这个喊艾瑞克的人到底要干吗，听他的声音中带着几分急切。

我抬起头，看到一个无畏派士兵站在一位双膝跪地的女子身旁，她穿一件白色宽松上衣和黑裙子，双手抱在脑后。就算只看侧面，艾瑞克的笑容还是透着贪婪。

"她是分歧者，很好。快，把她带到电梯间，一会儿再决定哪些杀掉，哪些带回去。"

这位无畏派士兵抓住了她的马尾，拖着她走向电梯间。她放声尖叫，弓着身子想要站起来。我本想咽口水，喉咙里却像堵着棉球一样。

艾瑞克继续沿走廊往下走，离我有些远了，我强制自己不去看正从我身旁跟跄走过的诚实派女子，她的头发仍然被那名无畏派士兵抓着。此时此刻，我真真正正体验了恐惧的感觉：我放任自己被恐惧控制了一会儿，然后逼着自己开始行动。

一……二……三……

单单观察这些人的反应，恐怕一时半会儿也找不出几个分歧者。一计不成，另生一计，我一个俯冲，飞冲出去，抬起脚，狠狠踩向他们的小手指，一个、两个……依旧没有任何反应。

这时，一个声音从远处飘来："又找到一个！"我内心飘过一丝寒气，知道自己不能再有任何耽搁了。于是，我在人群中跳来跳去，跨过男男女女、老老少少，踩过他们的手指头，或者腹部，或者脚踝，搜寻哪怕一丝痛楚的迹象。过了一会儿，我毫不遮掩地去看他们的脸，可是没得到任何反应。我和分歧者玩起了捉人游戏，但我不是唯一在找他们的人。

功夫不负有心人，当我踩到一个诚实派小姑娘的小手指时，她的面部表情闪过一丝抽搐，若不仔细观察，这转瞬即逝的表情很难捕捉到，她在努力隐匿自己的痛楚，好在我还是看到了。

我警觉地转过头，环视周围的情况，等确定所有人都撤出了走廊中心，我又扫视最近的楼梯口——在我右手边走廊的尽头，离我们不到三米远。我心中一阵窃喜，蹲在这个小姑娘头边。

"喂，孩子，醒醒。"我尽量压低声音说，"别怕，我是好人。"

她的眼睛微微睁开一道缝。

"朝那边差不多跑三米，钻出楼梯口，一会儿等他们移开视线，听我指令，一定一定要逃走，记住了吗？"

她点点头。

我站起身，碎步转了一圈。左边一个无畏派叛徒正在用脚轻踢一个倒地的无畏者，眼光并没聚焦在这边；身后有两个无畏派叛徒好像听了什么笑话，大笑着；前面的那个叛徒朝我走来，可他突然仰起头，朝着反方向走开了，也渐渐消失在视线中。

"跑！"我说。

小姑娘闻声立马站起来，冲出楼梯口，我目送她推门而逃，直到门在她身后关上。这时，我的视线移到窗户上，看着自己的影子。原本以为大厅里只有我一个人醒着，其实不然，我身后站着艾瑞克。

　　我盯着他在窗子上的倒影，他也瞅着我。当然，若我动作够快，可以趁机跑掉。但我很清楚，我跑不过他，就算侥幸跑开，也可能被他逮住。而且我不能冲他开枪，因为我手中没有枪。

　　我一转手，抬起胳膊肘就朝艾瑞克的脸砸去，虽然打中了他的下巴，可力道不够，对他没造成任何伤害。他反而一手抓住我的左胳膊，另一只手举枪对准了我的脑门，脸上尽是令人不寒而栗的笑容。

　　"真搞不懂，你能傻到这种程度，没拿枪就跑到这里来。"他说。

　　"我聪明到能做到这一点。"说着我抬脚踩向他的脚板，差不多一个月前，他这脚挨过我一枪，应该没完全愈合。果不其然，他放声大叫，脸部扭曲，手中的枪托一下子撞到我的下巴。一阵剧痛，一股热热的东西沿着脖子流下来，我紧咬牙关才没叫出来。

　　他抓着我胳膊的手自始至终都没松开，可也没扣下扳机。他为什么没用枪？理由只有一个：他遵循命令，暂时还不能杀我。

　　"没想到你命挺硬，那水箱还没淹死你，知不知道，用水箱淹死你的伟大建议是我提的。"

　　我在琢磨让他松开我的办法，刚想到可以踢他的裆部，他却躲闪到了我身后，紧紧抓住我的两个胳膊，前胸贴我的背，把我往他身上拽，让我连脚都动弹不得。他的手指甲深深陷在我的肌肤里，我紧咬着牙，一半是因为疼，一半是因为我竟和他紧贴在一起，恶心至极。

　　"她觉得，在现实版的情境模拟中研究分歧者的反应，一定很有意思。"他边说着，边推搡着我往前移步，口中呼出的气吹起了我的头发，"我举双手赞同。你知道吗，我们最看重的博学派特质就是独特，而它正好需要这点创新。"

　　他的手劲儿加大了一下，长满老茧的皮肤刮擦着我的胳膊。我微微往左移开些，把一只脚放在他的两脚之间。看他一瘸一拐的样子，我简直心花怒放。

"创新有时候白费力气，有失逻辑……除非是为更伟大的目的而创新。就目前的状况来说，创新就是信息的整合。"

在短暂停下脚步的空当，我抬脚踢向他的裆部，只听尖锐的喊叫声从他的喉咙里窜出，然后突然打住，他的手片刻间松了几分，我抓住机会拼命扭动，挣脱了他的"魔爪"，撒腿就跑，我也不知跑向何处，但是非跑不可，一定要逃——

他抓住我的胳膊肘，把我使劲往后拖，接着把大拇指狠狠地按在我肩头的伤口，撕裂的疼痛一波又一波袭来，我疼得眼前有些发黑，并可着劲儿地尖叫。

"我记得看过你在水箱里的录像，你这边肩膀中枪了，果然没记错。"他恶狠狠的声音传来。

我两腿一软，有些不听使唤了，任凭他抓着我的衣角，拽着我走向电梯间。衣领勒住我的脖子，有些窒息，双脚跟跄地跟在他身后，浑身又是锥心刺骨的疼。

到了电梯间旁边，他使劲一按，我一下子跪倒在地，转头一看，却是之前看到的那位诚实派女子。她和其他四人坐在两排电梯之间，被周围持枪的无畏者押着。

"拿枪抵着她，一刻都不准懈怠。"艾瑞克厉声说道，"注意，是抵住她，不是指着她。"

一个无畏派男子拿枪抵住了我的后脖颈，枪口在我脖子上印下一个冷冷的圈。我抬眼看着艾瑞克，他满脸憋得通红，眼里也疼出了泪花。

"艾瑞克，怎么了？"我皱了皱眉头，用不屑的语调说道，"你不是害怕一个小女生吧？"

"别糊弄我，我不是傻子。"他双手抚着头发，冷冷地说，"别拿小女生说事儿，以前我被你骗过一次，现在免疫了。你就是他们手中最恶毒的王牌。"他凑向我，"所以，你的死期马上就要到了。"

　　这时，电梯门开了，唇上挂着血迹的尤莱亚被一个无畏派士兵推搡着走出门外——他们逮住了又一个分歧者。他瞟了我一眼，可从他的神色中我看不出他到底有没有成功。不过他既然被逮住了，八成是失败了。他们马上就能找出这座大楼里所有的分歧者了，然后我们大多数人恐怕就要去死了。

　　面对死亡，正常人都应有一种极端的恐惧，可我突然意识到什么，内心涌上一种异常的兴奋。

　　我是没带枪，可我的后兜里有一把锋利的匕首。

第十六章
刺杀艾瑞克

我把手慢慢向后伸，手指一寸寸地滑向后裤兜，以免被拿枪抵住我的人发现。这时，电梯门又开了，又有几个分歧者被无畏派叛徒押着走了出来。我右边的诚实派女子呜呜地哭着，一缕湿湿的头发粘在她的嘴唇上，不知是被口水浸湿，还是被泪水打湿。

我的手缓缓伸到了后裤兜的边上。我努力控制着，可手指还是因为期待而颤动不止。我得等待合适的时机，等到艾瑞克靠近我。

此时此刻，我满脑子全是呼吸的原理：吸气时，想着吸进的空气会充满全身的细胞；吐气时，又想着全身的血，不管是静脉血还是动脉血都经过同一颗心脏来回传输。

这关头，想些无关紧要的生物学知识总比想这坐成一排、等待命运宣叛的分歧者要好得多。在我左边，坐着一个不超过十一岁的诚实派小男孩，他毫不畏惧地盯着站在他身前的无畏者，比我右边的女子要勇敢得多。

吸气、吐气，就这样重复着。血液被心脏输送到全身各处，输送到每一个角落——心脏是人体内最强健的肌肉，按寿命算，它又是寿命最长的肌肉。慢慢地，随着这逐渐多起来的无畏派叛徒，"够狠市场"各层的扫荡差不多进入尾声。这么多人遭到子弹以外的不明物体袭击，而个中缘由我到现在都没探清。

当然，我满脑子正想着的是心脏，只不过不是我的心脏，而是艾瑞克的。想到他的胸腔随着心脏跳动的停止变得空荡荡，我心里就充满快感。不管我有多恨他，我并不是真心想杀掉他，至少不是用刀，近距离看着他的生命消失。话又说回来，我若只有这最后一个做些什么的机会，想要给博学派重重一击，就必须消灭他们的一个领导人。

我环视四周，没看到从楼梯里逃走的那个诚实派女孩，她大概是安全逃走了，我在心里暗暗地想，太好了。

艾瑞克背着手在我们面前走来走去。

"根据上级命令，我只能带两个人回博学派总部当试验品，"艾瑞克说，"其他人将直接处死。先揪出最没用处的人倒是有几种不同的方法。"

他一步一步向我靠近，我手指一紧，正想握住刀柄拔出来，他却继续往左走去，在小男孩身前微微顿足。

"大脑要发育到二十五岁才基本定型，"艾瑞克说，"你的分歧特性还没有成形。"

话音刚落，他便举起手枪，开了火。

似乎一瞬间，这男孩便停止了呼吸，摔倒在地，我不由得发出一声窒息般的尖叫，用力闭上了眼，浑身的每一块肌肉都绷起来，想冲过去。但我努力控制住了自己。时间一分一秒划过，我内心受着煎熬，等等，等等，再等等，我强迫自己睁开双眼，把泪水忍了回去。

我这声尖叫显然吸引了艾瑞克的注意，他满脸狰狞的笑，已经站在了我身前。

"你年龄也太小，离完全发育还早着呢。"他说。

他一步步凑过来，我的手缓缓地移向刀柄。

"个性测试中，大多数分歧者是两个结果，当然，有人只有一个结果。几乎没人有三种结果，这不是个性的问题，而是在结果测定中，你强迫自己拒绝做出某些选择。"他凑过来，离我更近了，我把头往后仰，看着他脸上闪着寒光的所有金属环，眼光最后落到那双空洞的眼睛上。

"翠丝，我的上级一直觉得你有两种个性，"他道，"他们倒没觉得你的个案很复杂，你只不过是无私派和无畏派生出的杂种小孩，但不知道你是无私到白痴的程度呢，还是无畏到白痴的程度？"

我用力地抓住刀柄，他却把身子探过来，又补了句："这话我只跟你说……我觉得你得出三种结果是因为你顽固得要命，不会做出简单的选择，或者就只是因为别人要你这么做，你是快要死的人了，也许你能为我指点迷津。"

我猛地往前一扑，把手从口袋里抽出来，凭感觉将刀子插进他的身体。我不想看到他的血。

我感到匕首已经刺了进去，又把它拔出来。这时我的心跳已经强烈到整个身体都在颤抖。我的后脖颈覆了一层厚厚的汗珠，又湿又黏。我逼着自己睁开眼睛，看着艾瑞克瘫倒在地，周围乱成了一团。

这些无畏派手中的枪只不过用来射出致人昏厥的东西，不足以致命，看眼前大乱，他们慌忙去拿真枪。尤莱亚趁机一个拳头捶过去，正中一人的下巴，那人的眼神立刻黯淡，倒在地上晕了过去，尤莱亚一把夺过他手中的枪，对着身边的这些叛徒就是一阵扫射。

我伸手去拿艾瑞克的枪，心慌意乱，视线也模糊起来。我猛然站起来，我发誓这里的无畏者人数几乎多了一倍。耳边枪声一片，大家开始奔逃，我双腿一抖，扑通一声跪在地上。我的手指划过枪管，止不住地发抖。手已经虚弱到抓不起枪来。

就在这时，一直健壮的手臂搂住我的肩膀，顺势把我推到墙边，一阵震颤全身的痛从右肩伤口处传至全身。咬牙切齿间，我似乎瞄到了这人脖颈上的无畏派文身。托比亚斯转身趴在我身上，护着我的安全，在枪林弹雨中开枪反击。

"我后面有没有人？"他喊道。

我把眼光投向他身后，双手攥着他的衬衫不放。

屋子里冲进越来越多的无畏者，但他们身上没有绑蓝袖章，是他们，忠诚的无畏派勇士赶过来了！他们来支援我们，救我们来了！他们是怎么醒过来的呢？

无畏派叛徒落荒而逃，很显然他们没料到这四面夹击的反攻，有些人还了几下手，大多数逃的逃、窜的窜，寻活路去了。托比亚斯不停地射击，直到子弹用尽，扣下扳机时枪膛里发出空空的喀拉声。我泪眼蒙眬，双手发软，根本无力开枪，唇齿间迸发出一声绝望的尖叫，感到沮丧不已。我帮不了忙，我真是没用。

艾瑞克躺在地上痛苦地呻吟着。他还活着——目前还活着。

枪声渐消。我感觉手上很湿，瞥过去是一抹红色，明白那是艾瑞克的血。我不停地在裤腿上擦着双手，努力眨巴着眼睛想忍住泪水，耳朵轰轰作响。

"翠丝，"托比亚斯的声音传来，"现在可以把刀放下了。"

第十七章
蓝衣救星

托比亚斯把事情的经过向我娓娓道来：

博学派抵达大厅楼梯间时，其中一人并没有去二楼，而是径直跑到大楼顶层，她通知忠诚的无畏派成员让他们快跑，托比亚斯也在其中，他们跟着她从一个未被封锁的防火梯逃离，分成四队冲出楼梯，同时围住楼梯间，包围聚集在电梯间旁边的无畏派叛徒。

叛军猝不及防，他们显然没料到有这么多人清醒着，只能逃跑。

来警告他们的博学派女子叫卡拉，是威尔的姐姐。

我深深叹了口气，把外套脱下来，检查自己的肩膀，却见一个如我小拇指指甲般大小的金属盘植在我的皮肤内，周围散出类似蓝色丝线的东西，看起来就像有人在我的毛细血管里注射了蓝颜料。我双眉紧蹙，试图把这金属盘挖出来，却没料到等着我的是一阵尖锐的疼痛。

我牙齿咬得咯咯响，把刀刃戳进圆盘下，强行挑出来，剧烈的疼痛传遍全身，我眼前黑了一会儿。就这样，我把刀刃往前推，并且尽可能地用力，直到圆盘下露出的空间能容我把手指插进去，我赶忙用手指去抠它，却见它底部连着一根针。

此刻的我已疼得一阵窒息，用指尖紧紧捏住圆盘，又用力往外拉扯，终于拔了出来。这次连针也拔出来了。这只浸满血的针大约和我小手指一样长，温热的血顺着我的胳膊流下，我没有理会，而是把针和圆盘放在洗手台的灯光下。

胳膊上的蓝颜料和针到底有何作用？博学派在我们身体里植入了什么东西？是毒药还是定时炸药？

可又一想，我摇摇头。他们应该不是想杀死我们，不然为何不趁大家昏厥时下手？既然没这样做，他们的意图就不是让我们死。

有人敲门，我满腹疑虑，要知道，这里是公厕，怎么还会有人敲门？

"翠丝，你在这儿吗？"门外尤莱亚压低声音问。

"在。"我回了句。

尤莱亚走了进来，气色比一小时前要好得多，嘴角的血迹没了，脸色也不再是死灰一般。我的心微微一颤，他其实很帅，五官比例极其匀称，眼睛深邃而明亮，肤色是健康的古铜色。只有自小便很帅的男生，才会有他笑容中的这种自傲。

而托比亚斯，笑起来却近乎羞怯。好像很惊奇你竟然会花时间来看他。

我喉咙突然干痒发痛，把圆盘放到洗手台的边上。

尤莱亚先是看看我，又看了下我手中的针，眼光最后定格在从肩膀流到手腕的血上。

"真恶心。"他说。

"我不在意。"我随即把针放下，抽了一张卫生纸，擦了擦胳膊上的血，"对了，其他人还好吗？"

"马琳又在讲笑话了，"尤莱亚嘴角处漾出一抹笑容，露出一个好看的酒窝，"琳恩还在唠唠叨叨，怨东怨西。等等，你是把那东西从你胳膊上弄出来的吗？"他指着这针，惊讶地说，"天哪，翠丝，你没有感觉神经吗？不疼吗？"

"我可能需要绷带包扎一下。"

"可能？"尤莱亚摇头说，"你还得再弄些冰块敷在脸上。大家都醒了过来，那边炸开锅了。"

我摸了摸下巴，艾瑞克的枪托打中了这里，还有些疼。看来，为了预防青肿，得抹一些愈合药膏。

"艾瑞克死了吗？"我不太清楚自己到底希望他死了还是活着。

"还没，诚实派算是救了他一命。"尤莱亚面露不悦，话锋一转，"说什么要人道地对待囚犯。康现在正对他进行私下讯问，他不想让我们打扰他，怕影响问话。"

我不屑地冷哼了一声。

"哎，到最后还是没搞明白，"他一屁股坐在我身旁的洗手台边上，神情有些疑惑地问，"他们为什么把我们搞晕？为什么又饶过我们的命？"

"不清楚。"我说，"我只知道这样他们能找出分歧者，不过应该不只是这个原因。"

"我也不懂他们为什么费心费力费时干这事儿。上次他们这样干，是用意识操控了一支军队，可这回呢？看起来没任何好处啊。"

我又抽出一张卫生纸，按在伤口上，止住血。他说得对，珍宁已经有自己的军队，她为何还大费周章地要分歧者的命？

"珍宁并不想斩尽杀绝，"我缓缓地说，"她知道那样很不符合逻辑。每个派别都有各自的特殊职责，负责不同领域，若把这派灭了，城市就无法运转。她只是想掌控整个城市，犯不着把人都给杀了。"

我瞟了一眼镜中的自己，下巴有些肿胀，微微发红的手指掐痕还留在手背上。好恶心。

"恐怕她又是计划什么情境模拟，"我说，"这次和上次情形差不多，只不过她更谨慎了些，灭了不受控制的分歧者，她的计谋也好实施一些。"

"情境模拟只能控制一段时间，过了这段时间就失效。我觉得她应该是想达成什么具体目的。"他说。

"没错。"我长叹一口气，"搞不懂，真是搞不懂。"我说着拿起那根细针，"这东西是什么，我也没搞懂。说它和情境模拟的血清一个用途吧，那它的效用应该是一次性的。为什么要把它射进大家身体里，又让所有人都晕过去？横竖都讲不通。"

"我也不懂。算了。走吧，翠丝，还有一屋子吓掉魂儿的人等着我们安慰呢。先给你找个绷带。"他顿了一下，貌似有些犹豫，试探着问，"能拜托你一件事吗？"

"什么事？"

"我是分歧者，请替我保密。"他抿了下嘴唇说，"我不想让桑娜一下子惧怕我，不想失去她这个好友。"

"没问题。"我脸上挤出一抹笑，"保证不告诉任何人。"

这是一个不眠之夜，我整晚都在帮人拔针，几小时后就耐不住性子了，也不讲什么小心翼翼了，直接野蛮地用力把针拔出来。

后来我才知道，那个死在艾瑞克枪下的男孩名叫鲍比，而艾瑞克的伤情也算稳住了。算起来"够狠市场"里面的几百号人，只有八十人免于植入细针的厄运，其中七十人是无畏者，克里斯蒂娜也在其中。那晚，我脑中盘旋的全是针、血清和情境模拟，逼着自己尽量用敌人的思维来想问题。

破晓，我终于拔出了最后一根针，满身疲惫，拖着沉重的身子走向餐厅，双手揉着眼睛。杰克·康说中午要开会，吃完早饭后，我还有一上午的时间休息调整。

可刚一踏进餐厅，我眼睛一亮，竟看到了迦勒。

他激动地三步并作两步冲过来，小心翼翼地把我拥入怀中。我深深叹了口气，心里有些释然，终于见到哥哥了。我本以为自己很坚强，再也不需要依靠他，那一刻，我彻底觉悟了：我永远也不会坚强到不再需要他。越过迦勒的肩膀，我的眼光和托比亚斯的目光相遇。

"你最近还好吧？"迦勒缩回身子，关切地说，"你的下巴……"

"没什么，只是肿了而已。"我慌忙打断他的话，试着消除他的忧虑。

"听说他们逮了很多分歧者，然后开始射杀。谢天谢地，他们没抓到你。"

"其实，我也在这些人当中，不过他们只杀了一个人。"我摸了摸鼻梁，借这个动作释放出头脑中积聚的压力，"我还好，你什么时候来的？"

"十分钟前吧，和马库斯一起来的。"迦勒说，"他是唯一的合法政治领袖，觉得自己有责任和义务来这儿主持大局。不过有关这次攻击的事情，我们一小时前才得到消息，说是一个无派别者看到无畏派叛徒冲进了大楼，过了好一阵子，这消息才慢慢地传开。"

"什么？马库斯还活着？"我并非凭空说这话，从友好派总部逃出来时，我们并没看到他，他是死是活也不清楚，可一直以来，我们几个都以为他死了，现在冷不丁又听到他活着的消息，我一时有些发蒙，也不知是喜是忧。又或是失望？毕竟我恨他，恨他对托比亚斯的所作所为。再或是心中释然？他怎么说也是最后一位至今还活着的政府要员。这两种情绪同时出现到底有没有可能？

"他和皮特逃出来后，就走回市里了。"迦勒淡淡地说。

皮特也活着？这个消息对我而言，就只能是噩耗了。"那皮特呢？"我问。

"他在一个你一定能猜到的地方。"迦勒说。

"博学派总部，他这人也太——"我摇了摇头，却欲言又止。

我实在想不出一个合适的词形容他这号人，看来我真的得扩充一下自己的词汇了。

迦勒的脸扭曲了一会儿，意味深长地点点头，轻轻拍了拍我的肩头："饿了么？我帮你拿点东西？"

"好，麻烦你。"我说，"我得去跟托比亚斯谈谈，一会儿就回来。"

"去吧。"迦勒捏了捏我的胳膊，转身走开，排进了那长到天边的领餐队里。我和托比亚斯隔了好几米的距离，相视不语。

他缓缓地走过来。

"你没事吧？"他问。

"又是这个问题，再回答一遍，我就要吐了。"我不耐烦地说，"我脑袋又没中枪子儿，你说我好不好？当然没事啦。"

"你下巴有些肿，看起来像含着一大口东西，而且你还戳了艾瑞克一刀。你都这样了我还不能问是不是没事？"他皱着眉头说。

一声叹息，我真该告诉他马库斯的消息，可周围这么多人，也不方便。思量了一会儿，我说："还好，我还好。"

他伸出手，又放下，似乎想把手搭在我身上，又有些犹豫。可过了一会儿，他好像又想通了似的，还是抬起胳膊搭在我肩上，把我轻轻拉到他身边。

那一瞬间，我思绪纷杂，好像有一种受够了这一切的感觉，真想撒手不管，让别人收拾这烂摊子，我想自私一下，自私地待在他身边，不需要担心伤害到他。此时此刻，我只想把头埋进他的肩膀，什么都不想，什么都不做，只有我们两个人，忘记其他的一切。

"对不起，这么晚才来找你。"他说话时吐出的气息微微吹拂在我的头发上。

我叹了口气，手指抚弄着他的脊背，倦怠之意已把我笼罩了。或许，我可以这样站着，直到疲倦不堪，直到头脑发晕，直至倒在他的怀中，可我不能、也不会这样做，于是我只是稍稍地后退几步，稳住自己的情绪："我有话跟你说，能不能找个安静的地方？"

他点头，陪我离开餐厅，就在我们路过一个无畏者时，那人突然喊叫起来："快来看，是托比亚斯·伊顿！"

我这才想起那次公开讯问的情景，意识到现在无畏者都知道他的真名了。

另一个声音附和道："伊顿，我刚才看见你老爸了。快找个地方躲起来吧。"

托比亚斯身板挺直，浑身僵硬，这奚落声如同一把上膛的枪，直抵他的心窝。

"对对对，胆小鬼，要不要躲起来啊？"人群中发出一阵阵哄笑声，我趁托比亚斯来不及反应，慌忙拉起他的手，冲往电梯的方向，不然，轻则有人被他揍一顿，重则……

"我正是要告诉你这件事，他和迦勒一起来的。那天，他和皮特一起逃出了友好派——"

"那你为什么不早告诉我？"他有些不悦，但语气并没有太严厉，我只是觉得这声音听起来好像不属于他，而是漂浮在我们之间。

"这种事不适合在餐厅讲。"我说。

"好吧。"他说。

之后便是无边的沉默，沉默地等电梯，沉默地坐电梯，沉默地到了第十八层楼。托比亚斯咬着嘴唇，眼神空洞地看向前方，眼里没有一丝感情。可我喜欢这压抑的沉默，这让人心安的沉默，这如迦勒的拥抱一般让我镇静下来的沉默。走进讯问室，我坐在长椅一头，托比亚斯拖过奈尔斯坐过的那把椅子坐在我身旁。

"这儿不是有两把椅子吗？怎么只剩一把了？"他不解地皱了

皱眉。

"没错，我，嗯……有人把它从窗子扔出去了。"

"真是奇怪。"他坐下来，淡淡地说，"说吧，你想告诉我什么？还是只有马库斯的事儿？"

"哦，不，和他无关……是你……你还好吧？"我试探地问。

"我脑袋没中枪子儿，你说我好不好？"他学着我的口吻说，眼睛却盯着双手，久久不肯移开，"我没事，聊些别的话题吧。"

"我想说一下情境模拟的事，不过还是先说说另一件事。你母亲觉得无派别者是珍宁想控制的下一个目标。显然她猜错了，可我不知道为什么。诚实派又不善战，为什么——"

"那使劲想一想，"他说，"像个博学者一样想想这背后藏着什么阴谋。"

我瞪了他一眼。

"又怎么了？如果你都想不出个所以然来，我们就真一点希望都没有了。"

"好吧。嗯……我觉得无畏派和诚实派是她下手的首要目标，肯定是因为这样才顺理成章，毕竟……我们都聚在一块儿，而无派别者太过分散，攻击起来没那么容易。"我说。

"正解。还有一个重要方面，珍宁攻击了无私派，如果不出所料，她应该拿到了无私派的统计数据，也已经获知无派别人群中分歧者比率远远大于诚实派，所以不敢轻易下手。"

"好吧。那再给我讲讲血清的事。"我说。

"血清有两部分，"他点头答道，"传输器和诱导情境状态的液体，传输器负责把人脑有关信息发送至电脑，也能把电脑处理的信息传送回传输器，而液体会作用于大脑，产生情境。"

我点点头，可还有些疑虑："传输器只能用于一次情境模拟吗？那等作用消退后，它还会留在体内吗？"

"它会自动消散。"他说，"据我所知，博学派还未发明出可用于多种情境的传输器，那次攻击情境模拟算是作用时间最长的了。"

"据我所知"四个字在我心头挥之不去，仿佛在告诉我，这一切都只不过是他的揣测。珍宁花了大半辈子发明改进血清，如今她一门心思要"揪出"分歧者，那她肯定还在挖空心思想要研究出更先进的技术。

"问这干吗啊？"

"你看到这个没有？"我指了指肩上的绷带。

"没有近看过。我跟尤莱亚整早都忙着把受伤的博学者抬到四楼。"

我抓住绷带一边，稍稍一移，露出那伤口，还好它已经不流血了，可这如丝般的蓝颜料似乎还未消退，我把手伸进口袋，掏出那根原本植入我胳膊的针。

"他们发动攻击的目的并非置我们于死地，而是植入这玩意儿。"我说。

他用手轻轻抚着伤口四周的蓝丝，我盯着他，内心有一股小小的震颤，他和以前有些不同了：胡子长长了些，头发也比以前更长了，已经浓密到我可以看出他的头发不是黑色，而是棕色。

他接过针，轻轻敲了敲连接在尾端的圆盘："这东西是空心的，你胳膊上的蓝色物质应该是从这里散出的。对了，跟我描述下你被射中之后的情形。"

"他们往大厅里扔了些喷烟雾的圆筒，所有人都晕了过去。当然，我和尤莱亚没晕，这东西对分歧者不起作用。"

托比亚斯神色镇定，完全没有震惊之色，我不禁微眯起眼睛。

"你早知道尤莱亚是分歧者吧？"

他耸了耸肩："当然，我了操控了他的情境模拟。"

"可你没告诉我？"

"机密信息，况且透露这信息会把他推入险境。"

我内心刹那间冲出一股不可遏制的愤怒，真不知道他到底还瞒着我多少秘密，我隐忍，再隐忍，终于把这股怒气压制下去。他不是不说，是不能说，是尊重尤莱亚的个人隐私，这样想倒有几分道理。

我轻咳了几声："你救了我们，艾瑞克当时正到处搜寻分歧者的下落。"

"现在谁救过谁早就算不过来了。"他的眼光凝固在我身上，良久没移开。

"不管怎样，"我打破了静默，"周围的人都晕了过去，尤莱亚从楼梯冲上去，准备去通知楼上的人做好准备。我独自一人去二楼打探情况。后来，艾瑞克把分歧者抓到电梯间边上，正在纠结带哪两个人回博学派总部复命，说上级只让他带两个回去，可我不懂他们为什么会带人回去。"

"果真有些奇怪，"他说。

"那你怎么看？"

"我猜那针含有传输器，而烟雾大概是常规模拟中的液体所转化的气体，目的是作用于大脑，进入情境，可为什么……"他双眉间爬上一道很深的抬头纹，然后语气一松，"哦，明白了，她是变着法儿找出分歧者。"

"就这一个原因？"

他摇摇头，眼睛紧紧锁住我的眼光，他深蓝色的眼睛是如此深邃而熟悉，我整个人几乎就要沉溺其中。我倒真希望自己能永远沉沦在这一汪蓝眸中，远离这揪心之地，远离这是是非非。

"想必你已知道答案了，你是想让我提出别的说法。"他说。

"看来永久传输器已经试验成功。"我说。

他点点头，算是同意。

我随即补充了句："也就是说，我们身上已植入了多重情境的永久传输器，换句话说，珍宁想控制我们，就能随时操控我们。"

他又点了点头。

我心头一紧，连呼吸都带着几分颤动："托比亚斯，情况不妙啊。"

讯问室外的走廊里，他忽然停下脚步，斜倚在墙上。

"你什么时候给了艾瑞克一刀？"他凝重地说，"是他们发动进攻时，还是你们在电梯旁的时候？"

"在电梯旁。"我简洁地答道。

"我有一件事想不通。"他说，"你们当时在底楼，本可以逃跑的，你怎么又独自冲回无畏派叛徒占领的地方？如果我没猜错，你应该没有带枪。"

我抿上双唇，沉默不语。

"对不对？"他声音很急切。

"你怎么知道我没带枪？"我一脸阴沉地看着他。

"自博学派发动进攻后，因为威尔的事，你就没办法拿枪了，这点我理解，可——"

"和威尔的事无关。"

"无关？"他眉毛一扬。

"我只是想做些有用的事。"

"是吗？那你现在做够了吧。"他猛地转过身，和我相对，好在这诚实派的走廊够宽敞，我也能和他保持我想要的距离。他继续说道，"你应该好好待在友好派，不该插手这里的一切。"

"谁说的。别想当然地以为你知道什么才对我最好，你不懂，永远不懂。若一直待在友好派，我肯定会发疯的，只有在这里，我才觉得自己……正常了很多。"

"那怪了，我怎么觉得你表现得像个疯子。"他说，"你昨天的所作所为根本和勇敢两字不沾边，愚蠢不足以形容你，你那简直是自取灭亡。你对自己的人生没有任何期望吗？"

"当然有！"我反驳道，"我只不过想做一些有意义的事。"

他这就这么瞪着我，一声不吭。

"你应该比无畏派的人要聪明。"过了好久，他低沉的声音响起，"你如果还想跟他们一样不计后果、不顾性命、没有理由地冲进险境，一点也不考虑道德问题就想报复敌人，那请自便。我本以为你的能力不止这样，当然，也可能是我错了。"

我握紧双拳，紧咬唇齿。

"你不该这么侮辱无畏派，当初你无路可逃，是无畏派收留了你，给了你一份工作，给了你珍贵的友情。"

我斜靠在墙上，眼睛看着地面。"够狠市场"是诚实派一贯的黑白色瓷砖，而在这里，黑白瓷砖是交错着铺的，假如我的眼神没有焦点时，正好能看到诚实派不愿相信的那部分：灰色地带。或许，我和托比亚斯内心的深处也不相信，至少不是真心相信。

我觉得内心好沉重，远远超出我这小小身躯所能承受的极限，这担子压得我快要窒息，压得我快要扑倒在地。

"翠丝。"

我还是盯着地面发呆。

"翠丝。"

我这才缓缓抬头看他。

"我只是不想失去你。"

又过了几分钟，我们只是怔怔地站在原地，周围又是针落可闻的静寂。我没有把内心的想法说出来：或许他说得对，我内心深处的确有这样一种渴望，不想再活在这个世上，想去父母和威尔的身边，那就不必为他们感到伤痛。尽管忧伤的情绪徘徊在我心头，但我的内心另有一种渴望：我想知道接下来的事情会怎么发展。

"你是她哥？遗传基因的优劣一目了然啊。"琳恩说道。

听到这话，迦勒嘴巴扁成一条线，瞪圆了眼，这表情令我捧腹。

我用胳膊肘戳了一下他："你什么时候再回去？"

我咬了一口迦勒从餐厅自助盘子里拿给我的三明治，突然觉得有一丝丝紧张。曾经温馨的四口之家，只剩下我们两个；曾经团结的无畏派，也只剩下我们这些人。我之所以紧张是因为我要同时面对仅存的家人和残存的派别成员。哥哥若在这里待久了，他会怎么评价我的朋友、我的派别？我的派别又会怎样看他？

"很快，我不想让别人担心。"他说。

"原来苏珊现在改名叫'别人'了。"我扬起一条眉毛，打趣道。

"哈哈。"他冲我扮了个鬼脸。

兄弟姐妹间的调侃本是一件平常事，可在无私派看来，调侃也能引起别人不自在，也就被人们抵制。

我们两人现在都小心翼翼地对待彼此，但也发现了不同的相处之道，因为我们各自有了新派别，父母也都离我们而去。每次看到他，我就想到他是我在世上唯一的血缘至亲，我的心会弥漫着一种迫切：迫切想把他永远留在身边，迫切想缩近我们之间的距离。

"苏珊也是博学派逃兵吗？"琳恩用叉子戳了一串青豆。我侧头一看，尤莱亚和托比亚斯还在排队，他们很不幸地排在二十多个叽叽喳喳完全忘记拿食物的诚实者身后。

"不是，她是我们儿时的邻居，是无私者。"我应着。

"你和她在交往？"她问迦勒，"你不觉这样很荒唐吗？等战争一结束，你们又不是一个派别的人，生活方式会完全不同，也不可能天天见面……"

"琳恩，"马琳拍了拍她的肩，"能不能少说两句？"

就在这时，一抹蓝色闪过，吸引了我的目光，卡拉走进餐厅，一看到她，我的胃就有些胀，食欲也所剩无几。我低下头，用眼角的余光瞟着她的举动，她端着餐盘走向餐厅一角，坐在专门为博学派避难者空出的位子上，这些博学者大多已换成黑白衣服，只是没摘下眼镜。我把视线移到迦勒身上，他的眼睛也死死盯着那些博学者。

"我和他们一样，都回不去了。"迦勒唉声叹气，"等战争结束，我就是无派别者了。"

他神情忧伤，我这才知道，放弃博学派对他而言是何等痛苦。

"你可以和他们坐在一起吃饭。"我冲那些博学者的方向点了点头。

"我又不认得他们。"他耸了耸肩，"别忘了，我只在那儿待了短短的一个月。"

尤莱亚愁眉苦脸，啪的一声把餐盘放在餐桌上："刚才排队的时候，有人议论艾瑞克的讯问结果，说什么他对珍宁的全盘计划几乎一无所知。"

"什么？"琳恩把餐叉狠狠摔在桌子上，惊呼道，"这怎么可能呢？"

尤莱亚耸了耸肩，一屁股坐在椅子上。

"这一点也不奇怪啊。"迦勒说。

众人的眼光刷一下投向了他。

他显得有些难为情，脸红了："怎么了？这道理不是很简单吗？珍宁不会傻到把所有机密都告诉一个人吧？她把自己的计划分离开来，每个替她卖命的手下都只知道其中一部分，这才是明智之举。若有人背叛了她，即使把自己知道的信息泄露出去，损失也不会太惨重。"

"哦，这样。"尤莱亚若有所思地说。

琳恩拿起叉子吃起东西来。

"听说诚实派做了冰激凌。"马琳说着回头看了下排队的人，又看着我们，兴冲冲地说，"意思是说，'昨晚遭到了袭击很糟糕，今天用甜点来补偿'。"

"真贴心啊，我还没吃心情就好了。"琳恩讽刺道。

"可再怎么好吃，也不及无畏派的蛋糕。"马琳有点难过地长叹一声，一缕灰褐色的头发掉下来，挡住了她的视线。

"我们的蛋糕做得很好吃。"我冲迦勒说。

"我们有碳酸饮料。"他回道。

"啊，我们那儿的暗河上方有大峡谷，你们有吗？"马琳挑了挑眉毛，有些自豪地说，"我们还有能让你直面自己所有恐惧的屋子，你们恐怕也没有吧？"

"的确没有。"迦勒说，"那是怎么回事？恐惧是电脑制造出来的，还是脑电波？"

"天哪。"琳恩捂着脸说，"又来了。"

马琳滔滔不绝地讲起了有关"恐惧空间"的事。我听任她跟迦勒大聊特聊，专心把三明治吃完。伴着她和迦勒的声音，伴着刀叉的碰撞声，伴着周围所有的嘈杂声，我趴在桌子上，沉沉睡去。

第十八章
逼上绝路

"大家安静！"

杰克·康举起左手，嘈杂声顿时消失。一个动作就能取得如此效果，这本事真不赖。

我跟一些来晚了没地方坐的无畏者站在一起。突然间，一道一闪而过的光亮吸引了我的注意力，原来外面已是风雨交加。这屋子没有窗子，只有小洞，实在不是个在雨中集会的好地方，可诚实派总部再也找不到比它更大的空间了。

"昨天的事一出，大家有困惑，也有震惊，"杰克说，"我听了来自不同方面的说法，什么事情已明了，什么事情需进一步探究，我已经心中有数。"

我把湿答答的头发别到耳后，大概十分钟前，我才刚刚起床，冲了个澡，急匆匆赶了过来。疲惫还未退去，不过我觉得清醒了几分。

"我认为需要进一步探究的是分歧者。"杰克补充道。

他那深深的黑眼圈泄露了他的倦意，头上的短发随意支棱着，好像他整个晚上都在不停地揪着自己的头发苦思。屋子里面很热，他还穿了一件长袖衬衫，手腕处的扣子还扣着——他早上穿衣的时候，一定心不在焉。

"请所有分歧者出列给大家一个解释。"

我斜眼瞥了一下尤莱亚。这事感觉很危险。我本应把自己是分歧者的身份埋藏，站出来承认等于面对死亡，不过此刻没什么瞒下去的必要了，反正他们早就知道了。

托比亚斯第一个出列，他走进人群，大家自觉地给他让路，他便径直朝杰克·康的方向大步走去。

我也迈出脚步，低声跟前面的人说"不好意思，让一让"，人群自动闪开，那神情就像怕我向他们吐毒液似的。不一会儿，几个穿诚实派黑白衣服的人也从人群中走出，我在大厅里救过的那个姑娘也在其中。

虽说现在托比亚斯在无畏者中的名声大打折扣，而我也新得了"刺杀艾瑞克的女孩"的称号，我们依然不是人群的焦点。大家的目光都聚焦在一个人身上：马库斯。

"马库斯，你也是分歧者？"杰克问。马库斯缓缓走到屋子中央，正好停在诚实派象征比较低的天平那边。

"没错。"马库斯没有一丝慌乱，缓缓说道，"我理解大家的恐慌，也理解你们的忧虑，这不怪你们。一周前，有人也许刚刚知道'分歧者'三个字。或许，你们对这三个字的理解仅限于我们对情境的免疫，有人会觉得这种免疫力很特殊、很吓人、很恐怖。请允许我代表分歧者向大家保证，分歧者没什么可怕的。"

他侧着头，扬起眉，流露出怜悯的神情。我这才明白为什么他赢得了别人的爱戴。他那种与生俱来的踏实会让人觉得，他会善待别人交付给他的一切任务、责任和包袱。

"博学派攻击我们只不过是想找出所有分歧者，您知道这背后隐藏的原委吗？"

"抱歉，我不知道。"马库斯说，"他们也许只想指认我们的身份，也好为他们下一步行动铺路。"

"那才不是他们的初衷。"没经思索，我嘴巴里就溜出这么一句话。若与马库斯和杰克那低沉的声音一比，我说话音调太高，底气不足，可既然已说开头了，就没理由停下来，于是，我继续补充道，"他们不是想指认我们的身份，而是想杀了我们。在冲突开始前的很长一段日子里，他们就已对分歧者暗藏杀机。"

杰克紧锁眉头。我听到无数细小的声音，听到雨滴打在屋顶上。室内忽然陷在一片黑暗当中，仿佛我刚说的话太过沉重，沉重得灯光都暗淡下来。

"你这话听起来倒像是个阴谋论者的猜测，"杰克接着我的话说，"你认为博学派为什么要将你们斩尽杀绝？"

母亲曾说，博学派对分歧者的惧怕源自我们不受控制。这话道理是有的，却不是说服杰克·康信服我们的具体证据。我左思右想，怎么也给不出一个明确的答案，心跳不禁加快。

"我……"我正要开口，托比亚斯打断了我。

"显然我们并不知道答案。"他说，"可事实胜于雄辩，过去六年时间里，无畏派至少有十几例神秘死亡案件，而这些人的死明显与个性测试结果或考验时的情境模拟结果有关。"

一道闪电照亮整个房间。杰克不断地摇着头："虽然这种情况的确让人困惑，可这些不足以构成证据。"

"无畏派的领导持枪射中了一个诚实派小孩的头。"我接过话头，"不知你有没有听说这事。这难道不值得进一步深究吗？"

"这我确实接到通报了。"他说，"残忍地杀害一个儿童的罪行，我们绝不会姑息迁就。幸运的是，我们已把行凶者缉拿归案。可是，大家必须明确一点，这些无畏派士兵并没有大规模屠杀的动向，不然他们早趁我们昏迷时下手了。"

周围响起一片恼怒的议论声。

"他们这种非暴力进攻反倒给我另外一种感觉，诚实派或许可以和博学派及其他无畏派成员签订互不侵犯条约。我会马上安排和珍宁·马修斯见面，商讨相关细节。"

"这不是非暴力进攻！"我喊道。我刚好可以瞥到托比亚斯，他的唇角竟勾起一丝微笑。我深吸了几口气，"他们是没杀你们，可这也不代表他们的入侵是什么神圣的行为。你觉得他们来这里是瞎胡闹吗？只是冲过走廊，把你们都弄昏，然后就离开这么简单吗？"

"他们是为了分歧者才来这里的。"杰克说，"我虽牵挂你们的安危，可也不能为了一小部分人而发动进攻，那受害的只能是更多的人。"

"最恐怖的事情不是杀了你们，而是奴役你们、控制你们。"我说。

杰克的嘴角微微扬起，像是觉得这话很好笑。他竟觉得我说的都是玩笑话！"是吗？那你说说，他们怎样才能奴役我们？"

"他们昨晚给你们都植入了一种针。"托比亚斯说，"这些针里含有情境模拟的传输器。你现在懂了吧？很显然，用情境模拟控制法。"

"我们又不是不知道情境模拟的工作原理，"杰克说，"传输器也不会永久植入体内。所以他们要想控制我们，必须马上开始情境模拟。"

"可是——"我正想说，杰克打断了我。

"翠丝，我知道你最近承受的压力太大了。"他轻声说道，"你为无畏派和无私派的奉献有目共睹。可能是你最近的经历太过惨痛，精神有些恍惚，判断也不够客观。我不能只听一个小女孩的一面之词就讨伐博学派。"

我整个人像石雕般呆呆地站在原地，不敢相信一个派别的首领竟愚蠢到这个地步。我的脸火辣辣的，他竟喊我小女孩，在他眼中，我只是一个筋疲力尽到偏执的小女孩。当然，那并不是我，可诚实派却如此看我。

"康先生，您无权替我们做决定。"托比亚斯说。

周围的无畏者随声应和，有人喊了一句："你又不是我们的首领！"

等无畏派的嘈乱平息后，杰克平静地说："你们说得很对。你们若攻击博学派总部，那请自便，和我们没有半点关系。但是，诚实派绝对不会出一兵一卒，还有，我觉得有必要提醒一下你们，你们的人数和装备远不及博学派。"

他这话算是说到点子上了，若我们不考虑后果，没取得诚实派的支持就贸然进攻，只能血洒博学派总部，只能是送死。杰克·康手握大权，他在诚实派的地位，我们显然已经意识到了。

"这只是我的想法。"他有些趾高气扬地说，"好了，我会马上联系珍宁·马修斯女士，商讨条约的有关事项。请问有人反对吗？"

独脚难行，孤掌难鸣。没有诚实派，我们无法进攻博学派，除非我们联手无派别大军。

第十九章
卧底现身

那天下午，众多诚实者和无畏者忙着清扫大厅地面的碎玻璃，我也前去帮忙。我紧盯着扫帚在地上的轨迹，凝视着玻璃碎片中夹杂的灰尘土屑。在我还没想好该如何打扫时，身体已经开始打扫了。当我低下头，看到的却不是黑色大理石地面，而是那一片片浅白色的瓷砖和淡灰色石墙根，母亲帮我修剪的金色发丝一缕缕散落在地面，还有推拉滑板后藏着的镜子。

我觉得虚弱无力，整个身子全靠手中这扫帚支撑。

有人拍了拍我的肩，我下意识地躲开，原来只是一个诚实派的孩子。一个小女孩，她瞪大水汪汪的眼睛仰头看着我。

"你还好吗？"她的声音尖细，还有些含糊不清。

"我没事。"我语气有点太冲了，便慌忙掩饰道，"我只是累了，谢谢关心。"

"我觉得你在说谎。"她说。

她袖口露出一角绷带，大概是拔针后包扎的吧。一想到这么小的孩子被情境模拟控制，就让人觉得一阵阵恶心。我甚至没法儿正眼看她，于是转过头去。

接着我看到了他们：一个无畏派叛徒搀扶着一名腿部汩汩流血的女子，一瘸一拐地走着。他们带着蓝袖章。女子的青丝中掺杂着丝丝灰发，男的是鹰钩鼻，我认出他们来了——是托莉和齐克。

托莉很费力地走着，一条腿好像麻木似的拖在身后，大腿几乎全被血浸湿了。

诚实者停下手上的活，眼睛一眨也不眨地盯着他们。在电梯附近巡逻的无畏派卫兵慌忙举枪跑了过去，正在扫地的人退步让开了路，我却纹丝不动，呆立在原地，眼睁睁地看着齐克和托莉越挪越近的身影，心底热流涌动。

"他们有没有拿枪啊？"有人问道。

看到这一排持枪的无畏者，齐克一手搀着托莉，一手举过头顶，慢慢停下脚步，停在曾是大门的地方。

"她需要马上看医生。"齐克说。

"我们为什么带个叛徒去看医生？"一个无畏者问，他一头稀疏的金发，唇上有两处穿洞，手里举着枪，小臂处露着蓝丝。

托莉呻吟着。来不及多想，我从两个无畏者中间钻过，一下子冲了过去。她把沾满血的手放在我手中。齐克发出吃力的声音，把托莉平放在地板上。

"翠丝。"她的声音听起来晕乎乎的。

"姑娘，你最好还是后退一下。"金发无畏者对我说。

"别说了，快把你的枪放下。"我吼道。

"我就说分歧者都是疯子。"另一个持枪的无畏者对身旁的女子嘀咕着。

"你若真怕她拿枪扫射你们，大可以把她抬到楼上，绑在床上，捆住她的手脚。"齐克满脸阴郁地说，"但不能让她在诚实派总部的大厅里失血而亡。"

几个无畏者终于走过来，把托莉从地面上抬起来。

"我们要把她带到……带到哪儿去？"一人问。

"快去找无畏派护士海伦娜。"齐克急切地说。

两人点着头，抬着她往电梯走去。这时，我和齐克四目相对。

"发生什么事了？"我问。

"叛徒们发现我们私底下搜集情报。托莉想逃，他们开火打中了她的腿，还是我一路把她搀回来的。"齐克说。

"编故事的能力还真不错。"金发无畏者不屑地说，"要不要在吐真血清下也说一遍同样的话？"

齐克耸耸肩："没问题。"说话间，他已故作郑重地伸出双手给那人，"既然你这么着急，那赶紧把我拖走吧。"

他的眼光突然越过我的肩凝住了，双腿也迈开了脚步。我回过头去看，原来尤莱亚从电梯里走出来了，笑得那叫一个灿烂。

"据说你是个没心没肺的叛徒。"尤莱亚说。

"是啊，管他呢。"齐克回道。

他们张开双臂，拥抱了彼此，先是互相拍了拍背，后又大笑着顶了顶拳头。那力道在我看来简直会把对方打疼。

"真没想到你竟连我们都瞒着。"琳恩摇了摇头说。她坐在我的对面，双臂交叉着，一条腿翘在桌上。

"有什么好生气的。"齐克开口道，"我本来连桑娜和尤莱亚都不打算告诉的，如果我大肆宣扬，我是卧底，我是卧底，那还叫卧底吗？"

我们身处的屋子叫"集会场"，无畏派一逮到机会就会用诚实派的口吻来打趣。这屋子宽敞明亮，对外还是开放的，四面墙壁上挂着黑白相间的布帘，中央摆着一个圆形的演讲台，演讲台四周围着好几张大圆桌。我从琳恩口中打探到，诚实派每个月都会在这儿举办形式轻松以消遣为目的的辩论，每周还在此举行一些宗教礼，即使没什么活动时，屋子里也往往人头攒动。

大约在一小时前，齐克也在第十八层接受了诚实派的讯问，与我和托比亚斯的比起来，他的讯问并没有多少凝重气氛，一来是因为诚实派并没有指控齐克有任何可疑行踪的录像，二来是因为齐克即便在吐真血清的作用下也依旧幽默，甚至比平时有过之而无不及。用尤莱亚的话讲，我们来这"集会场"就是为了参加"喂，你不是没心没肺的叛徒"的集会，给齐克庆祝。

"是啊，可自攻击情境模拟到现在，大家一直都侮辱你的人格，"琳恩说，"搞得我现在觉得自己是个混蛋了。"

齐克把胳膊搭在琳恩肩上，笑嘻嘻地说："你本就是个混蛋，这都内化成你人格的一部分了。"

琳恩一听这话，朝他扔出一个盛水的塑料杯，他虽躲开了，可水花溅到了他的眼里。

齐克揉着眼睛，嘴里依旧说着："我大部分时间都在帮反对珍宁行径的博学者安全撤离，大部分人躲在这边，还有一小群人逃到了友好派。至于托莉……我真不明白她在搞什么，总是一消失就是好几个小时，而且还是个暴脾气，每次在她身边，我总怕她随时爆发。所以喽，她暴露了我们的身份其实我一点都不觉得奇怪。"

"你这人又没什么特殊才能，你是怎么想到做卧底的？"琳恩问。

"这和情境模拟系统结束后我处的位置有关吧。那时，我正好在一群叛徒的队伍里，就将计就计。"他解释道，"至于托莉为什么当卧底，我还真不太清楚。"

"她是从博学派转到无畏派的。"我插道。

当然，我并没有全盘托出其中原由，托莉肯定也不想把自己的心事暴露。在博学派总部，托莉并非无缘无故地爆发，因为她内心充满了恨，恨博学派杀了她至亲的弟弟。她弟弟是分歧者。

她曾对我说，为了替弟弟报仇，她会伺机而动。

"哦？你是怎么知道的？"齐克问。

"所有转派的无畏者都有一个秘密社团，"我往后微微斜了斜身子，靠在椅子上，"我们每隔两周的周四都会聚会。"

齐克回了我一声"哼"。

"老四呢？"尤莱亚低头看了下表，"我们先不等他了？"

"不行，有重要信息在他手上。"

尤莱亚点点头，好像知道这话什么意思似的。他顿了一下又问："什么重要信息？"

"康与珍宁和平协议的内容，不然能是什么？"齐克说。

我的视线飘到屋子的另一头，克里斯蒂娜和她妹妹坐在一张桌子旁边，正在读着什么。

威尔的姐姐卡拉突然向克里斯蒂娜的桌子走去，看到卡拉，我不禁浑身一颤，立刻移开了目光。

"怎么了？"尤莱亚回头看了一下，哪壶不开提哪壶，我真想揍他一拳。

"嘘，别问了。能不能别那么明显？"我身体前倾，双手紧紧抓住桌角，嘘声说道，"威尔的姐姐在那边。"

"我认识她。当时在博学派总部时，我们就一起探讨过怎么逃出来。"齐克说，"她说有一次替珍宁办事时，看到一个无私派女人被害的情形，后来就受不了这场无情的屠杀了。"

"你怎么知道她不是博学派潜藏在我们当中的卧底？"琳恩问。

"琳恩，她让我们一半的人免遭这东西的毒害，"马琳边说边敲了敲胳膊上的绷带，"确切来说，是一半的一半。"

"小马，那叫四分之一。"琳恩说。

"她是不是卧底对我们来说没多大关系。"齐克说，"她也没什么好泄露给博学派的，即使我们有什么行动，也绝不会告诉她。"

"供她搜集的情报可真不少，"琳恩说，"比如我们在这里的人数，再比如，没被情境模拟系统控制的人数，等等。"

"你没有看到她当时那坚定的神情，我是绝对信她的。"齐克说。

卡拉和克里斯蒂娜起身走出门外。

"不好意思，出去方便一下。"我找了个理由，跟了出去。

等卡拉和克里斯蒂娜跨过这一道门槛，我便快步追了过去。我轻轻推开一扇门，又轻轻把门掩上，蹑手蹑脚，生怕发出一点点声音。这走廊有些幽暗，空气中还飘着一股垃圾的味道，这附近应是诚实派的垃圾清运道。

我隐隐约约听到两个女人的声音，却不太清楚，只得屏息凝神，轻手轻脚地跨到走廊尽头，这样声音就清晰了许多。

"……就是受不了她的身影在我眼前晃来晃去。"我听到啜泣的声音，是克里斯蒂娜，"我没法不去想……她对威尔所做的一切……为什么，她到底为什么杀了他，她怎么下得了手？"

克里斯蒂娜的呜咽悲凉哀戚，听得我有种就要崩溃的感觉。

卡拉沉默了好一会儿。

"我能理解她。"

"你说什么？"克里斯蒂娜抽泣着说。

"她是杀了威尔，可你得明白，并不是我无情无义，只是我们博学派为人处世都求一个理字。那个女孩估计当时吓昏了头，也肯定没来得及多想，不过估计她平时就没什么脑子。"卡拉解释道。

我的眼睛猛地睁大，这人真——我在脑海里过了一遍骂她的词，接着又听她说。

"威尔已被情境模拟控制，她也没办法和他理出个一二三，面对威尔的进攻，她只能遵从无畏者的本能，开枪杀了他。"

"你到底想表达什么意思？"克里斯蒂娜悻悻然地问，"我们应该忘掉她的罪行，因为她别无选择？"

"不是。"卡拉的声音有些发抖，不过只有一点点，接着她又重复了一遍，这次声音更小，"当然不是。"

她稍稍清了清嗓子，继续说道："你既然怎么也无法避开她，就听一下我的话，这样你也过得好受些。还有，你当然不必非要原谅她。话又说回来，我一开始就不明白，你们怎么会和她这么古怪的人交朋友。"

我以为克里斯蒂娜会表示同意，有些紧张起来，可她没有附和卡拉的话，我内心有一些惊讶，一些释然。

"你真没必要非得原谅她，但最好还是和她换位思考一下，错杀威尔只是因为她惊恐之下慌了神，并不是故意为之。你若能这样想，就不会一肚子怨气，老想朝她那长得要命的鼻子上揍一拳了。"

我下意识地摸了摸自己的鼻子，突然听到克里斯蒂娜干笑了一声，感觉像是有人在她肚子上用力戳了一下。我转过身，心情凝重地走回"集会场"。

卡拉这人言语粗鲁，对我的鼻子指指点点，太可恶，可她刚才的话说到我心坎里去了。我对她也存了一丝感激之情。

托比亚斯推开藏在白色布帘下的后门，有些恼怒地掀开布帘走出来，走到围坐在集会场的我们身边坐下来。

"今早七点，康会和珍宁·马修斯的代表会谈。"他说。

"代表？"齐克惊呼道，"她没有亲自来？"

"亲自来？站在一群怒气冲冲的无畏者中间，任凭子弹穿堂而入吗？"尤莱亚坏笑着说，"我真希望她有这个胆量。真心的，我特想看到她有胆量来。"

"聪明绝顶的康先生会不会也带个无畏派护卫啊？"琳恩问。

"会。"托比亚斯回道，"听说几个年长的无畏者自告奋勇陪他去，布达说他会留意听会谈内容，会后汇报给组织。"

我不禁冲他皱了皱眉，真不知他这是从哪儿打探到的消息，更不明白原本不热衷做领导的他怎么突然间行事风格大变，变得像一个统筹全局的领导。

"问题的真正切入口是，"齐克双手抓住桌子角，镇静地说，"把自己置身博学派的视角，用博学派的思维想想，这次会议换你会商讨什么内容？"

他们的视线一致投在我身上，目光中透露着期许。

"看我干吗？"我有些惊慌失措。

"你是分歧者。"齐克说。

"托比亚斯也是啊。"

"没错，可他没有博学派的个性。"

"那你们怎么知道我就有呢？"

齐克耸了耸肩说："看起来像有，你们觉得呢？"

尤莱亚和琳恩意味深长地点头附和。托比亚斯的嘴角微微动了一下，似在浅笑，只不过这笑很快就收住了。我内心就像压着一块巨石，有些喘不过气。

"据我所知，大家的大脑都还好使，"我回道，"你们都可以用博学派的视角分析眼前的问题。"

"可我们并没有功能特殊的分歧者大脑。"马琳说着便伸出手，手指在我头皮上轻捏着，嘴里念叨着，"快啊，快施展你的魔力吧。"

"小马，根本没有什么分歧者魔力。"琳恩不屑地说。

"即使有，我们也该好好斟酌斟酌这意见。"沉默已久的桑娜突然开口了，可她那炯炯的眼光并没有盯着我，而是直投向她妹妹，眼光中带着怒气。

"桑娜——"齐克正欲解释，却被她满腔的怒气打断。

"别桑娜长，桑娜短的！"她那拉得老长的脸对准了齐克，"你们不觉得分歧者的忠诚度有待考验吗？她既然有博学派的特性，你们又怎么确信，她不是博学派的卧底？"

"别犯傻了。"托比亚斯说道。

"我犯什么傻？"她重重地拍了下桌子，怒吼道，"我的个性测试是完完全全的无畏派，我生是无畏派的人，死是无畏派的鬼，一生一世不会背叛无畏派，因为我没有其他归属了。可她呢？你呢？"她摇着头，激动地说，"你们会不会对某个派别从一而终？我才不会和你们一样，一个个假装这一切都没问题。"

她站起身来就要夺门而出，齐克伸手阻拦，却被她没好气地推开。我一声不吭地看着她的背影，看着那重重带上的门，看着那渐渐静止下来的布帘。

我感觉自己像上了发条，想大吼，只是桑娜已经不在这里听我吼了。

"这不需要什么魔力，"我激动地说，"你们只要问一问自己，若你置身这种情况，你会怎么办才能做到条理分明、合乎逻辑。"

一双双眼睛木然地盯着我。

"说真的，如果我是博学派派来的协商代表，面对杰克·康和他周围的无畏派守卫，我第一个想到的绝不是付诸武力。你们怎么看？"

"哎，那如果这代表也带着无畏派士兵呢？就只能'啪'一声，让子弹解决问题，杰克玩完儿了，博学派也就省心了。"齐克说。

"来谈话的人绝对是重量级人物，并不是随随便便抓一个人来充数，"我应道，"他们若开枪打死杰克·康，珍宁的这位代表也不会活着走出这个门。这对他们来说，绝不是明智之举。"

"看到了吧？所以我们需要你来分析当前情形，不然我肯定就是杀、杀、杀，冒险也值得。"奇克说。

我捏了下鼻梁，头已经开始隐隐作痛了："好吧。"

假如我是珍宁·马修斯，杰克·康对我而言也没多大用处，若让形势于我有利，我肯定不会让代表和他达成什么协议。她会利用这个对自己有利的状况。

"我认为珍宁·马修斯想操控杰克，他肯定会为了保护自己派别的利益而舍小保大，交出分歧者。"我顿了顿，突然想到他在诚实派拥有一言九鼎的影响力，"或交出无畏者。我们必须探听到他们的谈话。"

尤莱亚和齐克对视了一眼，琳恩脸上露出一抹笑，却不是平常的那种笑容，她金棕色的双眸中，流露出前所未有的冷漠。

"那我们就去偷听吧。"她说。

第二十章
复　仇

　　我看了下表，现在是晚上七点整。还有十二个小时，珍宁和杰克·康的商讨就要如约进行。自六点起，我就急不可耐地一遍一遍看表，好像多看几次，时间就不会走得这么慢慢吞吞的了。我真想一冲动就离开这餐厅，哪怕做点闲事，也总比跟琳恩、托比亚斯和劳伦坐在餐桌前干等好得多。我胡乱吃了几口饭，眼光不时飘往克里斯蒂娜的方向，她和家人坐在另一张桌子前吃饭。

　　"等这战争结束，不知道一切还会不会照旧。"劳伦说。她已经和托比亚斯讨论无畏派考验的办法有五分钟了，他们俩对这个话题好像有说不尽的话。或许，他们也只有这一个共同话题了。

　　"假如在这一切结束后这世上还有派别的话。"琳恩说着挖起土豆泥，拍到自己的面包上。

　　"别告诉我你这是要吃土豆泥三明治。"我对她说。

　　"如果我说是，你要怎样？"

　　一大群无畏者从我们身旁走过，他们年纪比托比亚斯大一些，不过也大不了多少，一个姑娘的头发染成了五种颜色，胳膊上几乎全是文身，连一点皮肤都看不到。其中一个男孩凑向托比亚斯身后，低声说了两个字"懦夫"，就继续往前走去。

　　其他人仿佛被这男孩传染了似的，纷纷在托比亚斯耳边吐出这两个字，然后扬长而去。托比亚斯没有吭声，眼睛直直地盯着桌面，餐刀贴在面包片上，手上的动作也停住了，一坨黄油尚未抹开。

我内心揪成一团，紧张地等着他爆发。

"一群无聊的白痴。"劳伦说道，"诚实派也是大白痴……竟让你在所有人面前揭自己的伤疤。"

托比亚斯依然没有说话，只是默默地放下餐刀和面包片，双腿一撑，推开椅子，他抬起头来，目光穿过屋子，死死盯住对面的某样东西。

"不能再这样下去了。"他淡淡地说，随即转身朝他盯着的方向走去，我知道事情不妙。

他宛如轻柔的流水一般在人群和桌子中间穿过，我跟跟跄跄地跟了过去，推开拥挤的人群，嘴里一路低声念着抱歉。

我终于看清了，托比亚斯径直走向马库斯，他此刻正和几位年长的诚实者坐在一起。

托比亚斯一把拽住他的领子，把他从座位上拖下来。马库斯张了张嘴想说什么，可他这么做完全错了，托比亚斯一拳正打中他的牙齿。人群骚动起来，一片喧哗，但没人前来拉架，也难怪，劝架绝不是无畏派的风格。

托比亚斯把马库斯推到屋子中央，餐桌在这里靠边摆放，以露出地上的诚实派象征。马库斯一下子扑倒在失衡天平的一端，双手紧紧捂住脸，伤势如何，不得而知。

托比亚斯把马库斯一把按在地上，抬起腿，脚跟紧紧踩住他的喉咙。马库斯嘴角处流出一道殷红的血，双手不断拍打着儿子的腿，可就算他正值壮年，也不可能比得过他儿子。托比亚斯慢慢解开皮带扣，把皮带抽出来。

他抬起踩在父亲身上的脚，把皮带甩向身后。

"这是为你好。"他说。

我这才想起，在托比亚斯的"恐惧空间"中，这是马库斯在不同状况下常对托比亚斯说的一句话。

皮带挥过空中，重重落在马库斯的胳膊上，马库斯的脸涨得通红，他慌忙抬手护住头，"鞭子"却抽到他的脊背上。四周的呼喊助威声响起，很多无畏者放声大笑，而我却怎么也笑不出来。

过了一会儿，我终于回过神来，神智也清醒了不少，慌忙跑过去抓住托比亚斯的肩膀。

"住手！托比亚斯，马上住手！"

我本以为他眼中会燃着疯狂的仇恨，可他与我对视的一瞬间，我知道自己错了。他呼吸平缓，脸上也没泛红，绝不像一时冲动才有的举动。

这应该是一场精心策划的一场表演。

他扔掉皮带，手伸进口袋，掏出一条银项链，项链上挂着一枚戒指，这戒指由暗无光泽的金属制成，是无私派的婚戒。托比亚斯把戒指扔向躺在地上大口喘气的马库斯，甩在了他脸上。

"我代母亲跟你问好。"托比亚斯说。

托比亚斯转身离去，半晌我才缓过神来，也没管倒在地上瑟瑟发抖的马库斯，就跟上托比亚斯的脚步。我追啊追，走到走廊处才终于赶上他。

"你刚才那是在干什么？"我追问道。

托比亚斯走进电梯，按了"下行"电梯按钮，眼睛一直没看我。

"我必须得那么做。"他半天才说。

"为什么必须那么做？"我反问。

"怎么，你现在同情他了？"托比亚斯转身瞪着我，一脸怒气地吼道，"你可知道他有多少回这样对我吗？你以为我那些举动都是跟谁学的？"

那一瞬间，我无言以对，只觉得自己全身的骨头全部酥软，似乎快要碎掉。这绝对是一场有预谋的行动，每个句子、每个动作、每个表情，他似乎都精心排练过多次，而这一次，只不过是实战罢了。

"没有。"我轻声答道，"我没同情他，一点也没。"

"那你这是怎么了，翠丝？"他的声音很粗暴，可能就是因为这样我才无法承受。他继续说道，"这一周了，你都没在意我说什么、做什么，这件事又有什么不同？"

面前这个男孩，真让我又爱又怕。面对他性格中乖僻的一面，我不知所措。这举动背后，正是他的冲动，恰如我性格中残忍的那一面。或许，我们两个人的内心都藏着一触即发的火药，有时候是它拯救我们，让我们活着，但有时候，它也会让我们自我毁灭。

"没什么。"我答道。

随着滴滴一声，电梯门缓缓打开，他踏出电梯，按上"关闭"按钮，电梯门缓缓关上，将我们两个隔开。我怔怔地盯着电梯门，努力平复自己的情绪，回想着这十分钟里发生的一幕幕。

他刚才说过这么一句话，"不能再这样下去了"。"这样"指的是大家对他的嘲讽——这次公开讯问的后遗症。他在讯问中公开承认加入无畏派是为了逃避父亲。现在他当着众人的面揍马库斯一顿，让所有的无畏者都看到。

他为什么这么做？难道仅仅是为了修复那被伤害的自尊？还是他在故意预谋什么？

回餐厅的路上，我看见一个诚实者搀着马库斯一小步一小步地朝盥洗室走去，我注意到他走路时并没有驼着背，我想托比亚斯没有把他伤得太重。我的视线随着他的脚步移动着，直到他身后的门重重地带上。

我几乎忘了那天在友好派总部偷听到的谈话，几乎忘了父亲曾拼死保护的那些资料。这话不一定是真的，我提醒自己。马库斯这人是不值得我再信任了，我也曾暗自发誓，绝不会从他那儿探知这资料的原委。

我在盥洗室门前晃来晃去，心里总有些惴惴不安。诚实者推门而出，我趁门还没合拢，一把抓住门冲了进去。马库斯坐在洗手台旁边的地上，手里拿着一大叠纸巾压住嘴角，看我走进来，脸色立即阴沉下来。

"怎么，幸灾乐祸来了？出去。"他吼道。

"不是的。"我说。

可我来这里，到底所为何事？

他眼神中闪过一点期许："说。"

"我是好心来提醒你。不管你想从珍宁那里得到什么，都不可能一个人办到。而且最好也不要只靠无私派的人。"

"这事情我们不是说过了吗？你能帮我的事情——"他的声音通过纸巾传了出来，很含糊。

我打断他的话："不知道你从哪儿来的偏见，觉得我没用，可我有必要告诉你，这只是偏见而已。你要说的话我也没兴趣听。我想说的是，当你消除了偏见，当你觉得别无选择的时候——因为你笨到没办法靠自己想出对策——那么，你知道该找谁才对。"

我转身离开时，那位诚实者恰巧手里拿着冰袋回来了。

第二十一章
桥下窃听

　　我站在女盥洗室的洗手台前，这层楼刚刚被划分为无畏派楼层，一把枪横卧在我手心。几分钟前，琳恩刚刚把枪放在我手里。她大惑不解，不知我为什么不抓住枪柄或者把枪收进枪套，又或者塞进牛仔裤的后腰带。我没有解释，只是静静托着手枪，在我开始慌乱之前，走出盥洗室。

　　我心中默念：别傻了。我正要做的事情不能没有枪。不拿枪就去简直太疯狂了。所以，在接下来的五分钟之内，我必须解决这个问题，必须鼓足勇气重新拿起枪。

　　我先用小拇指勾住枪柄，接着是中指，随后是其他几根指头，终于握住了手枪。我感受到了这熟悉的重量，食指渐渐滑向扳机，然后舒了口气。

　　就这样，慢慢地，我举起手枪，左手也随之抬起，双手稳稳地握住枪柄。我伸直手臂，把枪举于身前，回想着训练时老四教我们的细节，那时的老四还只是老四，不是托比亚斯，更不是分歧者。在情境模拟控制下，我曾经用这样的枪保护过父亲和哥哥免遭无畏派的攻击，也曾经用这样的枪让托比亚斯免遭艾瑞克的毒手，枪并不是本来就邪恶，它只是一个工具。

我看见镜子里人影一闪，在还来不及阻止自己之前，就已经看见镜子里自己的影像。我脑袋里想的全是射杀威尔的一瞬间，当时他眼中的我就是这样的，当我对他开枪，我就是这副模样。

一声如同野兽般的低吟从我的嗓子里冒出，我没有抑制住自己的情绪，任由手枪从手中掉落，双臂环抱在腹部。我想尽情地啜泣，那样会好过一点，可我做不到，眼泪无论如何也流不出来，可不管我怎么努力，手上那把枪再也拿不动了，我绝望地蹲在地上，眼睛空洞地盯着白色瓷砖。我办不到，我还是没办法拿枪。

我根本就不该去，可我还是要去。

"翠丝？"有人敲了几下门，洗手间的门"吱呀"一声开了一条缝，托比亚斯走了进来。

"齐克和尤莱亚说你要去窃听杰克的谈话。"他说。

"噢。"

"你真的要去吗？"

"你有什么打算都不告诉我，我干吗要告诉你？"

他笔直的眉毛蹙成一团："我不明白你在说什么。"

"我是说，你为什么要在那么多无畏者面前暴打马库斯？别告诉我没有任何原因。"我朝他走近了一步，"绝对有原因，对不对？你根本就没有失控，他也根本没激怒你，这背后肯定有什么隐情。"

"我要向无畏派的人证明，我不是他们眼中的懦夫，"他说，"就这样，没别的原因了。"

"你根本不需要……"我说。

托比亚斯为什么要在无畏者面前证明自己？除非他想赢得他们的尊重，除非他想成为无畏派的领导。隐隐约约中，我好像又听到了伊芙琳的话，在无派别避险屋摇曳的火光下，她对自己的儿子坚定地说了一句话："我要让你变成一个'大人物'。"

他想让无畏派和无派别者联盟，而促成这件事的唯一办法就是由他来主导这一切。

他为何要将此事瞒着我完全是另外一个谜，我正想开口问清楚，却被他打断了："你到底去还是不去？"

"这有什么关系吗？"

"你又让自己身陷不必要的危险之中，"他说，"就像上次，你竟然冲上去和博学派拼命，身上却……只有一把小刀能保护自己。"

"我有理由，一个非常必要的理由。只有去窃听消息，我们才能知道发生了什么事，才能审时度势，计划下一步行动。"

他双臂交叉，抱于胸前。他并不像某些无畏派男孩那样体格壮硕，却有自己的特点。有些女孩可能会注意到他那对招风耳或鹰钩鼻，但在我眼中……

我心里微微一颤，但没有继续往下想。他一味地训斥我，并且还藏了一大堆秘密。不管我们现在关系如何，我不能沉迷在他多有吸引力这件事当中，不然我很难去做那些该做的事。此时此刻最重要的决定，便是去窃听杰克·康和博学派的对谈。

"你的头发已经不是无私派式的短发了，是因为你想看起来更像无畏派吗？"我问。

"别转移话题。"他说，"已有四个人准备去窃听谈话内容了，你不必去了。"

"你为什么总让我老老实实地待着？"我抬高了声音，"我又不是那种甘心看别人冒险自己闲着的人。"

"你这人太不爱惜自己的命……你甚至都不能拿枪开火……"他身子微微凑向我，依旧平静地说，"你的确该袖手旁观，让别人去冒这个险。"

他的低语在我四周回荡，节奏有如心跳，"你这人太不爱惜自己的命"，在我耳边响了一遍又一遍。

"那你想怎样？"我警觉地说，"把我锁在这盥洗室吗？我想那是你阻止我出去的唯一方式！"

　　他伸手摸着自己的额头，又沿着侧脸向下摸索，我从未见过他的神情如此低迷。

　　"我不会阻止你，我希望你自己停手。"他说，"如果你还要这样不顾后果，就不能阻止我跟你一起去。

　　等我们走到大桥时，天色渐明。这大桥分为两层，每个转角各有一根石柱。我们踩着其中一根石柱旁的台阶缓缓走下，沿着河边悄悄行进。微弱的天光照着一大片静止的水洼，水面闪烁不定。太阳渐渐升起，看来，是时候各就各位了。

　　尤莱亚和齐克站在大桥两边的屋子里，这样做，一来方便观察会议进展情形，二来也好掩护我们。他们的枪法也比琳恩和桑娜两人好得多，虽然桑娜在"集会场"大发雷霆，可琳恩还是把她给劝来了。

　　琳恩打头阵，她背部紧贴石墙，沿着桥梁支架的下缘，一寸寸逼近目的地。我跟在她身后，桑娜和托比亚斯紧跟我的脚步。这大桥靠四个弯曲的金属支架固定在石墙上，底下一层则由一些交叉的窄梁撑住。琳恩挤过一个金属支架，蹭蹭两下就爬了上去，踏上这交叉的窄梁，朝着桥梁中央走去。

　　我身上有伤，爬上去恐怕有些费力，于是让桑娜先行一步。我努力让自己的身子在金属支架上保持平衡，左胳膊却抖得厉害。托比亚斯那双冰冷的手扶住我的腰，稳住了险些失衡的我。

　　我尽量蹲低些，挤进桥底和窄梁之间的空隙，走了没多远就停下脚步，双脚踩住一个大梁，左手抓住另一个大梁，很长一段时间内，我都要保持这个姿势。

　　托比亚斯顺着另一个窄梁爬过来，在我身下伸出了腿，脚踩住另一个窄梁，就这样托住了我。我吐了一口气，冲他微微一笑，以示谢意。自打从"够狠市场"出来，我们俩这还是第一次意识到彼此的存在。

他也笑了笑，那笑却给人冰冷的感觉。

之后，我们又陷入一阵冷冷的寂静。我喘着气，努力克制着双手和双腿的抖动。琳恩和桑娜两人则不同，她们虽未说话，可"无声胜有声"，点头、微笑、挤眉弄眼间就已达成默契。真不知有个姐姐或妹妹会是怎样的生活，若迦勒是个女孩，我们两人之间的关系会不会亲近一些？

破晓时分，万籁俱寂，脚步的回音渐渐清晰起来。这声音是从身后传出的，杰克和无畏派守卫应该到了。这些无畏派的护卫知道我们躲在这儿，杰克显然一无所知，可他若低下头多看一会儿，我们这些在他脚底下的人可就"曝光"了。我大气都不敢喘一口，尽量小声地呼吸。

托比亚斯看了看表，又把手伸到我眼前，时间刚好七点整。

我抬起头，透过这密密麻麻的金属网往上看去，一双鞋啪啪走了过去，耳边响起他的声音。

"杰克，早上好。"他说。

这是麦克斯的声音，就是他在珍宁的指示下任命艾瑞克为无畏派新任领导，也是他在无畏派考验过程中推行残暴、冷漠与无情的政策。我虽未和他正面说过话，可单单这声音，就足以让我颤抖。

"麦克斯，是你。"杰克开口了，"珍宁怎么没来？她不会连这点礼节都没有吧？"

"我和珍宁按双方优势，各负责不同领域，"他道，"换言之，我负责所有军事决策。我们今天在此相聚也在我职责范围之内。"

我双眉紧锁，有些疑虑涌上心头。我没怎么听过麦克斯讲话，可他今天的用语措辞和语音语调总有些……怪怪的。

杰克无奈地说："好吧，我来的目的是——"

"先声明一下，我们之间的谈话绝不是谈判。"麦克斯说，"谈判的前提是双方实力相当，可杰克，你显然没有这个资格。"

"你这是什么意思？"

"诚实派是五大派别中唯一可有可无的派别，从保卫安全、提供生计、革新技术三方面来看，诚实派的贡献几乎为零。因此，在我们眼中，你们并没多大用处。另外，你甚至都没有赢得留宿贵派的无畏者的支持，可以说你们毫无用处，一攻即破。所以，最好还是按我的指示行事。"麦克斯冷冷地说。

"你这个人渣，"杰克咬牙切齿地说，"你竟敢——"

"息怒。动怒是解决不了问题的。"麦克斯说。

我咬咬嘴唇，直觉告诉我，有什么不太对劲，而我应该信自己的直觉。但凡有自尊的无畏者，嘴里是绝不会吐出"息怒"两个字的，也绝不会如此镇定地面对侮辱。他说话的风格像另外一个人，那就是珍宁。

突觉脖子一阵发凉，一切似乎不言自明。珍宁绝不会相信任何人，更何况麦克斯还是一个狂躁易怒的无畏者，最好的办法便是通过耳麦和麦克斯的嘴，直接和杰克交流，而耳麦的传输距离最多不超过四百米。

我看着托比亚斯的眼睛，缓慢地用手指了指耳朵，然后朝上指了指，尽力指向麦克斯可能站着的地方。

托比亚斯皱眉沉思了一会儿，接着点了点头。不知他是否明白了我的意思。

"我有三个要求。"麦克斯说，"第一，完好无损地交出在你们手中关押的无畏派领导；第二，允许我派士兵对你们的辖区进行一次大搜查，揪出所有分歧者；第三，交出还未注射情境模拟血清的人员名单。"

"为什么？"杰克悻悻然地问，"你们的搜查目的是什么？为什么要这些人的名单？你们想怎么处置他们？"

"大搜查是找出窝藏在你们辖区内的所有分歧者，并把这些人赶出去。至于名单，不关你的事。"

"不关我的事？"头顶又是一阵脚步声，我抬起头，透过这密密匝匝的铁网，瞥到杰克抓住麦克斯衣领的情形。

"放开我，"麦克斯镇定地说，"否则我就命护卫开火。"

我皱皱眉，心里又有些疑虑。珍宁只借助麦克斯的嘴巴说话，她怎么知道他被杰克抓住领口了呢？除非她能看见这里的一切。我微微向前探身，朝大桥另一端的楼房看去，河在我左边蜿蜒而过，一个矮矮的全玻璃楼房沿河而栖，那应是珍宁此刻的所在地。

我急急地往后爬去。穿过支撑大桥的金属支架，就能踏上通往"威克大道"的阶梯，托比亚斯紧随在我身后。桑娜拍了拍琳恩的肩，琳恩却不理会她。

我满脑子全是珍宁的行踪，根本没注意到琳恩的举动。她掏出手枪，爬向桥沿，用力向前一摆，抓住了大桥的边沿，将胳膊伸到桥面以上，扣下了扳机。桑娜惊讶地张大嘴巴，瞪圆了眼睛。

几乎是瞬间，麦克斯倒吸了一口气，用手捂住胸口，跟跄着后退了几步，当他把手从胸前拿开时，已沾满了暗色的血。

此时此刻，我也不用再爬了，松开手落入身下的泥潭，托比亚斯、琳恩和桑娜也都下来了。双腿陷进泥沼里，每走一步都会发出吮吸般的声音，鞋子滑掉了，我就赤着脚继续往前走。枪声四起、子弹乱飞，有好几颗子弹都打进了我身旁的泥沼里。我慌忙扑向大桥下方，背部紧紧贴着墙面，让他们无法瞄准我。

托比亚斯紧紧贴在我身后，和我靠得如此之近，我的头挨着他的下巴，我的肩抵着他的胸膛。危急关头，他这是在保护我。

我若转身逃进诚实派总部，安全便暂时有了保障，可珍宁就在不远处，身边并没有重兵把守，此刻不攻击，更待何时？

进还是退？这个问题连想都不用想。

"快点！"说完我就沿着楼梯一路奔跑，他们三人也跟了上来。在大桥的底端，忠诚的无畏者正朝叛徒射击，杰克被一个手搭在他背上的无畏派士兵护着，弓着腰，没有生命危险。我的步伐越来越快，头也不回地一口气跑过桥梁，身后响起托比亚斯的脚步声，其他两位估计还没赶上来。

玻璃楼房近在咫尺，周围响起杂沓的脚步声和枪声。我迂回行进，这样无畏派的叛徒就很难击中我。

就快抵达玻璃楼房了，只剩几米的距离。双腿已微微酸痛，整个人就像头重脚轻的芦苇，脚底似乎没了力气，我咬咬牙，用力跑过去。我刚想穿门而入，右边闪过几个人影，我一个右转身就跟了过去。

三个人影沿着走廊飞奔而去，一人是金发，一人很高，另一人便是皮特。

我脚底一空，险些摔倒在地。

"皮特！"我大叫。他停下脚步，举起手枪，托比亚斯站在我身后，也抬起了手枪，我们就这样面对着面，如雕塑一般立着，中间只不过短短几米的距离。他身后的金发女人很可能就是珍宁，她和高个子无畏派叛徒慌忙转过墙角，落荒而逃。虽然没带手枪，心中也没有计划，我还是想追过去，可托比亚斯一把按住了我的肩，让我无法动弹。

"叛徒，"我冲着皮特吼道，"我早就知道你会这样，早就知道！"

一声绝望而痛苦的女人尖叫声划破四周的寂静。

"听起来，你那几个朋友好像遇到些小麻烦，要不要过去搭把手？"皮特脸上好似闪过一丝笑意，又好似只是龇了龇牙，他抓稳手枪，说道，"你有两个选择，要么去帮她们，放我们走，要么跟着我们去送死。"

我心里憋着一口气，差点喊出来。我会怎么选，我和他心里都很明白。

"总有一天你会不得好死。"我诅咒他说。

我往后退到托比亚斯身边，两人一起后退，直到走廊尽头的拐角。转过弯，我们开始狂奔。

第二十二章
无畏派推选

桑娜趴在地上，殷红的血染红了衬衫，琳恩蹲在她身旁，只是睁大眼睛看，什么也没做。

"全是我的错，我的错……"琳恩喃喃说着，"我不该冲他开枪，真不该……"

我怔怔地瞅着地上这一摊血。一颗子弹射穿了她的背，不知还有没有气息。托比亚斯用两个手指摸了摸她的颈动脉，然后点了点头。

"我们得离开这里。"他说道，"琳恩，看着我，我要把她抱起来，这样可能会很痛，但我们没其他选择了。"

琳恩点点头。托比亚斯蹲在桑娜身旁，双手穿过她的胳膊，抱起了她。她口中发出一声声痛苦的呻吟。我急忙冲过去帮忙把桑娜那瘫软的身子搭在他肩上，喉咙禁不住一紧，只好轻咳了几声来缓解压力。

托比亚斯哼了一声，费力地站起来。我们一行四人朝"够狠市场"的方向走去。琳恩拿枪走在最前方，我护在后方。无畏派叛徒估计已经全部撤退，但我绝不能掉以轻心。

"喂！"身后的一个声音叫住了我们，尤莱亚一路小跑，朝我们过来，"齐克去帮他们送杰克了……"他微微一顿，急切地说，"老天，桑娜，这是怎么了？"

"一会儿再说。"托比亚斯说，"快，去'够狠市场'找医生。"

尤莱亚还是一声不吭地盯着我们。

"尤莱亚，快去啊，快！"空荡荡的街道上，托比亚斯严厉的声音回荡着。尤莱亚回过神来，朝"够狠市场"飞奔而去。

虽说这路只有短短的几百米，可托比亚斯气喘吁吁，琳恩呼吸急促。桑娜随时可能血尽而亡，脚下的路似乎怎么都走不到尽头。我看着托比亚斯背上的肌肉随着沉重的呼吸收缩、扩展。耳边充斥的只有怦怦的心跳声，无形中屏蔽了急促的脚步声。等到达门口，我已经浑身乏力，有些想吐，感觉快要晕过去了，还有种想扯开嗓子尖叫的冲动。

尤莱亚、卡拉和一个梳着大背头的博学派男子已站在门口焦急地等着我们，他们已给桑娜铺开了一张干净的单子。托比亚斯小心地把她放下，等她平躺下后，医生就开始忙起来，先是把贴在桑娜身上的衣服剪开，我不想看到她中枪的伤口，就移开了目光。

托比亚斯立在我身前，因为用力过度满脸通红。我心底默默地期待，希望他还能像上次攻击发生后那样抱着我，可他纹丝不动，我又不能冲过去主动抱他。

"我不想装着什么都懂了，你到底是在发什么疯，"他吼道，"假如你再这样无理取闹，不顾自己的性命——"

"我没有无理取闹，也没有不顾自己的性命。我只是想和父母一样，牺牲奉献——"

"可你和他们不同，你只是一个十六岁的姑娘——"

我咬着牙愤愤地说："你怎么能……"

"你根本什么都不懂，牺牲自己不是稀里糊涂地送命，而是有必要的牺牲！如果你再这样一次，咱们俩之间到此为止。"

他这话倒把我惊住了。

"你这是给我下最后通牒吗？"我尽量压低声音，生怕别人听到。

他摇摇头："没有，我只是在说事实而已。"他双唇紧闭，呈一条线，顿了顿后继续说道，"若你再这样毫无来由地冒险，就跟那些完全没有理智，对肾上腺素上瘾的无畏者一样，那我就绝不会再和你一起胡闹了。"他的话句句透着悲戚，"我爱的是分歧者翠丝，是那个不盲目死忠于派别，不局限在单个派别范畴思考问题的翠丝，而不是那个不顾一切后果要毁掉自己的翠丝……我不爱第二个翠丝。"

我想扯开嗓子高声尖叫，并不是因为我生气，而是因为我害怕他说得没错。我双手握住衣摆，抑制住手的抖动。

他探过身子，额头贴着我的额头，无奈地闭上眼睛："我相信那个翠丝还在，一定还在。"他的唇对着我的唇，一张一合地说，"快回来吧。"

他轻轻地吻了我，我微微一颤，竟忘了阻止他。

他走回桑娜身边。我脚踩诚实派的象征天平，完全不知道该说什么。

"好久不见。"

我筋疲力尽地窝在床上，托莉坐在对面，一条腿放在一大堆枕头上。

"是啊。"我应着，"你感觉怎样了？"

"枪伤的感觉，"她嘴角爬上一抹笑意，"你应该不陌生。"

"是啊，感觉还不错，对吧？"我打趣道，可脑子里飘过的全是桑娜中枪的情景，至少我和托莉的伤总有一天会痊愈。

"杰克和博学派的会面，你们嗅到什么蛛丝马迹了吗？"她问。

"得到了点信息。对了，你知道怎么才能召开无畏派会议吗？"

"我可以帮你，当文身师就有这个好处……差不多认识所有的无畏者。"

"对，你还有做卧底的声望呢。"

托莉的嘴角动了动："你不说，我都忘了呢。"

"做卧底有什么趣闻吗，说来听听。"

"我主要监视珍宁·马修斯的动向，"她垂目盯着自己的双手，"比如她怎么度过一天，更重要的是探明她的去向。"

"原来她不是在办公室里吗？"

托莉起初并没正面回答。

"分歧者翠丝，我相信你不会向外说。"她斜斜地看着我说，"她在顶楼有一个私人实验室，实验室安全措施做得非常到位。我就是想闯进去才暴露了身份。"

"你想闯进去？"我反问，可她的眼光又迅速移开，"这么说你不是去侦察了。"

"如果珍宁·马修斯不在这个世上了，局面对我们就……有利多了。"

她的表情里透露出一种饥渴，不久前在无畏派文身师的里屋，她和我谈起她弟弟时，神情亦是如此。攻击情境模拟前，我本以为这是一种对正义或复仇的渴望，此时此刻，我却看到了嗜血的渴望。尽管这种渴望有点让我发怵，但我很理解她。

也许我更应该为这样的理解而胆寒。

托莉说："我这就组织会议。"

在床铺和大门之间，有一块空地，无畏者聚集在这里，门上紧紧系着打了结的被单，虽说简朴些，在目前情形下，这算是最佳上锁法了。杰克·康肯定会答应珍宁的条件，诚实派总部已不是久留之地。

托莉坐在几张床铺间的椅子上，受伤的腿向前伸着："她提出什么条件？"她问托比亚斯，可他好像没有听见，斜倚着一张床铺，双手抱胸，双目垂地，一声不吭。

我轻咳了一声说："他们提出三个条件：交出艾瑞克，交出未注射细针者的名单，交出分歧者。"

我的视线落到马琳身上，她冲我微微一笑，双眸间却都透着丝丝悲凉，内心大概还牵挂着桑娜吧。不知道桑娜在博学派医生的抢救下能否熬过这一关，好在琳恩、赫克特和他们的父母，还有齐克都在陪着她。

"杰克·康如果真和博学派达成相关协议，我们就必须撤离。"托莉凝重地说，"可是撤去哪儿呢？"

我想起桑娜那被血染红的衬衫，心底泛起对友好派的向往：果实飘香的果园，穿梭叶间的风声，手指轻触树干的感觉……原来，我对那平静竟如此期冀，对那鸟语花香竟如此怀念，我从未想到我会有这样的向往。

我闭目沉思，睁开双眼时，世界还是那个世界，脑海中刚刚闪过的友好派不过是幻象。

"回家。"托比亚斯终于抬起了头，大家也竖起了耳朵，"我们要拿回属于自己的东西，砸掉无畏派基地的摄像头，不让博学派监视我们的举动。我们应该回基地去。"

人群中发出一声应和的喊叫，其他人也随着喊起来，一片喧哗。无畏派的每个决定都是从这点头和叫喊中应声而出，也正是在点头喝彩间，我们凝聚在一起，不再是一个个独立的个体。

"等一下，我们还有一些事情没处理。艾瑞克怎么办？让他和博学派的人留在诚实派，还是处决他？"布达一只手扶着托莉身后的椅背。我曾在无畏派基地的文身室见过他，他以前和托莉一起工作。

"艾瑞克是无畏者，理应由我们来处置他，不能由诚实派说了算。"劳伦边说边用手指摆弄着唇环。

一声呼喊冲破我的喉咙，我也不由自主地应着周遭的一片呐喊。

"无畏派法则写着，只有派别领导才能行使处置权，可我派五大领导全加入了叛徒的阵营。"托莉说，"我们需要选举新一届领导团队。根据规则，领导团队由多人组成，人数为奇数。请喊出你心目中领导的名字，必要时我们可以投票抉择。"

"你！"人群中有人喊道。

"好，"托莉喊道，"其他人呢？"

"翠丝！"马琳双手捂在嘴边，做扩音器状，大声喊了我的名字。

我心跳如雷，心里隐约有几分不踏实，可出乎意料的是，没人反对，也没人哄笑，不少人还点头表示赞同，刚才有人喊出托莉的名字时，也是这样默契的赞同。我环视四周，视线锁定克里斯蒂娜，她双手抱胸，面如寒冰，没说同意，也没提异议。

不知道在无畏者心目中，我到底是一个什么样的人。他们眼中的我定是一个勇猛无比、聪明睿智的姑娘，可我到底是不是这样的人？或许我不能成为她，又或者我能。

托莉冲马琳点点头，目光又移向人群，征求下一个推荐者的名字。

"哈里森。"有人喊了这个名字。我并不认识哈里森，可有人拍了拍金发马尾搭在肩上的中年男子，他咧嘴笑了笑，我认出了这个人。齐克搀扶着托莉从博学派跟跟跄跄地朝我们走来时，正是这个叫"哈里森"的男子喊我"小姑娘"。

人群一阵沉默。

托莉开口了："我推选老四。"

屋子后排传来几声略带反对的嘀咕声，可大部分人还是赞同。自打托比亚斯当众揍了马库斯一顿后，就没人再用"懦夫"两个字喊他了。这只不过是一场别有用心的预谋，不知大家知道后会作何反应。

在这个节骨眼上，如果我选择退出，他便得偿所愿。

"我们只需三个领导，"托莉说，"现在进入投票环节。"

他们为什么会选择我？是因为我终止了攻击情境模拟，还是因为我在电梯旁捅了艾瑞克一刀？又或是我铤而走险，爬到大桥下，窃听谈话内容？鲁莽的我却正合他们的胃口，赢得了他们的欢迎。

我和托比亚斯的目光相遇，内心一阵波动，忽然想起他的话：我不是无畏者，我是分歧者。我选择成为什么样的人，我就是什么样的人。而这不是我该做出的选择。我必须将自己和无畏者区别开来。

"不用了。"我清了清嗓子，抬高了音量，"不用投票，我退出。"

托莉冲我皱皱眉头，半信半疑地问："翠丝，你确定吗？"

"对，很确定，我退出。"

没有一声争论，托比亚斯就在这无声的庆祝中荣升无畏派的领导，而我选择了自动出局。

第二十三章

处　决

新领导刚选出来十秒钟，耳边就传来一阵响声，先是一长拍，接着是两短拍。

我琢磨着声源的方向，把耳朵对准了墙面，却看见天花板上吊着一个扩音器，屋子另一头还有一个扩音器。

杰克·康的声音从扩音器里传出来。

"请诚实派全体人员注意。我在几小时前与珍宁·马修斯派遣的代表有过深度交谈，他的话让我意识到，我诚实派处在弱势地位，只有依附博学派才能生存，要保我派安全，需要达成以下几个条件。"

我抬头看着这扩音器，有些木然地站着。诚实派领导理应直截了当，这本不应惹得我惊愕半晌，可从广播上宣告，的确是我始料未及的。

"为了达成相关条件，希望所有人马上去'集会场'，诚实地汇报自己有没有植入细针。博学派让我交出分歧者，原因是什么，我并不知晓。"

他的声音透着几分倦怠和挫败感。他的确败给了博学派，而且他根本无力还击。

诚实派永远学不会无畏派就算无谓也要抗争的精神。

第二十三章
处 决

有时，我觉得自己总像在不断地汲取每个派别的精神和准则，然后把它们存在大脑里，一条又一条，宛如一本指南。这指南的内容不停更新、扩充，以便自己在这个世界上生存下去。我总会遇上一些值得学习的东西，永远都有重要的事物需要了解。

伴着三声同样的节拍，杰克·康结束了"演讲"。无畏者一哄而散，开始收拾打包。

几个年轻的无畏派男孩扯掉门帘，嚷嚷着艾瑞克什么什么的。慌乱中，有人的胳膊肘把我推到墙边，我没有吱声，静静地立在那儿，默默看着这愈演愈烈的喧哗。

无畏派也永远学不会诚实派在混乱境遇中保持秩序的能力。

讯问室，无畏者围成半圆站在椅子周围，艾瑞克坐在椅子上，看起来半死不活，如同一具死尸瘫在椅子里，煞白的额头上闪着一层冷汗。他低着头，努力抬眼瞪着托比亚斯，睫毛几乎触到了眉毛。我定定神，费力地把眼光移向他，他那狰狞的笑容，那伴着咧开的嘴向一边扯开的唇环，样子极其惊悚，远远超出我的心理承受能力。

"你是要我把你的罪行一一列出？"托莉冷冷地说，"还是你自己说？"

豆大的雨点噼里啪啦打着墙壁，如柱的雨水倾泻而下，我们依旧立在"够狠市场"顶楼的讯问室，午后的暴风雨声在这里听得更加清晰。每声震天响的雷鸣，每道划过天际的闪电，都像电流般传遍我的全身，后脖颈一阵阵发毛。

我喜欢潮湿人行道的气味。这里光线暗淡，等审讯一结束，所有的无畏者便会冲下楼梯，离开"够狠市场"，甩掉这里的记忆，而到时候我能闻到的，就只有潮湿人行道的气味了。

我们大都携着自己的包袱。我的包袱是个用绳子系起来的床单，里面装着几件衣服和一双替换的鞋子。

我身上穿着那件从叛徒身上扒下的衣服，我希望艾瑞克能看到——假如他看我一眼的话。

艾瑞克的眼光在人群中掠过，然后落在了我身上。他手指交握，小心翼翼地把手放在肚子上："我选她来替我列明，她既然刺伤了我，想必她是很清楚的。"

行刑前他又要演哪出戏？他的表情依旧傲慢自大，手却有些抖动。即使残忍的艾瑞克，也终究不能坦然地面对死亡。

"别把她扯进来。"托比亚斯发话了。

"为什么？因为你上过她？"艾瑞克皮笑肉不笑地说，"等一下，我差点忘了，僵尸人才没那么多性趣，估计只是互相系系鞋带或剪剪头发，干些这种无聊的事。"

托比亚斯神色未改。我想我明白了——艾瑞克并不在乎我的感受，他是想通过我来刺激托比亚斯，狠狠地击中他的弱点，想几句话就把他击垮。

这恰恰是我极不情愿看到的情形，我不希望托比亚斯的情绪会随着我心情的起伏而变化，我不希望他替我出头。

"我选她来替我列明。"艾瑞克重复着先前的话。

我尽量用平稳的语气说道："你联手博学派，残忍地杀害了成百上千的无私者，"我再也抑制不住内心的激动，也无法用平缓的语气说话，声音开始带着恨意，"你先是背叛无畏派，后又拿枪打爆一个孩子的头，你不过是珍宁·马修斯手下一个吐着舌头、滑稽可笑的走狗！"

他嘴角那挑衅的笑僵住了。

"我该不该死？"他问。

托比亚斯刚张开嘴，我一下子抢了他的话。

"该死。"

"好吧。"他空洞的双眼盯着前方,好像两个黑洞,又好像群星黯淡的夜幕,"碧翠丝·普勒尔,你有权决定我的生死吗?我又不是那个男孩,叫什么来着?威尔,对不对?"

我没有理会他,心里飘过父亲的话。在我们攻入无畏派基地的控制室时,他曾让我扪心自问:"你是不是觉得杀人理所应当?"他还说,解决问题不一定诉诸武力,我要多想一想其他方式。喉咙里突然如同哽着一块蜡,吐不出来又咽不下去,就连呼吸都成问题了。

"你触犯了无畏派条例中满足处决条件的所有罪行。"托比亚斯接过话头,"按照我派规定,我们有权处置你。"

他蹲在艾瑞克脚下那三把手枪前,取出所有子弹,砰的一声又把它们扔在地上,枪落在了艾瑞克脚边。托比亚斯抓起中间的手枪,在枪膛里上了一发子弹。

他把三只手枪并排着放在地面,一遍又一遍地打乱这枪的次序,直到看得我眼花缭乱,搞不清哪一把是上膛的枪。他把一把枪递给哈里森,一把交给了托莉。

我回想着攻击情境模拟操控下的屠杀,血洗无私派,灰色身影横尸街头,活着的无私者还得忍痛清理这满街的尸体,而活下来的人又是那么少,现在那些尸体恐怕还躺在原地没人理会。所有的所有,都怪这个叫艾瑞克的恶魔!

我又想起那个诚实派男孩,小小的年纪就做了艾瑞克枪下的冤魂,我想起他倒在我身边的时候身体是多么僵硬。

或许,决定他生死的人不是我们,而是他自己,他要为自己手上的血债谢罪。

可我还是觉得难以呼吸。

我再次看向他时,没有了怨恨,没有了恶意,没有了恐慌。他脸上戴着的金属环依旧亮晃晃地闪着,头上掉下一缕头发,遮住了他的眼睛。

"等等，我有一个要求。"

"犯人没权提任何要求。"托莉吼道。从审讯一开始，她便一条腿站在人群里，声音里带着几分倦意。她恐怕只想让这一切快点结束，然后又能坐下。对她来说，这审判不过就是不必要的麻烦。

"我是无畏派的领导，"他说，"而我的要求不过是让老四来开枪。"

"为什么？"托比亚斯问。

"你篡夺了我的位子，还拿枪崩了我的脑袋，我想让你一生一世都生活在懊恼和后悔中。"艾瑞克答道。

他是什么样的人我心里清楚。

他想看见人一点点崩溃。当时，他在要将我淹死的房间里装上摄像头，恐怕也是这种心理作祟吧。他一直都是这样，恐怕在我的事之前就已经是如此病态了，甚至临死之前，都还想看托比亚斯懊悔的表情。

这人真是恶心至极。

"放心，我绝不会有半点愧疚。"托比亚斯应道。

"好，那来吧。"艾瑞克嘴角又露出几丝挑衅的笑意。

托比亚斯拿起一发子弹。

"对了，我一直纳闷，你父亲是不是经常萦绕在你的'恐惧空间'中？"他声音平静地问。

托比亚斯眼皮都没抬一下，默默地把子弹装进枪膛。

"怎么？不想回答？"艾瑞克继续刺激着他，"怎么了？是不是怕无畏者对你的看法有所改变？是不是怕大家知道那个只有四种恐惧的老四，其实是一个彻头彻尾的懦夫？"

他挺直了腰板，双手放到了椅子的扶手上。

托比亚斯用左手举起了手枪。

"艾瑞克，记得要勇敢面对死亡。"

说完，他扣下了扳机。

我闭上了眼睛。

第二十四章
回基地去

鲜血有一种奇怪的色泽，比想象的还要深。

我低头看到马琳紧握在我胳膊上的手，她的指甲很短，边缘咬得参差不齐。她往前推着我，我一定在走，因为我能感觉到自己在动。可在我心里，我还站在艾瑞克面前，而他，仍然还活着。

可是，和威尔一样，他死了，倒地不起。

我原本以为，艾瑞克死后我喉咙的肿胀感便会消失，可是没有。我大口大口地吸气，才勉强喘得上气来，幸好人群嘈杂，大家听不见我的呼吸声。我们跟在哈里森身后，迈过这道道门槛，冲向前方。哈里森像背小孩一样背着托莉，她在他背上笑着，双手搂住他的脖子。

托比亚斯用手扶着我的背，我知道这点，是因为我看到他在我身后伸出手，而不是因为我感觉到了。我什么感觉都没有。

大门从外面被人推开，一群诚实者跟在杰克·康身后，我们赶紧停下，差点冲散他们。

"你们干了什么好事？"他说，"我刚听说艾瑞克在他的牢房里失踪了。"

"他受我们管辖。我们对他进行了审讯，接着处决了他，你不得感谢我们吗？"托莉回道。

"你……"杰克的脸瞬间涨红，变成血色，比红色还要深，即便血液的颜色也是鲜红的，"我为什么要感谢你们？"

"他不是杀了诚实派的小孩嘛，你不是也想让他快点伏诛吗？"托莉歪着头，瞪圆双眼，一副无辜的样子，"我们替你解决了这个问题。说完了，如果你不介意，我们要离开，别挡路。"

"什么……你们要走？"杰克气急败坏。

我们若是这么大摇大摆地走了，麦克斯提出的三个条件，他有两个都达不成，而这显然让他恐惧不已，他脸上流露出的神情也佐证了这点。

"我不能让你们这么做。"他说。

"你不能阻止我们做任何事。"托比亚斯说，"快让开，否则我们就不是从你身边走过了，而是从你身上踏过去。"

"你们不是来和我们联手的吗？"杰克怒视着我们，气冲冲地说，"你们可以走，但只要你们踏出这里一步，我们就站在博学派一边，永生永世不帮你们，你们……"

"我们不需要跟你们联手，"托莉说，"别忘了我们是无畏者。"

所有人都开始呼喊，不知怎的，他们的呼喊声让我感到心烦。我和所有无畏者一起，不顾诚实派的反对，大步前进。像突然炸开了水管似的，无畏派如喷涌的水冲进走廊，吓得走廊里的诚实者惊叫着让路。

马琳抓着我的手松开了。在呼声震天中，我们拥下楼梯，呐喊着、奔跑着。我仿佛又回到了选派大典那一天，跟着无畏派人群，冲出中心大厦，双腿酸痛，心里却一点都不介意。

抵达大厅时，一群诚实派和博学派的人正等在那里，人群中有那个被拽着头发拖向电梯的分歧者女子，有那个因获得我的帮助而逃脱的小姑娘，还有卡拉。他们眼睁睁地看着我们从他们身边走过，一脸的无助。

卡拉看到了我，一把抓住胳膊，把我拽了过去："你们要去哪儿？"她急切地问。

"无畏派基地。"我想挣开她的手，可她就是不放手。我把视线转向别处，我不能看她的脸，因为我无法正眼看她。

"你们不能再在这里待下去了，这里很危险。带着他们去投奔友好派。"我说，"他们在那里为所有逃难者提供了避险屋。"

她放开了我，几乎是把我从她身边推开的。

室外的地面有些湿滑，鞋底开始打滑，我放慢脚步，小跑起来，背上的包袱也随着我的步伐一颠一颠。淅淅沥沥的小雨淋湿了我的脖子和脸颊，脚踩在地上一洼洼的水里，溅起的水花打湿了裤腿。

我闻到潮湿人行道的味道，骗自己说，世间确实只有这一种气味。

站在大峡谷上方的金属栏杆旁，我看着脚底呼啸奔腾的激流，水打在石头上，水花飞溅，可它没有飞太高，还不至于溅到我的脚上。

布达站在几百米开外的地方，分发漆弹枪，另一个人递过来足量的漆弹。整个无畏派基地马上就会被五颜六色的彩漆覆盖，那些隐藏在角落暗处的监控摄像头将被遮住。

"喂，翠丝。"齐克走到我身旁，双眼红肿，嘴角却挤出一抹微笑。

"嗨，你来了。"

"是啊，桑娜身体状况稍稍好转，能禁得起这长途颠簸，我们就把她带来了。"他用拇指揉了揉眼角，"其实，我本不忍心的，可……很显然，把她留在博学派总部太不安全了。

"她现在怎么样了？"

"还不知道呢，命是保住了，可护士说，她今后可能从腰部往下瘫痪了。我倒没什么，可是……"他耸了下肩，无奈地说，"假如她连路都走不了了，怎么还能待在无畏派？"

我看着基地深坑的对面，无畏派的孩子正沿着小路追逐、嬉闹，冲着石墙扔漆弹，破碎的漆弹把墙壁染成一片金黄。

我忽然想起托比亚斯的话，在和无派别人群在一起的那一夜，他说每个年老的无畏者都会离开无畏派。思绪飘移，我又想起诚实派哼的歌谣，说无畏派是五大派别中最残忍的一派。

"她可以的。"我说。

"翠丝，你可要知道，她都没办法行动啊。"

"她可以行动自如。"我抬起头看着他说，"她可以坐在轮椅上，只要有人推着轮椅，她就可以在基地深坑的小路上自由行动，当然也可以乘电梯上去呀。"我向上指了指，"滑索道或开枪也不需要走路。"

"以她的性子，肯定不会让我推轮椅，不会让我扶，更不会让我背。"

"过一段时间，她就慢慢适应了。难不成你想让她仅仅因为这么一个烂理由就退出无畏派？你想让她仅仅因为不能走路就成为无派别者？"

齐克沉默了一小会儿，眼光掠过我的脸，似在审视，似在掂量。

他回过头，俯下身，伸出双臂搂住了我。我已经很久没被人拥抱过了，这一抱惊得我僵直了身体。接着我放松了下来，被湿漉漉的衣服弄得冰凉的身体流过一丝暖意。

"我去射点东西，要不要一起去？"他迈开了脚步。

我耸了耸肩，跟着他穿过基地深坑，来到布达面前。布达递给我们一人一把漆弹枪，我上了膛，掂了掂这枪的重量，它和左轮手枪材质不同，轮廓也不同，握着它，我感受不到那种停止不住的颤抖。

"基地深坑和地下部分的摄像头差不多搞定了，"布达说，"你们现在去处理'环球大厦'吧。"

"什么是环球大厦？"

布达指了指头顶的玻璃大楼，这个场景刺痛了我。时间流逝，记得上次我站在这里，也是这样抬头往上看，那时我还担负着终止情境模拟的任务，那时我还跟父亲在一起。

齐克已开始往上爬，我拖着身子，一步一步朝玻璃大楼走去。我走得很艰难，因为无法呼吸。但是我设法坚持下来了。等到了爬梯前，胸腔内积聚的压力竟差不多消退了。

到了这个叫皮尔的地方，齐克抬枪对准天花板旁的一个摄像头，啪的一声，绿色漆弹把一面窗子弄得绿油油的，看来他失靶了。

"哎哟，没中。"我缩了一下。

"怎样？我倒要看看你的枪法。"

"是吗？"我举起漆弹枪，因右肩有伤，我抬起了左手，也管不了左手握枪别不别扭了。我聚精会神，捕捉到摄像头的位置，瞄准镜头。就在这时，我脑海里出现一个声音：吸气、瞄准、呼气、射击。我怔了一下，这是托比亚斯的声音，是他手把手教会我射击的。扣下扳机，漆弹正中镜头，染出一抹亮眼的蓝色，"怎么样？看到了吧！我这还不是惯用手呢。"

齐克不悦地嘀咕了两句。

"喂，两位！"一个兴奋的声音传来，我循声望去，马琳探出头来，额上染着漆，眉毛变成了紫色。她脸上突然浮起一抹坏坏的笑，还没等我和齐克反应过来，就对着我们开了枪，漆弹打中齐克的腿，打中了我的胳膊，还有点疼。

马琳哈哈大笑起来，慌忙把头缩了回去。我和齐克相视一看，立马急急地赶去追马琳。她大笑着从一群孩子身边冲过。我也冲她开了枪，却不幸击中了石墙。马琳边逃还边击中了金属栏杆旁的小男孩，那小男孩正是琳恩的弟弟赫克特，他先是一愣，随即进行"回礼"，却打得马琳身旁的那个人一身彩漆。

一时间，噼噼啪啪的爆裂声响彻深坑，人们似乎忘了来这里的任务，只是互相对射漆弹。在这一片欢腾声、叫喊声、大笑声中，我们冲下去，一群一群聚集起来，再组队相互射击。

欢腾声渐消，我原本的黑衣服早已变得五颜六色。我会保存着这件衣服，让它提醒我选择这个派别的原因：它也许不够完美，可它自由自在，生机勃勃。

第二十五章
深夜会面

有人把厨房里防腐的食材都翻了出来，做好了饭，今晚我们吃上了热菜热饭。走进食堂，我找到以前常和克里斯蒂娜、艾尔和威尔坐的那张桌子。一坐下来，喉咙处顿时哽住了，原来的四个人，怎么就只剩两个了呢？

他们的死，我难辞其咎。我若心怀谅解，艾尔不至于走上自杀的绝路；我若头脑冷静，威尔也不会在我枪下丧命。

就在我差点陷入内疚不能自拔时，尤莱亚啪地一下把餐盘放在我身旁，盘子里放着一碗牛肉炖菜和巧克力蛋糕。

"有蛋糕？"我可怜巴巴地看了下自己的餐盘，跟尤莱亚的比起来，我可真是拿得太少了。

"对呀，刚刚烤出来的，听说是在厨房后面找到了几盒原料，就烤成蛋糕了。"他应着说，"要不你吃几口我的？"

"只让我吃几口？不会吧？你一个人吃那么大一块蛋糕啊？"

"是啊。"他有些困惑地反问道，"怎么了？"

"没什么。"

克里斯蒂娜坐在桌子对面，尽量避开我，找了一个离我最远的座位坐下。齐克坐在她身旁，不一会儿工夫，琳恩、赫克特和马琳也哄地围上来。我眼睛的余光捕捉到桌下闪动的影子，却原来是马琳的手慢慢伸向尤莱亚的双膝，握住了他的手，与他十指交握，表面装得极其自然，若无其事，眼神却不时瞟向对方。

坐在马琳左边的琳恩一脸酸涩，就像吃了什么坏掉的东西，狠劲儿把食物往嘴里塞。

"急什么？"尤莱亚冲她说，"吃那么快，小心吐出来。"

琳恩生气地瞪了他一眼："看你俩那抛不完的媚眼，我本来就想吐了。"

尤莱亚的脸唰一下红到耳根："你说什么呀？"

"别把我当傻子，大家也都不是傻子。拜托，别偷偷摸摸，你俩快去开个房，痛痛快快打一炮，不就完了吗。"

琳恩的话句句露骨，尤莱亚愣住了，反倒是马琳抢了风头，她一边怒视琳恩一边身子前倾，用力亲吻尤莱亚的唇，手指滑向他的脖子，一路滑到他T恤领口的下方。我怔住了，勺子里本要送到嘴里的豌豆也掉了下来。

琳恩一怒之下，抓起餐盘，转身离开。

"她这到底是怎么了？"齐克不解地问。

"别问我。"赫克特说，"我姐这人脾气大得很，对某些事永远感到不满，我早就放弃弄清是为什么了。"

尤莱亚和马琳依旧是鼻尖对鼻尖，满脸挂着笑，一副卿卿我我的陶醉样儿。

我强迫自己看着餐桌上的碟子，心里却很别扭，看着两个跟你都很熟悉的人变成一对是种奇怪的感觉，尽管我并非第一次见证这样的爱情。突然间，一阵吱吱声传入耳中，我循声望去，只见克里斯蒂娜正漫不经心地用餐刀划着餐盘。

"老四！"齐克冲老四招了招手，神情怡然自得，"过来吧，这边有位子。"

托比亚斯伸出一只手，扶住我的左肩，指关节有些细小的口子，渗出的血珠也没有结痂。"不好意思，我还要出去一下。"他对齐克说。

他弯下身子，在我耳边说："能不能耽搁你一会儿？"

我站起身，冲大家摆摆手，可只有齐克抬头望着我，其他人正各干各的，克里斯蒂娜和赫克特各自凝视着碟子发呆，尤莱亚和马琳则头对着头小声嘀咕着什么。我见状也就默不作声地跟托比亚斯走出门外。

"去哪儿？"

"火车。"他说，"他们叫我一会儿去开个会，麻烦到时候帮我分析一下。"

我们沿着盘绕石壁的一条小路往上爬，走向去往"环球大厦"的楼梯。

"你为什么让我……"

"你的分析能力比我强多了。"他说。我一时无言以对。我们爬上扶梯，穿过玻璃大楼，路过"恐惧空间"测试用的阴暗房间，地上扔着一只废弃的注射器，看上去不像扔掉很久的样子，应该是刚刚有人用过这间屋子。

"你刚才又重新走过'恐惧空间'？"我问。

"为什么这么说？"他深色的双眸打量着我的眼睛，手推开了正门，霎时间，一股热气席卷而来，没有一丝风。

"你手关节上有几道口子，而有人刚刚去过那屋子。"

"看看，我说得没错吧？你的分析力的确比大多数人高超。"他看了看表，低声说道，"他们让我跳上八点五分的火车。走，赶紧的。"

我内心涌起一线希望，这是对我们的感情所抱有的希望。或许，在这以后，我们不会再这样吵来吵去，会和好如初。

不知不觉间，我们已走到轨道旁，遥想起上一次我们一起从这儿跳上火车，那时他让我看博学派总部的灯火通明，告诉我博学派正酝酿攻击无私派的计划。而这次，我强烈地预感到会面的人将是无派别者。

"好吧，我还分析出你不想正面承认这个问题。"我说。

他轻叹一口气，缓缓地说："没错，我刚又走了一遍'恐惧空间'。最近发生了那么多事，我只是想知道自己的恐惧有没有改变。"

"变了，对不对？"

他拂了下前额的头发，移开了目光。我刚刚发觉他有一头浓密的头发，之前他留小平头时，还真没发觉。现在他的头发已比从前长了大约六七厘米，都快覆住了额头。说心里话，他的新发型看起来"亲民"多了，更像是我私底下认识的托比亚斯，而非那个整天板着脸、不苟言笑的他。

"还是四种恐惧。"他说。

火车的鸣笛声传来，车头灯却没有开，火车宛如隐藏在夜幕中的怪物，飞快地从轨道上划过。

"跳到第五节车厢！"他迎着火车的嘶鸣大声喊。

我们全力冲刺，等第五节车厢路过，我纵身起跳，左手抓住了车厢门把，使劲儿往里荡，却白费工夫，双腿依旧落在车厢外，险些碰到车轮。我尖声叫起来，身子趴在车厢地面上，猛地把自己拖上来，膝盖划了几道伤口。

托比亚斯随后跳上车厢，蹲在我身边，我咬得牙齿咯咯响，抱住伤痕累累的膝盖。

"来，我看看。"他说完抓起我的裤脚，小心地卷到膝盖处，修长的手指从我的肌肤上轻轻掠过，一丝凉意从我心头荡出。我想抓过他的衬衫，紧紧贴住他的身子，吻他温润的唇，可我们的秘密——那不想告诉对方的秘密——却如一道鸿沟，无形地拉开了我们的距离。我也就打消了这个念头。

膝盖处有斑斑血迹。"没事儿，伤口不深，很快就会愈合的。"他说。我点头应着。其实，伤口的确不怎么疼了。等他帮我放下裤脚时，我躺在车厢地面上，凝视着顶棚发了一小会儿愣。

"他还在你的'恐惧空间'吗？"我问。

听到这话，他眼中燃起一团愤恨的火焰："还在，不过情境换了。"

他曾经说，自考验时第一次踏进"恐惧空间"起，他的情境就从未改变。可这次却变得不同，即使这变化微不可见，也着实不容易。

"你出现在我的情境中，"他看着自己的双手皱着眉头，"我不需再射杀那个女人，却要眼睁睁地看着你死去。"

他双手抖了下。本想安慰他，我不会那样的，可话到嘴边又咽了回去。在这个动荡的时期，又有谁能保证自己性命无忧？更何况我还没有爱自己的性命到不择手段活下去的地步，我不能向他做无谓的保证。

他看了看表，凝重地说："他们马上就来了。"

我站起身，看到伊芙琳和爱德华站在轨道旁，几个大跨步，奋力一跃，几乎和托比亚斯一样，毫不费力地跳上车厢，看样子应该是练过。

爱德华似笑非笑地盯着我，一只眼上戴着眼罩，上面绣着蓝色的大"X"。"你好。"伊芙琳紧紧盯着自己的儿子，看都不看我一眼，好像我根本不存在。

"你们选的地点还不错。"托比亚斯说。天色已暗，暗蓝色的天际下，一排排黑魆魆的楼影渐行渐远。湖边闪烁着点点亮光，那一定是博学派总部的灯光。

火车出乎意料地往左一转，离博学派总部的点点灯火越来越远，驶向城市的废弃之地。渐渐地，火车的声音越变越小，越来越弱，似乎是在缓缓减速。

"这里还算安全。说吧，找我们有什么事？"伊芙琳问。

"我想和你们商讨结盟。"

"结盟？"爱德华重复着这两个字，猛地回过神来，"你凭什么和我们谈结盟？"

“他是无畏派领导，”我忙说，“他有权和你们谈相关事项。”

爱德华扬起双眉，神色有些惊诧。伊芙琳的眼光从我身上一掠，又满眼欢喜地盯着托比亚斯。

“不错，那她也是领导吗？”她问。

“不是，她来这儿的目的是观察你们，看看你们是否可信。”

伊芙琳噘了噘嘴。我内心只觉好笑，真想冲着她鄙夷地大笑一声：“哈！”可还是抑制着自己只露出微笑。

“结盟当然可以，可是……必须满足几个条件。”伊芙琳冷静地说，“博学派摧毁后，不管建立什么形式的政府，我们都必须有平等的一席之地，还必须对博学派的数据拥有控制权。很显然——”

“你们要博学派的数据干什么？”我打断她的话。

“把它摧毁，扼杀博学派野心的根本途径就是摧毁他们的知识储备。”

她真是愚蠢，我本想脱口而出，话到嘴边又咽下去了。话又说回来，若博学派没有研究情境模拟技术，没有掌控其他派别的相关信息，不热衷于技术进步，无私派的伤亡就永远不会发生，我父母也就不会牺牲。

可是我们杀掉珍宁，就能驱除博学派称霸的野心吗？就能保证不出现第二个珍宁，第三个珍宁吗？恐怕不能。

“好，那我们有什么好处？”托比亚斯问。

“我们会提供足够的兵力，助你一臂之力，一举攻克博学派总部。建立新政府后，我们会给你们一席之地。”

“托莉也想亲手除掉珍宁·马修斯。”他低声说道。

我双眉一扬，脑海中盘旋着大大的问号。难道托莉对珍宁的怨恨竟是尽人皆知吗？或许并非如此。也许托比亚斯现在知道托莉不为人知的秘密，是因为他们俩现在同是无畏派的领导。

“刺杀珍宁的事情以后商讨。”伊芙琳答道，“谁杀她，我管不着。我只想她死。"

托比亚斯的眼光在我身上转了一圈，我真希望能告诉他我内心有多么矛盾，向他解释我为什么会对完全摧毁博学派有顾虑。就算有时间说，我也说不清楚。他转过身，面向伊芙琳。

"好，我们没意见。"他说。

她握住他伸出的手，使劲摇了会儿："那一周后我们应该召开会议，在一个中立的地方，绝大多数的无私者同意让我们暂时待在他们的领域，直到清理完攻击后的混乱。"她应道。

"大多数的无私者？"他重复着。

伊芙琳面无表情地说："你父亲仍然要求绝大多数无私者表达忠诚，几天前他来访时，提议无私者尽量避开我们，"她苦涩地一笑，"而大家表示同意了。他的话很有说服力，当年驱逐我的时候，无私派也这样毫不迟疑地答应了。"

"他们驱逐你？"托比亚斯惊讶地说，"我以为你是自愿离开的。"

"不是。在你们眼中，无私者常怀仁慈之心，比较容易谅解他人，也很容易说话，可你父亲在无私派的影响太重，向来如此。我不想受公开驱逐的屈辱，就自行离开了。"

托比亚斯站在原地，一动不动，目瞪口呆。

斜倚在车厢壁上的爱德华插了一句："时间到。"

"一周后见。"伊芙琳说。

车轮滚滚前行，正在转弯之际，爱德华沿着火车前行的方向纵身一跳，伊芙琳随后也跳下火车。耳边，是火车在奔驰的声音。我和托比亚斯一声不吭，呆呆地立在车厢里。

"既然你心意已决，决定和他们联手，为什么还假惺惺地征求我的意见？"我没有半点拐弯抹角。

"你也没拦我啊。"

"拦你？怎么拦？对着空气挥手吗？"我阴沉着脸，怒视着他吼道，"我不喜欢这个约定。"

"已经谈成了。"

"是吗？我不这么认为。"我反驳道，"一定还有其他办法——"

"其他办法？"他交叉双手抱在胸前，话锋一转，"你对她有成见吧？你不喜欢她，从一开始你就不喜欢她。"

"我当然不喜欢她，她抛弃了你。"

"是他们驱逐的她，不是她抛弃了我。我都原谅她了，你为什么还揪住不放？她遗弃的人是我又不是你。"

"不止这样，我不相信她，她不是在帮我们，她只是在利用你。"

"你没权下定论。"

"那你干吗带我来？"我也双手抱胸，没好气地说，"哦，对。你叫我来分析分析。我说给你听了，你不喜欢我的判断，但不代表——"

"我都忘了你总是被偏见蒙蔽双眼了吗？如果我记得，就肯定不会喊你来。"

"我的偏见？那你的偏见呢？是不是但凡恨你父亲的人都可以成为盟友？"

"别把那人扯进来，与他无关。"

"怎么可能无关！托比亚斯，听我说，他手头上掌握着一些重要信息，我们必须搞清楚这些信息是什么。"

"又提这个？我还以为这事儿咱们说明白了呢。翠丝，他是个谎话连篇的伪君子！"

"是吗？"我下意识地锁住眉头，"你母亲也是。你相信无私派可能公开驱逐某人吗？我绝不相信。"

"不准你这么说我母亲。"

前方反射出一道亮光，"环球大厦"到了。

"好。放心，我再也不会这么做了。"我气冲冲地朝车厢门走去。

我跳下车厢，往前跑了几步，找回平衡后，站了起来。托比亚斯随后跳下，可我没给他追上我的机会，径直爬下阶梯，冲进基地深坑。回去找个地方睡觉。

第二十六章
坠　楼

睡梦中，有人把我摇醒。

"翠丝，快起来！"

我也没多问，只是在床边坐起来，让那人拖着我的胳膊朝门的方向走去，我没有穿鞋，赤脚走在凹凸不平的路上，路面刮擦着我的脚趾和脚跟，隐隐作痛。我斜过头，模糊的视线中看到这个拽着我的人，竟是克里斯蒂娜，她使劲地拽着我，我感觉左胳膊都快脱臼了。

"怎么了？"我问，"发生什么事了？"

"别问了，跟我来！"

我们冲进基地深坑，伴着大峡谷的咆哮，沿着小路奔跑。记得上次也是这样被克里斯蒂娜拽着，也是她把我从睡梦中摇醒，看到的是艾尔的尸身从大峡谷被捞上来。难不成又有这样的事？我咬咬牙，把这个念头从脑中赶了出去。

她跑得还是一如既往的快，我上气不接下气地跟在她身后，跑过"环球大厦"的玻璃地板，在电梯前停下。克里斯蒂娜整个手掌啪的一声打在电梯的"开关按钮"上，等门微微打开一道口，她就急不可耐地冲进去，把我也拉进去。她用手指头猛戳"关闭"按钮，又戳了顶楼的按钮。

"情境模拟。"她有些着急，"楼上有几个人被情境模拟控制了。"

说完，她双手扶住膝盖，弯着腰深呼吸。

"有人嘴里还念叨着什么分歧者。"她补充了句。

"什么？在情境模拟控制下说的吗？"

她点点头："是马琳。可不太像她平日的声音，没有……语调。"

电梯行至顶楼门自动打开，我跟在她身后，穿过走廊，钻进一个门，门上贴着"顶楼入口"四个字。

"克里斯蒂娜，我们来顶楼干吗？"

她没有理会我的话。通往顶楼的楼梯散发着发霉的油漆味，两侧的水泥墙面上尽是涂鸦，有无畏派象征图案，还有用"加号"连起来的恋人名字的首字母缩写，比如RG+NT，BR+FH。写这些字的人现在也该一把年纪了，或是已经分手了。恍惚间，我感到心跳有些快，抬手摸了摸胸膛，果然快如擂鼓。心跳得如此之快，我还能够呼吸不能不算个奇迹。

夜风吹着，带着些许凉意，吹得我胳膊上都起了鸡皮疙瘩。过了一会儿，我的眼睛适应了这里的幽暗，看到顶楼的另一头，三个人影站在天台边上，面朝着我们。我认出了马琳和赫克特，还有一个女童却有些陌生，顶多只有八岁，头发有一缕漂染成了绿色。

风呼呼地吹着，他们的头发也凌乱地覆在额头上、眼睛里、嘴巴上，衣服在风中啪啪作响，可他们纹丝不动，依旧呆呆地站在天台边上。

"别站在那儿，下来好吗？千万别做傻事，快下来吧……"克里斯蒂娜哀求道。

"他们现在听不到你说话，也看不到你。"我说着朝他们走过去。

"我们一起跳过去扑倒她，我抓住赫克特，你……"她说。

"不行，我们不能冒这个险，那样做可能会把他们推下去。站到那个女孩儿身边，以防万一。"

她年纪太小，不该为此丧命，可我没有勇气把这话说出口，因为如果说她太小，难道马琳就大到可以去死吗？

我盯着马琳，她双眼呆滞，就像两块染色的石头，又似球形的玻璃。我觉得那两块石头滑进我的喉咙，落入我的肚子，让我不由自主地往下沉。把她从那个危险的天台边上救下，几乎是不可能的。

她张了张嘴，开始说话。

"分歧者听着。"她声音单调，没有任何感情。情境模拟果然只利用了她的声带，发出的声音却剥去了人所有的情绪。

我的眼光先是在马琳身上转了一圈，又飘向赫克特。赫克特因他母亲的原因，一见分歧者便害怕。他的姐姐琳恩很可能还陪在桑娜旁边，对眼前的一切一无所知，估摸着她只默默期待桑娜能奇迹般地站起来吧。想到琳恩，我心头一紧，她不能失去赫克特。

我往前走了几步，听她慢慢讲来。"这是一个警告，绝没有半点商讨的余地。"马琳的嘴依旧一张一合，发出了一个唬人的消息，"除非有一个分歧者自觉到博学派总部，否则此种情形每隔两天都会重演。"

这种情形！

说完，马琳他们后退了两步，作势跳下去，我奋力扑过去，抓住的却不是她。我没有救她，没有救这个曾在游戏中让尤莱亚射掉头顶的松饼的她，没有救这个帮我找了一摞衣服的她，没有救这个每次都笑盈盈地迎着我的她。我救下的人不是马琳。

马琳和那个无畏派姑娘从天台往下跳的一瞬间，我抓住了赫克特。

我在慌乱中随便一抓，像是抓住了他的胳膊，又像是抓过了他的T恤。天台粗糙的地面不停地划擦着我的双膝，我的力量不够把赫克特拽上来。就快要撑不住时，我费力地轻声呼道："快来帮我！"我嗓子干涩，再也发不出更大的声音。

克里斯蒂娜就在我肩旁，她帮我把赫克特瘫软的身子拽上天台。他身子一翻，一只胳膊垂向一边，仿若失去了生命迹象。几米开外，那个无畏派的女童仰面躺在天台上。

接着情境模拟停止了，赫克特睁开眼睛，眼神中的木然消失不见。

"啊，这是怎么了？"他大惑不解地问。

那个女童啜泣起来，克里斯蒂娜忙冲过去，嘴里嘀咕着什么，安慰着她。

我立在那里，浑身微微颤抖着。慢慢地，我走到天台边上，低头往下看，不由得倒吸了一口凉气。地面上虽光线暗淡，可我依然看得见趴在路上的马琳的轮廓。

快呼吸——但谁在乎还能不能呼吸？

我移开视线，耳边全是怦怦的心跳声。克里斯蒂娜张了张嘴，可我没有理会，只是走出顶楼，木然地走下楼梯，穿过走廊，进了电梯。

门在眼前缓缓关闭，电梯开始朝着大地下沉，马琳死的那一瞬间，也是这样的下沉。是我选择了不去救她。一声尖叫冲破嗓子，我边喊边疯狂地撕扯衣服。没几秒钟，嗓子便喊得生疼，而撕扯时没抓到衣服，胳膊留下的伤痕也疼起来。可我不理会，只是继续尖叫。

叮的一声，电梯停住，门缓缓打开。

我整了下衣衫，捋了下头发，走出了电梯。

请分歧者接话

我就是分歧者。

这是一个警告。

知道了。

绝没有半点商讨的余地。

我明白。

除非有一个分歧者自觉到博学派总部，否则此种情形每隔两天……

我会去。

……都会重演

绝不会重演。

第二十七章
悲伤笼罩无畏派

大峡谷附近人头攒动，水声滔滔，基地深坑人声鼎沸。我拨开人群，赶着要逃开马琳的葬礼，逃到通往宿舍的通道中，寻求些许安宁。我不想听托莉的悼词，不想沉浸在无畏派连成一片的呼喊声和祝酒词中，不想违心地颂扬她短暂一生的所谓英勇事迹。

今早，我从劳伦口中得知新生宿舍里几个摄像头并未处理，克里斯蒂娜、齐克、劳伦、马琳、赫克特和那个漂染绿头发的叫凯的小姑娘恰恰住在那里。珍宁大概就是通过这几个摄像头看到她所控制的人的。而她选择年龄小的，也是故意的，因为她知道对年龄小的人下手更能戳到无畏派的痛处。

我走到一个有些陌生的通道里停下脚步，把额头紧贴在石壁上，粗糙的石壁贴着肌肤，传出一阵阵凉意，耳边隐约听见无畏者那似有似无的呼喊声。

一阵脚步声由远及近，我警觉地侧头望去，克里斯蒂娜站在几米开外，还穿着昨天的那身衣服。

"喂，是我。"她说。

"我已经够内疚的了，不要再来刺激我，请走开。"

"听我说一句，说完，我就走。"

她眼睛红肿，声音透着无限倦怠，不知是太累了还是喝了酒，还是两者都有，可她的眼神还算清醒，并不像神志不清的样子。我离开石壁站好，想听听她到底要对我说什么。

"我从没亲自见过那种情境模拟。可昨天，昨天……"她摇了摇头，语调悲戚地说，"你说得对，他们看不到你，也听不见你，就像威尔……"

说起他的名字，她的声音又隐隐有些哭腔，可她抑制住悲伤，吸了口气，咽了下口水，眨巴了几下眼睛，又把视线转向我："你曾说你不得不这么做，你不杀他，他就会杀了你。我当时还以为你在找理由为自己开脱，可现在我才知道，你说得对，我，我……我会试着谅解。这……我就想说这些。"

我内心有些许释然，她相信我了，她想原谅我了，尽管可能并不容易。

可我更觉恼怒的是，她以前是怎么想的？她以为我就那么想射杀威尔吗？我想杀掉自己最好的朋友吗？她早就应该信我，早就应该知道我若不是出于无奈，绝不会这么残忍。

"我还真是幸运啊。你可算是找到我的话之外的证据了，证明我不是冷血杀人魔。可不是么，光听我说的话怎么能相信我呢？"我强挤出一声大笑，装出一副无所谓的神情。她张了张嘴，我却没给她说话的机会，"快早点原谅我吧，说不定以后没机会了——"

说着这话，我再也抑制不住内心的哀伤，啜泣起来，身子一软，靠在墙上，可双腿无力，身子沿着墙面滑下来。

泪花点点，视线模糊不清，只感到她紧紧地抱着我，紧得我都有些痛了。她身上有椰子油的味道，她的拥抱是那么有力量，就像在训练时一样，我想起她挂在大峡谷上的情景。几个月前的她令我相形见绌，可那种力量现在却幻化成另一种力量，源源不断地注入我心底，让我也更强。

就这样，在冰冷的石板上，我们一起蹲着，互相搂着，两人都用足了力气，用友情温暖着彼此伤痛的心。

"已经好了。"她说，"我本来就是想说这句话的，我已经原谅你了。"

　　　🐦🌲🌀📷🔥

那天傍晚，我一进餐厅，所有人都静了下来。我不怪他们沉默。我是分歧者，有权决定他们的生死，可谁都不想送死，或许，他们大概都想让我迈出这艰难的一步，赦免了大家，也可能他们内心里惧怕我不愿做出牺牲。

若在无私派，所有分歧者肯定都已不在这里了。

一时间，我竟有些不知所措地扫视着餐厅，不知去哪儿坐下，甚至不知怎么迈步。直到齐克冲我招了招手，我拖着脚沉重地走过去，可还没走到，就被琳恩截住了。

她现在这个样子不像往日的琳恩，双眼中没了以往的犀利，脸色煞白，只有咬着嘴唇才掩饰住不停的抖动。

"啊……"她看向我的左边，又看向我的右边，闪烁的眼神躲着我的脸，断断续续地说，"我真的……我，我很想念马琳。我和她认识好久了，我……"她摇着头说，"别误会，我说这话的意思不是马琳怎样了。"她的语气像是在怪罪我，"……无论如何，还是谢谢你救了赫克。"

琳恩把身体的重心轮流放在两只脚上，很不自在的样子，眼神在整个屋子里飘来飘去。接着，她伸出一只胳膊拥抱了我，手紧紧抓住我的衣衫。肩上的伤口依旧锥心地疼，可我没有吱声，没说一句话。

她松开了手，抽泣着走向餐桌，好像什么都没发生过，我盯着她退了回去，又盯着她缓缓坐下。

齐克和尤莱亚并肩坐在另一张餐桌前。尤莱亚神情恍惚，好像还没清醒过来，面前摆着深棕色的酒瓶，时不时拿起瓶子灌一口。

我小心翼翼地走过去。救下赫克特、失去了马琳，我心中有愧。我走到尤莱亚对面，慢慢地拉出椅子，坐在椅子边缘上，可他一眼都没看我。

"桑娜呢？还在医院吗？"我问。

"没，在那边呢。"齐克冲一张桌子轻点了下头，琳恩也在那边。坐在轮椅上的桑娜面色如纸，惨白得无一丝血色，"桑娜本不该出来的，可现在琳恩状态不太好，就只能来陪陪她。"

"你要是纳闷她们为什么和我们离得这么远……桑娜知道了我是分歧者。"尤莱亚无精打采，蔫蔫地说，"她不愿意冒险跟分歧者坐一起。"

"哦。"

"她跟我也是大惊小怪。"齐克叹了口气，"说什么'你怎么确信你弟弟不会背叛我们？你有没有观察到他有什么怪异的行为？'之类的话。到底是谁告诉她这些乌七八糟的东西，真想给那人一拳。"

"喏，那就是她妈，快去揍她一顿吧。"

我顺着他的目光看过去，一个漂染了几股蓝色头发的中年女子，耳垂上全是耳钉，长得很漂亮，跟琳恩一样。

托比亚斯推门而入，托莉和哈里森随后也走了进来。自那天大吵了一架后，我就一直避着他，不理他，那还是马琳坠楼前的事。

"嗨，翠丝。"托比亚斯走近和我打了个招呼，他的声音低沉沙哑，令人安心，瞬间把我带到了一片没有纷争、没有杀戮、没有愧疚的净土。

"嗨。"我轻声说道，这声音柔和中带着紧张，不似从我口中说出的。

他坐在我身边，胳膊搭在我座位的椅背上，探过身子。我没有看他，不想和他对视。

虽是这么想的，我还是侧过头。

他那深沉的蓝眼睛里传递着对我的慰藉，仿若把世间的一切纷杂都屏蔽扫清了，又似乎在提醒我，我们之间的距离比我想的要远得多。

"你不问我好不好吗？"我问。

"不，我知道你不好。"他摇了摇头说，"我只想来告诉你，在我们商讨之前，千万别自作主张。"

我心里想：来不及了，我心意已决。

"是我们所有人一起商量之前。这事跟我们大家都有关系。依我看，大家都不必上博学派的当，一个人都别去。"尤莱亚郑重地说。

"一个人都不去吗？"我反问。

"当然。我们要反击。"尤莱亚愤恨地说。

"是吗，"我违心地说，"那女人有办法逼我们这里的半数成员去自杀，我们不如去激怒她，这应该会是个好主意。"

我说话过于残酷了些，尤莱亚抓起酒瓶，一仰头把里面的酒都喝了下去，啪的一声把酒瓶重重往桌子上一放，那声音听起来像是瓶子要摔碎了。

"别用这种口气说那件事。"他咆哮着说。

"抱歉。可我没有说错，最好的办法就是牺牲一人，保住大家。"我说。

我内心涌动着一种期待，可我到底期待着什么？尤莱亚最清楚事情的严重性，最清楚没人去的话会发生什么。难道我这是在期待他自愿牺牲吗？可他双目低垂，一副极其不情愿的样子。

"托莉、哈里森和我的商讨结果是增强防务，提高安全意识，确保受情境模拟操控的人不陷入危险。若此方法行不通，再另觅他法。在确定之前，任何人都不准擅自行动，听明白了没有？"托比亚斯急切地说。

他把视线投向我，紧蹙着双眉。

"好。"我故意避开了那两道灼热的目光。

吃过晚饭后，我本想回这几天睡觉的宿舍，站在门外踌躇了一会儿，终是没进去。我转身离去，用手指掠过石壁，走在寂静的通道里，听着脚步的回音。

不知不觉间，我走到了饮水的地方。当时就是在这里，皮特、德鲁和艾尔毫不留情地对我下手，艾尔身上那股特殊的味道让我认出了他，那种淡淡的鼠尾草的香气依旧萦绕在我的脑海里，可我想起的不是他的脸庞，而是被他们拖到峡谷边的那种无助和无力感，它们就如张牙舞爪的魔鬼，不断把我拽向脚下的万丈深渊。

我不由加快了脚步，双目圆睁，仿佛这样做，满脑子里那惨无人道的屠杀画面便会渐渐模糊，渐渐消散。我突然感到一阵窒息，想逃离这个地方。在这里，我信任的朋友背叛了我；在这里，爱德华的眼睛在皮特手下失明；也是在这里，我那些有血有肉有思想的朋友变成了一具具行尸走肉，变成一个个杀人工具，走上了攻击无私派的血腥之路。

我径直走向托比亚斯的公寓，这里是我最后一次感到心安的地方。站在门前，我的心瞬间安宁下来。

门半掩着，我用脚轻轻把门推开。他不在屋里，但我没有离去。我走到窗前坐下，双手托起被单，把脸埋进去，深深地吸了一口气，却闻不到他的味道，这也难怪，他已好久好久没躺在这张床上睡过觉了。

吱呀一声，门被推开，托比亚斯走了进来。我顿觉双臂无力，被单掉在了膝盖上。我坐在他曾住过的屋子，却在和他怄气，到底要怎么解释才好？

他脸上并没有怒气，可他紧闭的嘴告诉我，他在生我的气。

"千万别犯傻。"他低沉的声音传来。

"犯傻？"

"你刚刚在说谎，说什么你绝不会去博学派总部冒险，可你撒谎。别把自己交上去，千万别做这样的傻事，千万别。"

我默默地放下被单，站起身。

"事情不是你说的这样简单，"我说，"绝没那么简单。我们都很清楚，我没有做傻事，这样做绝对是最最正确的选择。"

"你在这生死攸关的时刻装什么无私派？"不知为什么，他无缘无故地来了脾气，那尖厉的声音在屋子里回荡，久久没有散去，"你不是一直把'我不是一个合格的无私者'挂在嘴边吗？可真当你的小命会玩完儿的时候，你怎么又想做个舍己为人的英雄了？你这是吃错了什么药？"

"你又吃错了什么药？你难道看不到吗？她死了，她当着我的面，从那天台上掉下去的！我绝不会让这种事重演！"

"无畏派不能没有你，你很重要，不能……送死。"他摇了摇头，甚至不愿意看我，他的眼神飘到身后的石墙上，又投向头顶的天花板，却没有聚焦在我身上。我来不及反应，竟一时忘了发火。

"我不重要，没有我，地球照样转。不会因为没了我，所有人就过不成日子。"我淡淡地说。

"地球？所有人？那我呢？你若没了，有没有考虑过我的感受？"

他低下头，双手捂着脸，遮住视线，十指抖动得厉害。

他忽然向前跨了几大步，冲到我身前，狠狠地吻上了我的唇。刹那间，过去几个月的纷纷扰扰、生死离别仿佛被清空，我还是那个坐在谷底石头旁和他第一次接吻的姑娘，还是那个在通道里一冲动就悄悄抓起他手的姑娘。依稀间，还能感到谷底溅到脚踝的水花，却再也感觉不到当初的窃喜和冲动。

我双手按在他的胸膛上，想推开他。问题是，那个单纯的我早已消亡，现在的我，杀死了威尔，隐藏了真相；虽救下了赫克特，却眼睁睁地看着马琳的生命在我眼前消逝，还做过千百件别的残酷的事情。这些事情是我无法抹去的。

"你会没事的。"我刻意回避他的视线，呆呆地看着自己的手指揪住他的衣衫，又愣愣地看了看他脖子后露出的文身，"一开始可能会有些失落，可时间是一剂良药，你可以继续你的生活。"

他一只胳膊紧紧搂住我的腰，使劲地把我拽到身前："胡说。"说着他便又吻上了我。

我不该若无其事，假装所有事情都不存在，不该忘了自己已变成了什么样子，更不该在心意已决、坚决赴死之前还这样和他相拥相吻。

可我想吻他，吻到窒息，吻到地老天荒。

我踮起脚，一只胳膊放在他肩胛之间，一只胳膊绕过他的脖子，紧紧地抱住了他。他口鼻间温暖的气息若有若无地拂过我的肌肤，贴在我身前的胸膛也随着呼吸一起一伏。他是那么坚强、坚定、坚不可摧，他是我无法成为的一切。我无法成为他。

他退了几步，手却没松开，我也跟跄地往前跌了几步，鞋子脱落下来。他坐在床沿上，我站在他身前，我们的目光终于相遇。

他轻轻地抚着我的脸，双手摸着我的两颊，五指慢慢滑过我的脖子，把手指放在我胯部的弯曲处。

我没办法停下来。

我俯下身子，再次吻住了他的唇，舌尖交融间，他尝起来像水，闻起来又像新鲜的空气。我的手从他的脖颈游走到他的腰部，伸进他的上衣下面，他的吻更加猛烈，更加用情，也更加深沉。

我一直知道他很强壮，可直到我用手指感觉到他背部肌肉收缩的那一刻，我才知道他到底有多么的强壮。

我告诉自己：停下来，不能再继续了。

我们两人更急切地拥吻对方，仿若下一秒就要生离死别。他的手指在我身侧的肌肤上滑动，我也用尽全力搂着他，紧紧地贴在他身上，哪怕有一丁点的空间都不放过。我从未如此强烈地想要一个人，想要他的身体和灵魂。

他轻轻地移开一小段距离，刚好能够和我视线相对。

"答应我，"他温柔地低声说道，"不要走，为了我留下来。请答应我这个小小的请求。"

我能为他留下来吗？或许，我真的可以陪着他，厘清我们之间所有的矛盾，好好在一起，至于谁生谁死，全都抛在脑后。我抬起头，盯着他的眼睛，有那么一瞬间，我有些动容，可眼前突然浮出威尔的脸庞，那道爬在双眉间的细纹，那双在情境模拟控制下木然的眼睛，和那个沉沉地扑倒在地的身体。

"请答应我这个小小的请求。"托比亚斯祈求的眼神一闪而过。

如果我不去博学派总部，必定有人去，这个人会是谁呢？难道是托比亚斯？以他的性子，绝对做得出这种事。

"好。"我骗他说，内心却是针扎般的痛。

"你发誓。"他剑眉紧锁，低声说道。

这心痛变成了泛遍全身的疼痛，似愧疚、似惧怕、似渴望，各种情绪混在一起："我发誓。"

他昏昏沉沉地睡着了，胳膊却还紧紧抱住我不放，筑建了一个阻止我去送命的牢笼。我静静等待着，因为满脑子全是尸体落地的画面而异常清醒。我就这样等到他的手松开，呼吸渐渐平缓起来。

我绝不让托比亚斯去博学派总部以身犯险，绝不让悲剧从我眼皮底下再次发生，绝对不会。

我悄悄溜出他的怀抱，套上了他的衬衫，带着他的气味，穿上鞋子，轻轻走出门外，没带枪支，也没带什么要留念想的东西。

我走到门口停下脚步，转过头留恋地看着他。他盖着被子，一半的脸露在外面，是那么平静又强壮。

"我爱你。"我尝试着轻轻说出这几个字，随后走出屋子，带上了门。

我该亲自出手解决这一切了。

我来到原是本派新生宿舍的屋子，格局和我们的宿舍并没有多大差别，屋子又窄又长，两边靠墙的地方是两排床铺，墙上挂着黑板，角落处还发出弱弱的蓝光。蓝光下的黑板上，名次依旧如初地写在那里，第一名仍然是尤莱亚。

克里斯蒂娜在一张床上睡得香甜，琳恩就在她的上铺。我本不想惊醒克里斯蒂娜的美梦，却别无他法。我伸出手，捂住她的嘴，她猛地惊醒，眼睛瞪大，眼神过了一会儿才聚焦在我身上。我伸出食指贴在唇边，"嘘"，冲她招了招手，示意她跟我出来。

行至通道尽头，我带她拐了个弯，跨进一个过道。过道的出口处，挂着一盏满是彩漆的吊灯。克里斯蒂娜匆忙中没有穿鞋，赤裸着脚，脚趾蜷曲，以免脚底直接碰到冰冷的地面。

"怎么回事？你这是要去哪儿？"她问。

"我……"若是说实话，她肯定要拦我，慌乱中我只能编了个借口，"我去找我哥，他和无私者在一起，记得吗？"

她狐疑地半眯起眼睛。

"抱歉打扰了你的美梦，可真的有很重要的事要拜托你。"我说。

"好吧，翠丝，我老觉得你的举止有些怪。你真的不是去……"

"绝对不是。听我说，攻击情境模拟绝非偶然之事，它的爆发与无私派的举动有关，听说当时无私派准备干些什么，具体是什么，我也不太清楚。我只知道这些事和一些很重要的资料有关。而现在珍宁掌控了这些资料……"

"什么？"她皱了皱眉，"你不清楚他们准备干什么？那你知道这资料是什么吗？"

"不知道。"我说的话听起来一定像是疯话，"我不知道怎么获得这条线索，马库斯·伊顿是唯一知情人，可他铁了心不告诉我。我……这资料是触发博学派攻击无私派的导火索，我们必须搞清楚那是什么。"

我不知道还说些什么，似乎也没必要说下去了，克里斯蒂娜好像听懂似的点着头。

"珍宁耍手段让我们攻打无辜受害者的导火索，"她苦涩地说，"没错，我们必须探出这资料是什么。"

我险些忘了，她也是攻击情境模拟的受害者。她在情境模拟的操控下到底杀了多少人？醒来后发现自己变成了杀人犯，她内心又会起怎样的波澜？我从未问起，也永不会问。

"希望你能尽早帮我。我要找一个能够劝说马库斯与我们合作的人，我觉得你是最佳人选。"

她侧过头，沉默不语，呆呆地看了我一会儿。

"翠丝，别做傻事啊。"

我勉强含着一丝笑意说："为什么大家都对我说这句话呢？"

她抓起我的手："我是认真的。"

"我去看看迦勒，和他商讨一下计策。放心，没几天就会回来的。我走后，假如，我说的是假如回不来了，这消息也不会断。"

她托起我的手，沉默了好一会儿，默默说了两个字："好吧。"

我朝出口走去，装作很坚强、很轻松的样子，直到脚踏出门外，才让强忍着的泪水涌出。

我和她在这个世上的最后一次谈话竟全是不得不说的谎言。

走出门外，我戴上托比亚斯衣服上的帽子，走向大街。我走到街口，察看周围，看有无任何动静，可四周一片死寂。

深秋的天气有些转凉，吸进的空气是冰凉的。凉气在我的肺中打了个转，有些许刺痛感，呼出的气，变成一团白色的水蒸气。寒冷的冬天就快到了。不知那时博学派和无畏派是否还在僵持对峙，等待其中一方将另一方消灭。我很高兴我不用亲眼见证那一幕了。

在选择无畏派之前，我从未想过我的生命会在十六岁画上句号。那时的我，至少能确定，自己会活得很久。而现在，一切都没了定数。我唯一能确定的便是，不管我去向何方，都是我自己的选择。

楼房在银色的月光下投射出道道阴影，我从这些暗黑的影子下穿过，放轻了脚步，怕脚步声引起他人的注意。这片区域路灯都没开，可月色明亮，只在月色的照耀下，我也基本可以正常行走。

我在高架轨道下方的大街上走着，一辆疾驶的火车飞驰而过，整个轨道也跟着震颤起来。我加快了脚步，要趁还未被发现到达那里，就必须快走。我避开一个"突如其来"的大坑，又跳过一根斜倒在地上的电线杆。

离开无畏派基地时，我从未想过"这条路到底要走到何时"，可走着走着，我就累了，浑身都热起来，可能是因为我一直时不时地回头察看，还要经常躲避路障。我加快了脚步，半走半跑着朝博学派总部进发。

不久，我便走到了熟悉的那片区域。这里的街道相对整洁干净，地面上的坑洞也不多。远远望去，博学派总部灯光明亮，他们明显违反了城市的节能法规。不知道到了那片灯火通明中时，我是直接要求见珍宁，还是站在那里，等着有人发现我。

手指轻轻掠过身旁大楼的一面玻璃，想到博学派总部近在咫尺，浑身一阵颤抖，走路摇摇晃晃，呼吸也有些困难了。我使劲将空气吸进肺里。马上就要到了，他们会拿我怎样呢？我的利用价值被榨干前，他们对我有着怎样的打算？他们一定会杀了我，留给我的几乎没有一线生机。我集中精神，只看着这向前迈开的沉重脚步，只注意着双腿的动作，尽管双腿已经快支撑不住我的重量了。

接着，我便立在了博学派总部的大门口。

屋里，蓝色衣衫的人忙成一片，或坐在桌前敲着键盘，或趴在书桌上啃着书本，或互相传递着文件。这些人也并不是每个都知情，有的博学者只是专心地汲取知识，对自己派别的罪行一无所知。可我对这些人没有半点同情和怜悯，如果整座大楼在我眼前崩塌，我也不会有丝毫怜悯。

这是最后一次回头的机会了。犹豫间，瑟瑟的冷风吹着我的脸颊和双手，微微有些刺痛。也许，我可以扭头离去，逃回无畏派基地躲起来，祈祷盼望我这自私的举动不会再让任何人丧命。

可我绝不能回头，我若回头了，只会被愧疚吞噬。威尔在枪下的惨死，父母的牺牲，现在又多了马琳的性命，都会沉沉地压在我肩上。我怕它们会压垮我的脊椎，让我再也无法呼吸。

我慢慢迈向大楼，伸手轻轻推开了大门。

这是唯一能让我免于窒息的方式。

当我踏上这木制的地板，走到对面墙上珍宁·马修斯的大肖像下面时，有那么一会儿，没有一个人注意到我。就连在不远处的入口巡逻的两个无畏派叛徒也没留意到我。前台桌子后面，坐着一个有些秃头的中年博学派男子，正在整理一摞纸。我走过去，双手撑在桌子上。

"打扰一下。"我说。

"等一下。"他连头都没抬一下。

"不行。"

听到这话，他猛一抬头，眼镜歪歪斜斜地架在鼻梁上，皱着眉头像是准备了一顿说教。可当他看到我，顿时把要说的话都搁置在一边了，只是半张着嘴，许久没有说话，眼光却把我从脸到黑色衣衫打量了个遍。

在受到惊吓之余，他的表情引人发笑，我微微一笑，然后藏起了打着哆嗦的双手。

"珍宁·马修斯想见我，你最好带我去见她。"我说。

他示意站在门口巡逻的几个无畏派叛徒过来，这显然是多此一举。因为这些叛徒已盯上我了，这个屋子里所有的无畏派叛徒都慢慢向我逼近，把我包围，可他们没碰我，也没对我说话。我扫视着他们的面庞，尽可能表现得沉着冷静。

"你是分歧者？"人群中终于有一个人问我，前台的中年男子拿起室内通话的话筒。

我若攥起拳头，双手或许就抖得没那么厉害了。我点了点头。

左边的电梯门打开，我的视线飘向朝我走来的无畏派成员，脸上的肌肉终于放松下来。是皮特。

一时间，我脑海中闪过无数种可能，包括冲上去扼住他的脖子，或是放声大哭，或是来几段讽刺的笑话，最后竟不知道怎么办才好。我没法确定该怎么做，所以只是静静地立着，默默地盯着他。珍宁为什么会选他？她一定料到来这里的人是我，才会派皮特来押我上去，一定是这样。

"接到上级指示，我们要带你到楼上。"皮特说。

我本想说几句表现自己机智或者冷静的话，嗓子里却只发出一声类似赞同的声音，这声音似乎是从肿胀的喉咙挤压而出的。我跟在皮特身后，朝电梯走去。

我们穿过几个斜斜的过道，又爬上几层楼的楼梯，可我总感觉自己这是在向地心深处掉落。

我本以为他们是带我去见珍宁，却在一条有些短的过道前停住了，过道的两旁有好几扇铁门。皮特在一扇门前噼里啪啦地输入了一串密码，那些无畏派叛徒肩挨着肩，宛若一道人肉隧道，将我一路引进房间里去。

穿过人肉隧道，我踏进这房间。狭小的空间里，六面全是蓝色光板，就连地面和天花板也泛着微弱的蓝光。我估摸着这屋子有两米宽、两米长，闪烁的光线跟个性测试室的蓝光一样，角落里也都装着很小的黑色摄像头。

我的恐慌终于来了。

我审视着房间的每个角落，目光在摄像头上转了一圈，和肚子里、胸口和喉咙中逐渐升高的尖叫声对抗。愧疚和悲痛两者都有，却不知哪种情绪更胜一筹，他们紧紧钳住我，相互争夺优势，最后还是恐惧占了上风。我深深地吸了一口气，却没有呼出来。父亲曾说过，憋气是治疗打嗝的好方法，我还曾问他，闭气久了，是否会这样死去。

"不会，"他这样回答，"人的本能会强迫你呼吸。"

真是遗憾。若是能憋气至死，我便可以就此解脱了。这样想着想着，我又想大笑，然后再尖叫。

我蹲坐在地上，双手抱膝，头抵住膝盖。我得想个计划。有了计划，我就不会如此害怕了。

可现在的我，置于博学派总部的深处，在珍宁的掌握中，无路可逃、无计可施，逃不出这里，更逃不出内心愧疚的枷锁。

第二十九章
解密分歧者

我忘了戴表。

不知道是过了几分钟还是几小时，内心的惊恐渐渐消退，我开始后悔没有戴表。我不后悔来这里，那似乎是个再明显不过的选择，我后悔的是没有戴表，也不知道自己在这里待了多久。后背的隐痛告诉我，我在这里待了挺久了，可这毕竟不是精确的时间。

又过了一会儿，我起身活动了活动筋骨，伸伸手、弯弯腰。在全是摄像头的屋子里，我倒是有几分犹豫，绝不能露出马脚，可摸摸脚趾头总不会让他们看出什么吧？

想到这，我双手颤抖起来，我没有试图驱走内心的恐惧，只在心里默默地重复：我是一个无畏者，恐惧对我而言并不陌生。我就要葬身于此，可能很快就会。这些都是事实。

好在我会和父母一样大义凛然地赴死。假如他们对死亡的观念属实，那么死亡就为我打开了和他们团聚的大门。

我边踱着步，边甩着不停哆嗦的双手，好像这样做才能止住手的抖动。现在到底是几点了？我应该是在午夜时分抵达博学派总部的，那现在应该是凌晨四五点的样子。可不一定，我一直这么无所事事，时间似乎流淌得很慢。

门突然被人推开，我的敌人和她的无畏派走狗站在了我面前。

"碧翠丝，你好。"珍宁开口了，她身着一身蓝色的衣服，戴一副博学派风格的眼镜，用居高临下的眼神看着我，父亲让我痛恨她脸上这种博学派式的清高，"我就料到你会来的。"

我盯着这个杀人不眨眼的女魔头，心里没有一丝恨，也没有任何的感觉。我也知道，就是她夺去了马琳的命，夺去了很多很多人的性命，这一幕幕、一桩桩虽是盘旋在我脑中，却像一些毫无意义的方程式，竟没在我心里激起一丝涟漪。我只是呆立着，动弹不得，也没有能力解答。

"你好，珍宁。"我这么说完全是因为我不知道还能说什么。

我的眼光扫了扫珍宁那水汪汪的灰眼睛，又投向她身后的无畏派护卫。皮特站在她右边，一个有法令纹的女人站在她左边，她身后站着的则是一个光头男子。

皮特怎么会混得这么风生水起？他怎么成为了珍宁·马修斯的贴身护卫？道理何在？

"我想知道现在几点了。"我说。

"是吗？"她讥讽地说，"你这思维还真有意思。"

我早就料到她不会告诉我时间，这人说什么或不说什么完全取决于她所分析总结过的信息。比如现在，她若是觉得告诉我时间比不告诉我时间对她更有利，她肯定不会闭口不言。

"我想你的无畏派伙伴真是失望极了，"她说，"你怎么没直接扑上来挖我的眼珠啊？"

"我才不会那么傻。"

"说得对。不过这可不符合你平时不过脑子就行动的行为模式。"

"我十六岁了，"我抿了抿嘴，"我有了改变。"

"这话倒是让人耳目一新啊。"她嘴里吐出的每一句话都毫无感情，本该抑扬顿挫的话在她口中却全没了情绪，"那咱们就去参观一下如何？"

说着，她便退了几步，指了指门口。我最不希望发生的事还是发生了，尽管我极不情愿从这里踏出去，去任何未知之地，但我没有半点迟疑，径直走了出去，跟在那个神色严肃的无畏派女叛徒身后。皮特走在我后面。

这走廊悠长又幽暗，走到尽头拐了弯，这新冒出的走廊却和第一条神奇地并无二致。

又走过两条类似的走廊，我已经开始有些犯迷糊了，我想这要是让我自己走，还真是找不到来时的路。走着走着，周围的情景突然变了，走过一条有白色地板的通道，一间宽敞明亮的大屋子映入眼帘，穿着蓝色长外套的博学派男男女女站在一张张实验桌后，有人手拿工具，有人在混合不同颜色的试剂，有人直勾勾地盯着电脑屏幕。若猜得没错，他们应该在调制不同情境模拟的血清，可我还是觉得把他们的工作想象得仅限于情境模拟有些天真了。

我们在屋子中央的走道上走着，无数好奇的眼光投过来，准确地说，他们在盯着我看。时不时有几声嘀咕从人群中响起，可大多数人保持了沉默。这里太安静了。

我跟在这无畏派女叛徒身后，穿过另一扇门，猝不及防地停下脚步，皮特显然没反应过来，砰的一下撞在我身上。

这屋子和刚路过的屋子一般大，但里面空荡荡的，只有一张大大的铁桌子，旁边摆着一台机器，我认出那是心脏监测仪，桌子上面还挂着一个摄像头。我猛地意识到这东西是干什么用的，不禁一惊。

"你能来，我真是太开心了。"珍宁边说边从我身边走过，倚在桌子边，双手紧紧抓住桌子沿。

"因为你个性测试的结果让我又惊又喜。"她满头的金发勾住了我的眼神，那是一头金子般的头发，紧紧地扎在头后，反射出点点亮光。

"即使在分歧者的队伍里，你也是特殊的例子。无私派、无畏派和博学派，三种个性的人很少有。"

"你怎么……"我声音有些沙哑，一字一字地说，"你怎么知道的？"

"这消息来得可真像及时雨。"她说，"三种个性，你应该算是分歧特性最强的分歧者之一。我可没半点夸你的意思，说这话只不过为我的话作铺垫。我要找出情境模拟技术的所有漏洞，最好的办法莫过于研究特性最强的分歧者的思维模式。你都没法免疫的血清，其他人也必被控制。听懂我的话了吗？"

我没有理会，只是呆呆瞅着桌子旁的心脏监测仪。

"正因为如此，我和我的同事会好好研究一下你。"她露出一抹微笑，"等研究报告出来时，你的死期就到了。"

这结果，我虽早就一清二楚，双腿却不自主地打转，肚子也不自觉地绞痛，怎么会这样？

"这就是你将被处死的地方。"她不断在桌子上敲击手指，冷冷地说，"就在这张桌子上。提前透露给你，是不是很有意思？"

她连我的回答都想仔细研究一番，我顿时有种窒息的感觉。从前我太天真了，以为仇恨是残忍的唯一因素，现在看来，不尽然。珍宁没有仇恨，她只是不在乎世间一切的生生死死，任何勾起她兴趣的人或物都能成为她的屠杀品。她想从我的脑袋上动刀，研究它的内部结构，就像研究一台机器一样。将在这里发生的死亡，会是一种慈悲的举动。

"我来之前就做好了一切准备。"我坚定地说，"只不过是一张普通的桌子而已。没什么别的事，我要回房间了。"

时间在不知不觉中流逝，却不似往常有表的日子，到底又等了多久，我心中竟没有一点概念。门突然开了，皮特走了进来，我只觉浑身

疲倦难耐，并不知已过了多久。

"僵尸人，走吧。"他说。

"我不是无私派的。"我举起双手，手指掠过墙壁，愤愤地说，"你只不过是一个博学派的走狗，无权再喊我'僵尸人'。"

"我说了。走。"

"怎么？你不是很喜欢明嘲暗讽吗？"我抬起头盯着他，装出一副震惊的样子，"怎么不说'你亲自来送死，真是傻帽。分歧者的脑子果然被驴踢了'？"

"这是明晃晃的事实，还用得着我说吗？"他说，"给你两个选择：第一，自己站起来；第二，我把你拖走。"

我渐渐安定下来。皮特对我一向很坏，他说什么，我都习以为常。

我起身走出门外，猛地发现皮特中枪的胳膊上斜挂的绷带没了。

"他们把你的枪伤治好了？"

"没错。很不幸我已经好了，你还是好好想想我身上还有别的什么'漏洞'吧。"他抓住我的左胳膊，连拖带拽地加快了步伐，"快走，我们快晚了。"

悠长的走廊空荡寂静，却没有任何脚步的回音，就如一双无形的手捂住了我的耳朵，挡住了这回声。而我刚刚才意识到，应该记住这些迂回的走廊，可走着走着，就有些发蒙。走到一条走廊的尽头往右一拐，皮特把我拽进了一间昏暗的屋子，这屋子好像一个大水箱，其中一面墙是玻璃，我这边只能看到自己的倒影，可外边的人大概是能看到我的。

屋子的另一边放着一台巨大的机器，机器缓缓地滑出能平躺一个人的滑动板。在派别历史课上，我曾学过有关博学派和相关机器的内容，眼前这台机器应是核磁共振成像机器，作用也显而易见，他们要拍摄我大脑的结构。

我内心深处突然泛起一丝涟漪，一种我已很久没感受到的冲动，那就是好奇心。

一个声音从对讲机里传来，珍宁发话了。

"碧翠丝，躺下。"

我看了看这个一人大小的滑动板。若我躺下，这东西会把我送进机器里对我的脑部进行扫描。

"不躺。"

她轻叹了口气："没关系，反正我们多的是办法让你躺下。"

皮特站在我身后，就算一只胳膊带着伤，力气也还是比我大。我若不屈服，他便会双手抓住我，强行把我按到上面，再用绷带紧紧地绑住我。

"我们做个交易怎么样？"我说，"我配合你的研究，你让我看脑部扫描图。"

"你愿意还是不愿意，都必须配合我。"

我举起一根手指头，不屑地说："那可不一定哦。"

我看着眼前的镜子，假装那倒影就是珍宁，假装我在跟她对话。这其实不难，我和她同样都是一头金发，面色苍白，神情严肃。有那么一瞬间，我的思绪突然断开了，只是傻傻地把手指举在眼前。

我面无血色，发丝如金，心寒似冰，迫切地想看到自己大脑的扫描图，这股急切劲儿一点也不亚于珍宁，我和她很像。我可以讨厌这事实，反抗它，拒绝它，又或者我可以好好地利用它。

"那可真不一定。"我说，"你办法再多，也没法叫我完全静止，如果扫描不清晰，也是白扫。"我轻咳了一声，"让我看大脑扫描图。你反正早晚要杀了我，让我看看自己的大脑结构，对你也没什么损失。"

外面一阵沉默。

"你为什么这么想看大脑结构图？"她问。

"想必你懂的。我博学派的个性并不输给无畏派和无私派的个性。"

"好吧，允许你看了。你可以躺下了。"

我走到滑动板前躺了上去，冰冷的金属，寒意透骨。我随着这滑动板滑进机器里，瞪圆眼睛看着这刺眼的白。记得小时候，我曾觉得天堂也是一片纯净的白，没有一丝杂色。现在的我可再不会那么想了，白色是恐怖，是阴郁，是一种凶险万分的颜色。

耳边突然响起砰砰砰的声音，我闭上了眼睛，突然想起"恐惧空间"的一幕，那些无脸男想绑架我，无数个拳头砸着窗子，发出的也是这样的声音。我安慰自己，假装这声音只不过是心跳或是鼓声，是无畏派基地大峡谷里击打石壁的水声，是新生考验庆祝会上那无数双脚的踩脚声，是"选派大典"结束后，我们一起走下台阶的声音。

不知过了多久，这声响停了下来，滑动板也滑了出来。我坐起身，揉了揉脖子。

门开了，皮特站在走廊里，冲我招了招手，示意我过去："走吧，你可以去看脑部扫描图了。"

我一下子跳起来，朝他快步走去。走到走廊时，他摇了摇头。

"怎么了？"

"不知道为什么你这人总是能如愿以偿。"

"是吗？我只身一人跑到博学派总部，等着珍宁给我行刑，这叫如愿？"

我说话的语气是那么的毫无顾虑，仿若被处死是我天天要经历的事一样。可当说到"行刑"两个字时，我还是不由得浑身轻颤，双手紧紧捏着胳膊，假装是冷了。

"难道不是吗？你不是自愿来的吗？虽然这选择有悖人的求生本能。"

他走到隔壁的一扇门前，在键盘上敲了几个数字，门开了，原来就是玻璃墙的另一边。屋子里全是各种液晶屏幕和各种灯光，刺眼的光射在博学者的眼镜上，反射出道道亮光。屋子对面的墙上也有一扇门，这门突然"咔嗒"一声关住了。一个液晶屏幕前摆着一把转椅，这椅子还在动，显然刚才有人坐过。

皮特紧紧跟在我身后，看样子是要随时随地阻止我可能发起的攻击，不过此刻我不会攻击任何人，更不会逃走。逃？在这迷宫般的博学派，我又能逃多远？估计没跑出一两条走廊，就迷路了。即使没任何人拦阻，我也没有逃出去的希望，更别提还有这森严的守备。

"把图片传到那里。"珍宁指了指左墙上挂着的一个大屏幕。其中一个博学派科学家在自己的电脑上噼里啪啦地打着键盘，左墙上突然现出一个大脑的图案，那就是我的大脑扫描图。

我看着屏幕，却又不知道自己在看什么。我知道大脑结构，也大体能说出它的几个基本组成部分，可我的大脑又有何不同？珍宁用手指轻轻敲着她的下巴，盯着屏幕看了许久。

"来，谁来给普勒尔小姐解释一下前额叶皮层的功能？"她终于开口了。

"通俗地讲，前额叶皮层是靠近前额的大脑组成部分，"一个年轻的科学家说。她看起来年纪跟我相仿，应该比我大不了几岁，戴着一副圆框眼镜，衬得眼睛更大更圆。她又补了句，"它主要负责思维与行动，以达到目标。"

"正确。"珍宁说，"谁解释一下普勒尔小姐的侧脑前额叶皮层有何不同？"

"这部分比较大。"这次说话的是一个头发有些稀疏的科学家。

"再准确些。"珍宁的语气中带着不满与责怪。

这里应该是一间教室，屋子里的每个人都是珍宁的学生，珍宁则是他们极为尊重的老师。这些人眼睛瞪圆，露出无限的求知欲，嘴巴半张，蓄势给她留个好一些的印象。

"比正常人的要大很多。"头发稀疏的男子更正道。

"这还差不多。"珍宁侧过头，镇定地说，"实话实说，这是我印象中最大的侧脑前额叶皮层之一，但是你的眼眶额叶皮层非常小。这两者之间的对比说明了什么？"

"眼眶额叶皮层是人脑中负责驱动动机的部分。这部分大的人通常有很强的动机驱动行为。"一个声音答道，"换言之，普勒尔小姐的动机驱动行为不是很强。"

"不全面。"珍宁微微一笑。屏幕上散出的蓝光打在她脸上，把双颊和前额衬得有些明快，眼窝处却出现两道侧影。她继续说道，"眼眶额叶皮层不仅与行为有关，还调节支配着她的欲望。她的为人处事模式缺乏动机驱动，但非常善于用思维与行动为调动动机而服务。所以，她通常会做一些虽危险却舍己为人的事，也就有挣脱情境模拟控制的能力。这结果对我们今后血清的改进有何启示？"

"血清要抑制前额叶皮层的活跃度。"戴圆框眼镜的科学家说道。

"没错。"珍宁的眼光终于在我身上打了个转，透出森冷的喜悦，"普勒尔小姐，我们的讨论和改进方案就此结束。不知道这算是我们的交易完成了吗？"

我嘴里干涩，连口水都难以下咽。

他们如果真发明出抑制前额叶皮层活跃度的血清，果真限制了我做决定的能力，我该何去何从？若这改进的血清确有效果，我会不会和其他人一样受到情境模拟操控的奴役？会不会也彻彻底底忘了现实世界？

原来，所谓的个性和行为都只不过是大脑控制下的产物。我会不会只是一个前额叶皮层大……其他却一无是处的人？

"嗯。"我应了珍宁的话。

我和皮特在沉默中走出去，走向关押我的房间。往左拐了个弯后，踏进另一条走廊，不得不说，这确实是我走过的最长的走廊。抬眼望

去，尽头站着一群人，我蓦然看到了他的脸庞，再长的路也突然变得不算长。

一个无畏派叛徒一手抓着他，一手在他脑后抵着一把枪。

托比亚斯的耳旁流下鲜血，打湿了他身上的白衣服，染出一片血红。分歧者，托比亚斯，来到了这里。可我已来送死了，他怎么还会出现在这儿？

皮特的双手紧紧钳住我，让我动弹不得。

"托比亚斯。"我气喘吁吁地喊道。

他在那个拿枪的无畏派叛徒的推搡下朝我走来，皮特也想推着我迎上去，可我就是在原地不动。我选择自己来博学派总部目的何在？不就是为了牺牲我一个，保住其他人吗？而我最最关心的人莫过于他。可他不顾自己的命，也跑来冒险，试问我的牺牲还有意义吗？

"你这是在做什么啊！"我喃喃说道。他距我只有几米远，可还没近到能听见我的话。他趔趔趄趄地从我身边走过，突然伸出了一只手，紧紧握住我的手，捏了一下，接着又松开了。他脸色煞白，眼里布满红血丝。

"你这是在做什么啊？"这句话如一声咆哮般从我喉咙里冲出。

我欲朝他猛冲过去，挣脱皮特的手，他却紧紧地抓住我不放。

"你干什么啊？你来这里到底干什么呀？"我扯开嗓子呼喊着。

"你若赴死，我必相随。"托比亚斯转过头，望着我说，"我求过你不要犯傻，可你既然铁了心要来，我也绝不独活。你要为自己的冲动埋单。"

他拐了个弯，消失在我的视线里。最后的一抹，留给我的却是那枪柄的森森寒意和他耳垂后流淌而下的鲜血。

我浑身乏力，双膝一软，完全停止了挣扎，任皮特推我迈向关押我的牢笼。我一进门便直接瘫软在地，等着门砰的一声关上，等着皮特离去，可门依然开着，皮特站在我身旁。

"他怎么来了？"皮特问。

我抬起头无力地看了他一眼，语气有些虚弱："因为他是一个十足的傻子。"

"我不反对。"

我斜靠在墙上，头微微后仰，贴在墙壁上。

"他是不是想来救你？"皮特冷哼了一声，"也只有僵尸人出身的人才会做这种事。"

"不是，他肯定不是来救我。"托比亚斯若是来救我，肯定会有周全的计划，会多带些人手来，不可能只身一人闯入博学派。

眼眶中涌出点点泪花，我没有理会，任由这泪水模糊了视线。换在几天前，我肯定不愿在皮特面前落泪，可经历过这些事情，他已经算是我的敌人中最微不足道的一个了。

"他来这里只为了和我同死。"我捂住嘴，挡住了随着这话而来的啜泣。我要沉住气，深呼吸，再深呼吸，我能好好呼吸，就能停止哭泣。我不需要也不想让他陪我一起死，唯一的要求就是他能好好地活着。他真是个十足的笨蛋，我这样告诉自己，可这话并非真心。

"这也太荒唐了，"他说，"一点也讲不通啊。他才十八岁，大好的年华，女朋友又不难找，你死了，他再找一个不就是了。他连这点都想不通的话，真是够蠢的。"

眼泪终于夺眶而出，顺着脸大颗大颗地掉下来，先是热热的，后来变得冷冷的。我闭上眼，静静地说："你如果觉得就这么简单的话……"我压抑抽泣的鼻音继续说，"……真正蠢的人是你。"

"好吧，随便你怎么说。"

一阵鞋子擦地的声音传来，他转身正欲离开。

"等等！"我抬起头，盯着他早已模糊不清的身影，看着他那张我早已分不清眉眼的脸，哀求他，"他们会对他怎样？是不是和对我一样啊？"

"不知道。"

"你能不能帮帮我，帮我去看看。"我用手背抹了一把脸，声音哀戚地求道，"能不能帮我看看他现在怎样了？"

"凭什么？我为什么要帮你？"

过了半晌，寂静的空气中传来关门的声响。

第三十章
又入情境模拟

我记得在书上读过一种说法，哭泣有违科学理论，泪水的唯一用途只不过是用来润泽眼球，泪腺没有理由在情绪指示之下产生多余的泪水。

在我看来，哭泣只是人类释放自身偏动物特性的部分，但不至于丢失人性。我总感觉自己内心住着一头野兽，它在咆哮、怒吼，一心朝自由、托比亚斯，特别是生命——飞奔而去。无论我有多努力，都无法止住泪水。

我只能以手捂着脸，放声痛哭。

我走出门外，左转、右转、右转、左转、右转、左转、右转、又右转，终于到了终点。

我从未来过这个房间，里面摆着一个类似拔牙用的那种躺椅，房间一头的屏幕前有一把椅子，珍宁就坐在这椅子上。

"你把他关在哪儿了？"我吼道。

这个问题我已憋了好几个小时了。等着等着，我的脑袋就变得昏昏沉沉，慢慢地睡了过去，还做了个梦，梦到我在无畏派基地不停地追逐托比亚斯，可任我怎么追，他总是在我前面不远处，拐个弯就消失在视线里，无助的我只能看到飘起的衣袖或抬起的脚跟。

珍宁一脸不解地看着我，可她心里肯定不糊涂，她只是在耍我而已。

"托比亚斯。"我还是说了出来。此刻我的双手已抖得不成样子，却不是因为恐惧，而是出于愤怒，"他到底在哪里？快告诉我，你们把他怎么样了？"

"我为什么要告诉你？"珍宁阴沉的声音传来，"想必你已没辙了，也想不出什么合适的理由吧。除非你答应更改我们的交换条件。"

我怒火中烧，真想冲她大喝几声，什么分歧特性不分歧特性的，托比亚斯的安危才是最最重要的。可我不能太冲动，我要汲取以往的教训，三思而后行。即使我同意更改交换条件，她该怎么对托比亚斯还是会照旧，对我来说，当务之急是全面了解自己的大脑结构。

我用鼻子深深吸了一口气，又用鼻子把它呼出来，摇了摇头，一屁股坐在椅子上。

"你的选择还真是有趣。"她讥讽道。

"你不是应该指挥着一个派别，准备发动战争吗？"我说，"那你在这儿干什么？给一个十六岁的小女孩做测试？"

"你对自己的看法好像没怎么有定论，是不是哪种对你有利，你就说哪种啊？"她微微探起身子，漠然地说，"你有时坚持说自己不是个小女孩，可有时又说自己是个小女孩，搞得我也有些好奇。你到底是怎么看待自己的？到底觉得自己是大人还是小孩？是不是觉得自己像大人，又像小孩？还是两者都不是？"

我强迫自己模仿着她那平缓冷漠的语调说道："我为什么要告诉你？"

皮特轻笑了一声，又慌忙捂住嘴，珍宁瞪了他一眼，他便顺势发出几声轻咳。

"碧翠丝，讽刺是幼稚的做法，这不符合你的个性。"她说。

"碧翠丝，讽刺是幼稚的做法，"我拿出看家的本事模仿着她的语调，"这不符合你的个性。"

"血清拿来。"珍宁冲皮特使了个眼色，他迈了几步，小心地打开桌子上的小黑匣子，掏出一个注射器。

他拿着注射器冲我走来，我急急地伸出手。

"我自己来。"我说。

他侧头看了看珍宁，等着她的指示，珍宁说了声"好吧"，他就把注射器递给我，我慢慢地把一管的血清推进脖子里。珍宁戳了一个按钮，一切便陷入了黑暗中。

母亲站在公共汽车的过道上，一只手举过头顶，抓住扶杆，侧过脸，眼光并没有落在周围这些人身上，而是飘向窗外，凝视着城市的破壁残垣。她皱了皱眉，额头上爬上几道很深的皱纹，嘴角处也有不少。

"怎么了？"我问她。

"还有很多未完成的事情，"她指了指公交车窗外面，"可人太少了。"

她在说什么很明显，车外，目光所及全是碎石乱瓦。街道的另一边，一座倒塌的大楼卧在废墟之中，玻璃碎片布满了大街小巷，真不知到底是什么事情把这个城市毁得如此彻底。

"我们这是去哪儿？"我问。

她冲我微微一笑，眼角处竟也有了几丝皱纹："去博学派总部。"

我蹙了蹙眉，大惑不解。我们这一辈子都在极力避免与博学派扯上关系，父亲曾说那儿的空气都无比讨厌："为什么去博学派？"

"他们会帮我们。"

一想到父亲，我的腹部忽感一阵剧痛，这到底原因何在？想着他那从来不改的满面愁容，他那按无私派规则剪的平头，我肚子里就一阵绞痛，就如好久好久没吃东西一般。

"爸爸出什么事了吗？"我问。

她摇了摇头反问："为什么关心这个问题？"

"我也不知道。"

看着眼前的母亲，我倒是没有一点痛楚，反而尽力地想抓住时间永远记住她的音容。可眼前的人若不是真实的，她到底是谁？

公交车停了下来，伴着开门的声响，母亲走下车，我跟在她身后。母亲比我高，我只能盯着她的肩胛骨，她背脊的顶部。她高挑清瘦的身材看起来永远是一副脆弱的样子，实则不然。

我走下公交车，双脚着地的瞬间，感觉这一地的墨蓝色玻璃碎片在脚下嘎吱作响，左手边的墙上有几个大大的洞，看来这里曾是窗户。

"这是发生什么事了？"

"战争。我们一直在极力避免的事。"她答道。

"那博学派会做什么……来帮我们啊？"

"你爸经常诋毁博学派，也在无形中毒化了你的思想。"她说道，"人无完人，他们会误入歧途，走进死胡同，可所有人都是正义和邪恶的混合体，没有绝对的正义或绝对的邪恶。若没有博学派的医生、科学家和老师，我们的生活也无法进行。"

她轻轻地理了下我的头发。

"碧翠丝，一定要记在心中。"

"放心。"我许下了诺言。

我们继续走着，可我的内心久久不能平静，脑子里翻腾的全是她刚才说的话。到底是哪一句话让我感觉不对劲？是她说起父亲时的话吗？不对——父亲的确一直在数落博学派的不是。那难道是她口中所描绘的博学派？我迈过一大片碎玻璃。不，也不是。她说得不错，教我的老师都来自博学派，多年前帮母亲接骨的医生也是博学者。

我心里微微一颤，突然想起她说的最后一句话，"一定要记在心中"。这是什么意思？难道说她以后没办法在身边提醒我了吗？

思维瞬间转换，如同一道先前关闭的门刚刚开启。

"妈？"我惊慌地喊。

她回过头，慈祥的眼光久久没有移开，一缕金发从发髻处散落，落在她的脸颊上。

"妈妈永远爱你。"

我指了指左边的一面玻璃，它瞬间破裂，玻璃碎片洒落在我们身上。

一切都结束了，情境模拟的作用也渐渐消散，所有幻影都被现实戳破。我不想回到现实，不想睁开眼睛看到的还是博学派。我闭着双眼，仔细回忆着母亲的面容，回想着那金色发丝散落在她脸颊上的样子，看到的却只是一片红色，索性睁开了双眼。

"以后最好捡高级一点的玩意儿。"我对着珍宁讥讽道。

"别着急，这只不过是个开头。"

第三十一章
交 易

那天晚上，我做了个梦，梦中出现的却不是托比亚斯，也不是威尔，而是我的母亲。我们站在友好派的果园里，熟透的苹果散发着浓浓的果香，在我们头顶之上几厘米的地方荡着，郁郁葱葱的叶子间透下点点阳光，在她的脸上映出斑驳的阴影。母亲穿一身黑衣，她生前我还从未见过她穿黑衣的样子。她耐心地教我编辫子，用自己的头发给我演示着，看到我笨手笨脚的样子便笑了起来。

我睁开双眼，心里一直纳闷。整整十六年的光阴，我每天都会和她面对面共进早餐，她总是如无畏派一般充满活力。我为何没有觉察？是母亲掩藏得太好，还是我根本无心观察？

我把脸轻轻埋在睡觉的薄床垫里，一时间愁绪难以抑制。我永远都没机会了解母亲了，好在她也永远不会知道我对威尔的所作所为。若她还活着，又知道了我的残忍行径，我恐怕会彻底崩溃。

我头脑胀痛，睡意未消，迷迷糊糊地跟在皮特身后，沿着走廊一直走，也不知走了多久。

"皮特，"我嗓子干涩痒痛，大概是做噩梦时又大喊大叫了，"几点了？"

他手腕上倒是戴着表，不过时间却被表盘掩住了，我看不到，而他也完全没理会我的问题，甚至没去看表。

"你为什么老看着我跑这跑那的啊？你难道没有什么下流卑鄙的事要做吗？去绑架一下小狗啊，或去偷窥女孩儿换衣服什么的。"

"你对威尔做过什么，别以为我不知道。劝你别装好人了，你比我也强不了多少，我们完全是一类人。"

阴森沉寂的走廊全都是一个模子刻出来的，只能靠长度来区分它们。我决定以脚步丈量一下，把这些走廊区分开来，于是心里默念道：十步、四十七步、二十九步。

"不，你错了。"我反驳道，"我们两个可能都是坏人，可我们之间有一个巨大的差别。我不满足于现在的自己。"

皮特只是冷哼了一声。不知不觉间，我们已走到了博学派实验室，穿过这里一排排的桌子，我忽然意识到这是哪里，也明白我们这又是去往哪里——珍宁所说的对我"行刑"的房间。我浑身一惊，牙齿不受控制地打颤，脚步有些摇晃，思维也变得模糊起来。我安慰自己，这只不过是一个房间，一个普通的房间而已，和其他的房间没什么两样。

我真是谎话连篇。

行刑室这次不像前一次那样空荡荡，四个无畏派叛徒在一角巡逻，两个博学者身穿实验室衣袍，其中的男子年长些，另一位则是一位黑皮肤的女子，他们和珍宁一起站在房间中央的铁桌子旁。桌子四周摆着几台机器，交错缠绕地插着电线。

我并不知道这些机器有何作用，可那台心脏监测仪我认识。珍宁用心脏监测仪干什么？

"让她躺下。"珍宁声音中有几分不耐烦。我心窝一疼，盯着这块铁板子发了一会儿愣。难道她改变计划了？难道今天就是我丧生之日？没等我多想，皮特的双手就紧紧抓住了我的胳膊，我使劲儿挣扎，用力扭动，试图摆脱他的双手。

他把我拎起来，躲过我不停乱踢的脚，狠狠把我摔在金属板上，摔得我倒吸一口冷气。我大口大口地喘着气，挥舞着拳头，逮到什么打什么，正好打到皮特的手腕上，他疼得咧开了嘴，几个无畏派叛徒也走过来帮忙。

一个人按住我的脚踝，另一个人钳住我的双肩，皮特把带子捆在我身上，防止我挣扎。伤口处隐隐作痛，我也就无奈地妥协下来。

"究竟是怎么了？"我微微抬起头盯着珍宁，不解地呼道，"你早就同意了跟我合作，还让我看自己的大脑结构图！我们约定好了的——"

"这和我们的约定可没什么关系，"珍宁低头看了下表，"碧翠丝，和你也无关。"

门突然被推开。

托比亚斯走了进来，更确切地说，是一瘸一拐地进来的，无畏派叛徒面色阴冷地站在他身后，跟着踏进房间。他满脸淤青，眉毛上方还有一道口子，走路时也没有先前小心，整个人直挺挺地站着。他满身是伤，我不敢去想他是如何受伤的。

"这是干吗？"他的声音有几分沙哑，又有几分低沉。

大概是喊叫得太多了。

我的嗓子突然肿胀难忍。

"翠丝。"他朝我趔趄走来，可没走几步，就被几个无畏派叛徒抓住了胳膊，"翠丝，你没事吧？"

"我还好，你呢？"

他微微点点头，可我不信。

"伊顿先生，我就不拐弯抹角了。我原本打算用吐真血清，可杰克·康为人谨慎，让他交出血清，估计好几天时间就被浪费掉了。"她手里拿着注射器，向前迈了几步，注射器里盛着灰色的液体，是不是一种新型情境模拟血清？可能不止那么简单。

真不知这血清有何作用，但看她那满脸喜悦之色，应该不会是什么好东西。

"你也看到了，我马上就把这血清注射到翠丝体内，相信你的无私会胁迫你说出我想知道的事情。"

"你想知道什么？"我打断了她的话。

"无派别者的避险屋分布图。"他回答着，连看都没看我一眼。

我的眼睛一下子瞪圆了。他不能说出去！无派别人群是我们可以依靠的最后稻草，是阻碍博学派称霸的唯一力量。忠诚无畏者和所有诚实者基本都注射了情境模拟血清，一旦系统开启，他们势必会成为博学派的玩偶，而一大半的无私者也已丧生。

"别告诉她！我横竖都是一死，你千万千万不要告诉她。"

"伊顿先生，告诉我，无畏派的情境模拟原理是什么？"

"这里不是什么课堂，"他唇齿间愤愤地挤出几个字，"直接告诉我你图的是什么。"

"先回答我这个简单的问题，答完后，我自然会告诉你。"

"你说话得算数。"托比亚斯的眼光看向了我，"情境模拟系统刺激脑部负责处理恐惧的杏仁体，根据不同的恐惧产生不同的幻觉，这幻觉会随着传输信号传输至电脑，供电脑进行观察和处理。"

他语调沉稳，不慌不乱，好像是将这原理背得混瓜烂熟。话又说回来，他的确操控了很多场情境模拟，记得清楚也是理所应当的。

"很好。"她说，"多年前发明无畏派情境模拟系统时，我们发现一定量的模拟血清会让人恐惧到无法进入下一种恐惧，为了让情境模拟更有效，我们对血清进行了稀释。可我还是清清楚楚记得怎样做原始的血清。"

她用指甲轻敲了下注射器。

"恐惧，要比痛苦更有力。你还有什么话要说吗？没有的话，我就把这管血清注入普勒尔小姐体内了。"

托比亚斯紧抿着嘴，没有说话。

交 易

珍宁把注射器戳进了我的脖子。

世间的一切都变得安静下来，耳边似乎只有心跳声响起。起初，我并不清楚谁的心跳可以如此大声，慢慢地，我才明白这原来是我的心在跳，可为什么它越来越快？

掌心沁出冷汗，膝窝也开始冒汗。

我要大口大口吸气，才能勉强维持呼吸。

一阵阵撕心裂肺的尖叫声充斥着耳朵。

我突然，

失去了，

思考的能力。

托比亚斯正在门边和无畏派叛徒厮打。

身旁骤然响起孩童的尖叫声，我转头想去找声音来源，却只看见一台心脏监测仪。而我头顶上，吊顶上的线条不断变形，扭曲成一个个狰狞的怪物，散发着腐尸的味道，我胃里一阵阵翻腾，有想吐的冲动。接着这些怪物变成了鸟的形状，像乌鸦，鸟喙如小臂一样长，黑不溜秋的翅膀如同漆黑的夜色，似乎吞噬了一切的光亮。

"翠丝。"托比亚斯的声音传入耳畔，我慌忙把视线从这些乌鸦身上移开。

他依然立在原地，手里却多了把匕首，他举起匕首，转动着刀柄，把它放在自己身前，刀尖触着腹部。

"你在干吗？干吗？快住手！"

他微笑着说："我为你而死。"

他抓着匕首，一点点、一寸寸地往里推，殷红的血汩汩流出，染红了他衬衫的衣摆，我浑身上下都是强烈的窒息感，扭动被绳索捆绑着的身体，使劲儿地挣扎着："不，住手！"若是在情境模拟中，我应该已经挣脱了束缚，现在我依然被紧紧捆绑着，我心里一颤，难道这一切都是真的？是真的！他腹部上只露出刀柄，整个匕首插入体内，我嘶喊起来，眼睁睁地看着他瘫倒在地，看着温热的血从伤口流出，很快就将他包围。影子般鬼魅的乌鸦那一双双警觉的眼睛落在他身上，铺天盖地地飞过去，拼命啄食他每一寸肌肤，就在那漫天扑腾的翅膀和尖利的爪子偶尔露出的空隙中，我看到他还睁着眼睛，任凭可恶的鸟折磨他的肉体。

一只鸟落在他握刀的手指上。他拔出匕首，沾满血迹的匕首掉在地上，发出清脆的声响。他生不如死，我却自私地希望他千万千万不要死去。我半支着上身，每一块肌肉都绷得紧紧的，我嘶喊着，虽然张着嘴，却难以成言，只是撕心裂肺地喊着、叫着。

"拿镇静剂来。"一个冷漠的声音响起。

又一根针扎入我的脖子，心率渐渐慢下来，突如其来的放松让我忍不住啜泣起来。有那么一会儿，我什么都没做，只是小声啜泣着。

这绝不是恐惧，而是另一种感觉，一种甚至不该存在的感觉。

"放开我。"托比亚斯的声音似乎比以往更沙哑。我快速眨了下眼，泪眼模糊中，终于又看到了我的托比亚斯，他的胳膊被无畏派叛徒抓着的地方留有道道红印，可他活生生地站在我面前！他没有死，他还好，"你放开我我才肯说。"

珍宁点了点头，他们放手的一瞬间，他冲向我，一只手紧紧搂住我，另一只手轻轻地抚着我的头发，指尖已被泪水打湿，他没有急着擦掉，而是俯下身，前额贴紧我的前额。

"我告诉你无派别者的避险屋分布图。"他贴着我的脸，温热的鼻息在我脸颊上拂过，"拿张地图来，我把分布地点给你划出来。"

他的额头冰凉而干燥。我浑身的肌肉隐隐作痛，因为我不知道在这里躺了多久，全身紧绷地等着血清的作用消退。

他站直了身子，双手还是紧紧握着我的手，无畏派的叛徒强行拽着他，把他从我身边拖开。我的手从空中滑落，重重地摔在桌子上，我已经不想再挣扎，只是默默地躺着，只想沉沉地睡去。

"趁你还在这里……"托比亚斯和押送他的叛军走后，珍宁抬起头，灰色如水的眼睛盯着其中一个博学者吩咐道，"把他带来吧，是时候让她知道了。"

她转过头看着我。

"等你睡着后，我们会做一个小实验，观察你大脑的组成部分。放心，不需要开刀。但有一件事……我既然已承诺过，放心，我们会公开透明地开展每一步试验，也有必要告诉你做我下手的人是谁了。"她脸上绽出一抹笑，"你的个性测试有三种特性，你怎样才能亲自送上门的办法，以及让你母亲出现在前一个情境模拟，以达到更好的观察效果，这些通通是这个人告诉我的。"

镇静剂作用渐起，我眼里的一切开始模糊不清，她看了看门的方向，我转过头，模糊的视线中，我看到了他。

迦勒。

第三十二章
背叛者

醒来时，我头疼得厉害。我强行闭上眼睛，想继续沉睡，也只有睡着的时候，心情才会平静下来。可我的脑海里浮现的尽是迦勒站在门口的身影，伴随的是乌鸦的呱呱鸣叫。

艾瑞克和珍宁怎么会知道我有三种个性，对此我怎么从未有过一丝怀疑？

全世界只有托莉、迦勒和托比亚斯知道这件事，外人怎么会知道？而我怎么从未起疑？

我头疼欲裂，怎么想也想不通迦勒为什么背叛我？他到底何时开始背叛我？攻击情境模拟后？逃离友好派总部之后？还是在这之前就有端倪？难道是父亲还活着的时候就开始了吗？迦勒曾说，他发现了博学派的动向后就退出了考验，退出了博学派，难道那时他就在撒谎？

原来，他自始至终都在骗我。我用手背抵住前额，思绪纷杂，情绪低落。哥哥选择忠于派别而不是家人肯定是有原因的。是不是珍宁胁迫了他？或是有什么事情威胁他，他别无选择？一定是的，一定是的。

门缓缓打开，我依旧低着头，闭着眼。

"僵尸人。"是皮特，当然是他。

"怎么了？"我放下了抵着额头的手，带下一缕头发，我用余光瞟了一眼，发丝已油腻得不成样子。

皮特在床边丢了一瓶水和一个三明治。一想到要吃下这些，我便恶心得厉害。

"你是脑死亡了吗？"他问。

"最好是。"

"别太确定啊。"

"哈。"我说，"我睡了多久？"

"差不多一整天了。我是来带你去洗澡的。"

"如果你敢说我浑身发臭，非得去洗澡不可，"我满是倦意地说，"我肯定会戳瞎你的眼。"

我抬起头，猛觉一阵眩晕，但还是把脚放在了地上，强撑着站起来。我跟着皮特沿着走廊走下去。正拐弯朝浴室走去时，却见走廊尽头立着几个人。

托比亚斯也在其中，我心中有些期待，眼光却没投在他身上，而是落在我们的路径交会的地方。我内心无法抑制地期待着，很快他就会在和我擦肩而过时抓住我的手，就像上次那样抓住我的手，虽然只有一瞬间，可我的确能触碰到他。

还有六步我们就要擦肩而过，我心中默默倒数着：六步、五步。

数到"四步"时，托比亚斯突然停下脚步，趁着无畏派叛徒放松警惕，手上的力道没那么紧的时候，他瘫软在地上。

接着，他一个回身，往前冲了几步，从矮个子无畏派叛徒的手枪皮套里夺过枪。

一声枪响，皮特向右一躲，把我也拽了过去。我的头磕在墙上，再往那边看去，却只能看到另一个无畏派叛徒嘴巴张得老大，好像在尖叫，可我却听不到任何声音。

托比亚斯用力踢打着他的腹部，速度极快、力道惊人，我心底潜藏的无畏派特性为他折服。一个转身，他把枪对准了皮特，不过皮特已放开了我。

托比亚斯抓起我的左胳膊，扶起惊魂未定的我，似乎一刻也没有迟疑，就跑起来，我跟在他身后跟跟跄跄地奔跑。每一次落脚都是万箭穿心般的疼痛，可我不能停，绝不能停，便眨巴着眼睛，忍住泪水，心中不断地重复着："跑，跑，跑。"好像重复多了，跑起来就会容易那么几分。托比亚斯抓住我的胳膊拐了个弯，他的手粗糙而有力。

"托比亚斯。"我上气不接下地喊道。

他停下脚步，回过头看着我，手扶着我的脸颊，有几分心疼地说："天哪，来，我背你。"

他双腿微屈，我紧紧抱住他的脖子，把头埋进他的肩窝。他毫不费力地背起了我，左手拖着我的腿，右手仍然握着枪。

他开始奔跑，背上的我好像一点也不会阻碍他的速度。我趴在他背上，心思飘到了他身上：这个男孩怎么可能出生在无私派家庭呢？他是一个彻头彻尾的无畏者，过人的速度和无比的精准性，完全是为无畏派而生。至于他的力气，我却不敢枉自断言，虽说他能背着我轻快地跑，可他并没有多强。只是强大到足以背负我。

走廊里寂静无声，可不需要多久，无畏派叛徒便会从楼里冲出来，四面八方围攻我们，我们就会困在这迷宫里。不知托比亚斯能否想出突围的办法。

我伸出头，这才发现身后其实有一个出口。

"托比亚斯，你错过了。"

"错过……什么？"他气喘吁吁地问。

"出口呀。"

"我没想逃出去，我们不能逃出去，不然他们肯定会开枪的。我……在找些东西。"

要不是这撕裂般的头疼，我还真觉得这一切都是在做梦，也只有在梦中，一切才会毫无逻辑。他既然不想逃出去，为什么还把我带到这里？他到底想要做什么？

　　他跑到一个宽一些的走廊时猛地停住脚步，险些把我摔下来，这走廊的两侧都装有玻璃窗格，窗户里面是博学派的办公场所。办公的博学者停下了手头的活儿，怔怔地坐在位子上，齐刷刷地凝视着我们，可托比亚斯并不理会，眼睛直直地看着走廊尽头的一扇门，门外写着五个字：一号控制室。

　　我们闯进屋子，托比亚斯把控制室搜了一遍，突然抬起枪，朝右上边的摄像头啪的就是一下，摄像头掉落在地。他接着冲左上方的摄像头开了火，镜头碎成了一片。

　　"下来吧。"他柔声说道，"放心，我们不逃了。"

　　我从他背上下来，一把抓过他的手。他领着我往回走，朝着我们刚刚路过的一扇紧闭的门走去，钻进一个杂物室，关上门，用一把残破的椅子抵住门把手。我面对着他，身后是一个摆满纸张文件的架子，头顶上的蓝光闪闪烁烁，他的眼光在我脸上转着圈，眼神里流露出渴望和期待。

　　"时间不多，我就直说了。"

　　我微微点点头。

　　"我来敌人的驻地并非是不要命了，而是肩负着两个任务。第一，找到博学派的两处控制室，等我们强攻博学派总部时，好先闯进这控制室，一举摧毁所有情境模拟数据，让珍宁无法激活控制无畏者的传输器。"

　　我们在走廊的尽头找到了一间控制室，也正好解释了他为什么没有逃走。

　　我愣愣地看着他，因为刚才几分钟的事仍然让我有些发蒙。

　　"第二，"他清了下嗓子，继续说道，"我来是让你坚持住，等我们的突围计划。"

　　"什么突围计划？"

"我们从线人那里得到消息，你的行刑期暂定到两周后进行，至少在那之前你还算安全。珍宁发明对分歧者免疫的新型情境模拟血清至少需要两周时间。记住，十四天后，无派别者、忠诚无畏者和志愿加入我们队伍的无私者会攻入博学派总部，抢占他们最好的武器，也就是连接整个总部的电脑系统。我们的人数比无畏派叛徒和博学者的人数多很多。"

"可你把无派别者的避险屋分布图告诉珍宁了。"

"没错。"他微微皱了皱眉头，"可这信息有很多漏洞。你也知道，无派别人群中分歧者的比例很高，而我离开的时候，大部分人也都撤离避险屋，逃向无私派区域了，即使珍宁他们大举攻击，我方的损失也不会太大，两周后参与讨伐的人数也不会受影响。"

两周的时间，我不知自己是否能挺住。孤军奋战，我已经觉得好累、好艰辛，托比亚斯口中的大营救也丝毫激不起我的求生欲望。我累了，我只想沉沉睡去，我不想要自由，我想让这一切都结束。

"我不……"说着我便有些哽咽，竟哭了起来，"我不能……我撑不了那么久。"

"翠丝，你必须坚持住，没有选择。"他很坚定，对我没有半点宠溺。我多希望，多希望他能哄哄我，哪怕只有一次。

"为什么？"我内心千万个不解化成一声略带沙哑的疑问。我突然像个耍脾气的孩子一样捶打着他的胸腔，成串的泪水从眼眶中流出。我知道这样做很荒唐，却无法停下来，"为什么我没有选择？所有人遇事怎么都缩到后面？怎么就没人冲上来帮我？我要是说我不想干了呢？"

我不想干什么？思量了一会儿，我才意识到自己是活够了，真想豁出去，不要这条命了。我好想好想父亲母亲，好想和他们团聚，可就快要和他们在一起时，他竟让我挺住！

"我懂。"他的声音前所未有的温柔，"我知道，这是你人生中做的最艰难的事。"

我摇摇头。

"我不能逼你，不能胁迫你挺住。"他把我抱住，贴近他的胸膛，一只手轻柔地抚着我的发，把碎发掖在我的耳后，慢慢地，他修长的手指掠过我的脖子，滑过我的肩，"我相信你一定能挺住，你信不信没关系。因为你是你，所以，你一定能够做到。"

我缩回身子，唇覆上他的唇，热烈地吻着他，没有半点迟疑。我们仿佛又回到了从前，回到了我相信我们能携手终老的光景，我的手在他的背上恣意地游走，在他胳膊上尽情地游弋，一切的一切，仿若真回到了从前。

我把那个残忍的事实压在心底：他错了，错了，我已经不想坚持了，我坚持不住了。

门被推开，无畏派叛徒蜂拥而入。托比亚斯退后了几步，转了一圈手中的枪，小心地把枪柄放在旁边一个叛徒的手上。

第三十三章
击溃对手

"碧翠丝。"

我在睡梦中惊醒，发现自己在一个宽敞的大房间里，这应该又是做什么实验的地方，后墙上挂着液晶屏幕，头顶上投射出森冷的蓝光，中间到墙壁之间摆着几排长椅，我就在最后一排的椅子上坐着，头倚着墙，左边坐着一个人，侧头看看，却是皮特。我的头依旧昏沉沉的，好像还没睡够。

不过一醒来，我便后悔了，迦勒站在几米开外的地方，重心放在一条腿上，一副不确定的样子。

"从头到尾，你到底有没有退出博学派？"我问。

"事情没有那么简单。"他说，"我——"

"事情就是这么简单。"心里憋着一股气，真想喊出来，可我说出来时声调却很和缓，"你到底什么时候背叛的我们？是在爸妈被害之前还是之后？"

"我必须这么做。碧翠丝，你可能会觉得你能看清楚一切，可你真的不明白这背后的所以然。整个事情……比你想象的不知要严峻多少倍。"他眼神中流露出让我理解他处境的祈求，可这语调我再熟悉不过了，小时候他就摆出这样一种居高临下的姿态用这种语气训斥我。

傲慢自大是博学派性格中的致命缺陷，我也没能幸免。

贪婪是他们性格中另一个不可挽救的缺点，这是我所没有的。

我强撑着自己站起来："你还没回答我的问题。"

迦勒退后了几步。

"这真的不只关乎博学派，这和每个人每个派别都息息相关，"他说，"这攸关整个城市和城市围栏外面的世界。"

"我才不管呢。"我嘴上说的是一套，心里想的却是另一套。"城市围栏外面的世界"九个字让我不禁好奇。外面的世界？这和外面的世界怎么又扯上关系了？

我心中隐隐有种不安，猛然想起马库斯的话——无私派获得的资料是珍宁血洗无私派的导火索，这资料会不会也和"外面的世界"有关？

我决定暂时不追究这些问题。

"你不是只关心事实真相，只关心信息的自由获取吗？那好，我就问你一个真相，你告诉我，你——"我声音发颤，有些说不成话，"你什么时候背叛了父母？"

"我一直就是博学者，"他轻声说道，"即使在无私派家庭，身为无私派一员时，我实际上也是博学者。"

"既然你和珍宁站在一条战线上，那我就恨你，父亲也会恨你的。"

"父亲？"迦勒冷哼了一声，"碧翠丝啊碧翠丝，我们的父亲可是出生在博学派家庭。珍宁说她和我们的父亲是同一届的同学。"

"他不是博学者。"我犹疑了一会儿，反驳道，"父亲选择了离开，他选择了新的派别，也就和原来的派别脱了干系，你不也是吗？可他和你不同，你站在……站在邪恶的阵营。"

"听听你的话，还真像个地道的无畏派。"迦勒尖刻地说，"碧翠丝，你眼里的事物总是非黑即白，可世界并不是那样运转的。你站的立场不同，邪恶与正义也就大不相同。"

"我站在哪个角度，都会觉得用意识控制法操控整个城市是邪恶的。"我的双唇不受控制地颤抖着，"出卖自己的妹妹，亲手把她送到受审台和断头台。你说，这不是邪恶，是什么？"

他虽是我哥哥，此刻我却想把他撕成碎片。

当然，我什么都没做，只是默默地坐下。我再怎样伤害他，也不能抹去他的背叛所带来的伤痛。这伤痛遍布我全身每个部分，疼得锥心刺骨。我用手指按摩着胸膛，试图揉去那钻心的疼。

我正用手抹着脸上的泪，珍宁走了进来，身后跟着一群博学派科学家和无畏派叛徒。我快速地眨了几下眼睛，不想让她看到我这副狼狈样，可她的眼光根本没扫向我这边。

"我们来看一些试验结果吧。"她话音刚落，已经站在屏幕前的迦勒就在房间前边的某个装置上按了几下，屏幕打开，上面的字母和数字却让我看得一个头两个大。

"普勒尔小姐，这次我们所获颇丰啊。"她眉梢眼角都流露着我从未见过的喜悦和兴奋，嘴角也向上翘了翘，不过没有笑出来，"你大脑中有一种特别丰富活跃的物质，叫镜像神经元。谁来向普勒尔小姐解释一下什么是镜像神经元？"

博学派科学家几乎在同一时间举起了手。她指了指前排一个年纪偏大的女子。

"人在执行某项动作或看别人执行某项活动时，镜像神经元就会处于激活状态，它控制人的模仿行为。"

"还有补充的吗？"珍宁扫视着她的"学生"，那眼神和我在高年级学习时那些老师的眼神真是如出一辙。另一个博学者举起了手。

"镜像神经元还负责语言学习，从行为中分析他人意图，还有呃……"他微微锁了下眉头，"还有产生共鸣。"

"让我来更具体地跟你解释一下。"说话间，珍宁脸上真的绽出了笑容，嘴咧得很宽，两颊皱起了几道很深的褶皱，"镜像神经元丰富的人性格往往比较易变，在情况需要的时候这些人有模仿他人行为以达到目的的能力。"

我有些恍悟的感觉，难怪她会笑得如此灿烂，我大脑的秘密正在一点点泄露出来，摆在光天化日之下。

"易变的个性，"她笑盈盈地说，"这就不难解释你个性测试的结果了。普勒尔小姐，你觉得呢？"

"有可能吧。"我应道，"你发明出抑制这特殊能力的血清，就可以结束了吧？"

"不着急，慢慢来。"她顿了顿，"有一点我有些困惑，你为什么那么迫切地想快点死呢？"

"怎么可能？"我闭上眼睛，"你一点也不用困惑。"然后轻叹了口气，"那我可以回牢房了吗？"

我表面上装得云淡风轻、毫不在乎，内心却完全是另一副光景。我想回到关押自己的小房间，一个人窝在那里，默默地哭泣，绝不能让她看到我的脆弱。

"你还挺喜欢享福呢。"她咂了咂嘴，"别慌，很快就要给你试一管血清了。"

"好，随便你。"

我被人摇了摇肩膀，猛地惊醒，双眼瞪圆，涣散的视线慢慢聚焦，却看到托比亚斯跪在我身边。他穿了一件无畏派叛徒的外套，半边脸上全是斑驳的血迹，耳朵的顶部有个伤口，血汩汩地流下，看得我有些心惊胆寒。

"怎么了？"我问。

"起来，快逃。"

"这么快，还没两周呢。"

"现在没时间解释，快点。"

"天哪，托比亚斯。"

我坐起身，双手紧搂住他，脸埋在他的肩窝里，他也紧紧拥着我，越抱越紧。我心中流过一道暖流，觉得心安了很多。假如他能来这里，说明我是安全的。我不禁流下热泪，泪水跟他的血水混在一起。

他站起来，一把把我拽起来，却没顾及到我的伤口，我的肩膀隐隐作痛。

"援兵很快就来了，我们快撤。"

我任他把我拉出门外，冲进走廊。第一个走廊没遇到敌军，可到了第二个就没那么好运了，两个无畏派叛徒迎面走来，一个是年轻男子，一个是中年女子，托比亚斯没给他们定神的机会，啪啪两枪正中目标，一个打在头颅，一个打在胸口。那名胸口中枪的女子瘫软在地，一时还没断气。

托比亚斯紧紧抓住我的手，没有半点犹疑，我们穿过一条又一条的走廊，这些走廊几乎一模一样，跨过地上横七竖八的尸体，终于到达消防通道出口。路上的这些人大概都是他杀的吧，枪法之准，令人吃惊，不过又一想，他连扔飞刀都能丝毫不差地擦过我的耳垂，枪法准也在情理之中。

托比亚斯松开我的手，推开出口的门，霎时间，尖锐的防火警报声大作。我们没有理会，拔腿就跑，我张着嘴，大口大口地吸着气，肺部一阵缺氧的感觉。跑啊跑，我眼前有些模糊，索性闭上眼，伸出手，几乎用全身的力道抓住托比亚斯的胳膊，我信任他，相信他一定能带我走下楼梯，安全撤出这是非之地。

我们冲下楼梯，冲到楼底，我睁开眼睛。托比亚斯急匆匆地正欲推门，我拦住了他，气喘吁吁地说："等……我……喘口气……"

他停下脚步。我双手扶膝，弯下腰，有些上气不接下气，肩膀也一阵一阵钻心的痛。我蹙起眉头，抬头盯着他。

"快走，我们得离开这儿。"他的声音咄咄逼人。

我的心一沉，凝视着他的眼睛，那深蓝色的眸子中，右眼虹膜处带一丝浅蓝。

我一手摸着他的下颌，让他的唇压向我的唇，轻轻吻着他，深深地叹了口气，接着后退几步。

"我们不能离开这儿。"我说，"因为这只是一场情境模拟。"

他拽住我的右手，把我拖回他身边。右手！真正的托比亚斯绝不会拽我的右手，绝不会忘记我右肩的伤口。

"什么？"他面带不悦地盯着我，"我要是在情境模拟中，我自己会不知道吗？"

"你不在情境模拟中，你本身就是情境。"我抬起头，扯着嗓子喊道，"珍宁，你还是搞些高级点的玩意儿吧。"

现在该醒过来了，当然我也知道怎么做。在"恐惧空间"中，我用手掌就能打碎玻璃，用意识就能从草丛中摸出一把枪。我从口袋里掏出一把刀——一把刚刚并不存在的刀——然后让自己的腿瞬间变得如钻石般坚硬。

我将刀戳向自己的大腿，刀尖碰到我的皮肤，已弯得不成样子。

我睁开双眼，泪光点点，耳边传来珍宁绝望的呼声。

"怎么搞的？"她气愤地夺过皮特的枪，大步流星地朝我走来，举枪抵住我的额头。一切来得太快，我还没回过神来，浑身就僵住了，背后掠过一阵寒意。她会不会现在就杀了我？不会的，不会的，她不会杀我的，我是她解不开的一道题目，找不到答案，她绝不会杀我的。

"是什么露出马脚了？说！快说，不说我杀了你。"

我慢慢从椅子上站起，使劲儿顶了顶枪口。

"你觉得我会告诉你吗？"我说，"在你没搞清楚前，舍得杀我吗？"

"你真是蠢笨到极致！"她喊道，"你以为这只关系到你和你那反常的大脑吗？实话告诉你，和你无关，和我也无关。我这样做只不过是为了抵制那些对我们的城市图谋不轨的人，维护整个城市的安全！"

我用尽最后的力气，使劲儿冲向她，随便抓到哪里就抓哪里，指甲掐进她的皮肤里。她那一声扯开嗓子的嘶喊却让我血液沸腾，怒火中烧，我握紧拳头，冲着她的脸就一抡。

一双手突然抓住了我，把我从珍宁身边拖开，一个拳头重重地打在我的侧身，接着便是一阵泛至全身的疼痛。我痛苦地呻吟着，脚步还是不自主地冲向她，却被皮特使劲地抓住，动弹不得。

"别做梦了。苦痛不能逼我告诉你，吐真血清不能逼我告诉你，情境模拟也不能，我对这三项完全免疫。做你的春秋大梦吧。"

她的鼻子流出两股血，双颊和咽喉处全是被我抓的手指印，一道道的红肿着。她头发凌乱，一只手揉着鼻梁，另一只手却气得发抖，两只眼睛里燃着熊熊烈火，对我怒目而视。

"你败了，彻底败了。你控制不了我！"我扯开嗓子大喊着，喊到嗓子都疼了。我也不再挣扎，瘫倒在皮特胸前，"你永远别想控制我。"

我冷笑起来，看着她阴郁的脸，脸上的愤恨，心里那叫一个高兴。珍宁就如同一台机器，她冷漠无情，维持她运转的只有逻辑。而我，把这台机器摧毁了。

我，摧毁了她。

到了走廊，想冲上去揍珍宁的冲动渐渐减退。身侧虽然被皮特捶了一拳，有些隐隐作痛，可被这胜利的喜悦一冲，也就淡了许多。

皮特押着我回到牢房，却一言不发。我站在房间的中央，盯着左后角的摄像头愣了好久，心里满是疑惑。摄像头的那边会是谁？是无畏派叛徒，还是观察我举动的博学者？

脸上的热潮退去，身侧的疼痛消失，我躺了下来。

我闭上眼睛，脑海中浮现出一副父母在一起的场景。记得那年我十一岁，在父母的卧室门外驻足，看着他们一起铺床，一起把被单铺开，抚平，拉好，一切都那么自然和谐，步调一致。整个过程中，父亲一直微笑着看着母亲。看到他望着她时的神情，我当时便明白了，在父亲心中，母亲的地位要比他自己重要得多。

父亲眼中的母亲，完全不受自私或是安全感缺乏的影响，不像我们眼中的母亲，他可以看到母亲的每一分好。这种爱或许只在无私派家庭才能生根发芽。我不知道这样说对不对。

其实，博学派出身而选择了无私派的父亲和我一样，都觉得自己达不到所选派别的标准，可他总是努力做到最好，做到真正的无私忘我。我抓过枕头，紧紧把它按在胸前，头也埋了进去。我不是要哭，只是心痛。

悲痛虽不及愧疚一般沉重，它却能掏空你的心，更让你觉得疲惫空虚。

"僵尸人。"

我猛地惊醒，双手依然紧抓着枕头，头底下的床垫被泪水弄湿了一大片。我坐起身，用手指揉了揉眼睛。

皮特的眉毛本来是上扬的，此刻却拧在了一起。

"怎么了？"我心中有种不好的预感。

"你的行刑期改成明天早上八点。"

"我的行刑期？可她……她还没发明出新血清呢，怎么可能……"

"她说以后用托比亚斯做实验。"

我内心翻腾着无数想法，只化成了一个"哦"字。

我抓住床垫，身体前后摇晃着，心里很是不安。明天就是我的末日，托比亚斯可能活得久一些，也许能活到无派别者攻击博学派的那天。无畏派会选出一位新的领导人，而他未完的事业也很快会有人接手。

我点了点头。我没有家人，也没什么未完的事业，我的死没有什么损失。

"知道么？我可以原谅你，就是你在训练时差点杀了我那件事。"

我们两个都沉默了一会儿。我也不知自己怎么会突然冒出这么一句话，也许只因为这是一句实话，而今晚——特别是今晚——是我坦言的好机会。今晚，我将会诚实、无私、勇敢，做一个真真正正的分歧者！

"我又没让你原谅我。"他说完便欲转身离去，可走到门口又停下脚步，"现在是九点二十四分。"

这虽是个小事，却是他对博学派的背叛，也恰恰是他做出的勇敢举动。这或许是我第一次也是最后一次看到皮特像个真正的无畏派。

明天，我的生命就将画上终结号。这是很久以来我第一次对某件事有确定感，所以这感觉像是人生给我的最后一份礼物。明天，不管我死后如何，珍宁仍然没能发明出控制分歧者的血清。

我把枕头紧紧地按在胸口，像个孩子一样放声大哭，哭得头昏脑涨，哭得就像生病了一样。我可以假装勇敢，可我并非如此。

这一刻，我应该为这一生中的所作所为忏悔，希望得到他们最终的宽恕，可到底有多少事情需要我真心悔过，恐怕数都数不过来。我也不相信，死后的境遇会因为正确列举生前罪恶而有所不同，那样的死后境遇太像博学派，一切求正确，冷冰冰没有一丝人情味。我根本就不相信死后的境遇会受我的行为影响。

我还是按照无私派的教导做吧，忘却自我，永远与外界环境相适应，期待之后无论发生什么，我都能获得一个更好的自我。

脸上挂起一抹浅笑，我好想告诉亲爱的父母，他们的女儿最后死得很像个无私派。他们若是知道，肯定会引以为豪吧。

第三十五章
致死的血清

清早，博学派递来一身黑色衣裤，虽说裤子有些宽大，可都是快死的人了，也就没那么讲究了。我匆匆套上这长袖衫和宽大的裤子，双脚却还赤裸着。

时间还没到，我双手十指交叉，低着头。记得在家吃早饭时，父亲坐在餐桌前，有时便会这样，我从未问过他为什么这么做，不过这背后有没有深意已经不重要了，这一刻，我只想和父亲一样，直到……直到一切结束。

一阵窒息的沉寂过后，皮特提醒我行刑的时间到了。他面色沉郁，眼睛直勾勾地盯着后墙。我想，在这个早晨看到一张友好的脸只能是奢望了。默默站起身，我随着他一道走进走廊。

我的脚趾冰冷，双脚啪嗒啪嗒地踩着瓷砖。转过一个拐角时，我隐约听到几句含糊的话，起初也不知说的什么，等走得近一些，大体能听出在讲什么。

"我要去……她！"是托比亚斯的声音，"我……见她。"

我瞟了皮特一眼，试探地问："我不可以见他最后一面，对吗？"

皮特摇了摇头，转念间又说："那边有个小窗子。他看到你，可能就不这么闹腾了。"

他带我走进一个死胡同，这胡同只有两米左右的长度，尽头有一扇门，门上头果真有个小窗子，在我头顶大约三十厘米的地方。

"我要见她，让我去见翠丝！"站在这里听，他的声音清晰起来。

我踮起脚，伸出一只手，手掌紧贴在玻璃上。屋里的吵闹声停了下来，他的脸出现在玻璃后面，双眼红肿，满脸汗渍，却依旧帅气。他垂目看了我一小会儿，也伸出一只手，手掌按在玻璃上，在玻璃另一边与我的手相对。我骗自己，假装透过这冰冷的玻璃可以感受到他的温度。

他把前额抵在门上，眼皮沉沉地闭上。

我放下手，没等他睁开眼睛，便转身离开。我的心刹那间粉碎，这痛楚比肩膀中枪要痛上不止百倍。我紧紧攥住衣角，眨眼忍住泪水，跟在皮特身后离去。

"谢谢。"我本想大声言谢，话却卡在嗓子里，发出的声音小如蚊子。

"随便了。快走吧。"皮特又皱了一下眉头。

前面传来一阵轰隆声，那是人群的嘈杂声。前脚刚踏进另一条走廊，就看见黑压压的一群无畏派叛徒，老的少的，高的矮的，拿武器的没拿武器的，人头攒动，无不戴着蓝袖章。

"喂喂喂，让开。"皮特喊了一声。

离我们近的叛徒听到皮特的话，都往墙边挤了挤，让开一条路，其他人见状也纷纷给我们让路，所有人都安静了下来。皮特退后了几步，示意我先走，从这里到行刑室的路我也认得。

不知道是谁发起的，这寂静突然被一阵拳头敲打声打破，起初是几个人握紧拳头敲打墙壁，瞬间就如传染一般，其他人也开始敲击身旁的墙面，响声隆隆。我拖着脚走过，心跳也随着这击打声骤然加速。

有的无畏派叛徒朝我低下了头，不知道是何意，可我也管不了。

我迈开脚步，走到廊尽头停下——行刑室到了。

我推开了门。

　　走廊里挤满了无畏派叛徒，行刑室里则挤满了博学者，不过他们似乎商量好似的，早已给我让开了一条路。他们看着我朝屋子中央的铁桌子走去，没发出一点声响。珍宁立在几步开外，眼光一直躲避我，脸上的道道抓痕在匆匆敷上的粉底下隐约可见。

　　天花板上吊着四个摄像头，每个桌角处各有一个。我缓缓坐下，两只手在裤子上搓了搓，躺下来。

　　身下的桌子冷飕飕的，寒气爬上我的肌肤，直沁我的骨髓。不过这倒是蛮合时宜，不一会儿我就将被处死，当所有的生命迹象消失，我会变得冰凉、沉重，比生前任何时候都要重。至于死后会去何方，有人说，我会到达另一个世界，也许他们是对的，又或者不对。可此时此刻，想什么都没有用处。

　　皮特的手伸进我的上衣领口，在我心口处按上一个电极，随后扯了根电线，连在电极和心脏监测仪上。怦怦的心跳声响在耳边，强而有力，迅速跳着，可过不了多久，这律动之处就变得没有动静，直到永远。

　　我内心冒出一个声音：

　　我不想死。

　　托比亚斯对我的嗔怪在脑海中一遍又一遍地回放，他不让我冒险，不让我把生命当儿戏，可我总是置若罔闻。本以为自己厌倦了活着，厌倦了一切，迫切地想和父母团聚，本以为自己想跟随父母的脚步，为他人牺牲，可我错了，错了，全错了！

　　我想活，不想死，求生的欲望在我内心熊熊燃起。

　　我不想死，不想死，不想死！

　　珍宁向我走来，手中拿着一根灌着紫色血清的注射器。头顶的光打在她的眼镜上，镜片反射出一片白光，我看不到她的眼神。

　　我浑身所有的细胞都沸腾着，充斥着对生的渴望，活着、活着、活着，这是我唯一的念头。我本以为，只有一死才能弥补对父母的愧疚、对威尔的歉意，可我大错特错了。他们的死是为了我的生，我要为了他们好好活着，我不能死。我需要活下来。

珍宁一手稳住我的头，一手把针管扎进我的脖子。

我不能死在这里！我脑子里大声呼喊着，却不是在冲她喊。我还没有活够！

一管紫色血清缓缓注入我体内，皮特探过身子，凝视着我的眼睛。

"血清一分钟后起效。"他说，"翠丝，一定要勇敢。"

不得不说，他这句话确实让我很难相信，记得在新生考验时，我第一次经历情境模拟前，托比亚斯对我说的恰恰也是这句话。

我的心跳又开始加速。

皮特为什么说这句话？我都是快要死的人了，他为什么还说鼓励我的话？

刹那间，我浑身的肌肉前所未有的松弛，四肢如注了水一般沉重。这就是死亡降临前的征兆吗？它没有想象中那么可怕。我眼睛还睁着，头却歪向一边，眼皮怎么闭都闭不上，竟是一点也动弹不得。

心脏监护仪的嘀嘀声也戛然而止。

第三十六章

生　还

　　奇怪的是，我并没有断气，虽说呼吸很浅，还有些喘不上气，可我依旧有鼻息。皮特用手拂过我的眼帘，阖上我的眼睛。他知道我还活着吗？珍宁知不知道我还没死？她能觉察到我有鼻息吗？

　　"把尸体推到实验室。"珍宁说，"今天下午解剖。"

　　"好的。"皮特回答。

　　皮特推着桌子，一步步穿过人群，走出门外，我听到周围这群围观的博学者在低声私语。拐弯时，我的手突然从桌子边角处滑落，重重地碰到墙上，一阵钻心的痛在指尖传来，可我怎么也动弹不得。

　　他推着我穿过无畏派叛徒人群时，他们一片哑然。起初皮特还在慢慢走，又拐了一个弯后，他加快步伐，似乎快跑起来，跑着跑着又停下脚步。这是哪里？应该还没到实验室，那他又为什么停下脚步？

　　皮特一手托住我的双膝，一手揽住我的肩，一把把我抱起来。我头一歪，靠在他的肩头上。

　　"僵尸人，看你小小的身板，竟这么沉。"他嘀咕着。

　　他知道我还活着，他真的知道我还活着！

　　一阵嘀嘀嘀的声音过后，传来的是一扇门打开的声音。

　　"这是怎么……"这是托比亚斯的声音，是托比亚斯！"天哪，

生　还

啊——"

　　"得了，少长吁短叹了。"皮特说，"她没死，只是麻痹了而已，药效也就持续一分钟。快快快，准备逃命要紧。"

　　我愈加迷糊了。

　　皮特怎么知道？

　　"我来抱她。"托比亚斯说。

　　"不行，你枪法比我准。来，拿好我的枪，我抱她。"

　　我听到手枪从枪套中滑出的声音。托比亚斯的手轻轻拂过我的额头，几乎在瞬间，他们跑了起来。

　　起初，我耳畔只有他们急促的脚步声，头痛苦地向后仰过去，手脚也伴着丝丝刺痛感。皮特冲托比亚斯大喊了一声："注意左边！"

　　一声呼喊从走廊尽头传来："喂，什么情——！"

　　啪一声枪响，这呼声止住了。

　　他们又急匆匆地跑了一段路，随着皮特大叫一声"注意右边"，一声枪响，又一声枪响。"好枪法。"他咕哝道，"等等，停下！"

　　我的脊柱感觉麻麻的。我忽地睁开眼睛，皮特打了另一扇门，正抱着我想冲进去，我的脑袋就要碰到门上了，来不及多想，我伸出手，拦住他们。

　　"小心点！"我的声音还是很不自然，嗓子有些紧，呼吸也颇为困难，和刚注射血清后的反应差不多。皮特小心地侧过身子，穿门而入，用脚跟一勾把门带上，然后把我放了下来。

　　这个房间几乎是空的，只有一排空垃圾桶靠墙而立，另一面墙上还有一个正方形的小门，正够一个垃圾桶通过。

　　"翠丝。"托比亚斯蹲在我身边，脸色不好看，惨白里还带点蜡黄。

　　千言万语在心里翻滚，可说出口的竟只有"叫我碧翠丝"几个字。

　　他有气无力地笑了一下。

"碧翠丝。"他改了口，顺势低下头把唇按在我的唇上，我手指半曲，抓住他的衣衫不放。

"能不能别这么腻？我都快要吐了。"

"这是哪里？"我问。

"垃圾焚化炉。"皮特拍了拍那扇正方形的门，"我把开关关了。我们从这里出去就能逃到后街。对了，老四，你的枪法最好是准一点，我们的生与死全看你了。"

"不用担心我的枪法。"托比亚斯回敬道，我这才发现他也赤着脚。

皮特打开垃圾焚烧炉的门："翠丝，你先来。"

垃圾槽大约有一米宽，一米半高。我先跨上一条腿，在托比亚斯帮助下抬进另一条腿。我沿着这根短金属管道滑下，内脏也随之下沉，背部连续撞上一个个滚轴，一路滑下去。

火烧味夹杂着灰烬的味道飘散在空气中，好在我没有被焚烧掉。胳膊忽地撞到一块金属板上，疼得我直哼哼，还没回过神来，身子已重重地摔在了水泥板上，冲击力导致的疼痛一直传到膝盖。

"哎哟，"我跛着脚走开，朝上喊了声，"好了。"

等皮特滑下来后，我腿部那锥心的痛也好了一大半。皮特不是双脚着地，而是身子重重地摔向地面，他轻轻呻吟着，拖着身子移开。

我四下张望，这的确是垃圾焚化炉，若不是另一端开着的那扇小门还能透点光，这里估计就漆黑一片了。地板由固体金属和金属栅板组成，空气中弥漫着垃圾焚烧的味道。

"千万别说我从来不带你去好地方。"皮特说。

"真是想都想不到。"我应着。

托比亚斯从垃圾槽中落下，虽是双脚着地，却没有站稳，跌跌撞撞地跪倒在地，疼得龇牙咧嘴。我伸手把他扶起，轻轻地钻到他的身侧。整个世界仿佛变得不同，闻到的、看到的和感受到的都有了新的意义。

死里逃生，从命悬一线到重见天日，这一切竟都归功于皮特。

在所有人中，竟然是他救了我。

皮特沿着炉排走了一会儿，推开一扇小门，光线一下子倾泻进来，给焚烧炉带来一层光亮和暖意。我们走出这金属熔炉，远离这火烧的味道，踏进了垃圾焚烧屋。

"带着枪了吗？"皮特问托比亚斯。

"没有。"托比亚斯应道，"我觉得自己用鼻孔就可以射击，就把它扔上边了。"

"省省嘴皮子吧。"

皮特从腰间又拔出一把枪，举着手枪警觉地走出焚烧屋。屋外是一道阴湿的通道，上方悬着几根外露的管道，好在这通道最多不过三四米。尽头还有扇门，门旁标着两个字"出口"。我内心澎湃，我不仅活着，还逃出了这不见天日的鬼地方！

从博学派回无畏派基地的路似乎与来时大不相同。当你脚下走的并非"赴死之路"时，心境变了，周围的情景或许也变了。

到了后街尽头，托比亚斯肩膀紧贴墙面，探出半个身子，从拐角处探了一下路况。他面无表情，一个胳膊贴紧拐角的墙壁，稳住手腕，连射两枪。我慌忙捂住耳朵，不想听这声响，不想让记忆的闸门打开，不想让与枪声有关的回忆流淌出来。

"快跑。"托比亚斯说。

我们撒腿沿着沃巴什大街狂奔，皮特在前，我在中间，托比亚斯在后掩护。我边跑边回头望，心里好奇托比亚斯刚才为什么开枪，看到博学派总部后面有两个人，一个人已完全不动，大概是断气了，另一个人紧捂着胳膊，飞一般往大门口跑去。他一定很快就会叫援兵赶来围堵我们。

我脑子昏昏沉沉，精神有些涣散，大概是筋疲力尽了，唯一支撑我走下去的只有肾上腺激素了。

"按最不该走的路线走！"托比亚斯呼道。

"什么？"皮特有些惊诧。

"按最不该走的路线走，"托比亚斯重复了一遍，"这样他们就找不到我们了。"

皮特一个左转，拐入一条胡同，地上摆着杂七杂八的纸箱，箱子里是破旧的毯子和脏兮兮的枕头，这应该是无派别者的住处。他跳过一个纸箱，我则被它绊了一下，随后把它踢开。

跑到胡同尽头，他一个左转，朝着大沼泽跑去。我们置身密歇根大道的正后方，也就是在博学派的眼皮子底下逃命，只要有人往下看就能清清楚楚地看到我们。

"瞧你想的这烂主意。"我喊道。

皮特又朝右边转了个弯。至少这条路上没有什么障碍，没有倒下的路牌，也没有坑需要跳过去。似乎跑了好久，肺部像燃烧一样难受，好像吸进了毒气。之前疼痛的双腿现在已经变麻木了，麻木比疼要好。我听到从远处传来的叫喊声。

我灵光一闪：最不合理的方式其实是停下。

我拽着皮特的衣袖，跑进最近的一栋大楼，这楼有六层，有着宽大的格子窗以及砖柱隔间。第一扇门上了锁，托比亚斯开枪把旁边的窗玻璃打碎，伸手从里面打开了门。

房间里空荡荡的，没有椅子，也没有桌子，整栋楼房全是一面面的玻璃，窗户倒是多得很。我们三人朝备用楼梯的方向走去，在第一段楼梯向前爬行，楼梯暂时挡住了我们的身影。托比亚斯坐在我身边，皮特蹲坐在我们对面，双膝蜷在胸前。

我想要喘口气，让心绪平静下来，却没那么容易。我死过了一次了。我死了，实际上却没有。为什么？是因为皮特吗？是皮特救了我？

我瞟了皮特一眼，他看起来仍然那么天真无辜，一汪清水般的双眸掩藏起所有的罪恶。他深色的头发梳得很亮，没有一丝凌乱，怎么看都不像全速跑了一公里的人。他那双圆眼睛在楼梯上扫了一圈，然后和我的目光相遇。

"怎么了？"他问，"干吗用这种眼光看我？"

"你是怎么救我出来的？"我惊诧地问。

"也不是很难。"他说，"我把麻痹血清染成了紫色，换掉了死亡血清。又把你身上的电线换在一个已死的人身上，在心脏监护仪上动手有些麻烦，我找了些博学者帮忙。一时跟你也解释不清楚。"

"为什么这么做？"我问，"你不是想让我死吗？不是想亲手杀了我吗？到底怎么了？"

他把嘴唇抿成一条线，盯了我许久，张了张口，有些迟疑地说："我不想欠别人的情，知道吗？一想到还欠你人情，我就难受，半夜里会突然惊醒，直想吐。我受一个僵尸人的恩惠？太可笑，太荒唐了。我受不了了，不想再折磨自己了。"

"说什么呀？你什么时候受我的恩惠了？"

他翻了个白眼："在友好派总部时，有人拿枪冲我开火，要不是你及时把我推出去，那子弹就正中我眉心了。在那之前本来我们互不相欠的，无畏派新生考验时，我差点杀了你，可在攻击情境模拟中，你也差点崩了我。我们扯平了，可那之后，我……"

"你这人脑子进水了吗？"托比亚斯插道，"这世界不是那样运转的……不是每个人跟每个人的关系都要记账的。"

"不是吗？"皮特眉毛一挑，"不知道你是生活在什么样的世界，可在我的世界里，人们帮你理由只可能有两个：第一，他们想得到应有的报酬；第二，他们觉得欠你人情。"

"不是的，不仅仅有这两个理由。有时他们付出完完全全是因为爱。当然也许不是爱你,可……"

皮特冷哼了一声:"早就知道你这个满脑子都是错觉和妄想的僵尸人会这么说。"

"这么说我们还得确定你的确欠我们的人情,"托比亚斯说,"不然谁出得了好价钱你就跑去帮谁了。"

"是啊,差不多就这个意思。"皮特应道。

我摇摇头,无法想象他竟这样活着。没有了爱,没有忠心,没有谅解,就像一个独眼男子手拿匕首,一心想找机会戳瞎他人的眼。每时每刻想的都是谁给了我什么,我又要给谁什么,这不是生活,只是毫无意义地惨淡地活着。他怎么会有这种扭曲的想法?

"你觉得我们啥时候才能逃出去啊?"皮特转移了话题。

"再过几小时吧。"托比亚斯说,"一会儿我们去无私派区域,无派别者和没被情境模拟控制的无畏者应该都在那里了。"

"太棒了。"皮特叹道。

托比亚斯把一只胳膊搭在我身上,我把脸颊紧紧贴在他的肩头,闭上双眼,不想再看皮特一眼。心中千言万语,到嘴边却无从说起,当着皮特的面,再多的话也必须咽下肚子。

当我们走过我曾经称为家的街道,四周一阵骚动,接着便陷入一片死寂,无数惊异的眼光齐刷刷地落在我身上,大概以为我在大约六小时前就死了,对珍宁这人散播坏消息的能力我绝不会有半点质疑。有些无派别者胳膊上的肌肤里有一片蓝色,应该随时会被情境模拟控制。

一路逃亡,终于抵达安全之地,身心一放松,才发现脚底有一道道裂开的口子,因为赤脚跑过粗糙的路面,还踩过碎玻璃。每走一步路，都是锥心的疼痛，我刻意回避着周围灼热的目光，把注意力集中在脚底。

"翠丝？"前方传来一个声音，我猛地抬起头，尤莱亚和克里斯蒂娜站在人行道上比试左轮手枪。尤莱亚看到我便扔下手枪，飞速朝我奔来，克里斯蒂娜也跟了过来，脚步没有尤莱亚那么快。

尤莱亚伸手要拥抱我，托比亚斯却揽住他的肩头，阻止了他。我心中默默感激，若不是他及时挡住，我真不知怎么应付尤莱亚的拥抱，炮轰般的问题或是惊诧的表情。

"她太累了，"托比亚斯对他说，"现在需要休息，不过就在这条街上。明天你可以去第37号屋找她。"

尤莱亚冲我皱了皱眉。无畏派一般不懂得克制，而尤莱亚是天生的无畏派。不过他应该尊重托比亚斯的话，点点头说："好的，那就明天吧。"

经过克里斯蒂娜时，她伸出手，轻轻地捏了捏我的肩膀。我本想挺直身板，可浑身的肌肉好似被牢笼罩住一般，肩膀怎么也挺不起来。沿着街道一路走下去，我感觉各种狐疑的眼光刺得我后脖颈都疼。跟在托比亚斯身后，迈进通往马库斯·伊顿家灰房子的那条步行通道，我竟觉一阵释然。

我不知道支撑托比亚斯走进这栋房子的力量是从哪里来的。这里到处弥漫着托比亚斯"黑色童年"的味道。在他耳畔，这房子应该还回荡着父母无休止的争吵声、皮带甩起的啪啪声，还有躲在黑漆漆的小衣柜里的记忆，可他神色淡然，踏进屋门时没带半丝愁容，硬说有什么不同，只能是他的腰板挺得更直了。也许这就是托比亚斯吧，他在应该显得虚弱的时候反而变得更加强壮。

走到厨房外，我竟看到托莉、哈里森和伊芙琳站在里面，心里不由微微一抖。我将肩倚在墙壁上，使劲闭上眼睛，可眼前浮现的是行刑时的桌子，又是一惊，猛地睁开眼，嘴里喘着粗气。他们三人的嘴一张一合，我却听不见在讲什么。伊芙琳怎么会在马库斯的房子里？马库斯又身在何处？

伊芙琳一只手揽着托比亚斯的肩，另一只手抚摸着他的脸，随后用脸颊抵住他的脸颊，对他嘀咕了些什么。他冲她笑了笑，转身离去。母亲与儿子冰释前嫌，我却觉得这不一定是好事。

托比亚斯一手抓住我的胳膊，一手揽着我的腰，小心翼翼地避开我的伤口。我们就这样转了个身，朝楼梯方向走去，一起爬上楼梯。

楼上有两间旧卧室，一间是他父母的，另一间是他自己的，中间是盥洗室。他带我走进他的卧室，我静静地站在那，扫视着房间里的一切，这可是他度过了人生大部分时间的地方。

自打在博学派总部脱险归来后，他就时不时这样或那样地碰碰我、摸摸我，此刻他紧紧握着我的胳膊，好像觉得若不是这样，我就会随时垮掉似的。

"马库斯在我走后从没踏进这房间，我很确定，因为所有东西都没变样。"托比亚斯说。

无私者一般没什么私人装饰品，在他们眼中，拥有装饰品是自我放纵的表现。而极少数无私者能接受的装饰，他的房间里都有——一堆文教用纸，一个小书架，梳妆台上面竟还摆着一个蓝色的玻璃雕塑。

"这雕塑是我小时候母亲偷偷给我的，她本来让我藏好。选派大典那天，我走之前就把这东西摆了上来，故意让他看到，算是一个无言的小小反抗吧。"

我点了点头，内心觉得这场景很是奇怪，这个地方如此完整地保存了一段记忆。这个小小的房间，还是两年前的样子，它等同于那个十六岁，想要选择无畏派以逃离父亲的托比亚斯。

"先包扎一下你的脚吧。"他嘴上说着，却没什么动作，只是手指在我胳膊肘内侧抚摸了下。

"好。"我应道。

第三十六章
生 还

我们走进临近的盥洗室，我坐在浴缸边沿，他坐在我身旁，一只手固定在我的膝盖，另一只手打开水龙头，堵住排水孔。清水哗哗地流入浴缸，没过我的脚趾，被我的血染成了粉色。

他蹲在浴缸里，抬起我的一只脚，放在他的膝盖上，拿毛巾轻轻擦着深一些的口子，又用肥皂来清洗，浴缸里的水不一会儿就变成了灰色，可我自始至终都没一丁点感觉。

我拿起肥皂，放于双手中揉搓，慢慢地，手上全是白色泡沫。我用全是肥皂沫的手指轻轻掠过他掌心的纹路，滑过他手指之间，清洗着他的手。这种感觉真好，我可以干点事，清洁一番，我的手可以触碰着他的手。

我们撩起清水，洗净了身上的泡沫，盥洗室早已被我们弄得湿乎乎的，地面上水迹斑斑。水冰凉刺骨，可我不在乎。他抓起一块毛巾，帮我擦干了手。

"我……"我声音有些窒息般的感觉，"我的家人不是死了，就是成了叛徒，我怎么能……"

我已语无伦次，我的身体、心智，还有一切，都沦陷在啜泣声中。双腿还浸在水里，他却已将我拥入怀中，把我抱得紧紧的。我可以听见他的心跳，片刻之后，这心跳的节奏让我的心绪归于宁静。

"从今往后，我就是你的家人。"他说。

"我爱你。"我脱口而出。

这并非我第一次对他说出这三个字，那时候，我铁了心要去博学派总部，临走前就对着睡得酣甜的他说了这句话。也不知为什么，我总不敢当面大大方方表达自己对他的浓浓爱意，或许是我害怕向他表达如此私密的感情，又或者是害怕自己不懂得怎么去爱一个人。九死一生后，我突然觉得世上最可怕的事，莫过于在能说的时候不说，想说的时又为时已晚。我要抓住一切机会，坦陈我对他的爱。

我是他的，他是我的，我们从一开始就属于彼此。

他凝视着我，我紧紧抓着他的胳膊，稳住这发颤的双手，同时静待他的回答。

他冲我皱了皱眉："再说一遍。"

"托比亚斯，我爱你。"

水珠打湿了他的肌肤，摸起来滑溜溜的，闻着有汗水的味道，他紧紧搂着我，我那浸湿了水的衣衫贴在他健壮的双臂上。他低下头，亲吻我的脖子，亲吻我的锁骨，亲吻我的脸颊，亲吻我的嘴唇。

"我也爱你。"他轻声说。

第三十七章

联 手

　　我睡着的时候，他躺在我身旁。我本以为今夜会噩梦连连，可脑中一片空白，什么都没想，可能是太累了。等我醒来时，他已经走了，床边还放着一摞衣服。

　　我起身走进盥洗室，整个身体疼痛难忍，仿佛被剥了皮，吸进的每一口气都带来刺痛感。盥洗室里一片昏暗，我没有开灯，因为这灯光定是一片惨白，就像博学派总部的灯光那样。我摸黑洗澡，摸索着挤出沐浴液，差点没分清沐浴液和润肤露。我想象这冲下来的水会洗掉一切的沉重，等我洗完澡出来整个人就会焕然一新，就会变得强壮。

　　我使劲捏自己的脸，想让脸上有点血色，虽然这么做有点蠢，可我真不想在人前显得软弱又疲倦。

　　走进托比亚斯的卧室，看到的是一幅轻松的画面。尤莱亚躺在床上，头埋进被褥里；克里斯蒂娜摆弄着桌上那个蓝色的雕塑；琳恩满脸坏坏的笑，抬着枕头站在尤莱亚身边。

　　琳恩用枕头狠狠地砸向尤莱亚的后脑勺，克里斯蒂娜看到了我："翠丝！"耳边传来尤莱亚凄厉的叫喊："哎哟，琳恩，怎么一个枕头打下来还这么疼？"

　　"因为我有超凡绝伦的力气啊。"她半开玩笑地说，又转向我问，

"翠丝，你这半边脸怎么了？被人打了么？"

一定是另一边脸捏得不够狠："没有，只是……只是早起的红晕。"

我生涩地开着玩笑，好像这是一种新语言。克里斯蒂娜拊掌大笑，可我这笑话也没那么好笑吧？不过我还是很感激她。尤莱亚扭着身子，一点一点地移到床边。

"说说最近的事儿吧。"他冲我摆了摆手，"你险些死了，却被那个变态的软脚虾救了一命。我们现在还要联手无派别者，准备发动讨伐战争。"

"软脚虾是什么？"克里斯蒂娜打断他的话。

"无畏派黑话，"琳恩苦笑着说，"现在不怎么用了，这话对人的打击和侮辱可不一般。"

"因为太无礼了没人用。"尤莱亚点头应和着。

"别听他瞎说。不是无礼，是太蠢了，软脚虾这个词儿太没水准，哪怕有一丁点脑子的无畏者都说不出口，别说用了。你怎么这么幼稚？你几岁了？十二吗？"

"错，十二岁半。"他打趣地说。

我心中有阵阵暖意，总觉得他们俩斗嘴是故意逗我开心，好让我不用多说话，笑一笑就好。我也展颜而笑，这笑意似乎把内心压着的那块巨石融化了。

"楼下有吃的。"克里斯蒂娜说，"托比亚斯做了些摊鸡蛋，不过看起来让人有些反胃。"

"喂喂喂，我还是蛮喜欢摊鸡蛋的。"我说。

"那这应该是僵尸式早饭了。"她抓起我的手，兴冲冲地说，"去看看啦。"

我们结伴而行，走下楼梯。脚步在楼梯上回响，这从前在我们家绝对是一大"禁忌"。我曾经也是这样飞奔而下，父亲就会用嗔怪的语气说：“不要让别人注意自己，对别人不礼貌。”

客厅里传来一大群人的声音，欢笑夹杂着乐器声，像班卓琴的琴声，又像吉他的声音。我没想过无私派会传出这样的声音，原本平淡、沉闷的无私派房间多了些生气，也给我的内心注入了阵阵暖流。

我站在客厅门前，看着眼前的景象。在三人沙发上，挤着五个人，正在打牌，我曾在诚实派见过这种扑克游戏；一个男子坐在扶手椅上，一个女子坐在他的大腿上；还有一人手拿汤罐，坐在椅子的扶手上喝着。扫视了一圈，我的视线凝固在托比亚斯身上，他的神情、动作看起来那么放松，背靠着咖啡桌坐在地上，一条腿半曲着，另一条腿伸直，一只胳膊抱住屈起的膝盖，脑袋微侧，似乎在倾听什么。我从未看过也从未想象过这样的托比亚斯，他没有带枪，神色却依旧怡然自得。

我心中一沉，好像有人欺骗了我，可我却不知这个人是谁，这件事又是何事。无派别者竟是如此团结有力量，如此温馨有人情味儿。我从小都认为无派别的人生不如死，可眼前的一切恰恰相反。

过了一小会儿，里面的人看到了我，原本的嘈杂声渐渐平息下来。我用手不停地摆弄着衣角，太多人在看我，而且太沉默了。

伊芙琳轻咳了一声，打破了沉默：“各位，这位是翠丝·普勒尔，你们昨天应该听过她很多事迹。”

“这是克里斯蒂娜，这位是尤莱亚，这是琳恩。”托比亚斯急急补充道。我很感激他想分散人们注意力的心，可他们似乎毫不买账，还是直勾勾地盯着我。

一时间，我呆立着，脚底像粘了年糕，怎么也动弹不得。一个年纪稍长的无派别男子突然好奇地问：“你不是应该死了吗？”我看向他，皮肤的褶皱下面，文身图案依稀可见。

有些人哄然大笑，我本想挤出一丝笑，可嘴角上挑时，这笑却形同于无。

“是啊，应该死了。”我回道。

"我们才不会让珍宁·马修斯得逞。"托比亚斯帮我撑住场面。他站起身，递给我一个豌豆罐头，里面却不是豌豆，而是摊鸡蛋。我捧着这铝罐子，掌心暖暖的。

他又坐在地上，我走过去坐在他身旁，抓起一把摊鸡蛋就往嘴里丢。我其实一点也不饿，只是知道该吃东西，所以咬了几口后吞下去。我知道无派别者的吃饭方式，便把手中的罐子递给克里斯蒂娜，自己从托比亚斯手中拿过一个桃子罐头。

"大家为什么都在马库斯家里？"我问他。

"伊芙琳把他撵出去了，说这房子也有她一份，他已独占这房子多年，现在轮着她住了。"托比亚斯咧开嘴笑了笑，"为这个，他俩还在屋前的草坪上大吵了一顿，很显然伊芙琳赢了。"

我瞥了一眼站在屋角的伊芙琳，她正和皮特聊得尽兴，边说还边从另一个罐子里掏出一把摊鸡蛋。我胃里翻江倒海一般，总觉得托比亚斯说起母亲时的语气过于恭敬了。她曾说什么我在托比亚斯的生活中只是暂时的存在，这句话至今都深刻在我心里。

"这儿有面包。"他从咖啡桌里拿下一个篮子递给我，"你得多吃点，拿两片。"

我咀嚼着面包的脆皮，眼光又不自觉地飘到皮特和伊芙琳身上。

"她应该在劝他加入她的队伍。"托比亚斯说，"她口才很好，能把无派别的生活描述得跟天堂似的，勾起人的向往之情。"

"只要无畏派没有这人的一席之地，他怎么办我管不着。他是救了我一命，可我还是不喜欢他。"

"多希望这一切结束后，世界上再也没有派别划分。想想，那种日子肯定不错。"

我默不作声，按捺住内心的波动，不想在这里和他吵架，也不想告诉他这背后的残酷现实：无畏派和诚实派绝不会轻易就跟无派别者联手，去打破这上百年的派别制度。另一场战争似乎又在酝酿中。

前门轻轻推开，爱德华走了进来，今天他戴的是个画有蓝色大眼睛的眼罩，这"眼睛"还画着半垂的眼帘，只不过他那张原本帅气的脸冷不丁被这"大"眼睛一衬，有几分诡异，又有几分可笑。

"艾迪！"有人和他打了声招呼，他却紧紧地盯着皮特不放，大步赶到屋子对面，差点碰掉一个人手中的罐头。皮特见状，挤进门框的阴影里，好像希望自己能消失在阴影里似的。

爱德华三步两步就冲到皮特身前，腾出手，好像要给他重重的一拳。皮特慌忙往后退了几步，后脑勺砰的一声碰到墙上。爱德华咧开嘴就是一阵狂笑，周围的无派别者见状也都哄笑起来。

"怎么？一见光就不勇敢了？"爱德华对皮特说完，就转过头冲伊芙琳说，"千万别给他餐具，他这人可什么都做得出来。"

说话间，他已把叉子从皮特的手中夺了过来。

"还给我！"皮特喊道。

爱德华一只手甩过去，抓住皮特的喉咙，另一只手的手指夹着餐叉的尖端，抵在皮特的喉结处。皮特僵在那里，脸通红。

"有我在，最好闭上你的臭嘴，"他压低声音说道，"否则别怪我把这东西插进你的食管里。"

"够了！"伊芙琳喝道。爱德华扔掉餐叉，放开了皮特，大步迈向那个喊他"艾迪"的人身旁。

"爱德华有些精神不稳定，不知你知不知道。"托比亚斯说。

"看样子有点像。"

"你还记得那个叫德鲁的人吗，帮着皮特戳瞎爱德华眼睛的那个男生。"托比亚斯说，"他被淘汰出局后，本想加入爱德华一伙，可你瞧瞧这人群里，哪有他的影子？"

"爱德华把他杀了？"我试探地问。

"差一点。他的小女友迈拉也是因为这个离他而去的，那小姑娘太善良，受不了这种暴力。"

想到差点死在爱德华手中的德鲁，我内心有种空空的感觉。德鲁也曾谋害过我。

"咱们不要谈这个话题了。"我说。

"好吧。"托比亚斯拍了拍我的肩膀，"在无私派的屋子待着，你感觉别扭吗？我本想早一点问你的。如果你觉得难受，我可以陪你离开这儿。"

我把最后一口面包填进嘴里，被他这么一说，心里还真荡起一阵涟漪，不过很快便恢复了平静。在无私派区域，所有的房屋格局和摆设都一模一样，我要是仔细瞅一下，还真能唤起曾经的记忆。每天早上，阳光从百叶窗一道道斜斜射进房间，父亲就着这阳光阅读。每天晚上，母亲辛勤地织着毛衣，发出咔嗒咔嗒的声响。记忆的闸门打开，我却没有丝毫的哽咽，至少这是个不错的开始。

"有点难受，不过也不像你想的那么难受。"

他扬了扬眉毛。

"没骗你。博学派总部的情境模拟……在某些方面也算是锻炼了我。怎么说呢，我学会了坚持。"我眉毛微蹙，"也或许不是坚持。应该说教会我该放手时就放手吧。"我内心深处还是认同这个说法的，"以后再告诉你。"我的声音听起来像是从远处飘来的。

他轻抚着我的脸颊，慢慢地吻了我，不去管这屋子里人声嘈杂、笑声连连，也不顾这屋子里有多少双眼睛。

"老天，托比亚斯，"我左边的一个人喊道，"你接受的不是僵尸人的教育吗？我还以为你们只是……牵牵手什么的。"

"是吗？那你以为无私派的小孩都是从哪里来的？"托比亚斯剑眉微挑。

"他们都是用意志力创造的啊，托比亚斯，你不会不知道吧？"坐在椅子扶手上的女人说道，脸上尽是诧异。

"没听说过。"他咧嘴一笑，"真是抱歉。"

　　他们爆发出一阵大笑，我们都笑起来。这或许就是托比亚斯真正心之所属的派别，这里不是单一的美德就能说明的；这里囊括了一切特色、举动、美德，以及各自的缺点。

　　不知道他们为何能凝聚在此，非要说他们有什么共同点，我也只能勉强找到一点：失败者，他们都是不同派别的淘汰者。可不论让他们凝聚在一起的是什么，这东西让他们很团结。

　　看着他的眼睛，他和我在一起时的样子渐渐消散，而我的眼睛里渐渐呈出他真实的样子。不禁自问，在这之前，我对他的了解到底有几分？

　　夕阳西斜，无私派区域可远远称不上宁静，无畏者和无派别者游荡在大街小巷，有人手拿酒瓶，有人则一手拿着酒瓶，一手握着枪械。

　　前面，齐克用轮椅推着桑娜，经过前无私派领导爱丽丝·布鲁斯特的房子，丝毫没注意到我的存在。

　　"再来一遍！"她喊道。

　　"你确定？"

　　"当然！"

　　"好吧……"话音刚落，齐克便推着轮椅疾步小跑起来，跑啊跑，都快要跑出我的视线了，突然之间，他双手按在轮椅把手上，双脚抬起，他们俩就这样沿着路中央滑了下去，桑娜兴奋地尖叫着，齐克也大笑起来。

　　走到下一个十字路口，我往左一转，沿着凹凸不平的人行道，朝无私派每月召开例会的大楼走去。好久好久没去过那里，可方位和路径还算记得清楚，朝南走一个路口，再朝西走两个路口。

　　走着走着，太阳慢慢地朝地平线落下。周围的建筑物渐渐地都看不到颜色了，看起来全是灰色的。

无私派总部与这片区域其他的楼房大同小异，外面看来，这只是一栋矩形的水泥房子。推门而入，映入眼帘的却是那再熟悉不过的木地板和几排木椅组成的正方形区域，屋子的中央装着一个正方形天窗，落日的余晖射过这道天窗，投下一片橙色的光，成为这屋子里唯一的点缀。

我找到了我们一家人经常坐的椅子坐下，那时我坐在父亲旁边，迦勒和母亲坐在一起，曾经幸福美满的普勒尔家庭，怎么就分崩离析了？内心有种失落，总觉得自己是这个家庭剩下的唯一一员。

"这里还不错，对不对？"马库斯走了进来，坐在我的对面，双手紧紧地按着大腿。我们之间隔着的，恰是这绚丽的落日余晖。

他下巴处有一大块淤青，那是托比亚斯留下的"印记"，他的头发也长长了不少。

"还好。"我挺了挺身体，"你来这儿干什么？"

"我看你进来了。"他垂下目光，仔细看着自己的指甲，"想和你说句话，谈谈珍宁·马修斯窃取的资料。"

"那如果我说你晚了一步呢？如果我已经知道了，怎么办？"

马库斯猛地抬起头，深色的眼睛微微眯起，尽管他们父子俩的眼神有些相似，可他眼睛里流露出的恶毒是托比亚斯没有的："绝不可能。"

"你怎么知道？"

"我的确知道。我观察过知道真相的人，他们几乎忘掉手头上所有的工作，徘徊不停，似乎只是想想起什么。"

阵阵寒意爬过我的脊背，扩散到我的胳膊，一层鸡皮疙瘩霎时间就起来了。

"珍宁为了得到资料，不惜杀害整个派别中一半的人，这消息肯定非比寻常的重要。"我突然顿了下，想到些什么。

那天，就在我袭击珍宁前，她曾说过这样一句话："这和你无关，和我也无关！”

“这”指的是她挖空心思要实现的目标——找出能控制我的情境模拟血清，意欲操控所有分歧者。

“这资料和分歧者有关，”我不假思索地继续说道，“对，它还和城市围栏外的世界有关。”

“知道这些跟知道资料的内容是两码事。”

“好吧。说吧，你到底告不告诉我？你这是拿根绳子吊着它让我蹦起来够吗？”

“我来这里不是和你拌嘴的。还有，我不会告诉你，并不是我不想告诉你，只是我不知怎么告诉你，只有你亲眼看到才能明白。”

他嘴皮子一张一合，我的眼光却留意着这落日余晖，此刻橙多过黄，光线落在他的脸上，投射出阴影。

“托比亚斯说得对，你的确想做世上的唯一，唯一一个知悉秘密的人，这样才让你显得地位尊贵，对不对？也正是这样，你才不会告诉我，别找其他的烂理由，别说什么不知怎么告诉我的鬼话。”

“这并非真话。”

“我为什么要信你？”

马库斯直直地盯着我，我也毫不示弱地回盯着他。

“情境模拟屠杀的前一周，无私派领导商讨决议，决定近期把文件资料公开告诉所有人，整个城市的所有人。初定的公布时间是屠杀发生那天的七天后，当然，我们没机会了。”

“她不想让你泄露城市围栏之外世界的信息？为什么？对了，她怎么知道的？你不是曾说这信息只有无私派领导才知道吗？”

“碧翠丝，听着，我们并非来自这片土地，而是很久以前被人‘安排’在这里，以达到一个特殊的目的。为了这个目的，我们本想求助博学派的帮助。就因为珍宁个人的私心，她不想按着我们所应该遵循的规则行事，情愿让事情演变成暴力和屠杀。”

"安排"在这里？

刹那间，无数个问题直冲我的脑门，我下意识地抓住了椅子的边沿。

"那我们应该做什么呢？"我轻声问道，声音又柔又轻，只比耳语多用了一点点力气。

"我觉得我说的这些足以证明我的清白，我没骗你。至于剩下的，我没办法告诉你。该说的我都说了，此刻形势已岌岌可危。"

岌岌可危。我突然间明白了问题所在。无派别者要做的是毁灭一切，绝不仅仅是杀掉博学派的几个主要领导这么简单，他们还要毁掉所有的数据，夷平博学派。

我从未赞同过无派别者的计划，我一直觉得就算数据毁掉了，也是可以弥补的，因为博学者就算没了数据，也还是记得他们所需要的知识。可若无派别者摧毁了一切，这数据就永远不能挽回了。

"我如果帮你，就是背叛了托比亚斯，就可能失去他。"我沉重地咽了下口水，"你必须给我一个有说服力的理由。"

"这件事关系到整个城市所有人的切身利益。"马库斯厌恶地皱了皱鼻子，"这个理由还不够吗？"

"这城市已经四分五裂了。这个理由不够。"

马库斯叹了口气。

"你父母的确是为你而死。在你差点被淹死的那天夜里，你母亲碰巧也在无私派总部，可她不是为救你而去的，之前也不知道你关在那里。她去那里只是想夺回珍宁手中的资料，碰巧听到你遇险了，就放下手头的任务，赶去救你了。"

"她不是这样对我说的。"我愤怒地说。

"她骗你的，当然，她只能那么说。碧翠丝，关键……关键是你母亲肯定知道自己没办法活着走出无私派总部了，还是拼尽了全力。她为了保护资料，不惜献出了自己的命。你懂不懂？"

若迫于形势，无私者会为任何人而死，不管这人是敌是友，也正因为如此，在危急关头，他们活下来的几率很小。可让无私派甘于赴死的东西却少之又少，因为他们并不看重物质世界的东西。

假如他没有说谎，母亲真为这资料甘愿赴死……作为她的女儿，我不该袖手旁观，不该漠然视之，我要负起这个责任，走完她生前未走完的路。

"你是不是想操控我？"

"我觉得，一切还是要靠你自己决定了。"阳光斜斜地打在他的眼窝处，投下了一块儿暗若黑水的阴影。

第三十八章
扫荡大动员

回伊顿家的路上，我故意放缓了脚步，努力回忆着攻击情境模拟时母亲把我救出水箱时说的话——她说自战争号角吹起就一直观察火车的动向；她还说，我也不知道找到你后该怎么办，只是一心要救你。

母亲的声音回荡在脑海，我总感觉有些不对劲。我也不知道找到你后该怎么办，这句话隐藏的意思便是：我不知道怎么才能既去救你，又保护资料文件，只是一心要救你。

我摇头再摇头，不知道这是母亲的原话，还是我受了马库斯的影响，记忆有些混乱了。可也无从查证，只能思量要不要信任马库斯。

马库斯做的有些事虽残忍恶毒，可在我们的世界中，人并不单单分为"好"和"坏"两种。残忍的人并不一定满嘴谎言，就如勇敢的人并非都心地善良一样。马库斯不是好人也不是坏人，他身上两者都有。

可能他"坏"的成分远远超过"好"的成分。

但这并不代表他会说谎。

我看到前方有橙红色的火光闪烁，于是警觉地加快了脚步。原来火焰是从人行道上摆着的几个金属大碗里升起的。无畏者和无派别者分立在大碗之间，摇曳的火光隔开了这两拨人。伊芙琳、哈里森、托莉和托比亚斯站在队伍的前面。

在右边的无畏派人群中，我看到克里斯蒂娜、尤莱亚、琳恩、齐克和桑娜。

"你跑哪儿去了？"克里斯蒂娜嗔怪我说，"我们一直找你找不到。"

"出去散了散心。这边这是怎么了？"

"终于要公布扫荡博学派的计划了。"尤莱亚抢过话头，语气里满是期待。

"哦。"我回道。

伊芙琳举起双手，掌心向外，示意人群安静。原本喧哗的无派别人群顿时鸦雀无声，而无畏派则花了半分钟时间才静下来。

"过去几周我们一直在为对抗博学派绞尽脑汁，一直筹划一个万全之策。"伊芙琳声音低沉，却不失自然，"现在，我们已想出了计策，马上就分享给大家。"

伊芙琳冲托莉点了点头，示意她来说，托莉开口介绍："此计策并非有针对性的计策，只是一个大体上的策略。我们既然不知道哪些博学者站在珍宁一边，哪些反对她的行径，在这里，我们只能假设所有反对她的人都已撤离博学派总部。"

"想必大家都知道，博学派之所以强大，几乎全是靠他们手头所掌握的信息。"伊芙琳补充道，"若斩草不除根，这些信息还落在他们手中，我们永远都别想摆脱他们的魔爪，更别提我们中的大多数人随时都有可能被情境模拟系统控制住。他们用信息科技控制我们，用一根手指头就可以奴役我们，我们已经受制于他们太久了，是时候拿起武器反抗了。"

无派别人群中传出一声赞赏的高呼，这呼喊感染了其他人，无畏者也呼叫起来。一时间，声音此起彼伏，一波又一波，所有人似乎变成了同一个肌体，被同一个大脑控制着。我内心百感交集，情绪有些复杂。看着他们为彻底消灭博学派和他们的财富欢呼，我没法确定自己的立场。

我望向托比亚斯，他的神情没有一丝变化，似乎保持着中立态度。他站在火光后面，让人不易瞧见，不知道他对此作何感想。

"注射了情境模拟传输器的人请留下。很抱歉，可我们绝不能冒险，一旦模拟系统被激活，你们随时都可能成为博学派手中的武器。"

人群中响起几声抗议，但更多的是沉默，也没人露出惊讶的表情。或许，他们心里都知道被模拟控制有多么危险。

琳恩哼了几声，看了眼尤莱亚，无奈地说："我们得留在这儿？"

"是你们得留在这儿。"他更正道。

"你也中枪了啊，我看到了。"她说。

"你忘了我是分歧者了？"他说完这话，便脚步匆匆地离去，估摸着是不想听琳恩絮叨政府阴谋论那套吧。琳恩翻了个白眼："反正，我敢打赌，就是跟着去，也没人会检查的。珍宁若知道'中枪'的人都没来，那也犯不着启动情境模拟了。"

琳恩眉毛紧蹙，思忖着这话。等托莉继续讲话时，她看起来已经高兴了不少——当然，她最高兴的时候看起来也不过如此。

"余下的人分成不同的小分队，无派别者和无畏者混在一起。大部队先闯入博学派总部，从下往上清除异己，开辟道路。其他的小分队直接冲往高层除掉博学派的关键领导人。具体任务分配今晚晚些时候再告诉大家。"

"讨伐行动定在三天后。"伊芙琳说，"大家做好准备，这是一场危险且艰难的行动。相信无派别者对'艰难'二字并不陌生……"

无派别人群中响起一波波的呼声。我猛然想起，就在几周前，无畏者还猛烈抨击无私者给予无派别者食物与其他必要生活用品的做法，短短几周，大家为何忘得一干二净？

"而无畏者经常面对'危险'……"

周围的人挥舞着拳头，大声呼喊着，这声音好像回旋在我的脑海中，胸口感到胜利的灼痛，让我情不自禁想要加入他们的行列。

伊芙琳表情空洞，好像带了一个天然面具，神色与表情都跟她那激动人心的宣讲格格不入。

"打倒博学派！"托莉高呼，无畏者和无派别者纷纷效仿，重复着这句话，呼声震天。此刻，我们的确有共同的敌人，可这真的意味着我们是朋友吗？

托比亚斯和克里斯蒂娜原地站着，并未响应。

"总感觉不太对。"克里斯蒂娜说。

"什么意思？"琳恩说，周围的声浪越来越高，"你忘了他们对我们做过什么吗？用情境模拟控制我们，让我们没有一丝意识地杀掉所有的无私派领导？"

"没忘啊。"克里斯蒂娜回道，"可……踏平博学派总部，这血腥的杀戮和博学派横扫无私派的大屠杀又有什么区别？"

"当然有区别了，咱们这次讨伐并不是无缘无故的。"琳恩皱眉看着她。

"是啊，我知道。"克里斯蒂娜说。

她看着我，我一言未发，心里却赞同她的话。她说得有理，的确感觉不太对。

我朝着伊顿家走去，想寻个清静。

我推门而入，爬上楼梯，走进托比亚斯的卧室，坐在床边，注视着窗外的喧哗。无派别者和无畏者聚在篝火旁，虽有说有笑，似是打成一片，可他们之间还是有一道无形的分割线，无派别者在线的这边，而无畏者站在线的那边。

我的视线落在其中一堆篝火旁，琳恩、尤莱亚和克里斯蒂娜围火而立。尤莱亚伸手快速穿过火焰，动作很快，火焰烧不到他，他笑了笑，可更像是扮了个鬼脸，他心里还是被悲痛所占据。

不一会儿工夫，门外传来了脚步声，托比亚斯爬上楼梯，推开门，在门口脱了鞋。

"怎么了？"他问。

"其实也没什么。"我道，"我只是觉得纳闷，无派别者怎么这么快就同意和我们联手？无畏者又从来没给过他们任何好处。"

他走到我身边，微微弓着身子，斜靠在窗框上。

"我也觉得这种联盟有些牵强，只能说，我们有共同要讨伐的敌人。"

"现在还勉强说得过去，那等这共同的敌人被歼灭后呢？无派别者想打破上百年的派别制度，无畏者却不想脱离派别。"

托比亚斯把嘴抿成一条线，我心里一抖，忽地想起那天马库斯和约翰娜在果园里的对话——马库斯想隐瞒什么秘密时，也会摆出一副同样的表情。

托比亚斯抿嘴所为何事？是和马库斯表达同样的意思？还是有别的什么意思？

"三天后的讨伐行动，你和我分到一队，"他说，"希望你不要介怀。我们要领路突击博学派总部的控制室。"

我面前摆着两条路：一条是讨伐行动；另一条是找出珍宁从无私派窃取的资料。两者之中，只能选其一。

托比亚斯曾说，讨伐博学派要比找出真相更为迫切。若他没答应让无派别者处理博学派名下所有的数据信息，我可能会相信他，可如今，他的选择倒是堵住了我的去路。假如马库斯没有说谎，假如真有他口中的"岌岌可危"之事，我别无选择，只能联手马库斯，和我最爱的人作对。

此时此刻，我不得不撒个谎。

我摆弄着手指。

"怎么了？"他问。

"我还是没法开枪。"我抬头望着他，"经历了在博学派总部的事……"我清了清嗓子，"我不想再冒险了。"

"翠丝，"他用手指轻轻抚着我的脸颊，柔声说道，"你不想去可以不去。"

"可我并不想当个懦夫。"

"别这样说，你为无畏派已做了太多太多，你……"他满脸严肃，手指掠过我的下巴。他的手很凉。

他轻声叹了一口气，额头抵住我的额头。

"你是我见过最勇敢的人。留下来，让自己慢慢痊愈吧。"

他轻轻吻着我，我却感觉自己再一次崩塌，从内心深处开始，一点一点倒下。他觉得我会留在这里，我却骗了他，非但不会留下，还要和他最讨厌的人联手。谎言，这是我一生中说过的最差劲的谎言。但木已成舟，覆水难收。

我们分开时，我好怕他会听出我的呼吸在颤抖，因此我转身面向窗户。

第三十九章

乔装出围栏

“天哪，你真是活脱脱一个弹班卓琴的友好派傻姑娘。”克里斯蒂娜夸张地说。

“真的假的？”

“没有啦，一点儿也不像。只不过……我帮你打扮一下，好吧？”

她在包里摸索了一会儿，掏出一个小盒子，里面装着些瓶瓶罐罐，看起来像是化妆品，但我不知道怎么用。

这是我父母的房子，是我唯一想到我们可以好好准备的地方。克里斯蒂娜毫不客气地在房子里翻来翻去，她在梳妆台和墙的夹缝里还发现了几本夹在其中的书，都是迦勒博学派个性的见证。

“等等，你离开无畏派基地是准备作战……还带上了化妆包？”

“没错。你想想，如果他们见到魅力四射的大美女，还舍得下手开枪吗？”她扬起一条眉毛，“等等，别动。”

她掏出一个和我手指一般大小的黑色物品，拔开盖子，露出一根红色的棒棒。很显然是口红。她拿着口红在我唇上抹了抹，又用手指擦了擦，我的双唇变得红红的，我一噘嘴就能看到。

“你知道拔眉毛的神奇效果吗？”她举起一个拔眉毛的镊子。

“我才不用这东西呢。”

"好吧。"她轻叹了口气，"我打这个颜色的腮红，不过这颜色不衬你的肤色。"

"是吗？我们俩肤色这么像，怎么会不适合我？"我半开玩笑地说。

"哈哈哈。"她大笑了几声。

一切准备就绪。我已是朱唇两片，睫毛卷曲，一身亮红色衣裙，膝盖内侧藏了一把刀。一切符合计划所需。

"我们要在哪儿跟'终结者'马库斯碰面？"克里斯蒂娜问，我看了看她，她穿的不是红色而是黄色，这颜色被她暗色的皮肤一衬，像是在发光。

我大笑着说："无私派总部后面。"

我们摸黑沿着人行道走着。现在这个时间点，其他人应该在吃饭——我就是趁着这个时间来的——怕碰巧遇到熟人，我们都穿了件黑外套，挡住了友好派的衣服。前边突然有个大坑，我下意识地跳了过去。

"你俩这是去哪儿啊？"皮特的声音从身后传来，我转过头，看到他站在我们身后，不知站了有多久了。

"怎么没和你的队友一起吃晚餐？"我问。

"我没什么队友。"他敲了敲被我射中的枪口，"受伤了。"

"哦，可不是吗，忘了你中枪了！"克里斯蒂娜讥讽道。

"我不想和一群无派别者并肩作战，"他那双绿眼睛闪着光芒，"所以我要留在这儿。"

"真是个胆小鬼。"克里斯蒂娜撇着嘴，不屑地说，"让别人替你擦屁股，自己享清福。"

"没错！"他语调中透着种恶毒的愉悦，突然双手一拍，大声说道，"那祝你们开开心心去死。"

说着他吹着口哨，大步流星地朝反方向走去。

"很好，我们转移了他的注意力，幸好他没再问我们这是要去哪儿。"

"没错。很好。"我轻咳了一声，"咱们这个计划是不是有些傻呀？"

"也不算……傻。"

"拜托。傻子才信马库斯的鬼话，傻子才想骗过把守城市围栏的无畏者，傻子才会对抗无派别者和无畏者的计划。你看看，我们占全了……真是人类历史上闻所未闻的终极愚蠢。"

"很不幸地告诉你，这是目前看来最好的办法。"她一针见血，"除非你不想知道真相。"

当初踏上死亡之路前，我曾把这个重要任务交给克里斯蒂娜，若现在又不相信她，就太愚蠢了。我本来担心她不会跟我来，可又一想，觉得自己想多了：克里斯蒂娜转自诚实派，追求真理被视为重中之重，虽说她现在已是无畏者，可经历了这么多起起伏伏、生死离别，我悟出了一个道理，任我们怎么逃，也无法摆脱出生派别的影子。

"这就是你出生的地方。你喜欢这儿吗？"她眉头一锁，"你既然离开了，肯定就不喜欢喽。"

夕阳一寸寸沉下地平线，无私派区域在落日的余晖中更显得有些单调。我曾经无比地讨厌傍晚那令人压抑的灰色，可不知为什么，现在又觉得这种一成不变的灰色透着阵阵暖意。

"有喜欢的事情，也有不喜欢的事情，"我说，"有些东西失去了才意识到曾经拥有。"

脚步匆匆，我们经过无私派总部。从外面看，这只不过是一座和其他楼房并无二致的矩形房子，对于我，却意义深重。要不是时间短暂，我肯定去会议室看看，尽情地吸一口旧木的沉香，可我们只能穿过楼房旁的巷子，急急朝后院走去，赶着跟马库斯会合。

一辆灰蓝色的小卡车停在后院，马达已启动，马库斯坐在主驾驶的位子。我示意克里斯蒂娜先上，坐在我和马库斯中间。只要能不跟马库斯挨在一起，我就坚决不跟他挨着。虽然我答应与他联手找出真相，可总觉得对他的恨能减轻我背叛托比亚斯的负罪感。

你没有退路了，我默默告诉自己，没得选了。

这样想着，我带上了车门，摸索了一下安全带，却只找到一个磨损得不像样子的安全带头儿和一个坏掉的带扣。

"你从哪儿搞到这烂车的？"克里斯蒂娜问。

"从无派别者那边偷的，他们会修这玩意儿。我好不容易才发动。对了，姑娘们，你们最好把外套扔掉。"

我把外套团成一团，从半开的窗子扔了出去。马库斯将小卡车打到启动挡，它开始怒吼，当他踩下油门，我内心有点期待这车动不了，可它还是拖着笨重的身子往前开了。

在我模糊的记忆中，从无私派总部到友好派总部大约有一个小时的车程，而且还需要高超的驾驶技术。马库斯把车开上了一条主干道，重重地踩下油门，我们猛地往前冲，惊险地避开了路面上的一个大洞。我只得抓着仪表盘稳住身体。

"碧翠丝，不用那么紧张，"马库斯说，"我以前开过车。"

"我以前做过的事情多着呢，可也不能说我什么都在行。"

马库斯微微一笑，猛地往左边一拐，避开了一个倒在地上的交通信号灯，还没回过神来，卡车压过一堆碎瓦砾，克里斯蒂娜高声呼啸，仿佛这是她一生最开心的时光。

"另一种愚蠢行为，是吧？"她顶着吹进驾驶室的呼呼大风，大声呼喊着。

我双手紧紧抓着座位，克制着自己尽力不去想今晚吃了些什么。

卡车抵达城市围栏，几个无畏者出现在车头灯射出的光柱中，挡住

了我们的去路。黑衣服上的蓝袖章格外扎眼。我努力摆出一副欢快愉悦的神情，若还不敛去这满面阴沉，肯定没法儿让他们相信我们是友好派。

一个手拿枪支的黑皮肤男子走到马库斯的车窗前，拿着手电筒先照了照马库斯，电筒的光线扫过克里斯蒂娜，又落在我脸上。我半眯着眼，脸上强挤出笑意，装成我不在乎被这强光照射眼睛，也毫不介意别人用枪支抵着我头的样子。

友好者若真这样想，他们的精神估计错乱得不轻，当然，也可能是吃多了那些面包的关系。

"给我解释一下，为什么一个无私者和两个友好者会同坐在一辆车里？"

"这两个姑娘自告奋勇，要给市里送些粮食，"马库斯说，"我也自愿帮她们，保护她们的人身安全。"

"对了，我俩也不会开车。"克里斯蒂娜咧嘴笑着说，"老爸在好多年前就想教我开车，我却一直傻傻分不开刹车和油门，你能想象到吧？真是恐怖死了。不管怎么说，乔舒华能自愿载我们一程，真是太好了，你看看，要是我们两个手无缚鸡之力的姑娘把这么沉的箱子就这样一箱一箱从这里搬到市里，估计一辈子都搬不完……"

这个无畏派男子摆了摆手，有几分不耐烦地说："别说了，我知道了。"

"哦，先生当然能懂啦，真不好意思。"克里斯蒂娜发出一串咯咯的笑声，"我就想跟您解释解释，看先生您的表情有些困惑，也难怪啦，您说一辈子能遇过几次这种事呢——"

"没错。"他打断她的话，"那你们还打算回去吗？"

"暂时不会。"马库斯说。

"好，那走吧。"他朝站在大门旁的几个无畏者点了点头，一个人在键盘上噼里啪啦地输入一行数字，大门缓缓打开。我们闯过了这一关。马库斯冲着放我们走的男子点了点头，把车开上那条破旧的小路，朝着友好派总部进发。车灯照亮了路上的轮胎印记，两边的草地。草地里的昆虫成群飞舞。往右看去，一片黑幕中，萤火虫发出点点亮光，摇摇晃晃，宛若心跳的节奏。

过了一小会儿，马库斯瞥了克里斯蒂娜一眼，不解地问："你刚才那是干什么？"

"无畏者最厌烦的就是友好派那欢快的絮叨，"克里斯蒂娜耸了耸肩，"我估摸着，他要是烦了，肯定就放我们走了。"

我露齿而笑："你果真是个天才。"

"是的，智商高没办法。"她甩了甩头，似是把头发甩到肩头，只是她那头小短发，甩也甩不开。

"不过，乔舒华可不是个无私派名字。"马库斯说。

"随便啦，没几个人知道。"

前方出现了友好派的亮光，熟悉的木房子众星捧月般围着中心的温室。小卡车穿过苹果园，空气中飘着泥土的清香。

又想起母亲伸手采摘苹果的样子，那是多年前的一天，我们一家来这里帮友好派采摘水果。心中微微一痛，不过这痛并没有几周前那般窒息。究竟是什么变了？或许是因为我踏上的路恰是完成母亲未完成的心愿，又或许，眼前的一切太过沉重，我也无暇悲伤。

马库斯把小卡车停在一间安静的小屋旁，我才发现这车没有打火的钥匙。

"你怎么发动车的？"我问。

"我父亲教给我很多机械和电脑方面的东西，"他答，"我把这些知识也教给了自己的儿子。你不会以为他自学成才吧？"

"我还真这么想的。"我推开门，爬下小卡车。青草拂过我的脚趾和小腿肚，酥酥痒痒的感觉。克里斯蒂娜站在我右边，仰着头。

"这里真是世外桃源。"她说，"在这里，几乎能忘掉那边的一切纷争。"她用大拇指指了指市里的方向。

"这里的人还真这样。"我说。

"他们知道城市围栏外是什么样，对不对？"她问。

"他们知道的不比无畏派巡逻队那些人知道的多，"马库斯沉声说道，"也只知道城市围栏外是一个未知和危险的世界。"

"你又是怎么知道的？"我问。

"我们这样告诉他们，他们就这样认为了。"他一面说着，一面朝温室走去。

我和克里斯蒂娜交换了个眼神，一路小跑，赶上他的步伐。

"这话又是什么意思？"

"当你身负重任，掌握了一切重要的信息，就必须得拿捏一下什么该公开，什么又不该公开。"马库斯凝重地说，"无私派领导只公开一些必要信息。不说这个了，说一下约翰娜吧，希望她现在还待在温室里。"

他推开温室的门，里面的空气依旧如上次一般厚重，只不过这次带着雾气，湿润润地拂过我的脸颊，带着几分凉意。

"哇！"克里斯蒂娜惊呼道。

温室里只有月光照明，很难分辨出里面的东西是庄稼，是树，还是人造建筑。我沿着屋子的外缘走，一路上叶子轻轻抚着我的脸。约翰娜蹲在一株灌木边，手中捧着碗，正在采摘树莓，她的头梳到了脑后，脸上的疤痕清晰可见。

"普勒尔小姐，真没想到我们还能在这个地方再碰面。"她说。

"是因为我应该死了吗？"我反问。

"在我看来，以枪为生的人最终也会葬身枪下。不过我也经常遇到这样的惊喜。"她把碗摆在双膝上，抬起头，看着我说，"你们来这里，肯定不是因为喜欢这里吧？"

"没错，我们来这里是为了其他事。"我说。

"好。"她说着便站起身，"去那边再说吧。"

她端着碗朝屋子的中央走去，友好派的会议大都在那边召开。我们跟在她身后，走到大树根部，她坐稳后，递给我装满树莓的碗，我抓了一把，又把碗递给了克里斯蒂娜。

"约翰娜，这位是克里斯蒂娜，"马库斯说，"她是转自诚实派的无畏者。"

"克里斯蒂娜，友好派欢迎你。"约翰娜意味深长地笑了笑。看着她们两个人，我内心升腾起很多不解。两个同是出生在诚实派家庭的人，怎么走上了截然相反的道路？一个成了无畏者，一个成了友好者。

"马库斯，告诉我你们来这儿的原因吧。"约翰娜说。

"还是让碧翠丝说吧，我今天就是个司机。"他答。

她没有一丝迟疑，立即将注意力转向我，可我还是从她拘谨的神情中看出，她更想和马库斯谈。我若真这样问她，她八成会否认，可我敢肯定，约翰娜·瑞斯讨厌我。

"啊……"我有些语塞，一时不知说什么才好，不过这一声"啊"还真不是什么好的开场白。我伸开手，双手在衬衣上擦了擦，半天吐出了几个字，"现在形势越来越严峻了。"

似乎开了个头，就有说不完的话，我滔滔不绝地打开了话匣子。说完无畏派联手无派别，意图扫平整个博学派，让两大重要派别之一的博学派在这座城市永久消失，我又提到了博学派的重要性，他们手头上不仅仅有科技知识，还掌握着一些绝密的信息，一旦损毁，后果不堪设想。我们必须去查清楚。终于闸住时，我猛地意识到自己并未把所说所想与约翰娜和友好派挂上钩，当然，我也不知如何说起。

"碧翠丝，我有些糊涂了。那你们到底想让我们做些什么？"

"我来这也不是寻求支援，"我说，"只觉得你不应蒙在鼓里。大批大批的人快要丢掉性命，相信你不会坐视不管，当然，贵派肯定也有人不希望参战。"

她垂下目光不看我，可扬起的嘴角告诉我，我所说的一切不无道理。

"还有一件事，我们能不能和贵派避险屋的博学者聊两句。我知道他们藏在这儿，我需要和他们说几句话。"

"你想做什么？"她问。

"开枪崩了他们。"我翻了个白眼，戏谑道。

"现在可不是开玩笑的时候。"

我轻声叹息道："不好意思。我只是想从他们那儿获取些信息，没别的。"

"你们必须得等到明天。"约翰娜说，"不过今天可以在这过夜。"

初升的太阳从树枝中洒下几缕阳光，我走出门外，缓步而行。果园附近，一小群友好者聚在一起，我很好奇他们为何在此，脚步不自觉地朝他们的方向走去。

我头一挨枕头就呼呼睡了过去，第二天清晨起得倒比预计的早一些，天边微微露白，太阳缓缓从地平线升起。

隔着一条狭窄的过道，克里斯蒂娜睡在另一张床上，脸紧贴在褥子上，枕头压着头。两张床之间摆着一张放台灯的小桌。脚下的木地板无论踩在哪儿，都吱呀吱呀地响。左边的墙上随意地挂着一面镜子，看来只有无私者会把镜子当作禁忌。直到现在，我每看到镜子公然地摆在眼前，还是不由得惊一下。

我穿好衣服，并没有刻意地轻手轻脚。克里斯蒂娜若是熟睡，五百个无畏者跺脚也吵不醒她，可奇怪的是，博学派的低声耳语却能一下子把她唤醒。

初升的太阳从树枝中洒下几缕阳光，我走出门外，缓步而行。果园附近，一小群友好者聚在一起，我很好奇他们为何在此，脚步不自觉地朝他们的方向走去。

他们围成一圈，双手紧握，大约一半的人是十二三岁的孩子，剩下的差不多已到成年，年龄最长的是一个编着辫子的灰发女子。

"我们所信仰的上帝给予人类和平并珍视和平，"她念着，"于是你我给予彼此和平，珍视和平。"

对我来说，这话完全不存在什么提示。可这些友好派的人像听到指令一般，都迈开脚步，走到这圆圈的对侧，两人一组互相握着手：有人只是手交握着，站在原地互相对视着；有人微笑着，时不时嘀咕几句；有人只是静静地站着。没几秒钟工夫，他们松开手，又找到另外一个人，互相重复着相同的动作。

我从未见过友好派的宗教仪式，只是熟悉无私派的宗教信仰。说起父母派别的宗教，什么饭前祈祷、每周例会、帮助别人，还有对无私上帝的赞美诗……对于其中一些仪式，我如今仍然信仰，其他一些则觉得蠢得可以。可友好派的仪式跟无私派不同，似乎是种神秘的仪式。

"来呀。"灰发女子满脸微笑，招呼我说。我还是反应了好久才知道她这是和我说话。

"不了，不了，"我说，"我只是——"

"来吧。"她又热情地招呼了我一声。带着一些无奈，我走向前，也站在他们的队伍中间。

她是第一个走到我身边的人，先是握起我的手，她的手指干枯、皲裂，眼光却十分坚定，追随着我的目光，我回看过去，有些怪怪的感觉。

似乎就在一瞬间，我移开了目光，只是呆呆地立着，每一块肌肤都静止，五脏六腑仿佛有千斤重，这重量却没有令人不快。她纯棕色的双眸没有一丝犹疑。

"在这动乱时期，"她沉声说道，"愿上帝的平静与你同在。"

"为什么？"我柔声问，故意不让别人听到，"我做了这么多坏事……"

"和你无关，"她答，"这是上帝的礼物，若要你来争，它就失去了礼物的价值。"

她放开我的手，又朝其他人走过去。我一时有些发愣，伸出的手却没放下，另一个人走了过来，正想抓我的手，我却一把抽回来，走了出去，先是慢慢走着，接着拼命地跑起来。

穿过茂密的枝叶，我奋力跑着，跑到肺部缺氧，疼痛如火烧，才停住脚步。

我把额头抵在最近的树干上，枯干的树皮刮擦着我的皮肤，我努力把泪水吞了回去。

那天上午晚些时候，我在蒙蒙细雨中走到温室，参加约翰娜召开的紧急会议。

我躲在屋子边上，尽量让两大棵挂在屋顶的植物把我掩住。过了好一会儿，我才看到克里斯蒂娜，她穿着黄色衣衫，站在屋子的右边。不过马库斯很显眼，他和约翰娜一起站在大树裸露的根部。

约翰娜双手合十放在身前，头发梳到脑后。脸上的伤疤也伤及她的眼睛，一个瞳孔散光，几乎看不到虹膜，右眼扫视着眼前的友好者，左边那受伤的眼睛却没跟着转动。

不过聚在这里的人不全是友好者，放眼望去，有的男子留着小平头，女士则扎着整齐的发髻，必是逃难至此的无私者，还有几排戴眼镜的博学者，卡拉也在其中。

"我获知了市里的动向，"等人群中嘈杂声渐渐平息，约翰娜开口说话了，"现在需要和大家讨论讨论。"

她拽了拽衣摆，双手交合，握于胸前，看起来很紧张。

"无畏派已和无派别者联手，意欲在两天后攻克博学派总部。此次扫荡攻击的对象并非效忠博学派的无畏派军队，意在屠杀博学派无辜大众，摧毁他们辛苦研究的成果。"

她垂下眼睛，深深地吸了口气："我知道，咱们友好派没有正式的领导，我也无权要求大家听我的话，可我诚恳地希望得到大家的谅解，请你们原谅我的无礼，向大家致以深深的歉意。请大家重新考虑一下保持中立的决定。"

大家纷纷低声交谈，和无畏派的私语声不同，他们的声音更柔和一些，宛如从树枝上起飞的鸟儿，发出脆亮的啼鸣。

"放下我们与博学派长久的伙伴关系不说，博学派的重要性，这点我们比任何其他派别都更了解。"她说，"且不说屠杀行为有悖人性，单说我们离开他们就无法进步和生存这一点，就有必要保护他们的安全，阻止惨绝人寰的杀戮。因此，我建议大家以非暴力的和平使者身份，阻止这场即将发生的扫荡。请大家讨论。"

豆大的雨点啪啪地打在头顶的玻璃镶板上。约翰娜坐在树干上默默等着，这群友好派人士却不似上次那般一下子就开始讨论，而是低语着，声音几乎被头顶的雨声掩住。这耳语般的喃喃声不一会儿就演变成激烈的讨论，声浪一波高过一波，有人几乎要吵起来了，却又不是真的在吵。

所有声音混杂在一起，我觉得浑身阵阵发凉。这两个月来，我也听过不少争论，可偏偏这一场让我心惊胆寒。要知道，友好派一般不会激辩争论。

我不想浪费时间，于是穿过屋子的边沿，从友好者身边挤过去，又小心地跨过坐在地上的人的手脚。有人盯着我不放，也许是因为我虽然穿着红衣服，可锁骨上的文身还是太扎眼了，从远处望，都清晰可见。

我走到博学派人群中停下，卡拉看到我走过来，忙双手抱胸，站起身来。

"你来这儿干什么？"她问。

"我来把最近发生的事告诉约翰娜，还有就是寻求帮助。"

"寻求谁的帮助？我吗？为什么——"

"不只你一个，"我试着语气平淡地说，想努力忘记她曾说我鼻子怎么怎么样，"是来找你们帮忙，我已制定出保护博学派数据资料的计划，可还是需要你们帮忙。"

"确切地说，是我们制定出的计划。"克里斯蒂娜补充道。

卡拉的目光从我身上移开，打量了克里斯蒂娜一下，又重新看向我。

"你们想要帮助博学派？这我就不懂了。"她疑惑地说。

"你不是曾帮助过无畏派吗？"我道，"我们也不是盲目地听从组织错误指挥的人。"

"这倒是挺符合你做事风格的，无畏者从来都容不得别人挡他们的道。"卡拉道。

我喉咙干涩发疼，惊觉她和威尔长得真像，双眉间有一道抬头纹，金发中夹带着丝丝黑发。

"卡拉，你帮还是不帮？"克里斯蒂娜问。

卡拉轻叹一声："我当然会帮你们，其他人也肯定会帮的。等会议一结束，你们来我们宿舍说说你们的计策。"

大约一小时后会议才结束。雨也停了下来，雨水仍沿着玻璃墙和天花板慢慢滑落。我和克里斯蒂娜倚靠在墙上，玩起了游戏，看谁能压住对方的拇指，她每次都赢。

约翰娜和其他几位讨论组组长站在树根上，排成一排。约翰娜低着头，头发又一次挡住了伤疤，我本以为她会分享讨论的结果，可她只是双手抱胸，手指轻轻敲着肘关节，一言未发。

"怎么了？"克里斯蒂娜小声说。

约翰娜终于抬起了头。

"很显然，在这个问题上我们很难达成一致，"她说，"不过大部分人赞同保持中立方案。"

说实话，友好派参不参战对我来说没有丝毫影响。但这样的决定在我听来，就是懦弱的表现。心中隐隐有种期盼，希望友好派还能出几位勇士。于是，我又倚着窗子坐下来。

"我们这个群体带给我很多东西，而我最不希望的就是鼓励分化。"约翰娜继续说道，"请大家原谅我，我内心的良知拷问着我，让我不得不反对这个结果。欢迎各位与我想法相同的人跟我向城市进发，尽我们的绵薄之力。"

我起初的反应和大家一样，都没明白她的话是什么意思。约翰娜侧过头，脸上的疤痕清晰可见，补充了句："我明白，这个决定意味着我将不再是友好派的一员。"她忍住抽泣声，"希望大家明白，假如我不得不离开，我是怀抱热爱而非憎恨地离开。"

约翰娜朝着人群鞠了一躬，将头发掖到耳后，朝着出口方向走去。三三两两的友好者站起身来，随后又有几人站起来，不一会儿工夫，所有人都站了起来，有些人迈开脚步，跟在她身后，虽然人数不多，可的确有人这么做。

"还真没想到会是这样。"克里斯蒂娜轻叹一声。

第四十章
计划改进

博学者居住的宿舍在友好派总部算是宽敞的，这屋子共有十二张床铺：八张床铺沿墙而立，两张床分别摆在屋子两头，中间留着一块大空地。空地上放了一张大桌子，上面乱七八糟地摆着各种工具、金属块儿、齿轮、旧电脑部件，还有电线。

我和克里斯蒂娜刚刚讲完我们的计划，可是看着这十几双盯着我们的眼睛，这计划听起来似乎更傻了。

"你们的计划漏洞百出。"卡拉打破了沉默。

"所以我们才来找你们嘛。"我说，"请你们看看怎么改进。"

"首先，不要把重要数据拷贝到光盘，这点子真傻。就像其他物品一样，光盘很容易碎，还可能落在别有用心的人手中。建议你利用数据网络。"

"利用……什么？"

她瞥了一眼其他博学者。一个戴眼镜的棕黄色皮肤的人说："没事，告诉他们吧，没必要再保持神秘了。"

卡拉的眼光又投向我："博学派总部多数的电脑都可以获取其他派别电脑的数据信息，你也知道，珍宁很容易就通过无畏派的电脑控制了攻击情境模拟。"

"什么？"克里斯蒂娜惊呼道，"你们可以随时畅游其他派别的数据？"

"没人可以'随时畅游'数据，"那个年轻人说，"这话完全没逻辑。"

"只是个比喻，好吗？"克里斯蒂娜皱了皱眉。

"比喻还是修辞啊？"他也皱起了眉头，"对了，'比喻'是不是'修辞'手法的一种？"

"费南多，别走神。"卡拉嗔道。

他点点头。

"其实呢，"卡拉接过话，"数据网络的存在从伦理上讲未必合理，但我觉得我们可以好好利用它。既然电脑可以获取其他派别电脑的信息，那也就可以传送信息。我们若是把这些数据发送到所有其他派别的电脑上，把它们全部毁掉就是不可能的了。"

"我们？你是说——"我惊诧地说。

"我们要跟你们一起去吗？"她打断我的话，"当然不是全部啦，不过必须派几个人跟你们去，不然就凭你们几个，又怎么会熟悉博学派总部的地形？"

"你知道若跟我们去，有可能中枪吧？"克里斯蒂娜说完，脸上绽出笑意，半开玩笑地说，"也不准躲在我们身后，不想让子弹打碎心爱的眼镜可不是好理由。"

卡拉摘下眼镜，从中间咔嚓一下折断。

"背叛派别本来就冒了很大的风险。"卡拉镇静地说，"现在我们要冒险挽救它，不能让它毁掉自己。"

"还有呢，"卡拉身后传来一个嗲声嗲气的声音。我循声望去，一个十岁左右的女孩从卡拉的胳膊肘处探出头来，她黑色的头发和我一样都剪短了，发丝微卷，"我们还有很厉害的小玩意儿呢。"

我和克里斯蒂娜交换了一下眼神。

"什么小玩意儿？"我问。

"只是些原型而已，"费南多说，"没必要细究。"

"我们还真没有细究这习惯。"克里斯蒂娜说。

"不细究怎么进步呢？"小女孩问。

"说实话，确实没进步，还越来越糟。"克里斯蒂娜轻叹了一声。

小女孩点点头，说了一个字："熵。"

"什么？"

"熵，"她欢快地说，"是一个理论，宇宙中所有物质最后都趋向于同一个温度，这个理论也被称为'热寂理论'。"

"伊利亚，这样简化理论太粗略了。"卡拉带着点责怪的腔调说。

伊利亚冲卡拉吐了吐舌头，我没有憋住，扑哧一声笑了起来，这还是我头一次看到博学派的人吐舌头。不过退一步想，我接触的年轻博学者也不是很多，只有珍宁和为珍宁卖命的人，包括我的哥哥迦勒。

费南多蹲在一个床铺边上，拿出一个盒子，用手指在盒子上按了一下，取出一个小小的圆盘。这圆盘是用一种浅色金属制成的，我在博学派经常见到这种金属，但从未在其他地方见过。他把圆盘小心地放在手掌上，把手伸向我，我正要拿，他却抽回了手。

"小心一点！"他说，"这可是我从博学派拿出来的呢，不是我们在这里做的新发明。他们攻击诚实派的时候，你有没有在现场？"

"有，我就在那儿。"我说。

"还记得所有的玻璃都碎掉了吗？"

"那你在现场吗？"我半眯起眼睛。

"没有，不过他们录下来了，我们在博学派总部都能看到。怎么说呢，那玻璃瞬间碎裂，看起来像是有人开枪射的，其实不是。无畏派士兵就把这种东西投向窗子，它会发射一种信号，是这信号导致了玻璃碎裂。"

"好吧，那这东西对我们又有什么用处？"

"假如若所有的窗子一瞬间爆裂，肯定有很多人会不知所措，"他笑着说，"更别说博学派总部有那么多的窗子了。"

"好吧。"我答。

"你们还有什么玩意儿？"克里斯蒂娜好奇地问。

"友好派应该喜欢这个。"卡拉答道，"哪去了？哈，在这里。"

她掏出一个小塑料盒子，用手指捏着，盒子上端有两个形似牙齿的金属片。她轻轻按了下底部的开关，这两个"牙齿"的间隙中射出几道蓝光。

"费南多，要不要给她们展示一下？"卡拉问。

"开什么玩笑？"他眼睛瞪大，有些惊恐地说，"你拿着这玩意儿可是危险人物。"

卡拉冲他咧嘴一笑，解释了一番："把这个电击器往人身上一碰，人就会疼痛难忍，一时动弹不得，费南多昨天可是亲身试过。喏，这是我给友好派发明的，他们可以用这东西正当防卫，不需要冲任何人开火什么的。"

"这……"我微蹙双眉，有些吞吞吐吐，"还真是想得周到。"

"怎么说呢？科技本就是让生活更美好。"她答，"不论你的信仰何在，总有能为你服务的科技。"

我记起在那场情境模拟中母亲的话："你爸经常诋毁博学派，也在无形中毒化了你的思想。"那虽是一个情境，可她说得有道理。父亲告诉我的博学派信息不过是一面之词，他从未告诉我，博学者包容他人的所有信仰，还愿意针对他们的信仰发明有用的科技；他也从未告诉我，他们也有幽默细胞，也会时不时指责批评一下自己的派别。

卡拉大笑着冲费南多伸出电击器，费南多吓得连连后退。

他也从未告诉过我，博学者会如此不计前嫌，即使我杀了她至亲的弟弟，她也会毫不犹豫地帮助我。

扫荡博学派总部定在今天下午，大军会趁天还亮着，能看到叛徒戴的蓝袖章时进发。

计划商讨好以后，我们穿过果园，走向停放卡车的空地。等我穿过葱郁的果园，看到约翰娜·瑞斯坐在其中一辆卡车的引擎盖上，手指上勾着钥匙。

几辆护送卡车停在她身后，车上不全是友好者。我定睛一看，还有一些留有乏味发型又一脸严肃的人，也有无私者跟着来了。苏珊的哥哥罗伯特也在人群里。

约翰娜从引擎盖上一跃而下，她身后的卡车上装着一堆箱子，上面写着诸如"苹果"、"面粉"、"玉米"之类的字样。幸好后面只需要载两个人。

"你好，约翰娜。"马库斯说。

"马库斯，希望你不要介意我们和你同行。"

"当然不会，请带路吧。"

约翰娜把钥匙递给马库斯，自己爬上另一辆卡车的车厢。克里斯蒂娜朝驾驶室走去，我走向后车厢，身后跟着费南多。

"你不坐前面吗？"克里斯蒂娜问我，"不坐前面还算得上是无畏者？"

"我坐后面呕吐的可能性会小一点。"我应道。

"呕吐是生活不可避免的一部分。"

我本想反问她以后打算吐多少次，可刚想开口，卡车就缓缓动了起来。我双手抓住车厢边，以免掉出去，过了一会儿，适应了这种颠簸，我便松开了手。

长长的车队跟在约翰娜坐的车后，行驶在我们前方。

在到达城市围栏之前，我的心情一直很平静。到了那里，本以为会碰上那几个拦住我们去路的无畏派士兵，可大门敞着，门外空无一人。我心中一惊，双手发抖，这几天只忙着和新认识的博学者联手制定"作战"计划，却忘了眼前的危险，这危险随时可能夺去我的命，而此刻我才意识到生命的可贵。

卡车经过城市围栏时放缓了速度，好像随时会有人跳出来挡住我们的去路。

周围一片寂静，只有远处繁茂的丛林中传出阵阵悠长的蝉鸣，伴随着发动机的噪声。

"你觉得扫荡已经开始了吗？"我问费南多。

"可能开始了，也可能没开始。"他说，"珍宁到处都有眼线，估计有人偷偷告密，她就把手底下控制的所有无畏者召回博学派总部了。"

我点点头，心里却只想着迦勒，他也是珍宁的眼线，真不知他为何如此坚信外面世界的真相应该被隐藏起来，为何如此相信任何人都不在乎的珍宁，为了她连血缘至亲都可以背叛，都可以伤害。

"你认识一个叫迦勒的男生吗？"我故作随意地问。

"迦勒，"费南多说，"哦，认得认得，我们是一个新生班的。他人很聪明，可就是……叫什么来着？对，马屁精。"他似笑非笑地说，"博学派新生中其实分为两派，第一派的人把珍宁的话当成绝对真理，第二派则不是。我一看就是第二派的人。迦勒是第一派的。对了，你问这个干什么？"

"我坐牢时见过他，很好奇。"我的声音听起来十分遥远。

"我也不会苛责他。"费南多说，"都怪珍宁，她这人口才一流，那些天性纯良的人很容易就被她蒙骗了。我这人天生多疑，就不会受她摆弄。"

我的视线从他的左肩头越过，看向蔚蓝的天际。卡车越靠近市里，天空也越澄澈。我搜索着"中心大厦"楼顶的两个尖塔，真的看到了它们，百感交集，有喜悦，也有酸楚。喜悦，是因为又看到了熟悉的地方；酸楚，是因为目的地快要临近。

许久，我说："是啊，我也是。"

第四十一章
反叛者出动

　　等我们到了市里，卡车里所有的交谈声都停止了，人们双唇紧抿，脸色凝重。马库斯驾车闪躲着路上的坑洞，以及损毁的公交车的零散部件。等无派别区域一过，路面立刻干净整洁起来。

　　远处传来一阵噼里啪啦的枪声，隔着一段距离，听起来更像鞭炮声。

　　那一瞬间，我有些走神，满眼全是跪倒在地的无私派领导，手持枪支、面无表情的无畏派，还有母亲中弹、威尔倒地的画面。紧咬着拳头，我强忍着没有喊叫出声，疼痛一下子把我惊醒，我又回到了现实。

　　母亲曾让我勇敢坚强，可她若知道她的死带给我无尽的恐惧，她还会义无反顾地赴死吗？

　　马库斯开着车脱离了车队，沿着麦迪逊大道驶去，这里与正经受浩劫的密歇根大道仅隔着两条街。他把车开进一条小路熄了火。

　　费南多跳出车厢，向我伸出了手。

　　"反叛者，走吧。"他边说还冲我眨了下眼。

　　"什么？"我抓住他的胳膊，从车厢侧面溜下来。

　　他打开刚刚在车里一直拿着的包，包里全是蓝衣服。他从包里掏出两套衣服，扔给我和克里斯蒂娜。我拿到了一件蓝T恤和一条蓝牛仔裤。

“反叛者，是个名词，”他解释道，“即一个人与已经建立的权威持相反立场，但不等于好战分子。”

“有必要给每件事都起个名字吗？”卡拉用双手拢了下她那头暗淡的金发，把掉下的碎发又扎了扎，“我们只不过是一起做件事而已，没必要起什么名字。”

“我这个人就是喜欢分类。”费南多挑了挑浓密的眉毛。

我看了看费南多。记得上次闯入某个派别总部时，我手中还拿着枪，脚下则是一具具尸体，那是一条血腥的路，可这一次，我希望有所不同。我说：“我喜欢这名字，反叛者，挺合适的。”

“看见了吧？”费南多冲卡拉说，“有人赞同我。”

“那恭喜了。”她挖苦道。

其他人忙着脱衣服，我还怔怔地盯着手中的博学派衣服发愣。

“僵尸人，这可不是害羞的时候！”克里斯蒂娜眼神犀利，会意地瞪了我一眼。

她没有说错，我赶紧脱下身上的红衬衣，套上这件蓝衣服，眼睛瞟了下费南多和马库斯，确定他们的眼光没有扫过来时，我匆匆换上裤子。我把裤子卷了四次后又用腰带束起。裤子皱成一团，就像系起来的纸袋一样。

“她叫你什么？僵尸人？”费南多神色有些诧异。

“是啊，我是从无私派转到无畏派的。”

“哈！”他剑眉微蹙，“这跨越可不小。现在两代之间产生这么大性格差异的太少见了，在基因上来说几乎不可能。”

“个性有时候并不能左右一个人的选择。”说这句话时，我先是想到了母亲，她离开无畏派并非骨子里没有无畏派的血，而是作为分歧者，无私派对她来说要比无畏派安全得多；又想起了托比亚斯，他转到无畏派仅仅是为了逃避父亲的暴力，“要考虑的因素太多了。”

他逃避的这个人正是我联手合作的人，想到这，内心忽然被愧疚紧紧揪住。

"你要能一直用这语气说话，就没人会发觉你是冒牌博学者。"费南多打趣道。

我用梳子顺了下头发，又把它掖在耳后。

"这样。"卡拉说着就把我的一簇头发从脸上拨开，拿一个银色发夹别起，博学派的姑娘们都这样。

克里斯蒂娜掏出我们带来的手枪，看着我。

"你要枪，"她问，"还是电击器？"

我盯着她手中的枪，心里有些挣扎，如果不选择电击器，那无异于空手闯入虎穴，可若选了电击器，不就是在费南多、卡拉和马库斯面前承认脆弱了吗？

"如果威尔在，你知道他会怎么说吧？"克里斯蒂娜问。

"怎么说？"我的声音有些颤抖。

"他会让你迈过这道坎。别再这么荒谬，赶紧的，拿上这把枪。"

威尔对荒谬的事一向没什么耐心，克里斯蒂娜说得对，她确实比我更了解威尔。

那天，她跟我一样失去了生命中很重要的人，她克服了重重阻碍，迈过了几乎无法跨越的难关，原谅了我。假若我俩处境对调，我想我无法原谅她。为什么我就是难以原谅自己？

我伸过手，握住克里斯蒂娜递给我的手枪。枪柄温热，留着她的体温。脑中不停地掠过自己开枪射杀他的场景，一遍又一遍，任我怎么克制，也只是白费力气。我松开手，放下手枪。

"电击器确实是不错的选择。"卡拉摘下衬衫袖口落着的一根头发，"要是让我说，无畏者就太热衷开枪扫射了。"

费南多把电击器递给我，我本想向卡拉默默致谢，她却移开了目光。

"我怎么藏起这东西？"我问。

"不用藏。"费南多说。

"对哦。"

"我们出发吧。"马库斯看了下表说。

分分秒秒都如此难挨，我的心怦怦跳着，但其他部位都是麻木的，脚步虚浮，身体好像没什么重量。我还从来没这么害怕过。按常理来说，我经历过多场情境模拟，在攻击模拟中也勇敢无畏，现在不该方寸大乱，惊惶无措。真是没道理。

或许，我错了，恐惧不是全无道理。无私派仅仅想公布资料，就引来珍宁的一场大屠杀，而此刻我踏上了他们的足迹，去继续令我原有派别甘心赴死的任务。此刻，我赌上的，远远不止我一个人的性命。

我和克里斯蒂娜领路，带着大家跑过干净平整的麦迪逊大道，穿过主街，急急地朝密歇根大道进发。

离博学派总部差不多半个街的距离，我停下脚步。

站在我眼前的是四排持枪的人，这些人基本都身穿黑白色的衣服，每人之间大约相隔半米，一个个面无表情，举枪作射击状。我眨了下眼睛，眼前人变成了无私派区域中被情境模拟控制的无畏者。镇定！镇定镇定镇定……心里默念着这两个字，我又眨了下眼睛，终于看清了是诚实者，里面虽然还混着一些全身黑衣的人，看起来像无畏派的。我凝神屏息，绝不能有半点走神，不然肯定会心神涣散，忘了自己是谁，忘了身处何地。

"哦，天哪！"克里斯蒂娜惊呼，"我妹妹，我父母也在……如果他们……"

她无助地看着我，我感同身受，曾经的我就处在和她一样的绝望之中。父母呢？我必须快点找到他们。可如果她父母和其他诚实者一样，都受控于情境模拟，手中还有枪械，她实在是做什么也帮不了他们。

不知道琳恩会不会也站在这样的队伍中，只是在不同的位置。

"我们该怎么办？"费南多问。

我一步步靠向这些诚实者，心想他们或许没有被设定成射击的模式。我静静地凝视着一个身穿白上衣和黑裤子的女子的眼睛，她看起来如此平常，好像刚上了一天的班的样子。我向前迈了一步。

啪，一声枪响，我本能地趴在地上，举起胳膊护住头，接着慢慢向后爬，爬到费南多脚下，他一把把我抓起来。

"能不能不那样做？"他说。

我微微向前探着身子，瞥了一眼附近的楼房和博学派总部之间的巷子，巷子里也有诚实者。若说整个博学派总部都被诚实者包围着，我一点也不会惊讶。

"去博学派总部还有其他路吗？"我问。

"反正我是不知道。"卡拉答道，"当然，你可以从别的楼顶跳到那个楼顶。"

她轻笑了几声，就像刚刚讲了一个笑话。我双眉一挑，定定地看着她。

"等一下，你不是真的想——"

"楼顶吗？不，不过我们可以从窗子跳过去。"我说。

我朝左边走去，每一步都很小心，生怕靠近这些诚实者半步。左边的大楼在最左侧和博学派总部相对，一定会有窗子正好对着。

卡拉嘴里嘀咕着无畏派真疯狂，还是跟着我跑了起来。费南多、马库斯和克里斯蒂娜也跟了上来。我本想打开大楼的后门，可它上了锁。

克里斯蒂娜往前走了几步，对我们说："退后。"说完，她举起手枪，对准门锁，我下意识地用胳膊挡着脸。一声枪响过后，耳鸣尖声响起。我再去看，门锁已经开了。

我推门而入，看见一条长长的走廊，地面上铺着瓷砖，走廊一边有些门，有的开着，有的关着。我看向这些空荡荡的屋子，一排排残破的桌子，墙上还有和无畏派基地一样的黑板。空气中弥漫着发霉的味道，像是封尘已久的书页散发出的霉味儿，跟洗涤液的气味混杂在一起，扑鼻而来。

"这里本来是一个商业大厦，"费南多解释道，"可博学派把它改造成派别教学楼。大约十年前吧，那次改造把千禧年公园对面的所有建筑连接在一起，记得么？之后这学校就废弃了。说这楼年头有些久，怎么翻新都不行了。"

"知道了，谢谢你的历史课啦。"克里斯蒂娜接道。

到了走廊尽头，我踏进一个教室，看了一下自己身处的位置。窗外是博学派总部的后墙，街面上却一扇窗户都没有。

一个诚实派小姑娘站在窗子外，携着一把和她的前臂一般长的枪，站得直直的，不知她是否还有呼吸。我从窗子里伸出手估计就能碰到她。

我探出脖子，抬头看街面以上的楼层，学校楼上倒是有很多窗户，可博学派总部后墙却只在三楼有一排窗子。

"好消息，我找到路了。"我说。

第四十二章
空中跃进博学派

听了我的建议，几个人分头去找杂物室。一阵运动鞋走在地板上的吱呀声伴着一声声呼喊，"我找到了——等等，可惜里面只有水桶，没事啦。""需要多长的梯子？折梯可以吗？"

他们到处寻找，我走到三楼对着博学派窗子的窗户前，试了三次才把右边的窗户打开。

我探出身子，朝着走廊下大喊了一声"喂"，迅速地缩了回来，但枪声并没有响起。很好，他们大概对声音没反应。

克里斯蒂娜手里抬着一把梯子，朝我走来，其他三个人跟在她身后："找到了，伸开后长度应该就够了。"

她正欲转身，梯子却撞在了费南多的肩头上。

"哦，南多，不好意思。"

刚刚这一打把他的眼镜打歪了，他冲着克里斯蒂娜笑了笑，摘下眼镜，塞进口袋里。

"南多？"我不解地问，"博学者不是不喜欢昵称吗？"

"有美女给我起昵称，当然只有顺从喽。"他暧昧地说。

克里斯蒂娜移开眼光，我开始以为她是羞赧，但她脸上的肌肉不自然地抽搐了几下，好像费南多的话不是夸她，而是掴了她一记耳光。也难怪她会着恼，威尔去世还没多久，她受不了调情。

我帮着她把梯子的一端小心地伸出窗外，搭在博学派后墙的窗台上，马库斯也过来帮着把梯子固定好。等梯子碰到窗沿时，费南多欢快地呼喊了一声。

"该震碎窗子了。"我说。

费南多从口袋里掏出那个震碎玻璃的小玩意儿，递给了我，嘴里说道："你瞄得应该最准了。"

"可不一定啊，"我应着，"我右胳膊受伤了，得用左手投。"

"让我来。"克里斯蒂娜说。

她按下内侧的按钮，朝着目标投了过去。我握紧双手，捏了一把冷汗，看着它弹到窗沿上，接着撞上了窗玻璃。一道橙光闪过，霎时间，楼上的窗子、楼下的窗子、旁边的窗子都碎裂开来，哗啦啦地砸向楼下的诚实者。

几乎在瞬间，诚实者扭过身子，举起枪，朝天空开火。惊惶中，其他几个人都趴在了地上，只有我还站着，一边惊叹着他们动作的一致性，一面厌恶着珍宁·马修斯的险恶——竟又把诚实派变成了"行尸走肉"。当然，这子弹飞上去又落下来，没一个射中窗子，更别提射入屋子里了。

等枪声消退，我低头看他们，一个个恢复了原来的姿势，一半人对着麦迪逊大道，另一半面向华盛顿大街。

"他们只对物体的移动有所反应，大家……大家一定不要从梯子上掉下去。"我说，"第一个过去的人得到那边稳住梯子。"

我看到本该毫无顾忌挺身而出的马库斯一言未发。

"马库斯，今天不想当僵尸人了吗？"克里斯蒂娜说。

"换成我，绝对得掂量一下你说话对象的分量，再决定能不能对他无礼。"他说道，"我是我们中唯一知道要找什么的人。

"你这是在威胁我吗？"

"我来。"在马库斯回答之前我接道，"我也算是半个僵尸人。"

我把电击器别到牛仔裤裤腰上，爬上一张桌子，试着找到一个合适的角度爬出去，克里斯蒂娜紧紧握住梯子的一端，让我慢慢爬到梯子上。

一出窗子，我便双脚小心地踩住梯子边沿，双手握紧横档，一小寸一小寸地移动。这梯子简直还不如铝制罐牢固，在我的重量下都有些下沉，还发出吱吱呀呀的声音。我克制着自己不往下看那些诚实者，也不去想他们会抬枪冲我开火。

我快速调整了下呼吸，眼睛紧紧盯着目的地，盯着博学派后墙的玻璃。还剩下几个横档。

一阵疾风呼啸而过，吹在我的身上，我身子微微一斜，脑子里瞬间出现了和托比亚斯一起爬摩天轮的场景。那时候也是一阵风吹过，我险些跌落，托比亚斯伸手稳住了我，可此刻，我却没人可以依靠。

我垂目瞄了一下地面。三层楼下，一排排被珍宁控制的诚实者静立着，砖头也变小了许多。我双臂很疼，尤其是右胳膊。

梯子的那一端动了动，渐渐滑向窗沿一边。克里斯蒂娜虽很用力地抓着梯子的一端，但没办法控制另一端，眼睁睁地看着它一点一点地滑开。我紧咬着牙，慢慢移动着身子。双腿不能同时着力，只能任梯子轻轻摇晃。前方只剩四个横档的距离。

梯子猛地向左一滑，我正欲抬起的右脚踩了个空。

整个身子歪向一边，我失声大叫起来，两个胳膊挽住梯子的横档，一条腿悬在半空。

"你没事儿吧？"克里斯蒂娜的声音从身后传出。

我没有理会，只是专心地抬起腿。这次"失足"让梯子的另一端偏得更厉害，看起来离滑下窗沿只差一层水泥的距离了。

内心一冲动，我加快了速度，摇晃着冲到隔壁窗台的瞬间，梯子滑下窗沿。我双手紧紧抓住窗台，身子挂在空中，指尖被混凝土刮伤了，窗台那边传来一声高过一声的惊呼。

我咬咬牙，使劲儿往上一撑，右胳膊一阵锥心的疼。脚蹬着砖瓦，本希望这样可以用上力，却只是白费力气。一声尖叫从喉咙里滚出，我加大了手上的力道，撑起了自己，身子搭在了窗台上，一半在外，一半在里。亏了克里斯蒂娜用力稳住梯子，让它慢慢掉落，没发出什么大的动静，楼下的诚实者也没什么反应。

再一用力，我翻身而入，左肩着地，瘫在地上，忍着疼痛大口地喘气，前额上早已沁出了一层汗珠。这里是博学派总部的一个厕所。

一个博学派女子从其中一个隔间推门而出，我下意识地站起身，没来得及多想，就掏出电击器指着她。

她一下子僵住，双手举起，鞋上还粘着张厕纸。

"不要开枪！"她两眼瞪得老大，乞求道。

我这才意识到自己穿着博学派的衣服，就把电击器放在洗手台的边上。

"十分抱歉，"我试着用博学派正式演讲的口吻说，"最近事情太纷杂，我有些神经过敏。我们来这里，只为取回测试结果……四号实验室A室的测试结果。"

"哦。"这女子回道，"这方法不太明智。"

"这数据意义非凡，"我模仿着博学者那高傲自大的语气，自信地说，"我绝不容子弹把它毁掉。"

"我无权阻拦你的脚步。请见谅，如果没什么事，我就洗手离开了。"

"很好。"我最后还是没告诉她，她脚底粘着厕纸。

我转身走到窗边，看到克里斯蒂娜和费南多正用力想把这头的梯子翘上来。顾不得胳膊疼，我探出身子，抓住了梯子的这一头，抬回窗台上，双手固定着梯子，等着克里斯蒂娜爬过来。

这次因为两端都固定住了，克里斯蒂娜毫不费力地就爬了过来，替

第四十二章
空中跃进博学派

我抓住了梯子。我把垃圾桶推到门前挡住，免得其他人再进来。一切就绪后，我把双手浸在凉水中，疼痛舒缓了。

"翠丝，你很聪明啊。"她语气中带着几分惊异。

"没必要这么惊讶吧？"

"只是……"她顿了下，"对了，你有博学派的个性，对不对？"

"这又有什么意义呢？"我尖锐地说，"派别制度已经土崩瓦解了，而且这一切本来就很蠢。"

我从未说过这样的话，连想都没想过。我有些诧异地发现，自己竟和托比亚斯一样，也认为派别制度没用。

"我没有侮辱你的意思，"克里斯蒂娜道，"有博学派的个性又不是坏事。尤其是现在这种时候。"

"不好意思，我……太紧张了，也没别的意思。"

接着，马库斯爬了进来，重重地摔在地上。卡拉却是出人意料的身手好，爬梯子就像弹班卓琴一般，敏捷地爬过一个个横档。

费南多最后一个爬，和我的处境相同，都是只有一端固定着梯子。我靠近窗子，若这梯子下滑，也好赶紧告诉他。

我本以为费南多没什么问题，可他爬起来比我们任何人都费力，果真是伴着书本或电脑长起来的人，这种挑战恐怕还是第一次。他慢吞吞地爬着，脸涨得通红，双手紧握着横档，手上青筋凸起，手又青又紫。

他爬到一半时，我的心一提——有什么东西滑出了口袋，仔细一看，是他的眼镜。

我惊呼道："费南——"

一切都太晚了。

眼镜还是从口袋里掉出，打在梯子边沿上，又掉落在地上。

刹那间，这些诚实者扭过身子，抬起枪，噼里啪啦一阵扫射。枪声和费南多的尖叫声在空中响起，一颗子弹正中他的大腿，他瘫在梯子上，没了力气。惊慌中，我没有看清其他子弹打中了哪里，只是盯着梯子上滴下的血，一滴又一滴，心里明白一定是伤到了要害。

费南多凝视着克里斯蒂娜，他脸色煞白，没有一丝血色。克里斯蒂娜探出身子，伸手就要够他。

"别傻了。快走，别管我。"他用虚弱的声音说。

这是他在人世间说的最后一句话。

克里斯蒂娜从窗外抽身回来，退后了几步。我们都僵立在那里。

"并不是我冷血，可现在我们得趁着无畏者和无派别者联盟没来之前，赶紧走。他们有可能已经在这里了。"马库斯打破了沉默。

窗子处传来敲击声，我猛一转头，总觉得那是想要爬进窗子的费南多，却发现只是雨点撞击玻璃的声音。

我们跟在卡拉身后走出卫生间。一行四人中，也只有她熟悉这儿的地形了，只有她能带头。我们排成一队，克里斯蒂娜紧随卡拉身后，后面是马库斯，最后是我。走出卫生间，我们踏进一条走廊，跟博学派所有的走廊一样，它苍白、明亮，没有生气。

不过这条走廊意外地有人活动，穿蓝衣服的人们奔来奔去，有的三五成群，有的独来独往，嘴里喊着"他们占据了前门！快逃到楼上，越高越好！"还有"他们把电梯占领了，去爬楼梯！"在这人声嘈杂中，我想到自己把电击器忘在卫生间了，又是两手空空，没有任何防身武器。

穿梭的人群中也有无畏派的叛徒，不过他们远没有博学者那样慌张。我很想知道约翰娜和她带出来的那些友好者还有逃难无私者此刻在做什么，是照顾伤员，还是抵在无畏派的枪口上，大义凛然地挡住子弹，为了捍卫和平而牺牲？

我的心微微一颤，跟在卡拉身后冲向后门楼梯，混在这些慌了神的博学者中，冲向楼梯，一层、两层、三层，向上冲了三层楼之后，卡拉用肩头撞开楼梯平台的门，手里握着枪，枪紧贴在胸前。

这层楼，我再熟悉不过了。

我就是被关押在这层楼。

我在这里差点死去，我曾在这里渴求过死亡。

想着想着，我脚步放慢，落在了队伍后面，脑子却依旧不清醒，只看到大群大群的人从身边经过，马库斯好像冲我喊了声什么，可声音模糊不清。克里斯蒂娜又退了回来，抓着我朝"第一控制室"奔去。

控制室里好像摆着一排排电脑，我眼前却是完全不同的画面。我不停地眨着眼睛，却依旧一片蒙眬。马库斯坐在一台电脑前，卡拉坐在另一台电脑前，忙着把博学派总部的数据发送到其他派别的电脑上。

身后，响起推门声。

迦勒的声音随之而来："你们要干什么？"

听到他的声音，我一下子清醒过来，转过头，盯着他手中的枪。

他的眼睛跟母亲的很像，暗绿色的眸子有些发灰，蓝色的衣服将眼睛的颜色衬得更鲜明。

"迦勒，你知不知道自己在做什么？"

"我来阻止你们所做的一切！"他的声音有些抖，双手握着的枪也摇摇晃晃。

"我们来是为了保存无派别者想摧毁的博学派数据。你不会阻止我们的。"我应道。

"别满嘴胡言了。"他说着便对着马库斯的方向点了下头，"你们肯定来找其他什么东西，这东西比博学派所有的数据加起来都要重要，对不对？不然把他带来干什么？"

"她把这事儿告诉你了？"马库斯不屑地说，"告诉你一个毛头小子？"

"她一开始没告诉我，"迦勒回道，"可她不想让我因为不知道真相而选错队伍。"

"真相是她惧怕现实，是她不敢正视现实，可无私者敢，我们敢！就连你妹妹都敢，勇气可嘉。"

我皱了皱眉。即使是听他夸我，我也还是想抽他。

"我妹妹，"迦勒的目光再次投向我，柔声说道，"她并不知情，也不知道你要给大家公开什么……更不知这资料的公开能毁了整个世界！"

"我们是为了一个目的被安排在这里的！"马库斯的声音渐高，快要喊出来了，"我们已完成了任务，现在是时候做我们应该做的事了。"

马库斯口中的"目的"和"任务"到底是什么，我并不知悉，可迦勒的神色却没有一丝疑惑。

"我们并不是被安排在这里。"迦勒说，"我们只能对自己负责，不关其他人什么事。"

"我一点也不奇怪，你跟了珍宁·马修斯这种人这么久，有些极端的想法也很正常。你不愿摒弃舒适的生活，可这点恰恰让你抛弃了人性！"

我不想再听下去，趁着迦勒低头看马库斯，一个侧身，抬腿就踢向迦勒的手腕，他没预料到我会攻击，手中的枪掉落在地上。我一脚把枪踢到远处。

"碧翠丝，你必须信我。"他下巴微颤着哀求道。

"你帮着她折磨我，眼睁睁地看着她差点杀掉我却无动于衷，还让我信你？"

"我没帮她折——"

"可你也没阻止她！你当时也在场，只是冷冰冰地看着——"

"那我能做什么？我——"

"你个胆小鬼，你最起码要试试看啊！"我放声大叫，情绪激动，脸都涨红了，眼眶湿润，"如果你尝试过，即使救不了我，也能证明你对我的爱！"

我停下来喘了口气，大口吸进空气。迦勒怔怔地立着，没有回答，那哀求的神情渐渐退去，只剩下一脸茫然和空洞的凝视。空气似乎凝滞了，只有卡拉敲打键盘的啪啪声。

"省省吧，你们在这里找也是白费力气，"他说，"珍宁不会把这么重要的资料存放在公用电脑上。那不符合逻辑。"

"你的意思是，她还没有毁掉它？"马库斯问。

迦勒摇了摇头："她从不毁掉任何资料，只会阻止一些信息肆意传播。"

"真是谢天谢地。"马库斯继续问，"那她放哪儿了？"

"我不会告诉你们的。"迦勒冷冷地答道。

"我想我知道了。"我抢过话头，"既然迦勒说了，珍宁不会把这资料储存在公用电脑里，意思很明显，她肯定把它存放在私人电脑里。托莉曾说珍宁拥有个人实验室，那它存放的地方只有两种可能：她办公室的电脑或实验室的电脑。"

迦勒看都没看我一眼。

马库斯捡起迦勒的左轮手枪，一手转过手枪，枪柄朝外，还没等迦勒反应过来，就把这枪柄朝他下巴上一抢。迦勒眼珠子一翻，直挺挺地倒在地上。

我不想知道马库斯为何对这个动作如此娴熟。

"不能让他跑去通风报信。"马库斯说，"走吧，让卡拉处理剩下的事。卡拉，你可以吧？"

卡拉眼睛直勾勾地盯着电脑屏幕，眼睛一眨不眨地点了点头。我隐隐觉得有些反胃，但依然跟着马库斯和克里斯蒂娜走出控制室，朝电梯走去。

走廊里空无一人，地板上散落着飞落的文件和横七竖八的脚印，一片狼藉。我、马库斯和克里斯蒂娜排成一队，朝楼梯飞奔过去。我盯着马库斯的后脑勺，那浓密的头发下，头颅的线条隐约可见。

看着他，我脑海里冒出的只有他拿着皮带抽打托比亚斯、拿着枪柄抢向迦勒的画面。他打不打迦勒，我并不关心，即使他不这样做，我也会亲自出手。可眼前这个男人，这个双重性格的男人，既是伤人不眨眼的恶魔，又在无私派装出一副谦逊的假象，想到这，我不禁怒上心头，以至于没法正眼看他。

更别提我选了跟他合作。几番犹疑后，我最终选择了他，而不是托比亚斯。

"你哥是个叛徒，"拐弯时马库斯说，"他应该得到更悲惨的下场。别用那种眼神看我。"

"闭嘴！"我一把把他推到墙上。我爆发得太过突然，他很惊诧，也没有反抗，"我恨你，恨你！你知道我恨你的！我恨你这么对他，我指的不是迦勒。"我凑向他的脸，低声说道，"我可能不会亲自干掉你，可别人要是想杀你，我绝不会出手相救。你最好多求求老天爷，千万别遇到那种情况。"

他盯着我，眼神中全是不在乎。我放开他，继续朝楼梯走去。克里斯蒂娜跟在我身后，马库斯也跟了上来。

"我们去哪儿？"她问。

"迦勒说我们要找的东西并不在公用电脑上，那它肯定在私人电脑上。珍宁只有两台私人电脑，一台在她的办公室，另一台在她的实验室。"我说。

"那我们去哪个？"

"我记得托莉曾说，珍宁的实验室有高规格的防卫措施。她的办公室我去过，和其他的屋子没什么两样。"

"也就是说……咱们去实验室。"

"在顶楼。"

我们奔向楼梯口，我迅速推开门，却看到一大群博学者拖家带口地往下冲。我抓住楼梯扶手，用胳膊肘顶着人流，费力地往上爬。我没去看他们的脸，只把他们当成一面墙壁，不带任何感情地推开他们。

我盼着人能少一些，可上了一层后越来越多的人涌了出来。在这昏暗的蓝光下，一群蓝衣人跑来跑去，对比下，那眼球中的眼白显得更亮了，宛如一个个小灯。楼梯里回荡着恐惧的啜泣声和尖叫声，一双双眼睛里闪过恐慌。

等我们到了七楼，人渐渐稀疏，最后消失不见。爬楼梯时，那拥挤的人群从我身边挤过，头发、袖子、皮肤，一次次在我身上掠过，此刻我下意识地用双手拂了拂胳膊。从站着的地方抬头望去，可以看见楼梯顶端。

一个士兵的尸身躺在地上，一只胳膊挂在楼梯边缘，站在他上方的是个一只眼戴眼罩的无派别者。

爱德华。

"看谁来了。"爱德华讥讽道。他站在只有七级台阶的楼梯上方，我站在下方，中间横躺着那个无畏派叛徒的尸体。那人的眼睛呆滞，眼球上蒙着一层灰，胸口上有一片深色的污渍，有人开枪打中了他，可能是爱德华。

"你们不是鄙视博学者吗？穿这种衣服还真是奇怪。"他说，"我还以为你在家乖乖待着，等着你男友凯旋呢。"

"你可能也看出来了，"我边说着边踏上第一个台阶，"那永远不会发生了。"

蓝光照在爱德华脸上，颧骨下方出现了淡淡的阴影，他慢慢地把手伸向身后。

他在这里，那么托莉应该也在，这意味着珍宁可能已经命丧黄泉。

我感觉到克里斯蒂娜紧跟在我身后，她的呼吸声在我耳边清晰可闻。

"不要挡我们的路，我们要过去。"我说着又踏上一级台阶。

"这可说不准。"他回道，手中已掏出一把枪。来不及多想，我踩着那具尸体，冲向前，双手抓住了他的手腕，他虽然扣下了扳机，被我这么一抓，也没有瞄准。

我耳朵里嗡的一声，双脚踩在士兵尸身上，有些失衡。

克里斯蒂娜腾出的拳头越过我的头，一拳打在了爱德华的鼻梁上。我脚下一滑，跪在地上，指甲掐进他手腕处的皮肤里。他一把将我甩向一边，举枪冲着克里斯蒂娜开火，子弹打中了她的腿。

克里斯蒂娜大口喘着气，掏出手枪就冲他射过去，子弹打中了爱德华的身侧。一声哀号，他扔下手枪，向前扑倒，恰倒在我身上，我的头重重撞到了水泥台阶上。那个死掉士兵的胳膊恰巧卡在了我的脊柱下面。

马库斯捡起爱德华的手枪，把枪口对准我们。

"翠丝，起来。"他说完对爱德华说，"你，不许动。"

我的手摸索着抓住台阶的一角，用力从爱德华和死尸中挤出。爱德华则把自己支起来，坐在那个士兵身上，双手捂着自己的伤口，仿佛屁股底下的不是个人，而是个垫子。

"你没事儿吧？"我问克里斯蒂娜。

她脸部扭曲："啊，还好，子弹从腿侧穿过，没伤到骨头。"

我伸出手，本想拉她一把，却被马库斯喝止了。

"碧翠丝，我们得把她留在这里了。"

"留在这里？什么意思？我们不能丢下她不管，她可能会有危险。"

马库斯伸出手，把食指按在我锁骨间的那个凹处，身子朝我靠过来。

"听我说，珍宁·马修斯肯定一听说扫荡开始就撤回她的实验室了，那里是整栋楼里最安全的地方。她肯定猜到博学派输定了，为了不让任何人得到这资料，很可能会把它全部删除。我们的任务就毫无用处了。"马库斯说道。

果真如此，我就真的孤身一人，失了父母，丢了迦勒，负了托比亚斯。如果我不能证明自己所做的一切有价值，还和他最痛恨的人联手，他肯定一辈子都无法原谅我。

"你的朋友必须先留在这里。"他呼吸的气味很难闻，像是发霉的东西，"快跟我走，除非你想让我一个人去。"

"他说得对，"克里斯蒂娜说，"没时间了。我留在这里看着爱德华，不会让他追你们的。"

我点了点头。马库斯移开了手指，留下一个生疼的指印。我揉散了那股疼痛，推开了顶楼的门。跨出门前，我回头望了一眼克里斯蒂娜，她一只手压在大腿上，给了我一个痛苦的微笑。

　　我们闯进一个类似走廊的房间。房间很宽，却不长，地板、墙壁、天花板是清一色的蓝，泛着淡淡的蓝光，却不知这蓝光从何处来。

　　刚开始，我满眼全是蓝色，没看到周围有门，等眼睛适应了色彩的震撼，就看到左边和右边各有一扇长方形的门。

　　"我们分头行动，"我说，"没时间一起挨个试了。"

　　"那你去哪个门？"马库斯问。

　　"右边，等等，错了，我去左边。"

　　"好，那我去右边。"

　　"我如果找到了电脑，应该找什么东西？"我问。

　　"你要是找到电脑，肯定就能看到珍宁。你肯定有办法逼迫她的，说到底，她可耐不住疼。"他应道。

　　我点点头，我们两个以相同的速度朝两边的门走去。刚才我还觉得与马库斯分开会让人松口气，可真只身一人，又觉得肩上的包袱重了许多，心里有些忐忑不安。如果闯不过珍宁为阻挡闯入者设置的安全措施，我该怎么办？即使闯过了这一关，可没找到要找的资料，我又该怎么办？

　　我把手放在门把上，却发现这门没上锁。托莉说这里安全措施做得极其到位，我当时还以为这边肯定有眼睛扫描器、密码或是门锁之类的东西，可进来以后似乎没有任何障碍。

为什么我心里有说不出的恐慌？

我推开门，马库斯也推开了那边的门，我们回过头对视一眼，我踏进了这个房间。

这房间和外面的那间很相似，也泛着蓝光，不过这里的光源一目了然。每块面板、天花板、地板和墙板的正中央都发出蓝光。

随着一声巨响，身后的门被带上，这声音听起来像是保险锁锁上了。我赶忙去抓住门把，可任我怎么用力，门还是一动不动，我被困在了房间里。

一道道刺眼的蓝光瞬间从四周射过来，闭上眼也无济于事，我只得用手捂住眼睛。

这时，一个平缓的女声响起：

"碧翠丝·普勒尔。第二代。出生派别：无私派。选择派别：无畏派。确认为分歧者。"

这房间怎么知道我是谁？

"第二代"又是什么意思？

"身份：闯入者。"

耳边传来"咔嗒"的声音，我微微分开手指，透过指头间的空隙，看看光是否消失了。光仍在，只不过天花板上的装置忽地喷出些着色的雾气。我本能地捂住嘴，怔怔地盯着几秒内便聚积起来的蓝雾，接着就什么都看不见了。

周围一片漆黑，黑到我将手伸到鼻子前都看不到轮廓。我应该向前走，摸索着找出房间对面的门，心里却惊惶无措，一步也不敢动弹，怕一迈开步就会发生什么骇人的事情。

灯光亮起，我竟站在了无畏派的训练室，眼前是格斗时的圆形场地。记忆涌出，这个小小的场地，承载着太多的记忆，有喜悦，有悲痛，有胜利，有梦魇。我曾在这里打败了莫莉，也曾在这里被皮特揍到晕厥。我抽了抽鼻子，这里的空气和从前一样，飘着汗水和泥土的味道。

场地的对面出现了一道不属于这里的蓝色的门，我对着它皱了皱眉头。

"闯入者，"这个声音又一次响起，这次听起来像珍宁的声音，也可能只是我的想象而已，"你现在有五分钟时间。五分钟内，你若无法从这扇门逃脱，毒气便开始生效。"

"什么？"

我知道她这话的意思，我只有五分钟时间，否则毒气生效，我便会葬身于此。我不该惊诧，珍宁的发明就如她的人一般，没有一丝人情味，也没有一点良知。我浑身战栗着，不知这是不是她所说的毒气起了作用，也不知这毒气是否已经让我的大脑无法运转。

集中精神。我出不去了；不，我必须出去，不然……

没有"不然"，我必须出去。

我朝着门的方向走去，一个人突然挡住了我的去路。她面容消瘦，个头儿很矮，一头金发，眼下还有深深的黑眼圈。她就是我。

难道这是我的倒影？我摆了摆手，她并没有随着我动。

"你好。"我对她说，她却没有任何反应，这点我也早有预料。

她到底是谁？我咽了下口水，想疏通像堵了棉花一般的耳朵。这若是珍宁的发明，那它测试的应该是人的智商和逻辑思维，所以我不能乱了方寸，必须冷静下来。我将双手按在胸前，希望这力道能带给我安全感，就像拥抱一样。

可我错了。

脚步朝右迈，本想找准方位冲出门外，可这个和我一模一样的人也朝那边挪去，鞋子刮擦起地上的尘土，又挡住了我的去路。

我知道若是现在冲出去，她会作何反应，可我必须一试。我迈开脚步，本想从她侧面绕过，冲出一条路，可她似乎早已洞悉我的想法：一把抓住我的肩膀，把我扭到一侧。剧痛袭来，宛若刀一寸寸插进我的右肩，越插越深，疼得我大声喊叫，嗓子都痛了。我双腿一软跪了下去，她抬脚踢中我的肚子，我在地上往前爬，在灰尘中拖出一道痕迹。

我双手抱着肚子，才想明白，若我是她，我也会有同样的举动，换句话说，我若想过她这一关，就必须先打败自己。可我怎么能打败自己呢？她知道我所有的谋略，她和我有相同的智慧。

她又向我冲来，我慌忙站起身，顾不得肩头的疼痛和骤然加速的心跳。我想给她一拳，可出手晚了一步，虽在最后一刻想要躲开，可她的拳头已经落在我的耳朵上，刹那间，我失去平衡。

我后退了几步，希望她能放过我，可她还是追过来，抓住我的双肩，把我往下拉，顶在她抬起的膝盖上。

我奋力举起手，用尽全身力气推开她的膝盖，她一个不提防，向后踉跄了几步，却没有摔倒。

我飞奔到她身前，本想踢她，却又打消了这个念头，她大概也这么想吧。想着想着，我转过身。

我想要做什么，她便立即有同样的欲望。她和我的想法一模一样，我们最多也就是打成平手，可我必须打败她，必须逃出那扇门，逃出去才能活下来。

我脑子飞速转着，想琢磨出一个办法，可她又冲了上来，眉头紧锁，神情专注，手已抓住了我的胳膊，我也抓住了她的胳膊，两个人前臂扭一起。

我们都努力抽出胳膊肘砸向对方的脸。我比她快了一秒，胳膊肘砸到她的牙齿。

两声哀鸣从我们喉咙里发出，她的牙齿流出鲜血，顺着我的前臂流下。她咬紧牙关，嚎叫着向我冲过来，力道比我想象中的大许多。

她把我推倒在地，双膝紧紧钳住我，使劲把我按在地板上，提起拳头就要朝我的脸挥来，我下意识地用两个胳膊挡在身前，她那两个如石头一般硬的拳头砸在我的胳膊上，锥心的疼痛刹那间泛开。

我吐出一口气，紧紧抓住她的一只手腕，眼角处好像有黑点跳动，毒气起作用了。

集中注意力。

她挣开我的手，我没给她机会，把膝盖往上抬到胸前，用力把她推开，腿伸开抵在她的肚子上，然后用力踢她。脸颊滚烫。

我要解开一个逻辑谜题：两个能力完全相同的人格斗，一方怎么才能胜出？

答案是：没有人能胜出。

她费力地站起身，抹了一下嘴角流出的血。

我们两人肯定不是完全相同，可不同点到底在哪儿？

她一步步逼近我，我要多些时间想一想这个问题，也就一步步退后。屋子摇晃起来，接着地面弯曲，我摔向旁边，十指抓着地面，牢牢地稳着自己。

我们俩到底有何不同？身高、体重、格斗水平、思维方式……

眼光越过她的肩头，落在她身后的门上，我猛然开窍：我们的目标不同。我必须从那扇门逃脱，她只是尽力挡住我的路。即使在情境模拟中，在求生欲望上，她也比不过我。

我冲向圆形场地边的桌子，刚才这里还是空荡荡的，可我有控制情境的能力，也知道怎么才让这能力为我所用。我用意识在桌子上变出了一把枪。

我重重地撞上桌子，眼前的黑点越来越多，挡住了我的视线，可我没有丝毫的痛楚，只觉得满脸都在跳动，心脏好像跳出了心窝，蹦到了脑子里。

房间的对面，她眼前的地面上也出现一把枪，我们两人都拿起了手枪。

沉甸甸的手枪，滑溜溜的质地，拿起手枪的瞬间，我忘了她，忘了毒气，忘了一切。

喉咙一阵紧缩，好像有人掐住了我的脖子，越掐越紧，力道越来越大。空气仿佛被毒气抽干，缺氧的头部撕裂般疼痛，心跳仿佛占据了我的全身，从头到脚的每一寸肌肤都在跳动。

站在我面前的突然变了个人，是威尔。不不不，不可能是威尔。我逼着自己吸了口气，毒气阻碍空气进入大脑。这不是威尔，只是情境模拟中的一个幻影，这样想着，我沉沉地吐了口气，发出的却是啜泣声。

有那么一瞬间，我又看到了那个自己，她举起手枪，手强烈地颤抖着。她和我一样虚弱，只不过没有缺氧，视线也没有模糊，可她比我好不了多少，好不了多少。

威尔又站在我面前，双眼空洞，头发金黄。砖瓦房隐约从两端现出，他身后却是那扇门，那扇隔着我和我最亲爱的父亲与兄长的门。

不、不，那扇门隔着的是我和珍宁，是我和我的目标。

我必须从那扇门冲出去，必须冲出去！

忍着肩膀的痛，我用手握紧枪柄，一只手握住另一只手，缓缓地抬起枪。

"我……"我的声音有些哽咽，一颗颗泪珠顺着双颊滚落，落在嘴里，咸咸的，"我很抱歉。"

我做了这件她永远做不了的事情，只因她不够绝望，没有我这般强烈的求生欲望：

我扣下扳机，开了火。

我没有再看一次他死去的场景。

扳机扣下的瞬间，我便合上了眼皮。等我睁开眼睛，视线中隐有片片黑影，却只看到躺在地上的另一个我。

我扔掉手枪，慌忙冲到门前，险些被她绊倒。身子已贴在了门上，手慌忙转着门把，门终于打开，我一下子扑倒在地。我把门带上，赶紧甩了甩发麻的手，以恢复知觉。

这房间比刚才的房间要宽敞一倍，也是蓝光充盈，不过光线柔和黯淡了些。屋子的中央摆着一张大桌子，四周墙壁上贴满了照片、图表和清单。

我深吸了一口气，视线渐渐变得清晰，心率也变得正常起来。扫了一圈墙上的照片，竟看到了我、托比亚斯、马库斯和尤莱亚。照片旁边是一个长长的清单，列着的貌似是化学物质。每种物质名称都由红色记号笔划了一杠。如果没猜错，珍宁应该就是在此发明情境模拟的血清的。

一些细碎的声音从前面飘来，我不禁责怪自己，你发什么愣？赶紧的！

"我弟弟的名字，"这声音说道，"我想听你说一遍他的名字！"

是托莉的声音。

她怎么能闯过刚才的情境模拟？难不成她也是分歧者？

"我没有杀他。"这是珍宁的声音。

"你以为这样就能洗脱罪恶吗？你以为这样就不该去死吗？"

托莉并没大喊大叫，她的声音不是怒吼，而是呜咽裹挟着她全部的悲痛，化作这一句质问。我朝着门疾步走去，脚步有些快，大腿碰到了桌子角，痛得我龇牙咧嘴，只能停下脚步。

"你根本无法理解我所做的一切，"珍宁说，"我这样做还不是为了更有意义的事情，你永远都不会懂，你跟我同班时也没有懂！"

我跛着脚朝门走去，这门是一扇毛玻璃镶板。等我靠近时，门自动打开，我迈了进去。珍宁紧紧地贴着墙壁站着，托莉站在几米开外的地方，手中举着枪。

她们身后摆着一张玻璃桌子，桌子上有台银色电脑配着一个键盘。远处的墙壁并不是墙壁，而是一个巨大的电脑屏幕。

珍宁看向我，托莉却丝毫未动，仿佛没有听到我的动静，她满是泪痕的脸憋得通红，举枪的手不停地抖着。

单凭我一己之力，找到视频文件恐怕很难。若珍宁还活着，我可以逼她找出来，她如果死了……

"不行！"我尖叫了一声，"托莉，住手！"

她的食指已移向扳机。来不及多想，我用力扑向她，胳膊重重地甩到她的身侧。手枪发射，伴着一声撕心裂肺的尖叫。

头一下子撞到地板上，眼前直冒金星，我顾不得这些，扑在托莉身上，把掉在地上的枪往前一推，枪滑了出去。

你个大白痴，怎么不拿起枪？！

托莉挥起的拳头打到我脖子的一侧，趁着我有些窒息，一把把我推开，爬着去抓地上的枪。

珍宁瘫软在地，倚着墙，腿上被血浸透。对了，腿！我一下子记起托莉的腿上有伤，冲她大腿中弹的部位就是一拳，她痛苦地仰面大叫，我挣扎着爬起来。

我朝地上的手枪走过去，可托莉出手太快了，还没等我握住枪柄，她两个胳膊就拽住了我的双腿，使劲把我往后拖。我顿时失去了平衡，双膝砰地跪倒在地，好在我的位置还比她高，利用这仅有的优势，我抢起拳头，猛击她的肋骨。

她嘴里呻吟着，却丝毫不妥协，我拖着她慢慢地移向手枪，她猛地咬向我的手。疼痛震颤着全身，和拳头的重击有所不同，也不像中枪时的疼。我扯开嗓子大叫，眼眶里渐渐有了湿气。

我费了这么大劲才到了这里，绝不能让托莉一枪给毁掉。

我把手用力从她嘴中一抽，眼前突然一黑，一下子扑倒，一只手碰到了枪柄上。我蓦地转过身，举起枪，对准托莉。

我手上鲜血直冒，托莉下巴上也流着我的血。我把手挪到视线之外，也只有这样做，才能忽略这直沁骨髓的疼。我站起来，另一只手依旧举枪对着她。

"翠丝，真没想到你也是个叛徒。"她的声音几近咆哮，不似人声。

"我不是叛徒。"我眨了眨眼睛，泪水流了出来，视线渐渐清晰，"我一时也解释不清……可我求你相信我，求你。我必须找出一些资料，只有她才知道位置——"

"没错！"珍宁和着我的话喊道，"碧翠丝，你要的东西都在那台电脑上，只有我能打开它。你若是不帮我，我会死，但你们休想获得这些东西。"

"她是个骗子，"托莉抢白道，"骗子。翠丝，你要是信她的鬼话，你不仅仅是个叛徒，还是个傻子。"

"我信她，"我回道，"我信她说的话，一切都讲得通！托莉，世上最机密的信息就在那台电脑里！"我深吸一口气，压低了声音，"请听我说，我对她的恨不比你少，也没什么必要维护她。我说的是实话，这很重要，非常重要。"

托莉没吱声，那一瞬间，我还真以为自己赢了，以为已经说服了她。可过了一小会儿，她说道，"没什么事情比让她死更重要。"

"如果你非要这么想，抱歉，我帮不了你。但我决不让你杀她。"

托莉跪起身，一把抹去下巴上的血，抬起头，盯着我的眼睛。

"我是无畏派领导，你无权决定我做什么或不做什么。"她说。

"在我还没想到……"

我还没来得及开火——

她从靴子侧面抽出一把长刀，扑过去一下刺入珍宁的腹部。

我吓得一声惊呼，珍宁发出一种可怕的哀鸣，那是怎样的一种声音，口中呛血的声音混杂着尖叫，那是死亡的声音。托莉的牙齿咬得咯咯作响，口中低低念着她弟弟的名字——"乔纳森·吴"——然后她拔出刀子，又补了一刀。

珍宁眼里最后一点生气消退，透出如玻璃般冰冷的寒气。

第四十六章
救救她

托莉站起来，转身对着我，眼神中带着狂野。

我的知觉被麻痹了。

这一路上我冒的所有险：与马库斯合作、求博学派帮忙、横越三层楼高的悬空梯、在情境模拟中杀死自己；为此付出的所有代价：与托比亚斯的感情、费南多的性命、在无畏派的地位，这一切全都白费了。

白费了。

没出多久，毛玻璃门打开，托比亚斯和尤莱亚走进来，像是准备好战斗的样子。尤莱亚咳嗽了几声，大概是被毒气呛到了。可战斗已经结束。珍宁死了，托莉赢了，我成了无畏派的叛徒。

托比亚斯看到我，跨出的脚停在半空，险些绊倒，眼睛瞪得很大。

"她是叛徒。"托莉说，"她为了护着珍宁，差一点开枪杀了我。"

"什么？"尤莱亚失声喊道，"翠丝，怎么了？她说的是真的吗？你怎么会在这儿？"

我只盯着托比亚斯，一线希望穿透我的心，带来莫名的痛楚，其中混合着欺骗他的愧疚。眼前的男孩，他高傲、顽固，可他属于我——或许，他能听我解释；或许，我所做的一切并非徒劳——

"你知道我来这里的原因，对吧？"我轻声问道。

我伸出手，交出托莉的枪，他向前走来，脚步有些踉跄，从我手中接过了枪。

"我们在隔壁房间逮到了马库斯，他当时正在情境模拟中。"托比亚斯说，"你和他一起来的。"

"是。"我坚定地说，被托莉咬伤的胳膊依然流着血。

"我那么信任你，"他浑身轻颤，怒火冲天，"你却抛弃了我，跟他合作？"

"不是的。"我摇了又摇头，"他口中的事情，和我哥说的话，和我在博学派总部时听珍宁说的话，都能对得上。我想——我必须找出真相。"

"真相。"他冷哼了一声，"他们一个是骗子，一个是叛徒，一个是反社会的神经病，你以为能从他们口中得到真相？"

"什么真相？"托莉问，"你们说什么呢？"

托比亚斯和我四目相对，深蓝色的眼睛失去了往日的关切，涌动着冷漠、挑剔，这严厉的眼神好像把我一层一层剥开，一层层仔细审视。

"我觉得……"我内心千头万绪，他不信我，他不信我的话，我微顿了下，深吸了一口气，这大概是我能说的最后一句话了，说完这话，他们定会逮捕我。

"我觉得你才是一个骗子！"我声音颤抖着，"你说你爱我，你信我，还说我比一般人的分析能力要强。可那所谓的信任、所谓的爱情、所谓对我洞察力的相信，那么脆弱，经受考验时，一击就碎，全碎了。"眼泪夺眶而出，泪珠从脸上大颗大颗地滚下，声音也变得沙哑，"你骗我，你根本就是在骗我……你肯定是说谎，不然我绝不相信爱会那样脆弱！"

我一步步走到他面前，直到我们离得很近很近，近到别人都听不到我们讲话。

"我没变，还是那个宁愿自己死也不会杀你的翠丝。"我想起了攻击情境模拟，想起了手掌下他的心跳，"我就是你心中那样的人。我只想告诉你，我知道……知道这份资料可以改变世间一切，改变我们所做过的一切，也可以改变我们将要做的一切。"

我的目光殷切地追着他的目光，想用眼神传递这背后的真相，可我错了，他移开了目光，我甚至不知他到底听没听到我的话。

"够了。"托莉喝道，"把她带下去，和其他战犯一起审讯。"

托比亚斯一动不动地立着，尤莱亚抓起我的胳膊，领着我离他远去。我们穿过实验室，穿过光线耀眼的屋子，又穿过蓝光盈盈的走廊。无派别者特蕾莎跟着我们，好奇地打量着我。

到了楼梯上，有什么东西碰了碰我的身体，我回过头，尤莱亚拿着一团绷带递给我。接过绷带，我本想挤出一个感激的笑，却没笑出来。

我们走下楼梯，我把绷带紧紧地缠到手上，小心地迈过地上的尸体，不敢看这些人的面容。尤莱亚抓着我的胳膊肘，护着我不让我摔倒，虽说缠上了绷带，被托莉咬的那种疼痛却没有半点减轻，不过心里暖暖的，至少还有尤莱亚不会对我摆出一副厌恶的模样。

这一刻，无畏派不以年龄论资排辈的事实似乎对我没有帮助，反成了他们声讨我的理由。人们不会说"她还年轻，应该是一时糊涂"；而更倾向于说"她已是成人，能够自己做选择"。

当然，我的确做出了自己的选择，我选择了父亲母亲，选择了继续他们未完成的使命。

下楼梯要比上楼梯轻松很多，到了五楼，我这才明白过来，我们这是要去大厅。

"尤莱亚，把枪给我，"特蕾莎说，"我得用枪射杀残存的好战分子，你这样扶着她，拿着枪也没用。"

尤莱亚二话没说就把手枪递给她。我皱了皱眉头，很是不解，特蕾莎已有一把枪了，为什么还要他的枪？不过，我是泥菩萨过河——自身难保，也就没问其他无关紧要的问题。

到了底楼，我们穿过一个宽敞的房间，房间里几乎全是穿黑白衣服的诚实者。我停下脚步，眼光从人群中掠过，有人抱成一团，互相倚靠，满脸泪水，有人则一个人静静地靠在墙上或者坐在角落里，眼神或是空洞，或是盯着远处的某一点发愣。

"我们迫不得已杀了好多人。"尤莱亚捏了捏我的胳膊，小声说道，"光是进门就必须杀掉那么多人，我们没的选。"

"我知道。"我答。

克里斯蒂娜的母亲和妹妹坐在房间的右侧，两人紧紧抱在一起。屋子的左边，一个男孩手搭在一个中年女子的肩膀上，这男孩的深色头发在荧光灯下闪着光亮，定眼一看，竟是皮特和他母亲。

"他在这儿干什么？"我问。

"那个胆小鬼等扫荡结束后才来。"尤莱亚声音带着不屑，"听说他爸死了，不过看来他妈倒是没什么事。"

皮特忽然回过头，刹那间与我眼光碰在一起，可瞬间又移开了。我本想同情这个救过我命的男孩，可心中没有一丝波澜，恨意已退，剩下的全是漠然。

"怎么停下来了？"特蕾莎问道，"快走。"

经过会议室，我们来到了大厅。我曾在这里拥抱过迦勒，现在早已物是人非。曾经挂在墙上的珍宁的大照片已碎成一片，零落地散在地上。烟雾笼罩着已被烧成灰烬的书架。电脑都被砸烂，碎片杂乱地散在地面上，一片混乱。

大厅中央，一些没有逃脱的博学者和没战死的无畏派叛徒席地而坐。我在人群中扫视一遍，看有没有熟悉的面孔，却在后面看到了迦勒，他神情恍惚，一脸茫然。我忙移开目光。

"翠丝！"克里斯蒂娜和卡拉并肩坐在人群的前几排，腿上缠着绷带。她朝我招了招手，我走过去坐在她身旁。

"泡汤了？"她轻声问道。

我摇了摇头。

她轻叹口气，抬起胳膊搂住了我，我心中流过一阵暖意，差点感动地哭出来。可我和克里斯蒂娜是战友，是一起作战的好朋友，不是一同抱头哭泣的人。想到这，我忍住了泪水。

"我看到你妈妈和妹妹在那边。"我说。

"是啊，我也看到了，她们还好。"她应道。

"那太好了。对了，你腿怎么样了？"我关切地问。

"腿没事。卡拉说没事，出的血也不是很多。幸好一个博学派护士在被逮捕前，往自己口袋里塞了些止痛药、抗菌剂，还有绷带，伤口不算很疼。"她说。卡拉在她身侧，正专注地检查另一个博学者的胳膊，"对了，马库斯呢？"

"不知道。我们分开行动了。他应该来了呀，也可能已经被他们弄死了。"

"说心里话，他们要是杀了他，我可不会觉得意外。"她说。

大厅里有好一会儿都很嘈杂，人们串来串去，无派别的士兵来回巡逻。又有一些穿蓝衣服的博学者被拎了进来。过了一阵子，大厅里安静下来。接着我看到了他，托比亚斯从楼梯口走来。

我使劲儿咬了咬嘴唇，克制着自己不去乱想，不去想胸腔中那冷冰冰的感觉，不去想我头上悬着的沉重压力。他恨我，他不信我。

他从我们身边走过，都没看我一眼，克里斯蒂娜握着我的手紧了一下。我回过头看向他，他走到迦勒身前停住脚，抓住他的胳膊就要拖起来，迦勒起初还挣扎了一会儿，可他哪是托比亚斯的对手，根本无法挣脱。

"怎么了？"迦勒惊慌地说，"你想干什么？"

"去给我解除珍宁实验室的安全系统，"托比亚斯头也不回地说道，"无派别者要用她的电脑。"

我心里一沉，下一步他们就是毁掉那台电脑。托比亚斯和迦勒的身影消失在楼梯间。

克里斯蒂娜浑身无力地靠着我，我也倚着她，就这样，在人群中，我们两个互相依偎。"知道么，珍宁已激活了无畏派所有的传输器。"克里斯蒂娜开口对我说，"大约十分钟前，一队无派别者的小分队从无私派区域出来晚了，遭到情境模拟控制下的无畏者偷袭。无派别者好像赢了，不过射杀一群意识受控的人不知算不算得上赢。"

"是啊。"我没什么好说的。而她似乎也明白了。

"对了，我腿受伤后，都发生了什么事啊？"她问道。

我便讲起了之后的事，从两扇门的蓝光走廊，到情境模拟，从无畏派训练室场景到我开枪射死自己。当然，我没有提到威尔的幻影。

"等等，你是说那是没有传输器的情境模拟吗？"

我微蹙双眉，心里也泛起嘀咕。对这个情境模拟，我从未疑惑过，尤其是身处其中时，当然也没有时间怀疑："实验室若能识别出人的身份来，它肯定储存了所有人的信息，可以根据不同的情况呈现出不同的模拟情境。"

现在想珍宁是怎么给实验室设置安全措施的没任何用处。可既然我解决最大问题的尝试已经失败，找到新的问题来解决，让自己好歹有点用处总是好的。

克里斯蒂娜挺了挺身体，她大概也是这样想的吧。

"传输器是不是含在这毒气中？"

我倒从未想过这点。

"托莉是怎么进去的？她又不是分歧者。"

我歪歪头："真不知道。"

我心里默想，或许她是分歧者。她弟弟就是分歧者，而在经历了他的遭遇之后，她或许永远不会承认自己也是，不论分歧者的地位发生怎样的变化。

人都是被一层又一层的秘密堆砌起来的。你觉得看透了他们，懂了他们，却不知他们真正的动机藏在内心深处你看不到的地方。你永远永远不可能真正了解一个人，可有时又不得不选择信任他们。

接着是令人窒息的沉默，良久，她突然又说了句："假如判决我们有罪，你觉得他们会拿我们怎样？"

"听实话吗？"

"这种时候谁还想听实话呀。"

我用眼角余光瞥了她一眼："我觉得他们肯定会喂我们很多很多的蛋糕，还让我们睡到自然醒。"

她大笑起来。我克制着自己，生怕若是笑了，眼泪也就随之而来。

一声划破寂静的惊呼传入耳中，我好奇地探过头，搜寻着声音的来源。

"琳恩！"尤莱亚惊慌地呼叫着。他飞奔到门口，两个无畏者抬着一个临时担架，好像是书架子做的，琳恩静静地躺在担架上，脸色煞白，没有一丝血色，双手交握，搭在肚子上。

我吓得一下子跳起来，正欲不顾后果地冲过去，却被几个无派别者拿枪挡住了。我举起双手，一动都不敢动地立着，静静观察着那边的一切。

尤莱亚绕着坐着的战犯急急地走着，指着一位满头银发、神色严肃的博学派女子，急匆匆地说："你，你，快过来。"

那女子站起身，双手拂了拂裤子，迈起轻快的步子，走到人群边上，满脸期许地盯着尤莱亚。

"你是医生吗？"他问。

"是的，我是医生。"她说。

"那快救她！"他满脸阴郁地说，"她受伤了。"

医生走到琳恩身旁，先让抬着她的两个无畏者放下担架，又蹲在她身前。

"亲爱的，请你移开手，让我看一下伤口。"她轻声说道。

"不行，不行，好痛。"琳恩轻吟道。

"我知道你很痛，"医生说，"可你不移开手，我就没法检查你的伤口。"

尤莱亚走到医生对面屈膝蹲下，帮着医生轻轻地把琳恩的手移开。医生把琳恩的衣衫撩开，子弹伤口露了出来。伤口本身只不过是一个红色的圆形小孔，可小孔的周围却是一大片乌青，青里带黑，我头一次看到颜色如此深的瘀青。

医生抿了抿嘴，我知道，琳恩应该是救不回来了。

"救她！"尤莱亚激动地说，"你要救她，快救她！"

"很不幸。"医生抬头看着他说，"你们放火烧了楼上的医院，我无能为力。"

"可还有其他医院啊！"他神色愈加激动，声音几近发狂，"快去其他医院拿些医用器具啊，必须要救她！"

"她的情况非常不乐观。"医生轻声说道，"你们若不是遇什么烧什么，我还可以试一试，现在既然都这样了，我束手无策。"

"快给我闭嘴！"他从旁边的无派别者手中抢过一把枪，瞄准医生的胸口，大声喝道，"烧了你们医院的人又不是我！她是我朋友，快救我朋友，我……我只是……"

"尤里，"琳恩虚弱地说，"不要说了，没用了。"

尤莱亚扔掉手中的枪，抓住了琳恩的手，嘴唇已抖得不成样子。

"我也是她朋友，"我对着举枪指着我的人哀求道，"能不能去那边再用枪指着我？"

他们让开一条路，我冲到琳恩身旁，抓住她另一只手。满手都是黏稠的血。顾不得被枪抵住头，我盯着琳恩的脸庞，她的脸色已由煞白变成了蜡黄。

她却只盯着尤莱亚，仿佛没注意到我的存在。

"没有死在情境模拟控制下真是万幸。"她虚弱地说。

"你现在也不会死的，不会的。"他说。

"别傻了。尤里，听我说，我也很爱她，真的很爱她。"

"你爱谁？"他的声音都变了。

"马琳。"琳恩弱弱地说。

"是啊，我们都爱她。"

"不对，我不是那个意思。"她摇了摇头，闭上了眼睛。

过了好一会儿，她的手才在我手中垂下来。我把手放回她的腹部，又伸手从尤莱亚手中接过她另一只手，同样放好。他眼里泪光闪闪，慌忙抹了一把。在琳恩的身体上方，我们的目光相遇。

"你应该去告诉桑娜和赫克特。"我说。

"是啊。"他抽了下鼻子，掌心贴着琳恩的脸。不知那里还有没有温度。我不想伸手去摸她，却发现已经不是这样。

我站起身，朝克里斯蒂娜走去。

第四十七章
无派别者的野心

　　我的心不断将我拉回有关琳恩的记忆，试图说服我她已不在人世。每次那些画面袭来，我都极力克制着自己把它们抵开。若是我没被当成叛徒或被扣上别的什么罪名处死，其他新领导有新的决定；又或者现在我努力保持心思空净，假装这个空间是唯一曾经存在的东西，也是未来唯一存在的事物，也许我会停止这么做。这听起来不容易，其实很简单，我学会了避开痛苦。

　　时间似乎过去了好一会儿，哈里森跟在托莉身后踏进大厅。托莉一瘸一拐地移向一把椅子。她刚刚把刀刺入珍宁体内，身手那样灵敏，我险些忘了她腿上有枪伤。

　　一个无畏者背上驮着珍宁的尸体，紧跟着他俩的脚步走进大厅。他走到博学者和无畏派叛徒人群前的桌旁，把背上的尸体甩到桌上，就像扔了一块石头一样。

　　喘息声和低语声从身后传来，却没有啜泣。看来，珍宁这个领导也不值得他们伤心落泪。

　　我细细打量着桌上的尸身，死亡让原本就不高的她变得更矮小。这个女人，身高比我高不了几厘米，头发也只比我深一点，却冷漠无情，杀人不眨眼。可现在的她，面容安静，甚至带着几分安详，怎么看都不像我所认识的那个没有良知的人。

这个女人要比我想象中复杂百倍，仅仅出于极度扭曲的保护本能，就不惜一切代价阻止她认为过于危险的秘密扩散。一个身影打断了我的思绪，约翰娜·瑞斯走进大厅，全身被雨水湿透，红色的衣服上，一团深色的血迹隐隐现出。无派别者手持枪支立在两侧，可她神情淡然，好像没看到他们和他们手中的枪械。

"嗨，"她对托莉和哈里森说，"你们想要我做什么？"

"没想到友好派的领导说话竟也言简意赅啊，"托莉露出一丝警觉的笑，"这不会有悖贵派宣言吗？"

"你如果真的熟悉友好派的规则，就该知道他们并没有正式领导这一说。"约翰娜的声音仍然缓和而坚定，"可惜我已不是友好派的代表了，为了来这里，我不得不退出了。"

"是吗，我看到你带着那一小队维和人员到哪儿都插一脚。"托莉讥讽道。

"没错。我们策划好了的。"约翰娜道，"插一脚的我们站在枪林弹雨和无辜人群中间，挽救了很多人的生命。"

她的脸色红润起来，我突然觉得，约翰娜·瑞斯依旧美艳动人。此刻，这道伤疤并未减损她的美丽，反而带给她别样的美，就如琳恩那寸头短发，就像托比亚斯作为盔甲携带在身的回忆，也像母亲穿着无私派灰袍也无法遮掩的清秀。

"既然你还算有雅量，能不能给友好派捎个信儿？"托莉问道。

"我不想看着你和你的手下按照你们自己的理念胡乱执行判决，"约翰娜说，"不过，我会派人回去送信的。"

"很好。烦请告诉他们，我们的社会很快就会建立全新的政府制度，他们完全排除在代表席之外，算是对他们中立态度的惩戒吧。当然，他们还要继续负责整个城市的粮食生产和运输工作，但必须受领导派别的监视。"

那一瞬间，我以为约翰娜会大发雷霆，冲过去掐住托莉的脖子，可她只是挺了挺身体，淡淡地说："就这些吗？"

"是的。"

"好。"她说，"我要去做一些有意义的事情，你是不会让从友好派来这里照顾伤者的吧？"

托莉瞪了她一眼。

"果然没猜错，"约翰娜说，"但你要记住，受压迫的人可能有一天会比你强大。"

她转身走出大厅。

我心头微微一颤，她这话只不过是个底气很弱的威胁而已，却一直回旋在我的脑际。好像她这话不仅指向友好派，还有另一个受压迫的群体——无派别者。

我环视了一下大厅，眼光掠过无畏派和无派别士兵，却发现了些端倪。

"克里斯蒂娜，无派别者把所有的枪都收缴起来了。"

她看看四周，又看看我，眉头紧锁。

我忽然想起特蕾莎手中拿着一把枪，又要走了尤莱亚的手枪，又想起托比亚斯双唇抿成一条线的样子，这恰是他对我有关无畏者与无派别者联盟问题的拒而不答。

伊芙琳走进大厅，神情举止俨然一副女王回归的样子。托比亚斯并没跟在她身后，他能去哪儿呢？

伊芙琳站在珍宁·马修斯尸体躺着的桌子旁，爱德华跛着脚跟在她身后。伊芙琳举起枪，瞄准落在地上的珍宁画像，啪地开了一枪。

大厅里瞬间安静下来，伊芙琳扔掉手中的枪。枪落在桌子上，恰巧在珍宁头边。

"谢谢，"她开口了，"想必大家都很想知道接下来会发生的事，下面由我来告诉大家。"

托莉坐在椅子上，挺了挺身体，身子微微朝伊芙琳的方向倾斜，好像要说些什么，只可惜伊芙琳压根儿就没给她机会，一副完全没注意她的样子。

"我宣布，长久以来用无数人性命堆砌起来的派别制度，此刻正式废除。"伊芙琳说，"对大家来说，起初肯定很难适应，这点我们给予深深的理解，可是——"

"我们？"托莉一脸震惊，打断了伊芙琳的话，"废除？你什么意思？"

"我的意思很明了，"伊芙琳的眼光头一次瞥向托莉，"贵派几周前还联手博学派，喧嚷着限制无派别人群的物资供应。你们的立场间接导致了无私派的被毁，如此联盟从现在起将不复存在。"

伊芙琳嘴角边露出一抹浅笑。

"若还想用武力对付我们，奉劝你还是省省吧，你们已没有兵器了。"

听到这话，我瞟了一眼人群，每个无派别者都高举枪支，平均分布在大厅四周，他们的人一直排到楼梯口。我们已被全部包围。

这真是一步聪明有序的棋，我差点没笑出来。

"我们的一半兵力已接到我的指示，一旦你们那一半军队完成任务，就会收缴他们的枪械。"伊芙琳得意地说，"看来收缴行动很成功。不好意思，我欺骗利用了你，可我们内心深处非常理解大家的心情，毕竟派别制度已存在上百年，各位也像对自己亲妈一样依赖于它。请大家放宽心，我们会帮助大家向新时代过渡。"

"帮助大家？"托莉猛地起身朝伊芙琳走去，脚步摇晃，伊芙琳没有丝毫惊恐之色，静静地拿起手枪，指向托莉。

"我饿了十几年的肚子，可不是为了向一个瘸腿的无畏派女人让步。"伊芙琳说，"你马上给我坐在前无畏派人群中，否则休怪手枪无眼。"

伊芙琳胳膊上青筋暴起，肌肉凸现，眼睛里没有半点珍宁那样的冷漠，却透露着深谋远虑、审视评估、精心策划的心机。这个女子，宛若浴火后的钢铁，怎么就曾屈服在马库斯手下？难道曾经的她并非如此强硬？

托莉站在伊芙琳的枪口下怔了一下，又瘸着腿朝后走去，走向大厅的另一头。

"在扫荡博学派中出了一份力气的人会有重赏，而阻碍我们行动的人会依罪行大小量刑处罚。"说最后一句话时，伊芙琳的声音蓦地高出几个分贝，她的声音飘了这么远仍然掷地有声，让我惊讶得很。

她身后通往楼梯口的门突然推开，托比亚斯走了进来，马库斯和迦勒跟在他身后，几乎没有人注意到他们。说几乎，是因为我注意到他了，因为我将自己训练成这样，一切以他为中心。那双带着铬圈鞋孔的黑色运动鞋一步步走近，停在了我身边。他在我肩旁低下头。

我侧头看他，以为会在他眼中看到冷漠和毫不让步。

可我错了。

伊芙琳一直没住嘴，可我的世界已屏蔽了她的声音，眼中也只有他。

"你说得对。"托比亚斯调整好姿势，微微笑着，柔声说，"我相信你，只是有时候需要点提醒。"

我张了张嘴，却不知说什么。

忽然间，博学派大厅里所有的液晶屏幕——确切点说，是所有未被毁坏的液晶屏幕——亮了起来，一个投影仪也投在珍宁·马修斯肖像曾挂着的地方。

伊芙琳正说得起劲，也停下来。托比亚斯抓起我的手，扶我站起身。

"这是什么？"伊芙琳问。

"这就是能改变一切的资料。"托比亚斯对我一人说道。

我的双腿因松懈和理解而微微抖动。

"你做到了？"我问。

"是你做到了，我只是逼迦勒和我们合作而已。"

我抬起手臂，搂住他的脖子，嘴唇压向他的双唇。他双手捧着我的脸，忘情地回吻着。我贴向他，又贴向他，直到我们间一丁点空隙都不存在。我们之间的所有秘密、所有怀疑，这一刻，全部粉碎，希望这种信任一直存在，直到永远。

一个声音响起。

我们松开对方，转头看向墙面。一个留着棕色短发的女子出现，她双手交叠，坐在一个铁桌子后面，身后光线幽暗，这场景我也不知在何地。

"大家好，"她开口说话了，"我叫阿曼达·里特，这段视频资料分享的一切只限于你们应该知道的。我统领一个为正义与和平而战的组织。过去的几十年来，战争的形式日趋严重，维护和平几乎变得不可能。而一切，都是因为这个。"

墙面上投过一张张图片，切换得过快，几乎看不清，只看到一个男人跪在地上，而一个神情冰冷的女人拿枪抵住他的脑门。

画面上，远处有一个小小的身影被拴着脖子吊在电线杆上。

地面上有个和房子一般大小的洞，里面堆满了大大小小的尸体。

其他的画面不停地从眼前闪过，只看到鲜血、森森白骨，只看到死亡与残忍，只看到木然的脸、无神的双眸、惊恐的眼神。

就这样看着，我心中无比压抑，快要抑制不住地失声痛哭时，那个叫阿曼达的女子又出现在画面上。

"你们肯定不记得这些画面，"她说，"如果你觉得这残忍至极的行为只是恐怖组织或专制政府所为，只能说猜对了一部分。本视频中大约半数的行凶者可能就是你的邻居、亲戚或同事。我们的敌人并非某个组织，而是人性——至少是演变而成的天性。"

原来，珍宁就是为了不让我们了解这些才去奴役人们的意识，才不惜大开杀戒。她是为了让我们无知又安全地生活在城市围栏之内。

我有些理解她的想法。

"所以你们的存在异常重要，"阿曼达继续说着，"我们对人性的暴力和残忍只能治标不治本，而你们就是解决问题的根源。

"为了确保你们的安全，我们创设了全新的生活方式。你们与我们完全隔离，你们的水资源、科学技术和社会结构完全不受我们的影响。我们采用了一种新的方式形成了全新的社会，目的只有一个，就是希望我们大多数人早已沦丧的道德观念在你们中重生。随着时间的推移，希望你们改变我们无力改变的事。"

"我录下本视频，只想让大家明白什么时候应该来帮我们。当人群中出现大批个性比一般人灵活的人时，时机就到了。你们应该叫这群人为分歧者。等分歧者在人群中所占的比例比较大，无私派领导就应该给友好派发出指令，让友好派永远地打开城市大门，结束你们长久以来的与世隔绝。"

这就是我父母想要做的事。他们想用我们所学到的去帮助外面的人，直到生命燃尽，他们还在恪守着无私派的特性。

"本视频只对无私派领导开放。"阿曼达又说，"你们将拥有一个全新的未来，但不要忘记我们。"

她的嘴角绽出一丝笑容。

"我也将成为你们中的一员。和大家一样，我自愿忘掉自己的名字、自己的家人、自己的家乡。我会有全新的身份，虚假的记忆和虚假的过去。为了让大家相信我说的一切都是真的，我会告诉你们我将要使用的新名字。"

她的微笑更灿烂了，那一瞬间，我觉得她很面熟。

"我的新名字叫伊迪斯·普勒尔，"她说，"为了新的未来，我很高兴我能忘却许多记忆。"

普勒尔。

视频忽然停住，投影仪在墙面上打出一片蓝光。我紧紧抓住托比亚斯的手，有一瞬间，屋里寂静如所有人都停止了呼吸。

突然间，喊叫声打破了这沉默。

感　谢

感谢上帝信守承诺。

谢谢你们：

尼尔森，试读者、永远的支持者、摄影师、挚友，以及最重要的身份：我的先生……海滩男孩说得好：天知道没有你我该如何是好。

感谢乔安娜·沃尔普，您是最棒的经纪人兼好友。感谢我出色的编辑莫莉·奥尼尔，谢谢您为此书不知疲倦的全力付出。感谢凯瑟琳·特根，谢谢您的善解人意与精益求精。感谢KT Books所有工作人员的支持。

感谢苏珊·杰弗斯，安德里亚·科里，还有杰出的布伦娜·法兰兹塔女士，谢谢你们为我留意遣词造句；感谢乔尔·泰普及艾米·瑞恩，谢谢你们让此书如此精美；感谢吉恩·麦克恩尼及阿尔法·黄，是你们把这些书销售到我始料未及的远方。

感谢杰西卡·伯格，苏珊娜·伯利安，巴布·菲茨西蒙斯，劳伦·弗劳尔，凯特·杰克逊，苏珊·卡茨，艾莉森·里斯诺，凯西·麦金太尔，戴安娜·诺顿，科林·奥康奈尔，奥布里·帕克斯–弗里德，安德里亚·帕本海默，谢娜·拉莫斯，帕蒂·罗萨迪，珊迪·罗斯通，珍妮·谢里丹，梅根·萨格鲁，莫莉·托马斯，艾莉森·沃斯特以及哈珀柯林斯所有参与人员，包括影音、设计、财务、国际销售、存货报表、法律、管理评论、营销、在线营销、宣传、制作、销售、学校及图书馆营销、特别销售及版权界的各位，感谢你们在书刊业务以及我所创作的书籍上那超凡绝伦的工作。

感谢所有老师、图书馆工作人员和书商，大力支持我的书。感谢书评博客、书评人，以及来自不同国家和地区、不同年龄阶段的读者。或许我这么想有点片面，但我一直觉得自己的读者是最棒的。

感谢劳拉·艾利希，谢谢您那么多的写作智慧。感谢我的作家朋友们——说起创作界里对我好的人，恐怕几张纸都列不完，你们是我最好的同伴。感谢艾莉丝，玛丽·凯瑟琳，玛罗琳及丹尼尔——有你们这些朋友是我的幸运。感谢南茜·科菲，谢谢您的真知灼见和超凡智慧。感谢我那了不起的电影团队，博雅·夏巴赞和史蒂夫·扬格，感谢顶峰影业，感谢"小红车"，感谢埃文·多尔蒂，谢谢你们把我笔下的世界演活。

感谢我的家人：我的无敌老妈–心理医生–拉拉队队长，老弗兰克，卡尔，英格丽，小弗兰克，坎蒂丝，麦考尔和戴夫。你们都是很优秀的人，真高兴有你们在身旁。感谢贝斯和达尔比，是你们以无比的毅力给我带来不敢奢望的广大读者。感谢沙斯–巴斯和Sha-neni，谢谢你们在罗马尼亚对我们的细心照顾。我还要向罗杰，特雷佛，泰勒，雷切尔，佛瑞德，比利和祖母致谢，感谢你们把我视为你们中的一员。Multumesc/Közöö到Cluj- Napoca/Kolozsvár，感谢我在那里得到的所有灵感，我一定会再回去。